中国文学批评史系列教材

总主编　李建中

中国文论经典导读

主　编：高文强
副主编：李　立
编　写：（以姓氏笔画排序）
毛小芬　许　馨　朱依娜　李　立
陈　硕　陈舒楠　杨　琼　杨家海
余慕怡　张嘉薇　袁　劲　高文强
殷昊翔　熊　均　程婷婷

武汉大学出版社
WUHAN UNIVERSITY PRESS

图书在版编目(CIP)数据

中国文论经典导读/高文强主编．—武汉：武汉大学出版社，2015.8
中国文学批评史系列教材
ISBN 978-7-307-16404-8

Ⅰ.中…　Ⅱ.高…　Ⅲ.中国文学—古代文论—高等学校—教材
Ⅳ.I206.2

中国版本图书馆 CIP 数据核字(2015)第 169941 号

责任编辑:白绍华　李　静　　责任校对:李孟潇　　版式设计:马　佳

出版发行：**武汉大学出版社**　(430072　武昌　珞珈山)
(电子邮件：cbs22@whu.edu.cn　网址：www.wdp.com.cn)
印刷:武汉中科兴业印务有限公司
开本：787×1092　1/16　印张:16.5　字数:385 千字　插页:1
版次：2015 年 8 月第 1 版　2015 年 8 月第 1 次印刷
ISBN 978-7-307-16404-8　定价:34.00 元

总　序

自1927年陈钟凡先生《中国文学批评史》问世，至今已近百年。百年荏苒，时运交移，21世纪的读者，有幸能够读到各种体例、各种风格乃至各种学术观念的《中国文学批评史》，这其中既有学科草创期郭绍虞、罗根泽、朱东润等先生的开山之作，亦有学科成熟期侯敏泽、张少康、蔡钟翔等先生的扛鼎之作，更有自20世纪末至21世纪初兼具专著和教材双重性质的厚重之作。从1989年开始问世，到1996年全部出齐，王运熙、顾易生主编的七卷本《中国文学批评通史》(上海古籍出版社)，全面清理各历史阶段文学批评发展过程，科学评价历朝历代经典理论家及批评经典，努力发掘新的材料，整体展示中国文学理论批评的丰富多彩和灿烂成就。21世纪初，笔者主编《中国古代文论》(华中师范大学出版社，2002)，紧紧扣住中国文学批评与儒道释文化的关系，在古代文化的思想背景和精神源流中，把握并阐释古代文学批评的演进脉络和理论精粹，力图在民族文化和民族精神的层面揭示中国文学批评的理论意义和当代价值。2006年，袁济喜《新编中国文学批评发展史》(中国人民大学出版社)，注重批评史与思想史、哲学史以及美学等相邻人文学科的联系，着力彰显批评史中深挚博厚的人文精神，实现国学蕴涵与现实人生的深度贯通，以及文献与思辨的有机结合。两年后，笔者主编的《中国文学批评史》(武汉大学出版社，2008)问世，武大版在保持华师版"文化视野"的同时又新增"文体观照"，亦即从批评文体的角度，重新清理中国文学批评史，在每一章的概述部分，辟专节介绍本时期批评文体的时代风貌，分析本时期文学批评在文体样式(体裁)、批评话语(语体)和批评风格(体貌)等方面的特征。翌年，笔者新推出"北大版"的《中国文学批评史》，除了基础知识的讲述之外，新增三大板块：问题研讨、导学训练和拓展指南。此举旨在培养学生的问题意识和质疑精神，提高学生的理论思辨和学术研究能力，并且为学生的进一步思考和研究提供相关学术史背景和最新学术进展的文献目录。2014年，李春青主编的《中国文学批评史》由高等教育出版社印行，是书以"求真"为宗旨，不仅是资料整理层面的求真，而且是更深层次的"追问意识"上的求真：古代文论话语是如何被建构起来的，它的实际的社会功能与意识形态功能究竟是什么。这一求真路向，表现在方法论上则是："对话"的言说立场，跨学科的互文性视野，以及语境化的操作方法。

作为一个学术领域，"中国文学批评史"(亦称"中国古代文论"或"中国文论")，可谓"体貌英逸，俊才云蒸"，一大批勤奋而又新锐的学者在此领域"望今制奇，参古定法"，诸多颇有影响的学术论争或命题(如"古代文论的现代转换"、"文论失语症"、"青春版文心雕龙"等)均由此领域发轫；作为一个学科，"中国文学批评史"则是松散的甚至是名实乖离的。因为在现有的学科体制下，"中国文学批评史"已经不是一个二级学科，她或者归于"文艺学"，或者归于"中国古代文学"。这种"游离"状态反倒赋予她更多的学术自由和更大的理论空间。这也就是前述种种体例、风格或学术观念的批评史得以纷纷问世且能并行不悖的深层缘由，也是我们这一套“中国文学批评史系列教材”得以出炉的现实原因。

笔者在大学讲坛上讲授“中国文学批评史”已有33年，积33年之教学经验以及主编三种“批评史”教材之学术心得，笔者以为：大学讲坛上“中国文学批评史”的讲授或传播，至少可以有三种不同的方式。

一是“原始表末”式。当年刘勰撰著《文心雕龙》，概述“本课题研究现状”时，认为“近代之论文者”的通病是：“并未能振叶以寻根，观澜而索源。不述先哲之诰，无益后生之虑。”因此，刘勰论文自定四项基本原则，第一原则便是“原始以表末”。讲中国文学批评史，首要任务当然是原“始”。问题是，中国文学批评史的“始”在哪里？受西方近现代“文学”观的影响，中国文论一般将“魏晋”（亦即鲁迅所言“曹丕的一个时代”）视为“文学的自觉时代”。加之《四库总目》集部的“诗文评”提要称“建安、黄初，体裁渐备。故论文之说出焉，《典论》其首也”。由此看来，中国文学批评史是从魏晋开始的？那么先秦（也就是雅斯贝尔斯所说的“轴心时代”）怎么办？这显然是不能成立的。“文学批评”这一术语虽说是从西方传入，但作为“批评”的对象，汉语的“文学”与西语的“Literature”从内涵到外延，从词根到语用，都是大不一样的。“原”中国文学批评史之“始”，不仅不能止于“曹丕的一个时代”，甚至也不能止于“轴心时代”，而是要返回《文心雕龙·原道》篇所说的“人文之元”，亦即“河图洛书”的时代。找到中国文学批评真正的“元”（起源与本原），才能说清楚她的流变或走向，诸如：先秦两汉儒道文化背景下的文论创生，魏晋南北朝佛玄合流中的文论新变，唐宋的三教融合与文论多元，元明清的文化总结与文论繁荣，乃至近代西学东渐与文论转型。

二是“洪范九畴”式。据《尚书·洪范》记载：鲧堵塞洪水，扰乱五行之陈列，“帝乃震怒，不畀洪范九畴”。等到鲧之子禹继起，治好了洪水，“天乃赐禹洪范九畴”，结果是“彝伦攸叙”。中国文学批评史讲“范畴”，大多要追溯到《尚书》的“洪范九畴”，《洪范》篇所列举的五行、五事、八政、五纪、三德、五福、六极等，是夏禹治理国家的基本范畴和范畴体系，夏禹在治水之后用这些范畴治国，取得了极大的成功，故《文心雕龙·原道》篇在讲述上古文明史时对此事大加赞美：“夏后氏兴，业峻鸿绩，九序惟歌，勋德弥缛。”如果我们跳出单一的历史叙事，在一个多元的层面作隐喻式言说，则可将《尚书》的“天乃赐禹洪范九畴”理解为：上天为圣贤恩赐兼具规律性和可操作性的基本范畴和范畴体系，以助其成功。鲧未能得到范畴，他失败了；禹得到了范畴，他成功了。治国如此，论文亦然，就后者而言，刘勰的成功，是构建并诠解“范畴”的成功，是折中并运用“范畴”的成功。我们看《文心雕龙》五十篇的篇名，大多是中国古代文学理论批评的核心范畴，如“神思”、“体性”、“风骨”、“通变”、“情采”、“声律”、“比兴”、“隐秀”等。在课堂上将这些范畴讲清楚了，也就将《文心雕龙》讲清楚了，也将中国文学批评史讲清楚了。在这个意义上我们可以说，讲授中国文学批评史，一个提纲絜领且能事半功倍的方法，就是“洪范九畴”法。作为在大学校园研究并传播中国文学批评史的教师，真的要感谢“天乃赐余洪范九畴”，有了“范畴”，我们才有可能“彝伦攸叙”，也才有可能“勋德弥缛”。

三是“尚友古人”式。儒家的孔子和孟子都看重交友，《论语》开篇便有“有朋自远方来，不亦乐乎”，孔子常讲“益者三友”或“损者三友”。孟子对万章说：“一乡之善士，斯友一乡之善士；一国之善士，斯友一国之善士；天下之善士，斯友天下之善士。以友天下之善士为未足，又尚论古之人。”可见最高的善士是要“尚友古人”的，如何“尚友古人”？“颂其诗，读其书”也。学习中国文学批评史的过程，是一个“尚友古人”的过程，是一个“知音”的过程。然而，知音其难哉！刘勰在《文心雕龙·知音》篇中感叹：“音实难知，知实难逢，逢其知音，千载其一乎！”我们今天若要与古代的文学理论批评家交朋友，若要成为他们的千古知音，除了“读其书”别无他途。说到中国文学批评史领域的“尚友古人”，我们要感谢郭绍虞、王文生两位先生主编的《中国历代文论选》(上海古籍出版社，1979)，十年浩劫之后，有志于中国文学批评史研究的学人，无一不是借此书“尚友古人”从而登堂入室的。我们前面谈到的“原始表末”和“洪范九畴”两种方法，落到文本的实处，还是要“读其书”，精阅经典而“尚友古人”。由此亦可见出，我们讲的三种方法是互通互济、相得益彰的。

这套“中国文学批评史系列教材”，首批推出三种：《中国文学批评史》当然属于“原始表末”式，而《中国文论经典导读》和《文心雕龙导读》，就编撰体例而言属于“尚友古人”式，而解读方式则属于“洪范九畴”式。因而，这套书的广大读者，无论是将之视为教材还是视为学术著述，若能既将三种读本相互参照，又将三种方法交互使用，则可以有意外之收获。

《礼记·学记》曰：“学然后知不足，教然后知困。知不足，然后能自反也；知困，然后能自强也。故曰：教学相长也。”作为高校教师，我们的“所知之困”，是如何在自己的教学活动中最有效地也是最大限度地激发起学生的学术兴趣，使学生成为“善学者”和“善问者”。《礼记·学记》说：“善学者，师逸而功倍，又从而庸之；不善学者，师勤而功半，又从而怨之。”又说：“善问者，如攻坚木，先其易者，后其节目，及其久也，相说以解；不善问者反此。”可见与“善学(问)者”一道，才能真正实现“教学相长”。正是在这个意义上，《礼记·学记》引用《尚书·说命》的话说：“学学半。”第一个“学”字读作“效”，意谓“教”：教别人，自己也能收到一半成效。这是何等有趣味的事情，无怪乎梁启超要说“教师是一种最有趣味的职业”。希望我们这套系列教材在为广大读者提供知识和思想的同时，也能为读者平添几分兴致和趣味。

李建中

2015 年 7 月

前　　言

本书为“中国文学批评史系列教材”之一。在编写之初，我们便面临难题：一方面，本书选材范围主要限于中国古代文论经典，但是即便如此，选材时所面对的文论经典数量依然庞大；另一方面，中文系专业课程的课时数量不断压缩，且随着学分制的推行，选课学生也已不限于文学专业，这些因素又要求所编教材的内容不宜过多过于专业。如何解决这一矛盾，我们向多方征求了意见。最后确定，为适应当前教学的实际需要，本书的编写应遵循以下两大原则：一是选篇数量应适合教学课时量，二是体例安排应适合不同专业学生学习。在这两大原则指导下，我们为本书确定了选材篇目和每篇的编写体例。为便于学生学习，这里对我们的编写体例作一下简要说明。本书每篇文论经典的编写都分成以下五个部分：

1. 题解。题解是对每篇文论经典的作者情况及选文出处和背景所做的简要介绍，可以帮助学习者了解一篇文论的作者情况和相关背景，以便更好地解读该篇文论。

2. 原文。原文的选择我们采取了略不同于已有教材的一种方法，即单篇文论经典尽量选择全文而少用选录。已有的“文论选”教材大多喜欢从长篇文论经典中选录部分重要章节或从某一长篇文章中选录与文论相关部分作为选文，这一做法虽然突出了“文论”思想这一特质，但同时也割裂了“文论”思想的连续性，反倒容易阻碍学习者对该篇文论经典的正确理解。当然，对于某些长篇文论经典著作，受篇幅限制则只能采取选录办法了。

3. 注释。本书的注释要求尽量用现代汉语说明，力求简洁明确，少仅仅靠引经据典来做解释，除非必要，且对于生僻字要求注音。如此注释主要是希望不同专业的学生能更好地适应本课程的学习。

4. 导读。导读是对每篇文论文学思想的概括，概括的内容大致分三方面：整体概述、分点论述和总结评价，书写上要求层次清晰，观点明确，语言流畅，以便很好地帮助学生掌握一篇文论的主要内容。

5. 拓展阅读。这一部分要求列出五部(篇)能帮助学生进一步理解一篇文论经典的古代或现代著作(文章)，以帮助学生对文论经典中的思想和问题做进一步的学习和思考。

最后，学习者还需注意，“中国文论经典”的学习一定要与“中国文学批评史”的学习结合起来，两者一经一纬，正好组成“中国文论”系列课程的主轴，学好这两门课，是学好“中国文论”的基础。

目　　录

先　　秦

《老子》(选录)……1
《论语》(选录)……8
《庄子》(选录)……14
《孟子》(选录)……20
《易传·系辞》(选录)……25

两　　汉

《礼记·乐记》(选录)……31
《毛诗序》……36
《史记·太史公自序》(选录)……司马迁 41
《论衡·超奇》……王　充 46
《两都赋序》……班　固 53
《楚辞章句序》……王　逸 57

魏晋南北朝

《周易略例·明象》……王　弼 62
《典论·论文》……曹　丕 65
《文赋》……陆　机 70
《文章流别论》……挚　虞 79
《文心雕龙·神思》……刘　勰 87
《文心雕龙·知音》……刘　勰 92
《文心雕龙·序志》……刘　勰 98
《诗品序》……钟　嵘 103
《文选序》……萧　统 109
《颜氏家训·文章》……颜之推 114

隋唐五代

〈与东方左史虬修竹篇序》……陈子昂 121
《诗格》(选录)……王昌龄 124

《戏为六绝句》…………………………………………………………………… 杜　甫 127
《诗式·取境》…………………………………………………………………… 皎　然 131
《答李翊书》……………………………………………………………………… 韩　愈 134
《与元九书》……………………………………………………………………… 白居易 138
《与李生论诗书》………………………………………………………………… 司空图 145

宋 金 元

《答吴充秀才书》………………………………………………………………… 欧阳修 149
《仲兄字文甫说》………………………………………………………………… 苏　洵 152
《答谢民师书》…………………………………………………………………… 苏　轼 156
《答洪驹父书》…………………………………………………………………… 黄庭坚 159
《论词》…………………………………………………………………………… 李清照 162
《沧浪诗话·诗辨》……………………………………………………………… 严　羽 166
《论诗三十首》…………………………………………………………………… 元好问 172
《词源序》………………………………………………………………………… 张　炎 179

明 清 近 代

《南词叙录》(选录)……………………………………………………………… 徐　渭 183
《童心说》………………………………………………………………………… 李　贽 187
《曲律自序》……………………………………………………………………… 王骥德 191
《读第五才子书法》……………………………………………………………… 金圣叹 197
《闲情偶寄·词曲部》(选录)…………………………………………………… 李　渔 203
《姜斋诗话》(选录)……………………………………………………………… 王夫之 213
《原诗》(选录)…………………………………………………………………… 叶　燮 219
《文学总略》……………………………………………………………………… 章太炎 229
《论小说与群治之关系》………………………………………………………… 梁启超 241
《人间词话》(选录)……………………………………………………………… 王国维 247

后记………………………………………………………………………………… 253

《老子》(选录)

【题解】老子(约公元前580—前500年)，姓李，名耳，字聃，楚国苦县(今河南省鹿邑县，一说今安徽省涡阳县)人，春秋时期著名的哲学家、思想家、道家学派创始人。《史记·老子韩非列传》谓老子曾任“周收藏室之史”，见周室衰落而西出函谷关退隐，留有《道德经》上下两篇凡五千言。作为道家学派的开山经典，《老子》一书强调“无为”、“虚静”等思想。老子哲学中的“道”以及“自然”、“象”、“虚”、“有”、“无”、“反”、“味”、“妙”等范畴对后世文论产生了深远影响。

一章

道可道，非常道[1]；名可名，非常名[2]。无名天地之始[3]，有名万物之母[4]。故常无欲以观其妙[5]；常有欲以观其徼[6]。此两者同出而异名，同谓之玄，玄之又玄，众妙之门[7]。

二章

天下皆知美之为美，斯恶已；皆知善之为善，斯不善已。故有无相生，难易相成，长短相较[8]，高下相倾[9]，音声相和[10]，前后相随。是以圣人处无为之事[11]，行不言之教，万物作焉而不辞，生而不有[12]，为而不恃[13]，功成而弗居[14]。夫唯弗居，是以不去[15]。

十章

载营魄抱一[16]，能无离乎？专气致柔[17]，能婴儿乎？涤除玄览[18]，能无疵乎[19]？爱民治国，能无知乎？天门开阖[20]，能无雌乎[21]？明白四达，能无为乎？生之、畜之，生而不有，为而不恃，长而不宰[22]，是谓玄德[23]。

十一章

三十辐共一毂[24]，当其无，有车之用[25]。埏[26]埴以为器，当其无，有器之用。凿户牖[27]以为室，当其无，有室之用。故有之以为利[28]，无之以为用。

十二章

五色[29]令人目盲，五音[30]令人耳聋，五味令人口爽[31]，驰骋畋猎令人心发狂[32]，难得之货令人行妨[33]。是以圣人为腹不为目[34]，故去彼取此。

十四章

视之不见名曰夷[35]，听之不闻名曰希[36]，搏之不得名曰微[37]。此三者不可致诘[38]，故混而为一。其上不皦[39]，其下不昧，绳绳不可名[40]，复归于无物[41]，是谓无状之状，无物之象。是谓惚恍[42]。迎之不见其首，随之不见其后。执古之道，以御今之有[43]，能知古始[44]，是谓道纪[45]。

十六章

致虚极[46]，守静笃[47]，万物并作，吾以观复[48]。夫物芸芸，各复归其根。归根曰静，是谓复命[49]。复命曰常，知常曰明[50]。不知常，妄作，凶。知常容[51]，容乃公，公乃王，王乃天，天乃道，道乃久。没身不殆[52]。

十九章

绝圣弃智[53]，民利百倍；绝仁弃义，民复孝慈；绝巧弃利，盗贼无有。此三者，以为文不足[54]，故令有所属[55]，见素抱朴[56]，少私寡欲。

二十五章

有物混成[57]，先天地生，寂兮寥兮[58]，独立不改[59]，周行而不殆[60]，可以为天下母[61]。吾不知其名，字之曰道，强为之名曰大。大曰逝[62]，逝曰远，远曰反[63]。故道大，天大，地大，王亦大。域中有四大，而王居其一焉。人法[64]地，地法天，天法道，道法自然。

四十章

反者[65]，道之动；弱者[66]，道之用。天下万物生于有，有生于无。

四十一章

上士[67]闻道，勤而行之；中士闻道，若存若亡[68]；下士闻道，大笑之，不笑不足以为道[69]。故建言[70]有之：明道若昧，进道若退，夷道若类[71]。上德若谷，大白若辱[72]，广德若不足，建德若偷[73]，质真若渝[74]。大方无隅[75]，大器晚成[76]，大音希声，大象无形[77]。道隐无名，夫唯道善贷且成[78]。

四十二章

道生一，一生二，二生三，三生万物[79]。万物负阴而抱阳[80]，冲气以为和[81]。人之所恶，唯孤寡不毂[82]，而王公以为称。故物，或损之而益[83]，或益之而损。人之所教，我亦教之[84]。强梁者不得其死[85]，吾将以为教父[86]。

八十一章

信言不美，美言不信[87]；善者不辩，辩者不善；知者不博，博者不知[88]。圣人不积[89]，既以为人[90]，己愈有；既以与人，己愈多。天之道，利而不害。圣人之道，为而不争。

清光绪浙江书局刻明华亭张之象本王弼注《老子道德经》

【注释】

[1]常：永恒。

[2]名：名称。

[3]“无”是天地的初始。

[4]“有”是万物的根源。

[5]妙：微妙。

[6]徼：音 jiào，边际，端倪。

[7]众妙之门：各种奥妙的门径与源头。

[8]较：比较，显现。

[9]倾：依靠。

[10]音指各种声的配合变化，声指单一之声。

[11]无为：不妄为，顺其自然。不言：不乱言，不滥用政令。

[12]有：占有。

[13]恃：依赖。

[14]居：占据，居功夸耀。

[15]去：离去。

[16]载：发语词。营魄：魂魄，精神。抱一：合一，魂魄与形体相附和而为一体。

[17]专气：集气，聚合精气。致柔：归于柔顺。

[18]玄览：比喻心灵深处明澈如镜。

[19]疵：瑕疵。

[20]天门开阖：感官的动静运用。

[21]雌：柔弱安静。为雌，即守静。

[22]宰：主宰，掌管。

[23]玄德：最深的德。

[24]辐：车轮中连接车毂和轮辋的木条。毂：车轮中心部分，有圆孔，可以插轴。

[25]无：指车毂中心的空缺之处。正因为有了中空之处，才能发挥车的作用。

[26]埏：音 shān，用水和土。埴：音 zhí，制陶的黏土。

[27]户牖：门窗。牖，音 yǒu。

[28]利：便利。用：作用。

[29]五色：青、赤、黄、白、黑，泛指各种色彩。目盲：眼花缭乱。

[30]五音：宫、商、角、徵、羽，泛指各种音调。耳聋：听觉不灵。

[31]五味：酸、苦、甘、辛、咸，泛指多种味道。口爽：味觉受到损伤，有所差失。

[32]驰骋畋猎：纵情奔走，猎取禽兽。

[33]妨：妨害，伤害。

[34]"腹"与"目"为代指，前者谓自身，后者指外物。此处意为只求安饱而不追求纵情声色。

[35]夷：指道的无形，不可以视觉感知。

[36]希：指道的无声，不可以听觉把握。

[37]微：细。

[38]致诘：追究，彻底区分。

[39]皦：音 jiǎo，光明。

[40]绳绳：纷纭不绝。

[41]复归于无物：还原为不具任何形象的存在。

[42]惚恍：若有若无、微妙莫测的状态。

[43]有：具体的事物。

[44]古始：宇宙的初始。

[45]道纪：道的规律。

[46]致：推至，达到。极：极点。

[47]笃：坚实，牢固。

[48]复：往复循环，返归于静。

[49]复命：回归生命本性。命，指天生之性。

[50]常：永恒的规律。明：对于规律的认识和了解。

[51]容：包容，宽容。

[52]终其一生没有危险。

[53]绝圣弃智：杜绝、抛弃聪明才智。

[54]文：文饰，修饰。

[55]属：归属。

[56]见素抱朴：保持质朴。见，通"现"。素是未染色之丝，朴是未雕琢之木。

[57]物：指道。混成：混然一体。
[58]寂寥：寂静无声，寥廓无形。
[59]独立不改：独自存在而不改变。
[60]周行而不殆：循环运行而不停止。
[61]天下母：天地的本原。
[62]曰：则。逝：运行。
[63]反：返回本原。
[64]法：效法，遵循。
[65]反：复，循环。
[66]弱：柔弱，柔和。
[67]上士：上等士人，即明智通达之人。
[68]若存若亡：将信将疑。
[69]笑：嘲笑。这里指“道”本非人人所能理解，不被见识浅陋之人嘲笑，便算不上“道”了。
[70]建言：立言。
[71]类：不平。
[72]辱：污黑。
[73]建德若偷：刚健之德反如苟且偷惰。建：通“健”。
[74]质真若渝：质朴纯真反如污浊。渝：变污浊。
[75]大方无隅：方正至大则没有棱角。隅：棱角。
[76]大器晚成：贵重的器物则在最后完成。
[77]大象无形：形象至大而无形迹。
[78]善贷且成：善于辅助万物而成。贷：施予，辅助。
[79]“一”为道，“二”为天地，“三”为阴气、阳气、和气。
[80]负阴而抱阳：背阴而向阳。
[81]冲气以为和：阴阳相交而成均调和谐之气。
[82]不毂：即没有车，代指贫穷，与孤、寡皆为君王自称的谦辞。
[83]意思是虽以贱名自损，却又能以谦卑而得到百姓拥护。
[84]前人教给我的经验，我也拿来教导别人。
[85]强梁：强盛暴虐之人。
[86]父：规矩。教父：教人的准则。
[87]信：真实。
[88]真正明知事理的人不求多闻博识，多闻博识之人不能有深入认识。
[89]不积：不私自积累。
[90]为：施予。

【导读】

《老子》所论“道”、“无为”、“虚静”等并未正面涉及文学艺术，而“信言不美，美言不信”更是对文艺持否定态度，但是，考虑老子崇尚“自然”、“无为”而主张“绝学”、“弃智”的理论诉求，便不难发现“实际上老子不是真正不要文艺，他要求的是一种完全摒弃人文而合乎天然的文艺，与道相合的美的境界”①。以此观照，《老子》中“道可道，非常道”、“致虚极，守静笃”与“大音希声，大象无形”等涉及言意关系、审美心理、意境论的只言片语，虽“寄生”于论“道”体系，却并未影响它们对后世文论与创作实践的导向作用。

1.“道可道，非常道”与言意关系

“道”是老子哲学思想体系中的最高范畴，而《老子》开篇却说：“道可道，非常道。”“道不可道”论断，其实暗含老子对道之超越性与语言有限性的思索，也开启了道家对言意关系的探讨。二十五章言：“有物混成，先天地生。寂兮寥兮，独立而不改，周行而不殆，可以为天下母。吾不知其名，字之曰道，强为之名曰大。”这一段讲述中包含“道”的本原性与不可言说性。“道”是先于万物存在的本原，它“视之不见”、“听之不闻”、“搏之不得”（十四章），是抽象而难以体认的“无状之状，无物之象”（十四章）。既然“道”不在正常的感知范围内，也就很难用语言来把握，只好勉强为其命名，并事先声明语言传意的有限性。所以，“道可道，非常道”既是老子的无奈之举，同时也是老子的警醒与高明之处。《老子》“言意之辨”本非文学命题，但是经过庄子“得意忘言”及魏晋“言不尽意”诸说的不断响应与深化，而移作言意关系这一文学理论基本问题。后世“不着一字，尽得风流”（司空图《二十四诗品》）、“含不尽之意，见于言外”（欧阳修《六一诗话》）、“言有尽而意无穷”（严羽《沧浪诗话》），等等，均与此有关。

2.“致虚极，守静笃”与审美观照

面对“道”这一老子哲学思想体系中的最高范畴，以言说之“道”而论，“道不可道”；以方法之“道”观之，却是“体道有道”。如果说“道”是不可言说的，那么又该如何体认呢？在论述言意关系后，《老子》提出了“为道日损”和“致虚守静”的认知方式。与传统的“为学日益”不同，领悟“道”是一个不断做减法的过程。为此，老子提出要“致虚极，守静笃，万物并作，吾以观复”（十六章）。在他看来，致虚守静便是返归其根，如此才能把握规律而行事明智。“虚”者，空也，指的是精神的虚无清明；“静”者，寂也，指的是精神的无为宁静。要达到这一境界，就必须消解种种心机、成见与杂念，守持宁静而回归本性根源的清明透彻。换用《老子》十章的话来说，便是“专气致柔”与“涤除玄览”。老子把致虚守静当作体认“道”的方法，此点亦适用于文学艺术的审美创造。一方面，创作主体只有摒弃成见、清除干扰才能进入审美境界，诱发创作灵感。另一方面，只有创作主体致虚守静，才能与物同化，继而达成审美创作的合于自然。“致虚极，守静笃”切中审美创作规律，因而得到后人的响应。庄子的“心斋”、“坐忘”，陆机的“收视反听”，刘勰的“陶钧文思，贵在虚静，疏瀹五藏，澡雪精神”等，都是对老子虚静论的接受与发挥。

3.“大音希声，大象无形”与意境论

《老子》四十一章“大方无隅，大器晚成，大音希声，大象无形”本为类比“道隐无名”而不可以形体索求，但因“声”、“音”、“形”、“象”语涉文艺，亦可视作揭示作品高妙境界的文学理论。历史上围绕大音何以希声与大象怎样无形的说解各不相同。《韩非子·喻

① 张少康：《中国文学理论批评史》上卷，北京大学出版社2005年版，第50页。

老》:“不为小害善，故有大名；不蚤见示，故有大功。故曰：‘大器晚成，大音希声。’”认为“大音”需长期积聚，故而罕闻其声。《老子》王弼注：“有声则有分，有分则不宫而商矣。分则不能统众，故有声音，非大音也。”意思是一旦落实为具体声音，便失去了“大音”的完整与完美。钱锺书《管锥编》:“寂之于音，或为先声，或为遗响，当声之无，有声之用。是以有绝响或阒响之静(empty silence)，亦有蕴响醞响之静(peopled silence)。静故曰‘希声’，虽‘希声’而蕴响醞响，是为‘大音’。”①强调“声之无”而“有声之用”。以上三家说解中，均暗藏“有”与“无”的辩证关系。至于“大象无形”，则涉及形象思维的问题。“大音”与“大象”属于“无”，却又要借助“有”来显现，这种“有无相生”奠定了中国古典美学意境论的基础。司空图“象外之象”与“景外之景”(《二十四诗品·与极浦书》)、“韵外之致”与“味外之旨”(《与李生论诗书》)，明显继承老子之说。严羽高扬“兴象”，王国维标举“意境”，皆可从“大音希声，大象无形”一句寻得理论前身。

除了“言意之辨”、“虚静论”、“意境论”等文艺命题得力于《老子》，“信言不美”中蕴藏的语言艺术的最高追求，“复归于婴儿”对真心真情的倡导，以及“味”、“反”、“奇”、“妙”、“自然”等概念进入文论范畴，都是《老子》一书给予中国文论的丰厚馈赠。

【拓展阅读】

1. (魏)王弼:《周易略例·明象》，载楼宇烈《王弼集校释》，中华书局2009年版。

2. (战国)庄周:《天道》，载郭庆藩《庄子集释》，中华书局2012年版。

3. 高文强:《中国古代文论范畴发生史〈老子〉卷：道法自然》，武汉大学出版社2009年版。

4. 姜金元:《大象无形：〈老子〉美学思想与中国文学本体论建构》，中国社会科学出版社2010年版。

5. 王乙:《老子“言”、“辩”之美及其对后世文论的影响》，载《四川师范大学学报(社会科学版)》1986年第4期。

---

① 钱锺书:《管锥编》第二册，生活·读书·新知三联书店2008年版，第695页。

《论语》(选录)

【题解】孔子(公元前551—前479年),名丘,字仲尼,鲁国陬邑(今山东曲阜东南)人,春秋时期伟大的思想家、教育家、儒家学派的创始人。孔子曾任鲁司寇,后率弟子周游列国,皆不受重用。晚年回到鲁国,讲学论政并整理典籍。《汉书·艺文志》云:"《论语》者,孔子应答弟子、时人及弟子相与言而接闻于夫子之语也。当时弟子各有所记。夫子既卒,门人相与辑而论纂,故谓之《论语》。"一般认为,《论语》是孔子弟子及其再传弟子关于孔子言行的记录,编订过程始于春秋末年而成于战国初期,反映了早期儒家"礼"、"仁"等基本思想。孔子的文艺思想以"诗教"为核心,在强调文学社会功用的同时,还涉及内容与形式的统一、审美与批评的标准等方面。

学　而

子曰:"巧言令色[1],鲜矣仁[2]!"

子曰:"弟子入则孝[3],出则悌[4],谨而信,泛爱众,而亲仁[5]。行有余力,则以学文[6]。"

子贡[7]曰:"贫而无谄,富而无骄,何如?"子曰:"可也。未若贫而乐,富而好礼者也。"子贡曰:"《诗》云:'如切如磋,如琢如磨。'[8]其斯之谓与?"子曰:"赐也,始可与言《诗》已矣,告诸往而知来者[9]。"

为　政

子曰:"《诗》三百,一言以蔽之,曰'思无邪'[10]。"

八　佾

子曰:"人而不仁,如礼何?人而不仁,如乐何?[11]"

子夏[12]问曰:"'巧笑倩兮,美目盼兮,素以为绚兮。[13]'何谓也?"子曰:"绘事后素[14]。"曰:"礼后乎[15]?"子曰:"起予者商也[16]!始可与言《诗》已矣。"

子曰:"《关雎》,乐而不淫,哀而不伤[17]。"

子语[18]鲁大师[19]乐。曰:"乐其可知也:始作,翕如也[20];从之[21],纯如也,皦如也,绎如也[22],以成。"

子谓《韶》[23]，“尽美矣，又尽善也[24]”。谓《武》[25]，“尽美矣，未尽善也[26]”。

雍　也

子曰：“质胜文则野[27]，文胜质则史[28]。文质彬彬[29]，然后君子。”

子曰：“知者乐水[30]，仁者乐山；知者动，仁者静；知者乐，仁者寿[31]。”

子曰：“君子博学于文[32]，约之以礼[33]，亦可以弗畔矣夫[34]！”

述　而

子曰：“志于道，据于德，依于仁，游于艺[35]。”

子在齐闻《韶》，三月不知肉味。曰：“不图为乐之至于斯也[36]！”

泰　伯

子曰：“兴于诗[37]，立于礼，成于乐。”

子曰：“师挚之始，《关雎》之乱[38]，洋洋乎盈耳哉[39]！”

子　路

子曰：“诵《诗》三百，授之以政，不达[40]；使于四方，不能专对[41]；虽多，亦奚以为？”

卫　灵　公

颜渊问为邦[42]。子曰：“行夏之时[43]，乘殷之辂[44]，服周之冕[45]，乐则《韶》舞。放郑声[46]，远佞人，郑声淫，佞人殆[47]。”

子曰：“人无远虑，必有近忧[48]。”

子曰：“辞达而已矣[49]。”

季　氏

陈亢[50]问于伯鱼[51]曰：“子亦有异闻乎[52]？”对曰：“未也。尝独立[53]，鲤趋而过庭[54]。曰：‘学诗乎？’对曰：‘未也。’‘不学诗，无以言。[55]’鲤退而学诗。他日又独立，鲤趋而过庭。曰：‘学礼乎？’对曰：‘未也。’‘不学礼，无以立。[56]’鲤退而学礼。闻斯二者。”陈亢退而喜曰：“问一得三，闻诗，闻礼，又闻君子之远其子也[57]。”

阳 货

子曰："小子何莫学夫诗[58]？诗可以兴[59]，可以观[60]，可以群[61]，可以怨[62]。迩之事父[63]，远之事君，多识于鸟兽草木之名。"

子谓伯鱼曰："女为《周南》、《召南》矣乎[64]？人而不为《周南》、《召南》，其犹正墙面而立也与[65]？"

清阮元校刻《十三经注疏》本《论语注疏》

【注释】

[1]巧言：花言巧语。令：美好。

[2]鲜：少。

[3]弟子：年纪幼小的人。入：在家。

[4]出：外出。悌：敬爱兄长。

[5]亲：亲近。仁：仁者。

[6]朱熹《论语集注》："文，谓《诗》《书》六艺之文。"

[7]子贡：孔子学生，姓端木，名赐，字子贡。

[8]"如切如磋，如琢如磨"：见《诗经·卫风·淇奥》。《尔雅·释器》："骨谓之切，象谓之磋，玉谓之琢，石谓之磨。"指道德学问上的精益求精。

[9]往、来：犹言前后，指子贡能够告一知二，举一反三。

[10]思无邪：见《诗经·鲁颂·駉》，原诗中"思"为句首语气词，无实义。此处乃断章取义，指《诗经》思虑纯正，无虚伪邪恶之心。

[11]做人如果不仁，怎么对待礼呢？怎么对待乐呢？

[12]子夏：孔子学生，姓卜，名商，字子夏。

[13]"巧笑倩兮，美目盼兮"二句见《诗经·卫风·硕人》，"素以为绚兮"一句为散逸诗句。巧：好。倩：笑貌，面貌美好。盼：眼睛黑白分明。素：白色的底子。绚：绚丽的色彩。

[14]绘事：绘画之事。后素：后于素，指绘画应先以白色为底，再施以五彩之色。《考工记》曰："绘画之事后素功。"一说后为然后之义。《论语集解》引郑玄注："凡绘画先布众色，然后以素分布其间，以成其文，喻美女虽有倩盼美质，亦须礼以成之。"

[15]礼后乎：此处未言后于何，依儒家思想，当为后于仁。

[16]起：启发。

[17]淫：过分。朱熹《诗经集注》："淫者，乐之过而失其正者也；伤者，哀之过而害于和者也。"

[18]语：音 yù，告诉。

[19]大师：大，音 tài，太师，乐官名。

[20]翕：音 xī，合也。

[21]从：接着。一说同“纵”，放也。

[22]纯：纯净。皦：清晰。绎：连续不断。

[23]《韶》：舜时乐曲名。

[24]美：声音动听。善：内容和善。

[25]《武》：周武王时乐曲名。

[26]舜因盛德受禅而得天下，故孔子以为尽美尽善；武王以征伐取天下，故孔子以为美而不善。

[27]质：质朴，指人的内在本性。文：文采，指人的外在仪表。野：粗野，粗陋。

[28]史：虚浮，雕琢。朱熹《论语集注》：“史，掌文书，多闻习事，而诚或不足也。”

[29]文质彬彬：指内在品质与外在仪态配合适当。

[30]知：同“智”。乐：爱好，喜爱。

[31]皇侃《论语义疏》：“乐水乐山为智仁之性，动静为智仁之用，寿乐为智仁之功。”

[32]博学于文：广泛地学习文献。

[33]约之以礼：用礼仪约束自己。

[34]弗：不。畔：同“叛”，背叛。

[35]志：追求。据：根据。依：依照。游：游憩。艺：指六艺，礼、乐、射、御、书、数。

[36]不图：想不到。

[37]兴：起。修身当先从《诗》学起。

[38]师挚：鲁国太师，名挚。始：音乐的开始。乱：音乐的结尾。古代奏乐，始于升歌，终于合乐，升歌谓之“始”，合乐谓之“乱”，由“始”到“乱”称为“一成”。

[39]洋洋：美盛之貌。盈：满。

[40]政：政事。达：通达。

[41]使：出使。专对：独自应对。春秋时代，使者受君命而出使邻国，使者必须随机应变，独自应对，此谓“专对”。同时，春秋时的外交酬酢，通行赋诗言志，《诗》为外交必备用语。

[42]颜渊：孔子学生，名回，字子渊。为邦：治理国家。

[43]用夏朝的历法。夏历以建寅之月(农历正月)为岁首，周以建子之月(农历十一月)为岁首。夏历以寅为人正，且合于农时，故孔子主行夏历。

[44]辂：音 lù，大车。殷商的车较周代之车更为质朴。

[45]服：戴。冕：礼帽。周礼较为完备，华而不靡，费而不奢。

[46]放：禁绝。郑声：流行于郑国的民乐。

[47]殆：危险。

[48]一个人没有长远的考虑，则必有眼前的忧患。

[49]言辞能够表达清楚意义就够了。可与《雍也》“文质”之辨对读。

[50]陈亢：字子禽，亢音 gāng。

[51]伯鱼：孔子之子，名鲤。

[52]异闻：与众不同的单独的教导。

[53]尝：曾经。独立：独自站在庭中。

[54]趋：臣行过君前，子行过父前，当趋行，以示恭敬。

[55]学《诗》而后事理通达、心平气和，故而能言。

[56]学礼而后品行端正、德性坚定，故而能立。

[57]朱熹《诗经集注》引尹氏之说："孔子之教其子，无异于门人，故陈亢以为远其子。"

[58]小子：弟子门人。

[59]兴：《论语集解》引孔安国注曰："引譬连类。"朱熹《诗经集注》谓"感发意志"。

[60]观：《论语集解》引郑玄注曰："观风俗之盛衰。"朱熹注为"考见得失"。

[61]群：孔安国注曰："群居相切磋。"朱熹注为"和而不流"。

[62]怨：孔安国注曰："怨刺上政。"朱熹注为"怨而不怒"。

[63]迩：近。

[64]女：同"汝"。

[65]正：向，面对。朱熹《论语集注》："言即其至近之地，而一物无所见，一步不可行。"

【导读】

孔子是中国古代文论的重要奠基者。相较于道、墨、法诸家对文艺的排斥，儒家文学批评将文学纳入个体人格修养与社会政治伦理之中，对中国文学创作和批评理论的发展产生了深远影响。孔子所谓的"文"是礼乐文化语境中包含典章制度、著述文献在内的文化学术的总称，与今天狭义上的文学概念有所不同。文艺审美在孔子的仁学体系中占据着重要地位。其中，"兴观群怨"、"文质彬彬"与"思无邪"等文论命题，是孔子对文学的社会功用、作品内容与形式的统一、审美与批评的"中和"标准等内容的高度概括。

1."兴观群怨"与文学的社会功用

孔子认为《诗》是培养儒家君子人格的启蒙教材。《泰伯》篇有"兴于诗，立于礼，成于乐"之说，其中"兴于诗"被视作道德修养的首要阶段。所以，孔子一再强调学《诗》的重要性："不学《诗》，无以言"(《季氏》)，"人而不为《周南》、《召南》，其犹正墙面而立也与"(《阳货》)。关于《诗经》的社会与情感功能，孔子进行了系统化的概括："诗可以兴，可以观，可以群，可以怨。迩之事父，远之事君，多识于鸟兽草木之名。"所谓"兴"，朱熹解作"感发意志"，指的是文学作品引发联想，感染情绪与激发精神的认知作用。"观"源自春秋时期的"赋诗言志"，郑玄"观风俗之盛衰"，指出了诗人对社会风尚的关注。"群"着眼于文学作品的协调与统一作用，孔安国注曰："群居相切磋。""怨"是为自下而上的意见表达，孔安国的"怨刺上政"与朱熹的"怨而不怒"分别就内容与程度对怨进行了解释。此后，"兴观群怨"不断得到后世回应，并在"于所兴而可观，其兴也深；于所观而可兴，其观也审。以其群者而怨，怨愈不忘；以其怨者而群，群乃益挚"(王夫之《诗绎》)等论说中深化。而"迩之事父，远之事君"表明，"兴观群怨"的落脚点仍是政治教化与道德修养，强调的是文学的社会作用。

2. “文质彬彬”与内容形式的统一

《论语·雍也》篇记载了孔子主张文质并重的一段论述：“质胜文则野，文胜质则史。文质彬彬，然后君子。”对于“史”，多作雕琢、虚浮解，金良年《论语译注》说：“史官记事简明扼要，尤其要注意分寸‘如〈春秋〉’，故用以喻指雕琢。”①此处本就儒家君子人格的内外兼修立论，强调人的外在仪表与内在品德的统一。这种内容与形式的不可偏废同样适用于言辞、文章及音乐的评价。一方面，孔子对过于修饰的“巧言”多加批评，认为其有违仁德：“巧言令色，鲜矣仁。”(《学而》)另一方面，孔子又指出“情欲信，辞欲巧”(《礼记·表记》)。针对“君子质而已矣，何以文为”的误解，子贡有过补充：“文犹质也，质犹文也；虎豹之鞟犹犬羊之鞟。”(《颜渊》)如果没有外在花纹的区分，虎豹之皮便等同于犬羊之皮，意在说明形式对于内容的影响。《八佾》篇中，孔子对《韶》乐形式与内容“尽善尽美”的推崇也影响到后世文论。陆机《文赋》“理扶质以立干，文垂条而结繁”，刘勰《文心雕龙·情采》“夫水性虚而沦漪结，木体实而花萼振，文附质也。虎豹无文，则鞟同犬羊；犀兕有皮，而色资丹漆，质待文也”等，皆主张内容与形式的和谐统一。

3. “思无邪”与中和之美

孔子以《诗经》为例表明了文学审美与批评的标准：“《诗》三百，一言以蔽之，曰‘思无邪’。”“思无邪”语出《诗经·鲁颂·駉》篇，乃孔子的断章取义。其中“思”字本为句首无实义的语助词，却多被后人坐实为思想、思虑。其实此句并非专指思想。孔子赞扬《关雎》“乐而不淫，哀而不伤”(《八佾》)，既是强调音乐形式中正平和，也是要求内在情感不可过于激烈。何晏《论语集解》引孔安国注：“乐不至淫，哀不至伤，言其和也。”可见，此处的“乐而不淫，哀而不伤”与《尚书·尧典》所谓“八音克谐”，《论语·先进》所载“过犹不及”等“中和”观念相关。孔子举《诗经》首篇而宣扬“中和”这一儒家的政治理想和审美标准，可谓承前启后，有力推动这一观念成为中国文学批评的核心范畴。季札观乐时“忧而不困”、“乐而不淫”、“哀而不愁”的风格概括可视作孔子思想的前驱，而刘安“《国风》好色而不淫，《小雅》怨悱而不乱”的评语则是“思无邪”观念的后继②。

作为百家争鸣的前驱者，孔子着眼于社会政治与伦理道德的批评思想，开创了儒家关注现实的文学批评理论流脉。除上述三点，《论语》中“告诸往而知来者”反映的接受论，“有德者必有言”背后的文德观，“恶郑声”的崇雅抑俗立场，“述而不作，信而好古”的文学继承观及其带来的复古因袭之风等，也在不同程度上影响到后世的文学创作与批评。

【拓展阅读】

1. (清)黄宗羲：《汪扶晨诗序》，载《黄梨洲文集》，中华书局 1959 年版。
2. (清)王夫之：《诗绎》，载《船山遗书》，岳麓书社 2011 年版。
3. 钱锺书：《诗可以怨》，载《七缀集》，生活·读书·新知三联书店 2002 年版。
4. 赵玉敏：《孔子文学思想研究》，北京大学出版社 2010 年版。
5. 马银琴：《论孔子的诗教主张及其思想渊源》，载《文学评论》2004 年第 5 期。

---

① 金良年：《论语译注》，上海古籍出版社 2004 年版，第 61 页。
② 李建中主编：《中国文学批评史》，北京大学出版社 2009 年版，第 51 页。

《庄子》(选录)

【题解】庄子(约公元前369—前286年)，名周，宋国蒙城(今河南商丘市东北)人，曾任漆园吏，是战国时期道家学派的代表人物。《庄子》一书又称《南华真经》，由庄子及其后学所撰，包括内篇七、外篇十五、杂篇十一。一般认为，内七篇系庄子所作，外篇与杂篇多掺杂后人观点。《庄子》继承了老子以"道"为核心的思想体系，崇尚自然而倡导相对主义，又在逍遥与齐物等精神层面有所拓展。《庄子》论道谈艺时涉及的审美体验、艺术创作、境界和言意关系等思想，也对后世文学创作与批评产生了深远的影响。

齐 物 论

南郭子綦隐机[1]而坐，仰天而嘘，荅焉似丧其耦[2]。颜成子游立侍乎前，曰："何居乎[3]？形固可使如槁木，而心固可使如死灰乎？今之隐机者，非昔之隐机者也。"子綦曰："偃，不亦善乎，而问之也！今者吾丧我[4]，汝知之乎？女闻人籁而未闻地籁，女闻地籁而未闻天籁夫[5]！

子游曰："敢问其方。"子綦曰："夫大块噫气[6]，其名为风。是唯无作，作则万窍怒呺。而独不闻之翏翏乎[7]？山林之畏佳[8]，大木百围之窍穴，似鼻，似口，似耳，似枅[9]，似圈，似臼，似洼者，似污者；激者、謞者、叱者、吸者、叫者、譹者、宎者、咬者[10]，前者唱于而随者唱喁。泠风则小和，飘风则大和[11]，厉风济则众窍为虚。而独不见之调调，之刁刁乎[12]？"

子游曰："地籁则众窍是已，人籁则比竹是已。敢问天籁。"子綦曰："夫吹万不同，而使其自己也。咸其自取，怒者其谁邪！"

昔者庄周梦为胡蝶，栩栩然胡蝶也，自喻适志与[13]！不知周也。俄然觉，则蘧蘧然[14]周也。不知周之梦为胡蝶与，胡蝶之梦为周与？周与胡蝶，则必有分矣。此之谓物化。

养 生 主

吾生也有涯，而知也无涯。以有涯随无涯，殆已；已而为知者，殆而已矣。为善无近名，为恶无近刑。缘督以为经[15]，可以保身，可以全生，可以养亲，可以尽年。

庖丁为文惠君解牛，手之所触，肩之所倚，足之所履，膝之所踦，砉然响然[16]，奏刀騞然[17]，莫不中音。合于《桑林》之舞，乃中《经首》之会[18]。文惠君曰："譆，善哉！

技盖至此乎?”庖丁释刀对曰:“臣之所好者,道也,进乎技矣。始臣之解牛之时,所见无非全牛者。三年之后,未尝见全牛也。方今之时,臣以神遇而不以目视,官知止而神欲行。依乎天理,批大郤[19],导大窾[20],因其固然。技经肯綮之未尝[21],而况大軱乎[22]!良庖岁更刀,割也;族庖月更刀,折也。今臣之刀十九年矣,所解数千牛矣,而刀刃若新发于硎[23]。彼节者有间,而刀刃者无厚;以无厚入有间,恢恢乎其于游刃必有余地矣,是以十九年而刀刃若新发于硎。虽然,每至于族[24],吾见其难为,怵然为戒,视为止,行为迟。动刀甚微,謋然已解,如土委地。提刀而立,为之四顾,为之踌躇满志,善刀而藏之。”文惠君曰:“善哉!吾闻庖丁之言,得养生焉。”

人间世

颜回曰:“吾无以进矣,敢问其方。”仲尼曰:“斋[25],吾将语若!有心而为之,其易邪?易之者,皞天不宜[26]。”颜回曰:“回之家贫,唯不饮酒不茹荤者数月矣。如此,则可以为斋乎?”曰:“是祭祀之斋,非心斋也。”回曰:“敢问心斋。”仲尼曰:“若一志,无听之以耳而听之以心,无听之以心而听之以气!听止于耳,心止于符[27]。气也者,虚而待物者也。唯道集虚。虚者,心斋也。”颜回曰:“回之未始得使,实自回也;得使之也,未始有回也;可谓虚乎?”夫子曰:“尽矣。吾语若!若能入游其樊而无感其名[28],入则鸣,不入则止。无门无毒[29],一宅而寓于不得已[30],则几矣。绝迹易,无行地难。为人使易以伪,为天使难以伪。闻以有翼飞者矣,未闻以无翼飞者也;闻以有知知者矣,未闻以无知知者也。瞻彼阕者,虚室生白[31],吉祥止止[32]。夫且不止,是之谓坐驰[33]。夫徇耳目内通而外于心知,鬼神将来舍,而况人乎!是万物之化也,禹舜之所纽也,伏戏几蘧之所行终,而况散焉者[34]乎!”

大宗师

颜回曰:“回益矣。”仲尼曰:“何谓也?”曰:“回忘仁义矣。”曰:“可矣,犹未也。”他日,复见,曰:“回益矣。”曰:“何谓也?”曰:“回忘礼乐矣。”曰:“可矣,犹未也。”他日,复见,曰:“回益矣。”曰:“何谓也?”曰:“回坐忘矣。”仲尼蹴然[35]曰:“何谓坐忘?”颜回曰:“堕肢体,黜聪明[36],离形去知,同于大通[37],此谓坐忘。”仲尼曰:“同则无好也,化则无常也。而果其贤乎!丘也请从而后也。”

天道

世之所贵道者书也,书不过语,语有贵也。语之所贵者意也,意有所随[38]。意之所随者,不可以言传也。而世因贵言传书。世虽贵之,我犹不足贵也,为其贵非其贵也[39]。故视而可见者,形与色也;听而可闻者,名与声也。悲夫,世人以形色名声为足以得彼之情!夫形色名声果不足以得彼之情,则知者不言,言者不知,而世岂识之哉!

桓公读书于堂上。轮扁斫轮于堂下[40],释椎凿而上,问桓公曰:“敢问,公之所读者何言邪?”公曰：“圣人之言也。”曰：“圣人在乎?”公曰：“已死矣。”曰：“然则君之所读者，古人之糟魄已夫!”桓公曰：“寡人读书，轮人安得议乎！有说则可，无说则死。”轮扁曰：“臣也以臣之事观之。斫轮，徐则甘而不固[41]，疾则苦而不入[42]，不徐不疾，得之于手而应于心，口不能言，有数存焉于其间[43]。臣不能以喻臣之子，臣之子亦不能受之于臣，是以行年七十而老斫轮。古之人与其不可传也死矣，然则君之所读者，古人之糟魄已夫!”

渔　父

孔子愀然[44]曰：“请问何谓真?”客曰：“真者，精诚之至也。不精不诚，不能动人。故强哭者虽悲不哀，强怒者虽严不威，强亲者虽笑不和[45]。真悲无声而哀，真怒未发而威，真亲未笑而和。真在内者，神动于外，是所以贵真也。其用于人理也，事亲则慈孝，事君则忠贞，饮酒则欢乐，处丧则悲哀。忠贞以功为主，饮酒以乐为主，处丧以哀为主，事亲以适为主，功成之美，无一其迹矣[46]。事亲以适，不论所以矣；饮酒以乐，不选其具矣；处丧以哀，无问其礼矣。礼者，世俗之所为也；真者，所以受于天也，自然不可易也。故圣人法天贵真[47]，不拘于俗。愚者反此。不能法天而恤于人，不知贵真，禄禄而受变于俗[48]，故不足。惜哉，子之蚤湛于人伪而晚闻大道也[49]!”

中华书局新编诸子集成本郭庆藩《庄子集释》

【注释】

[1]隐机：倚靠几案。

[2]荅：音 tà，形神散失。耦：同“偶”，形体。

[3]何居：何故。

[4]丧：丧失，忘记。

[5]分别指人吹管竹、风吹洞穴和万物依自然状态发出的声音。

[6]大块：大地。噫气：吐气。噫，音 yī。

[7]翏翏：风呼啸声。翏，音 liù。

[8]畏佳：嵬崔，山体高峻。

[9]枅：音 jī，梁上横木。

[10]形容风怒号之声。謞，音 xiāo，飞箭声。宎，音 yǎo，沉吟声。

[11]泠风：小风。泠，音 líng。飘风：大风。

[12]风吹草木摇曳的样子。

[13]喻：明白。适志：合乎心意。

[14]蘧蘧然：突然惊醒的样子。蘧，音 qú。

[15]缘：沿着。督：正道，中医奇经八脉中的身背之中脉。经：常。

[16]砉：皮和骨肉分离声。砉，音 huā。

[17]騞，音 huō。

[18]桑林：商汤乐曲名。经首：传为尧乐曲名。

[19]批：切入。郤：音 xì，筋骨间隙。

[20]导：引导。窾：音 kuǎn，骨节间隙。

[21]技：通“枝”，支脉。经：经脉。肯：骨头上的肉。綮：音 qìng，骨肉联结处。

[22]大軱：大骨。軱，音 gǔ。

[23]硎：音 xíng，磨刀石。

[24]族：骨筋聚结处。

[25]斋：心斋，清除心中欲念。

[26]皞：通“昊”，光大。

[27]心的作用只限于与外物相合。

[28]樊：樊篱，指卫国。

[29]无门无毒：曹础基《庄子浅注》：“无门，不要摆出医师的门面。无毒，不要把自己的主张看作治人的药方。”

[30]一宅：凝聚于一。

[31]喻指空灵的心境可发出白光。

[32]前“止”为集，后“止”作“之”。

[33]身体坐着而精神飞驰。

[34]散焉者：疏散之人，普通人。

[35]蹴然：变色惊奇。

[36]堕：毁弃。黜：罢黜。不受形体和智巧束缚。

[37]大通：犹大道。

[38]随：随从。谓意产生之处。

[39]世人所看重的并不是真正可贵的。

[40]斫：砍削。

[41]徐：缓慢。甘：滑，松动。固：牢固。

[42]疾：快速。苦：艰涩。不入：难以进入。

[43]数：同“术”，技巧。

[44]愀然：面色严肃或不愉快。愀，音 qiǎo。

[45]强：勉强。

[46]功成完美，不拘于一定的方式。

[47]效法自然，贵重本真。

[48]禄禄：庸庸碌碌。

[49]蚤：即“早”。湛：同“沈”，沉溺。

【导读】

《庄子》对老子有所继承和发挥：由“自然无为”出发，标举“真”的审美标准；在“致虚极，守静笃”的基础上，提出“心斋”与“坐忘”的审美方式；顺着“道可道，非常道”的言意关系，形成“言不尽意”“得意忘言”的语言观。在创作论与鉴赏论等层面，庄子给予中国古代文学批评理论诸多启示。

1."法天贵真"的审美标准

在庄子及其后学看来，天地自然无为而化育万物，人亦应自然无为。《秋水》篇："牛马四足，是谓天；落马首，穿牛鼻，是谓人。""天"指的是与"人"相对的自然，是牛马天生四足的本性而非套马首、穿牛鼻的人为束缚。"命"指称自然规律，即不以人为意志去破坏自然规律。其落脚点在"反其真"，即回归天然的纯朴本性。《渔夫》篇解释"真"的意蕴："真者，精诚之至也。不精不诚，不能动人。故强哭者虽悲不哀，强怒者虽严不威，强亲者虽笑不和……真在内者，神动于外。是所以贵真也。""真"是内在的精诚，是情感的自然流露，而非"强"所意味的人为之"伪"。后者的危害不单单是"虽悲不哀"式的缺乏感染力，还表现为东施效颦的反增其丑和浑沌凿七窍的扭曲至死。《庄子》以"真"为美的审美标准，化为"朴素而天下莫能与之争美"(《天道》)的审美思想。这也直接影响到公安派"情至之语，自能感人"的认识和"独抒性灵，不拘格套"(袁宏道《叙小修诗》)的主张。

2."心斋坐忘"与审美方式

"心斋"与"坐忘"是近于"为道日损"的体认方式。何谓"心斋"?《人间世》说："若一志，无听之以耳而听之以心，无听之以心而听之以气。听止于耳，心止于符。气也者，虚而待物者也。唯道集虚。虚者，心斋也。""心斋"不同于普通斋戒，而是从耳经心再到气的有归于无。耳是感官，是形体；心是思维，是聪明，对它们的超越也就是《大宗师》的"坐忘"，这既是对感觉与知觉功能的废止，更是为体道去蔽而达于"大明"的过程。继承"致虚守静"和"涤除玄览"，庄子的"心斋"与"坐忘"是《逍遥游》"至人无己，神人无功，圣人无名"境界的实现途径。由此，可断绝功利而物我同一，进入庄周梦蝶的"物化"境界。庖丁说"以神遇而不以目视，官知止而神欲行"(《养生主》)；梓庆说"斋三日，而不敢怀庆赏爵禄。斋五日，不敢怀非誉巧拙。斋七日，辄然忘吾有四肢形体也"；佝偻者说"吾执臂也，若槁木之枝。虽天地之大，万物之多，而唯蜩翼之知"(《达生》)。主客体浑然一体而达于无功利的心态，成为中国古代文艺创作的一大特征。《文心雕龙·神思》称"陶钧文思，贵在虚静。疏瀹五藏，澡雪精神"。苏轼《送参寥师》亦有类似论述："欲令诗语妙，无厌空且静。静故了群动，空故纳万境。"如此种种，皆是后世文论对"虚静"与"物化"的响应。

3."得意忘言"的语言艺术观

顺着《道德经》开篇的"道可道，非常道"说下去，《庄子》提出了"言不尽意"论，并由此深化为"得意忘言"的主张。《庄子》的语言观是"书文糟粕论"①，《秋水》篇曰："可以言论者，物之粗也；可以致意者，物之精也。言之所不能论，意之所不能察致者，不期精粗焉。"庄子认为语言无法传达意的真谛，世人的贵言传书也不足为取。而解决道"不可说"与"不得不说"之间矛盾的途径则是"得意忘言"："荃者所以在鱼，得鱼而忘荃；蹄者所以在兔，得兔而忘蹄；言者所以在意，得意而忘言。""忘言"旨在防止手段对目的的干扰，这也正是超越"言不尽意"的一种解决之道。庄子的"言不尽意"和"得意忘言"启发了后世尤其是魏晋玄学对言意关系的进一步探讨，也推动了意境论含蓄传统的形成与发展。

---

① 罗根泽：《中国文学批评史》，上海书店出版社2003年版，第64~65页。

陆机《文赋》"恒患意不称物，文不逮意"，钟嵘《诗品序》"文已尽而意有余"，严羽《沧浪诗话》"言有尽而意无穷"等观念皆与此有关。

先秦诸子中，最富诗人气质的庄子影响了中国古代文学创作与批评的诸多方面。此外，《庄子》一书中"言隐于荣华"对雕琢虚华语言的排斥，"厉与西施，恢诡谲怪，道通为一"蕴含的相对认知，"以卮言为曼衍，以重言为真，以寓言为广"的三言驰骋，以及"朴素"美范畴的标举，都深刻地影响了中国文学乃至文化的精神气质。

【拓展阅读】

1. (宋)林希逸：《南华真经口义》，云南人民出版社 2002 年版。
2. (清)胡文英：《庄子独见》，华东师范大学出版社 2011 年版。
3. 刘绍瑾：《老子与中国美学》，岳麓书社 2007 年版。
4. 王杰泓：《中国古代文论范畴发生史〈庄子〉卷：得意忘言》，武汉大学出版社 2009 年版。
5. 刘绍瑾、侣同壮：《二十世纪庄子文艺思想研究回顾》，载《暨南大学学报(哲学社会科学版)》2003 年第 6 期。

《孟子》(选录)

【题解】孟子(约公元前372—前289年)，名轲，字子舆，战国时邹(今山东邹县东南)人，是儒家学派在战国时期的代表人物，有"亚圣"之称。相传孟子曾受学于孔子之孙子思的门人，后以孔子继承者自居，一面授徒讲学，一面游历诸国，推行自己的思想。孟子虽一度担任齐宣王客卿并在稷下学官讲学，却终不受重用，遂退而著书以阐发儒家思想。《孟子》一书近似《论语》的语录体，主要记录孟子言论及其与弟子、时人的争辩。在继承孔子学说基础上，孟子发展出"性善"、"仁政"与"民本"等思想，并由此提出"知言养气"、"以意逆志"和"知人论世"等文艺批评观。其书论辩精辟，气势磅礴，对后世的散文创作也产生了很大影响。

公孙丑上

"敢问夫子恶乎长[1]？"曰："我知言[2]，我善养吾浩然之气[3]。"

"敢问何谓浩然之气？"曰："难言也。其为气也，至大至刚[4]，以直养而无害[5]，则塞于天地之间。其为气也，配义与道；无是，馁也[6]。是集义所生者，非义袭而取之也[7]。行有不慊于心[8]，则馁矣。我故曰，告子未尝知义，以其外之也[9]。必有事焉而勿正[10]，心勿忘，勿助长也。无若宋人然[11]：宋人有闵[12]其苗之不长而揠[13]之者，芒芒然归[14]。谓其人曰：'今日病矣[15]，予助苗长矣。'其子趋[16]而往视之，苗则槁矣。天下之不助苗长者寡矣。以为无益而舍之者，不耘苗者也；助之长者，揠苗者也。非徒无益，而又害之。"

"何谓知言？"曰："诐辞知其所蔽[17]，淫辞知其所陷[18]，邪辞知其所离[19]，遁辞知其所穷[20]。生于其心，害于其政；发于其政，害于其事。圣人复起，必从吾言矣。"

万章上

咸丘蒙[21]问曰："语云：'盛德之士，君不得而臣，父不得而子[22]。'舜南面而立[23]，尧帅诸侯北面而朝之，瞽瞍[24]亦北面而朝之。舜见瞽瞍，其容有蹙[25]。孔子曰：'于斯时也，天下殆哉，岌岌乎[26]！'不识此语诚然乎哉？"

孟子曰："否。此非君子之言，齐东野人[27]之语也。尧老而舜摄也[28]。《尧典》曰[29]：'二十有八载，放勋乃徂落[30]，百姓如丧考妣[31]。三年，四海遏密八音[32]。'孔子曰：'天无二日，民无二王。'舜既为天子矣，又帅天下诸侯以为尧三年丧，是二天子矣。”

咸丘蒙曰：“舜之不臣尧[33]，则吾既得闻命矣[34]。《诗》云：‘普天之下，莫非王土；率土之滨，莫非王臣。’[35]而舜既为天子矣，敢问瞽瞍之非臣，如何?”曰：“是诗也，非是之谓也。劳于王事而不得养父母也[36]。曰：‘此莫非王事，我独贤劳也。[37]’故说《诗》者，不以文害辞，不以辞害志[38]。以意逆志[39]，是为得之。如以辞而已矣，《云汉》之诗曰：‘周余黎民，靡有孑遗。’[40]信斯言也，是周无遗民也。孝子之至[41]，莫大乎尊亲；尊亲之至，莫大乎以天下养。为天子父，尊之至也；以天下养，养之至也。《诗》曰：‘永言孝思，孝思惟则。’[42]此之谓也。《书》曰：‘祗载见瞽瞍，夔夔斋栗，瞽瞍亦允若。’[43]是为父不得而子也。”

万 章 下

孟子谓万章[44]曰：“一乡之善士，斯友一乡之善士；一国之善士，斯友一国之善士；天下之善士，斯友天下之善士。以友天下之善士为未足，又尚[45]论古之人。颂其诗[46]，读其书，不知其人，可乎？是以论其世也，是尚友也[47]。”

清阮元校刻《十三经注疏》本《孟子注疏》

【注释】

[1]恶乎：何所。恶，音 wū。长：音 cháng，擅长，长处。

[2]知言：善于辨别言辞，听人言而能知其是非得失。

[3]浩然之气：朱熹《孟子集注》：“浩然，盛大流行之貌。气，即所谓体之充者。本自浩然，失养故馁，为孟子为善养之以复其初也。”

[4]大：广大。刚：刚健。

[5]直养而无害：直：正当，正直。害：损害，伤害。

[6]馁：音 něi，饥乏，困乏。

[7]集：积累。袭：突击。言气之养成，是日积月累、事事皆合于义而产生的，不是突然一事偶合于义而由外进入内心的。

[8]慊：音 qiè，快意，满足。

[9]外之：把“义”作为外在的东西。告子持“仁内义外”之说。

[10]正：中止，停止。

[11]宋：商之后裔，周初封于宋地。

[12]闵：担忧。

[13]揠：音 yà，拔。

[14]芒芒然：疲惫的样子。

[15]病：疲倦。

[16]趋：小跑。

[17]诐：音 bì，偏颇。蔽：遮蔽，掩盖。

［18］淫：过分。陷：沉溺。

［19］邪：悖于正。离：叛离，偏离。

［20］遁：躲闪。穷：理屈。

［21］咸丘蒙：孟子的弟子。

［22］君主不能把他当作臣子，父亲不能把他当作儿子。

［23］南面：指成为天子。古代君王坐北朝南，臣下坐南面北，因而君王称“南面”，臣下称“北面”。

［24］瞽瞍：盲人。相传舜的父亲为瞽瞍。瞽：眼虽瞎而有眼珠。瞍：眼睛没有瞳的人。

［25］蹙：音 cù，颦蹙不安的样子。

［26］岌岌：危险的样子。

［27］齐东野人：齐国东鄙田野之人。

［28］摄：摄政，代为管理政事。

［29］《尧典》曰：以下所引内容见于今《尚书·舜典》，《尧典》、《舜典》实为一篇。

［30］放勋：尧的称号。徂落：死亡。徂，音 cú。

［31］百姓：这里指百官。有爵土者依礼当为天子服斩衰三年。考妣：父死为考，母死为妣。

［32］四海：这里指民间。遏：止。密：无声。八音：指用金、石、丝、竹、匏、土、革、木八种材料所制乐器发出的声音。

［33］不臣尧：不以尧为臣。

［34］命：教诲。

［35］语见《诗经·小雅·北山》。普：遍。率：循。

［36］《北山》毛诗序：“役使不均，已劳于王事而不得养其父母焉。”

［37］《北风》“普天之下”后句曰：“大夫不均，我从事独贤。”这里是孟子转译。贤劳：劳累、劳动。

［38］文：字。辞：语。志：诗人之本意。意思是不要因个别的文字歪曲了词句的意思，不要因词句的意思歪曲了作者的本意。

［39］逆：推求。

［40］语见《诗经·大雅·云汉》。余：余留。黎民：百姓。靡：无。孑：遗。

［41］至：极致。

［42］语见《诗经·大雅·下武》。意思是永远保持孝心，孝是天下的法则。

［43］《书》曰一句，赵岐《孟子注》认为是“《尚书》逸篇”，伪古文《尚书》辑入《大禹谟》。祗：恭敬。载：事。夔夔斋栗：敬畏恐惧的样子。夔，音 kuí。允：确实。若：顺从。

［44］万章：孟子的弟子。

［45］尚：同“上”，上溯。

［46］颂：同“诵”。

［47］尚友：上溯历史，与古人交友。

【导读】

孟子重视文艺与政治伦理、道德修养之间的关系，把文艺批评寄托于整体性的政治与哲学思想之中。在性善论、仁政说与民本思想的统领下，孟子提出的“知言养气”论奠定了后世“文气”说的基础，加上涉及解诗的“以意逆志”与“知人论世”批评法，在很大程度上丰富并发展了儒家文艺思想。

1. “知言养气”与文气说

“知言”与“养气”是孟子对公孙丑“恶乎长”之问的回答。公孙丑听后曰：“宰我、子贡善为说辞；冉牛、闵子、颜渊善言德行。孔子兼之，曰：‘我于辞命，则不能也。’然则夫子既圣乎?”(《公孙丑上》)如果联系这一补笔来看，孟子的“知言”与“养气”当分别对应“善为说辞”和“善言德行”。所谓“气”，是指“大丈夫”人格所应具备的“浩然之气”。这种“气”是内在的人格品质在精神状态上的外化，表现为“配义与道”和“集义所生”的人格之美。如果想要达到“至大至刚”的境界，便需要“养气”。“养气”要依靠义在内心的积累，而非由外而内的取得；要蓄养固有的正直，而不受外因侵扰。对于“气”和“言”的关系，孟子虽未明言，但似乎是“知言的本领根植于养气”①。有“浩然之气”，自会有美而正直之言，孟子的人格修养与《孟子》行文气势磅礴之间的关联即为明证。这一思想移作文论命题，便可表述为创作主体需要加强内在道德修养，养成“浩然之气”，才能写出好的作品。孟子的“知言养气”上乘宋钘、尹文等人之说，而又下启以“气”论文的传统。曹丕的“文以气为主”，刘勰的“务盈守气”，韩愈的“气盛宜言”，魏了翁的“辞根于气”等，皆沿此理路而不断开拓。

2. “以意逆志”与“知人论世”的文学批评方法

孟子大量引《诗》、说《诗》，并总结出一套包含“以意逆志”和“知人论世”的诗义分析方法。针对咸丘蒙对“普天之下，莫非王土；率土之滨，莫非王臣”一句的误解，孟子提出“以意逆志”的正确方法：“说《诗》者，不以文害辞，不以辞害志。以意逆志，是为得之。”如果拘泥文字，就会影响词句整体，进而影响诗的本意。“志”是诗人的创作意图，“逆”为迎，即“意”与“志”的结合。而何谓“意”，历代说解可大致分为两类。汉宋注者多认为“意”是说诗者的心意，如赵岐说：“意，学者之心意也。”朱熹也说：“当以己意迎取作者之志。”另一种理解将“意”看作作者于作品之“意”，其说以清人吴淇为代表：“不知志者古人之心事，以意为舆，载志而游，或有方，或无方，意之所到，即志之所在。”两说各有道理，但联系孟子以“亲亲，仁也”说解《小弁》、《凯风》等诗来看，将“意”理解为读者之“意”似乎更妥。

在《万章下》，孟子还提出了与“以意逆志”相关的“知人论世”：“颂其诗，读其书，不知其人，可乎？是以论其世也，是尚友也。”与古人的精神交流，只有借助于诵其诗和读其书，而想要真正读懂读透古人的诗书，就需要了解古人的生平经历与所处的时代背景。同样是以了解作者本意为目的，“知人论世”说将文本层面的“以意逆志”置入更为广阔的时空背景进行考察，可有效弥补“以意逆志”的主观性。所以，后世文论一般会把孟子的“以意逆志”和“知人论世”并称，形成“论世”、“知人”、“逆志”的由时代经作者再到

① 顾易生、蒋凡：《中国文学批评通史·先秦两汉卷》，上海古籍出版社2011年版，第112页。

作品的理解体系。如王国维《玉溪生诗年谱会笺序》有言："是故由其世以知其人，由其人以逆其志，则古诗虽有不能解者寡矣。"

孟子提出的"知言养气"虽立足道德修养，却为后世文气说奠定了基础；在说《诗》过程中总结的"以意逆志"和"知人论世"，也为中国文学的解读和批评提供了可资借鉴的方法。此外，孟子本于"仁政"理念提出的"与民同乐"的音乐美学思想，"《诗》亡然后《春秋》作"的诗史并提，"言近而指远"的语言含蓄性概括等，也直接或间接地影响到后来的文学理论批评。

【拓展阅读】

1. (宋)张栻：《孟子说》，载《张栻集》第一册，岳麓书社 2010 年版。

2. (清)戴震：《孟子字义疏证》，中华书局 1982 年版。

3. 李壮鹰：《以意逆志辨》，载《古代文学理论研究》第十二辑，上海古籍出版社 1987 年版。

4. 韩国良：《孟子文论补略》，载《河北大学学报(哲学社会科学版)》2004 年第 3 期。

5. 马银琴：《孟子诗学思想二题》，载《文学遗产》2008 年第 4 期。

《易传·系辞》(选录)

【题解】《周易》为群经之首，分经传两大体系。经又称《易经》或《古经》，原为卜筮之书，相传伏羲画八卦而周文王推演为六十四卦。《易传》是对经的解释，凡《彖辞》上下、《象辞》上下、《系辞》上下、《文言》、《说卦》、《序卦》、《杂卦》七种共十篇，取辅翼经文之意合称"十翼"。《易传》作者与具体成书年代均不可考。旧传为孔子所作，见《史记·孔子世家》和《汉书·艺文志》，但现代学者多认为作于战国时期，非成于一人之手。《系辞》出现时间较晚，其中蕴藏着"立象以尽意"、"刚柔相推而生变化"、"观物取象"等丰富的文论思想与天人合一、阴阳、刚柔、神等命题和范畴。

天尊地卑，乾坤定矣。卑高以陈[1]，贵贱位矣。动静有常，刚柔断矣[2]。方以类聚，物以群分，吉凶生矣。在天成象，在地成形，变化见矣。是故刚柔相摩，八卦相荡[3]。鼓之以雷霆，润之以风雨[4]；日月运行，一寒一暑。乾道成男，坤道成女。乾知大始，坤作成物[5]。乾以易知，坤以简能[6]；易则易知，简则易从；易知则有亲，易从则有功；有亲则可久，有功则可大；可久则贤人之德，可大则贤人之业。易简，而天下之理得矣。天下之理得，而成位乎其中矣。

圣人设卦观象，系辞焉而明吉凶[7]，刚柔相推而生变化。是故吉凶者，失得之象也；悔吝者，忧虞之象也；变化者，进退之象也；刚柔者，昼夜之象也。六爻之动，三极之道也[8]。是故君子所居而安者，《易》之序也；所乐而玩者，爻之辞也。是故君子居则观其象而玩其辞，动则观其变而玩其占，是以"自天祐之，吉无不利"[9]。

彖者，言乎象者也[10]；爻者，言乎变者也[11]。吉凶者，言乎其失得也；悔吝者，言乎其小疵也；无咎者，善补过也。是故列贵贱者存乎位，齐小大者存乎卦，辩吉凶者存乎辞，忧悔吝者存乎介[12]，震无咎者存乎悔。是故卦有小大，辞有险易；辞也者，各指其所之[13]。

《易》与天地准，故能弥纶天地之道[14]。仰以观于天文，俯以察于地理，是故知幽明之故；原始反终，故知死生之说；精气为物，游魂为变[15]，是故知鬼神之情状。与天地相似，故不违；知周乎万物而道济天下，故不过；旁行而不流，乐天知命，故不忧；安土敦乎仁[16]，故能爱。范围天地之化而不过，曲成万物而不遗，通乎昼夜之道而知，故神无方而《易》无体。

一阴一阳之谓道[17]。继之者善也，成之者性也。仁者见之谓之仁，知者见之谓之知，百姓日用而不知，故君子之道鲜矣。显诸仁，藏诸用[18]，鼓万物而不与圣人同忧。盛德大业至矣哉！富有之谓大业，日新之谓盛德。生生之谓易[19]，成象之谓乾，效法之为坤，极数知来之谓占，通变之谓事，阴阳不测之谓神。

夫《易》广矣大矣！以言乎远则不御[20]，以言乎迩则静而正，以言乎天地之间则备矣。夫乾，其静也专，其动也直，是以大生焉[21]；夫坤，其静也翕，其动也辟，是以广生焉。广大配天地，变通配四时，阴阳之义配日月，易简之善配至德。

子曰："《易》其至矣乎！夫《易》，圣人所以崇德而广业也。知崇礼卑，崇效天，卑法地。天地设位，而《易》行乎其中矣。成性存存，道义之门[22]。"

圣人有以见天下之赜[23]，而拟诸其形容，象其物宜[24]，是故谓之象。圣人有以见天下之动，而观其会通，以行其典礼，系辞焉以断其吉凶，是故谓之爻。言天下之至赜，而不可恶也[25]；言天下之至动，而不可乱也。拟之而后言，议之而后动，拟议以成其变化[26]。"鸣鹤在阴，其子和之；我有好爵，吾与尔靡之。"[27]子曰："君子居其室，出其言善，则千里之外应之，况其迩者乎？居其室，出其言不善，则千里之外违之，况其迩者乎？言出乎身，加乎民；行发乎迩，见乎远：言行，君子之枢机。枢机之发，荣辱之主也；言行，君子之所以动天地也，可不慎乎？""同人，先号咷而后笑。"[28]子曰："君子之道，或出或处，或默或语。二人同心，其利断金；同心之言，其臭如兰。""初六，藉用白茅，无咎。"[29]子曰："苟错诸地而可矣，借之用茅，何咎之有？慎之至也。夫茅之为物薄，而用可重也。慎斯术也以往，其无所失矣。""劳谦，君子有终，吉。"[30]子曰："劳而不伐[31]，有功而不德，厚之至也。语以其功下人者也。德言盛，礼言恭；谦也者，致恭以存其位者也。""亢龙有悔。"[32]子曰："贵而无位，高而无民，贤人在下位而无辅，是以动而有悔也。""不出户庭，无咎。"[33]子曰："乱之所生也，则言语以为阶。君不密则失臣，臣不密则失身，几事不密则害成。是以君子慎密而不出也。"子曰："作《易》者其知盗乎？《易》曰：'负且乘，致寇至。'[34]负也者，小人之事也；乘也者，君子之器也。小人而乘君子之器[35]，盗思夺之矣；上慢下暴，盗思伐之矣。慢藏诲盗，冶容诲淫[36]。《易》曰：'负且乘，致寇至'，盗之招也。"

大衍之数五十，其用四十有九[37]。分而为二以象两[38]，挂一以象三[39]，揲之以四以象四时[40]，归奇于扐以象闰[41]；五岁再闰[42]，故再扐而后挂。天数五，地数五，五位相得而各有合[43]。天数二十有五，地数三十，凡天地之数五十有五[44]。此所以成变化而行鬼神也。《乾》之策二百一十有六，《坤》之策百四十有四，凡三百有六十，当期之日[45]。二篇之策，万有一千五百二十，当万物之数也。是故四营而成《易》[46]，十有八变而成卦[47]，八卦而小成[48]。引而伸之，触类而长之[49]，天下之能事毕矣。显道神德行，是故可与酬酢，可与祐神矣。子曰："知变化之道者，其知神之所为乎？"

《易》有圣人之道四焉：以言者尚其辞，以动者尚其变，以制器者尚其象[50]，以卜筮者尚其占。是以君子将有为也，将有行也，问焉而以言，其受命也如向[51]，无有远近幽深，遂知来物。非天下之至精，其孰能与于此？参伍以变[52]，错综其数：通其变，遂成天下之文；极其数，遂定天下之象。非天下之至变，其孰能与于此？《易》无思也，无为也，寂然不动，感而遂通天下之故[53]。非天下之至神，其孰能与于此？夫《易》，圣人之所以极深而研几也。唯深也，故能通天下之志；唯几也，故能成天下之务；唯神也，故不疾而速，不行而至。子曰"《易》有圣人之道四焉"者，此之谓也。

天一、地二，天三、地四，天五、地六，天七、地八，天九、地十[54]。子曰："夫《易》何为者也？夫《易》开物成务，冒天下之道，如斯而已者也。"[55]是故圣人以通天下之志，以定天下之业，以断天下之疑。是故蓍之德圆而神，卦之德方以知，六爻之义易以贡[56]。圣人以此洗心，退藏于密，吉凶与民同患；神以知来，知以藏往。其孰能与此哉？古之聪明睿知，神武而不杀者夫。是以明于天之道，而察于民之故，是兴神物以前民用[57]。圣人以此斋戒，以神明其德夫。是故阖户谓之坤，辟户谓之乾，一阖一辟谓之变，往来不穷谓之通；见乃谓之象，形乃谓之器，制而用之谓之法，利用出入，民咸用之谓之神。是故《易》有太极，是生两仪，两仪生四象[58]，四象生八卦，八卦定吉凶，吉凶生大业。是故法象莫大乎天地；变通莫大乎四时；县象著明莫大乎日月；崇高莫大乎富贵；备物致用，立成器以为天下利，莫大乎圣人；探赜索隐，钩深致远，以定天下之吉凶，成天下之亹亹者[59]，莫大乎蓍龟。是故天生神物，圣人则之；天地变化，圣人效之；天垂象，见吉凶，圣人象之；河出图，洛出书[60]，圣人则之。《易》有四象，所以示也；系辞焉，所以告也；定之以吉凶，所以断也。

《易》曰："自天祐之，吉无不利。"[61]子曰："祐者，助也。天之所助者，顺也；人之所助者，信也。履信思乎顺，又以尚贤也，是以'自天祐之，吉无不利'也。"子曰："书不尽言，言不尽意。"然则圣人之意其不可见乎？子曰："圣人立象以尽意，设卦以尽情伪[62]，系辞以尽其言，变而通之以尽利，鼓之舞之以尽神[63]。"乾坤，其《易》之缊邪？乾坤成列，而《易》立乎其中矣；乾坤毁，则无以见《易》；《易》不可见，则乾坤或几乎息矣。是故形而上者谓之道，形而下者谓之器，化而裁之谓之变[64]，推而行之谓之通，举而错之天下之民谓之事业[65]。是故夫象，圣人有以见天下之赜，而拟诸其形容，象其物宜，是故谓之象。圣人有以见天下之动，而观其会通，以行其典礼，系辞焉以断其吉凶，是故谓之爻[66]。极天下之赜者存乎卦；鼓天下之动者存乎辞；化而裁之存乎变；推而行之存乎通；神而明之存乎其人；默而成之，不言而信，存乎德行。

清阮元校刻《十三经注疏》本《周易正义》

【注释】

[1]以：与"已"同。
[2]断：区分，分判。
[3]摩：摩擦感应。荡：激荡推移。
[4]鼓：鼓动。润：润泽。
[5]知：为，与"作"对应。乾的作为是创始万物，坤的作为是养成万物。
[6]易：平易。知：智巧。简：简单，简约。能：功能。
[7]系辞：将卦爻之辞系连于卦爻之后。
[8]六爻：卦的六根爻线。三极：天、地、人。
[9]《大有》上九爻辞，意为从天上降下祐护，吉祥而无所不利。
[10]彖：彖辞，即卦辞，总说一卦之义。
[11]爻：爻辞，分说每一爻的变化。
[12]介：纤介，细小，即前言"小疵"。
[13]之：往。卦爻辞分别指示趋吉避凶的方向。

[14]弥纶：普遍包括。

[15]精气：灵气，阴阳凝聚之气。游魂：离开人身游散的灵魂。

[16]安土：安处其地。敦：敦厚。

[17]阴阳的对立与转化，就叫“道”。

[18]诸：“之于”合音。

[19]生生：阴阳交替，生生不已。易：变易。

[20]不御：没有止境。

[21]专：专一，集中。直：直接，正直。

[22]存存：存而又存，指不断涵养蕴存。

[23]赜：音 zé，幽深，复杂。

[24]象：象征。宜：适宜。是圣人比拟形态，切合各物所宜。

[25]恶：鄙夷，厌恶。

[26]拟：比拟，即上文“拟诸其形容”。议：讨论，审议。动：行动。

[27]此句乃《中孚》九二爻辞。爵：饮酒器皿。靡：共。

[28]《同人》九五爻辞。号咷：大哭。

[29]此句乃《大过》初六爻辞。藉：铺，垫。用白茅垫祭品，因其慎重可无过错。

[30]出自《谦》九三爻辞。劳谦：有功劳而谦虚。有终：有好的结果。

[31]伐：夸耀。

[32]《乾》上九爻辞。亢：过度，极度。

[33]《节》初九爻辞。

[34]《解》六三爻辞。负物而乘车，以宝物示人，故遭贼寇抢劫。

[35]小人本应负物，今却乘车，其位不当。

[36]诲：教诲，诱使。冶容：妖冶其貌。

[37]衍：演绎。“大衍之数”为五十，“用数”四十九，下文“天地之数”为五十五，其间关系，各家说解不一。

[38]两：两仪，指天地。将四十九策蓍草分成两部分，象征天地。

[39]三：三才，指天地人。

[40]揲：音 dié，用手拿着蓍草分数之。四时：四季。

[41]奇：剩余，指揲数到最后剩余的蓍策。扐：音 lè，夹在手指之间。闰：闰月。

[42]再：两次。古代历法中五年有两次闰月。

[43]一到十之中，奇数为天数，偶数为地数，故曰“天数五，地数五”。五奇五偶相配。

[44]天数中五个奇数和为二十五，地数中五个偶数和为三十。共五十五。

[45]期：满一年。

[46]四营：“分二”、“挂一”、“揲四”、“归奇”四步。

[47]十有八变：三变成一爻，一卦六爻。

[48]八卦仅象征个别事物，未能尽万物情理，故曰“小成”。

[49]遇到同类事物而加以扩大。

[50]制器：制造器物。《系辞下》："为耒耜，盖取诸《益》。为舟楫，盖取诸《涣》。"

[51]向：同"响"，如响之应声。

[52]参：读为三。伍：读为五。三番五次。一说三五代表较小不定之数。

[53]根据阴阳感应即可通晓天下之事。

[54]奇数为"天数"，偶数为"地数"。

[55]开：打开，揭示。成：确定。务：事务。冒：覆盖。

[56]蓍：指蓍数。卦：指卦体。圆：圆通。方：方正。易：变易。

[57]兴：起。神物指蓍草。前：前导。

[58]太极：宇宙本体。两仪：天地。四象：春夏秋冬。

[59]亹亹：同"娓娓"，勤勉奋进之貌。亹，音 wěi。

[60]传说黄河中有龙马出现，身上图象似八卦，故伏羲仿照作八卦；洛水中出现神龟，禹取法背上文字作《洪范》。

[61]《大有》上九爻辞。

[62]情伪：真情与虚伪。

[63]鼓之舞之：鼓舞推动。神：神妙，智慧。

[64]化：变化。裁：裁制，裁节。

[65]举：取，拿。措：施行。

[66]自"圣人有以见天下之赜"至"是故谓之爻"，重见于上文。

【导读】

《系辞》乃《周易》总论。所谓"《诗》无达诂，《易》无达占，《春秋》无达辞"，《系辞》作者借《易经》来阐述自己的思想，这是读解《系辞》首先要明确的一点。《系辞》本是融合儒道以及先秦各家思想后形成的哲学言说，如"立象以尽意"便是对先秦言意之辨的总结性论述。它对文学与文论的影响应属于哲学思想的引申和后世文论家的追认，如阳刚与阴柔风格二分和通变领起的文学发展观。

1."立象以尽意"与意象思维

就言意矛盾的消解而言，除了庄子的"得意忘言"，《易传·系辞》也提出了"立象以尽意"的主张。对读《系辞下》"圣人之情见乎辞"与"将叛者其辞惭，中心疑者其辞枝，吉人之辞寡，躁人之辞多，诬善之人其辞游，失其守者其辞屈"诸句，可见撰写者认为圣人之意可由"立象"、"设卦"和"系辞"获得。"象"是"卦"和"辞"的基础。与庄子的"忘言"相比，《系辞》的独创性正在于引入"象"这个维度。《易传·系辞》认为，象乃卦象，是明达卦义的媒介："《易》者，象也；象也者，像也"，"象也者，像此者也"，"圣人有以见天下之赜，而拟诸其形容，象其物宜，是故谓之象"。这里的"象"源自圣人"仰则观象于天，俯则观法于地，观鸟兽之文与地之宜，近取诸身，远取诸物"的体认和抽象，是一种象征符号，并具有"类"的特征。由卦象而至艺术形象，或者说从哲学层面"易象"到文学创作中"意象"的过渡，具有"拟诸其形容，象其物宜"的共通性。刘勰《文心雕龙·神思》"独照之匠，窥意象而运斤"即本于此。后世文论还借助庄子"得意忘言"的"忘"，将"立象以尽意"明确为借助象来喻意，却又不拘泥于象。魏王弼《周易略例·明象》糅合《庄子》"得意忘言”与《系辞》“立象尽意”两说，新立兼综儒道的“得意在忘象，得象在忘言”说，既是对先秦言意之辨的总结，也开启了对“言外之意”、“象外之旨”、“韵外之致”等一系列倡导含蓄委婉、余味悠长风格的美学追求。

2. “刚柔相推而生变化”与风格论、通变说

阴阳是两仪，是刚柔，是动静，也是一种对立统一、互根互用的认知模式。从思维方式看，虚实、真幻、情志、形神、文质等对立统一范畴或得自此种眼光①。就作品风格而论，阳刚与阴柔二分法，自曹丕“文气清浊”(《典论·论文》)始，不断得到刘勰“风趣刚柔”(《文心雕龙·体性》)、严羽“优游不迫”与“沉着痛快”(《沧浪诗话》)、姚鼐“阴阳刚柔并行而不容偏废”(《海愚诗钞序》)等后来者的响应和深化。所谓“刚柔相摩，八卦相荡”，《周易》之阴阳矛盾会促使其不断变化：“日往则月来，月往则日来，日月相推而明生焉；寒往则暑来，暑来则寒往，寒暑相推而岁成焉。”此中变易是宇宙间的普遍规律。汉代《易纬乾凿度》称：“《易》一名而含三义，所谓易也，变易也，不易也。”所谓“变易”即变化之总名，也是《周易》的主要思想。按照《系辞》作者的理解，与卦象相提并论的爻辞就是谈论变化的：“爻者，言乎变者也”，“圣人有以见天下之动，而观其会通，以行其典礼，系辞焉以断其吉凶，是故谓之爻”。唯有变通，方可顺应阴阳运动的规律。这一观念移入文学即为《文心雕龙·通变》篇谈的文学发展观，也由此形成了文学革新运动中以变论文的传统。

《系辞》下亦不乏美学与文学思想。如“观物取象”体现的“模拟自然的意向”②，“作《易》者，其有忧患乎”揭示的忧患意识与创作缘由。《周易》对文学的影响也不限于《系辞》或《易传》。后世文论家从卦辞中拈出“言有物”(《家人卦》)和“言有序”(《艮卦》)两条，作为内容充实与形式有序的写作准则。桐城派方苞《又书货殖传后》的“义法”即本于此。又如，《文言》中的“修辞立其诚”逐渐成为作者人格、情感与作品风格关系的经验总结。总之，融合多家思想的《周易》虽为哲学著作，却以其博大精深的思想体系，为后世文学创作与批评提供了深刻的启迪。

【拓展阅读】

1. (魏)王弼：《周易略例·明象》，载楼宇烈《王弼集校释》，中华书局2009年版。

2. (梁)刘勰：《文心雕龙·通变》，载范文澜《文心雕龙注》，人民文学出版社1958年版。

3. 陈良运：《周易与中国文学》，百花洲文艺出版社2010年版。

4. 蒋凡、张小平：《〈周易〉对古典美学和文论批评的影响》，载《内蒙古师大学报(哲学社会科学版)》1994年第1期。

5. 李建中：《〈周易〉与中国文论的诗性之源》，载《江海学刊》2006年第1期。

① 李建中：《中国文学批评史》，武汉大学出版社2008年版，第67页。

② 罗根泽：《中国文学批评史》，上海书店出版社2003年版，第52页。

《礼记·乐记》(选录)

【题解】《礼记》有戴德所辑《大戴礼记》与其侄子戴圣所辑《小戴礼记》两种，后者流行。旧传其书为西汉戴圣编纂，但一般认为其书非一人一时所作。《礼记》是对《仪礼》中所载礼仪制度的解释和补充，有《曲礼》、《檀弓》、《月令》、《学记》等四十九篇。唐代立《礼记》为儒家经典。《乐记》是《礼记》第十九篇，关于其作者有两说，一说先秦公孙尼子所撰，一说汉武帝时河间献王刘德召集毛生等人杂采《周礼》及先秦论乐文字汇编而成。今人多取后说。

音之起，由人心生也。人心之动，物使之然也。感于物而动，故形于声。声相应，故生变；变成方[1]谓之音[2]；比音而乐之[3]，及干戚羽旄[4]，谓之乐[5]。

乐者，音之所由生也，其本在人心之感于物也。是故其哀心感者，其声噍以杀[6]。其乐心感者，其声啴以缓[7]。其喜心感者，其声发以散[8]。其怒心感者，其声粗以厉。其敬心感者，其声直以廉。其爱心感者，其声和以柔。六者非性也，感于物而后动[9]。是故先王慎所以感之者。故礼以道其志[10]，乐以和其声，政以一其行，刑以防其奸。礼乐刑政，其极一也[11]，所以同民心而出治道也[12]。

凡音者，生人心者也。情动于中，故形于声。声成文[13]，谓之音。是故治世之音，安以乐，其政和。乱世之音，怨以怒，其政乖。亡国之音，哀以思，其民困[14]。声音之道，与政通矣。

宫为君，商为臣，角为民，徵为事，羽为物[15]。五者不乱，则无怗懘之音矣[16]。宫乱则荒，其君骄。商乱则陂[17]，其官坏。角乱则忧，其民怨。徵乱则哀，其事勤[18]。羽乱则危，其财匮。五者皆乱，迭相陵[19]，谓之慢[20]。如此则国之灭亡无日矣。郑卫之音[21]，乱世之音也，比于慢矣[22]。桑间濮上之音[23]，亡国之音也，其政散，其民流，诬上行私而不可止也。

凡音者，生于人心者也。乐者，通伦理者也。是故知声而不知音者，禽兽是也；知音而不知乐者，众庶是也。唯君子为能知乐。是故审声以知音，审音以知乐，审乐以知政，而治道备矣。是故不知声者，不可与言音；不知音者，不可与言乐。知乐则几于礼矣。礼乐皆得，谓之有德。德者，得也[24]。是故乐之隆，非极音也[25]。食飨之礼[26]，非致味也。《清庙》[27]之瑟，朱弦[28]而疏越[29]，一倡而三叹，有遗音者矣[30]。大飨之礼[31]，尚玄酒而俎腥鱼[32]，大羹不和[33]，有遗味者矣。是故先王之制礼乐也，非以极口腹耳目之欲也，将以教民平好恶，而反人道之正也[34]。

人生而静，天之性也；感于物而动，性之欲也。物至知知[35]，然后好恶形焉。好恶无节于内，知诱于外[36]，不能反躬[37]，天理灭矣[38]。夫物之感人无穷，而人之好恶无节，则是物至而人化物也[39]。人化物也者，灭天理而穷人欲者也。于是有悖逆诈伪之心，有淫泆作乱之事。是故强者胁弱，众者暴寡，知者诈愚[40]，勇者苦怯[41]，疾病不养，老幼孤独不得其所，此大乱之道也。

是故先王之制礼乐，人为之节。衰麻哭泣[42]，所以节丧纪也。钟鼓干戚[43]，所以和安乐也。昏姻冠笄[44]，所以别男女也。射乡食飨[45]，所以正交接也[46]。礼节民心，乐和民声，政以行之，刑以防之。礼乐刑政，四达而不悖[47]，则王道备矣。

清阮元校刻《十三经注疏》本《礼记正义》

【注释】

[1]方：五音按照一定的方式排列，形成一种曲调。

[2]声相当于今天的声音，音相当于今天的歌曲。先秦声、音有别，单出为“声”，声相调和谓之“音”。

[3]比：排列。

[4]干戚羽旄：均为跳舞时使用的舞具。干：盾牌。戚：斧形兵器。羽：野鸡羽毛。旄：旄牛尾。

[5]《乐记》中的“乐”是合歌乐舞为一体的。

[6]噍：音 jiào，急促。杀：衰微。

[7]啴：音 chǎn，宽阔。

[8]发以散：开朗而舒畅。

[9]性：天性。性感于外物而动，故生情。

[10]道：同“导”，引导。

[11]极：最终目的。

[12]出治道：达成大治之道。

[13]文：文采。

[14]盛世的音乐安详喜乐，表明政治和谐。乱世的音乐怨恨愤怒，表明政治反常。亡国之音悲伤忧郁，表明民众困苦。

[15]宫、商、角、徵、羽：我国古代的五声音阶，相当于现代音乐简谱中的1(do)、2(re)、3(mi)、5(so)、6(la)，统称为“五声”或“五音”。以五行之说附会，宫属土，声至浊，于五声独尊，故为君；商属金，声次浊，故为臣；角属木，声半青半浊，故为民；徵属火，其声清，故为事；羽属水，声至清，故为物。

[16]怗懘：音 zhān chì，音调不和。

[17]陂：音 bì，倾倒，不正。

[18]勤：徭役繁重。

[19]迭：互相。陵：陵越、侵犯。

[20]慢：指乱到极致的音乐。

[21]郑卫之音：指春秋时期郑、国两地的民间音乐。孔子以为“郑声淫”。

[22]比：几近于。

[23]桑间濮上之音：桑间，地名，在濮水之上，属卫国。据《史记·乐书》记载，殷纣王曾使乐师延作靡靡之乐，及商亡，延自沉于濮水。后卫灵公与乐师涓访晋国，途经桑间，夜问其声，涓于是记下。至晋国，乐师涓为晋平公演奏此曲。曲未终了，晋乐师旷即按住乐器说："此亡国之音也，得此必于桑间濮上乎？纣之所由亡也。"

[24]此为声训。德，就是有得于礼乐。

[25]极：极尽。

[26]食飨：音 sì xiǎng。食礼和飨礼，均为古代招待宾客或宗庙祭祀的重要仪式。

[27]《清庙》：《诗经·周颂》篇名，是周人祭祀先祖文王的乐章。

[28]朱弦：用水煮练并染成红色的琴弦。用此种琴弦演奏出的声音较为低沉浑浊。

[29]疏：疏通。越：瑟底板两头的小孔，有调音的作用，孔疏则声音迟缓。

[30]遗音：余音。

[31]大飨：合祭先王的祭礼，又称"祫祭"。

[32]玄酒：即水，以水当酒。腥鱼：生鱼。

[33]大羹：不加以盐菜调和的肉汁。

[34]孔颖达疏："教民均平好恶，好者行之，恶者避之，返归人道之正也。"

[35]至：到。前"知"指心智；后"知"指感知。外物到来，人的心智便会不断进行感知。

[36]知：心智。

[37]反躬：返归初生时平静的本性。

[38]天理：天性，上天赋予人的本性。

[39]人化物：人性为外物所化，即人之本性受到外物的影响而发生了异化。

[40]知：读为"智"，聪明的人。

[41]苦：凌辱，折磨。怯：怯懦胆小的人。

[42]衰麻哭泣：指丧礼中有关丧服和哭泣的规定。衰，音 cuī。

[43]钟鼓：乐器。干戚：舞具。

[44]昏姻：即婚姻。冠笄：冠礼与笄礼分别为男子和女子的成年礼。古代男子二十岁行冠礼，许婚；女子十五岁行笄礼，许嫁。

[45]射：乡射礼或大射礼。乡：乡饮酒礼。食：食礼。飨：飨礼。

[46]正交接：规范社交活动。

[47]达：通达。

【导读】

今本《礼记·乐记》有大量内容与《易传》、《管子》、《吕氏春秋》相近，其中《乐象》、《乐化》、《乐施》等章文字更是直接来自《荀子·乐论》。作为论乐的综合性理论著作，《礼记·乐记》广泛涉及乐的起源、本质、作用、创作心理及欣赏与批评等多个层面。在诗乐舞一体的语境中，《礼记·乐记》中论乐经验的总结亦可视作一般的文艺理论。

1. “凡音之起，由人心生”与创作发生

《荀子·乐论》谈到音乐本源时曾言：“夫乐者，乐也，人情之所必不免也。”这种“乐”起源于“情”的观点被《礼记·乐记》继承而又有所发挥：“凡音之起，由人心生也。人心之动，物使之然也。感于物而动，故形于声。声相应，故生变，变成方，谓之音。比音而乐之，及干戚羽旄，谓之乐。”大意是人心受物的感应而有所触动，发为声音，变为乐曲，再配上歌舞而成乐。在编撰者看来，人心本处平静状态，感物而生情是本能的体现，进而表现为喜怒哀乐的具体形式：“人生而静，天之性也；感于物而动，性之欲也”，“民有血气心知之性，而无哀乐喜怒之常；应感起物而动，然后心术形焉”。这种由感物到生情再到成乐的心理生发过程，其实揭示了普遍性的文艺创作心理学，而物感心动的创作发生论也启发了后世文论。陆机《文赋》有言：“遵四时以叹逝，瞻万物而思纷；悲落叶于劲秋，喜柔条于芳春。”刘勰《文心雕龙·物色》说：“春秋代序，阴阳惨舒，物色之动，心亦摇焉……是以诗人感物，联类不穷。”这是偏于自然之“物”感应心神的论述。钟嵘《诗品序》“至于楚臣去境，汉妾辞宫；或骨横朔野，或魂逐飞蓬；或负戈外戍，杀气雄边；塞客衣单，孀闺泪尽；或士有解佩出朝，一去忘返；女有扬蛾入宠，再盼倾国。凡斯种种，感荡心灵，非陈诗何以展其义？非长歌何以骋其情”则是在自然景物之外又补充进社会事物。可见，此类创作发生观念都受到了心物感应说的影响。

2. “审乐以知政”与社会功用

音乐源于物，而又反过来作用于物；音乐由感情生发，进而影响感情。《礼记·乐记》对“音”和“心”之间微妙关系的分析颇为透彻。自创作发生角度观之，“凡音之起，由人心生”；就音乐的社会功用而言，便是“治世之音安以乐，其政和；乱世之音怨以怒，其政乖；亡国之音哀以思，其民困。声音之道与政通矣”。把音乐风格看作社会政治状况的反映，源自董仲舒“天人感应”影响下的音乐风格和政治状况的对位，如宫为君，那么“宫乱”便表征“君骄”。自心的生发过程正推，不同的心情可形成不同的声音，所谓“其哀心感者，其声噍以杀；其乐心感者，其声啴以缓”之类是也；由音的呈现过程反推，不同的声音便意味着迥异的感情，即“廉直劲正庄诚之音作，而民肃敬。流辟邪散狄成涤滥之音作，而民淫乱”之类是也。上述“音乐之道与政通”的发现，正是“审乐以知政”的基础。《乐本》篇云：“审声以知音，审音以知乐，审乐以知政，而治道备矣。”这一思想以季札观乐为例证，又承接孔子的“诗可以观”阐发社会功用。

本着声音乐与心之关系这条主线，《礼记·乐记》“提出音生于人心的同时，又提出了音生人心的问题”①。用孔颖达《礼记正义》的话便是“乐出于人而还感人”。除了“人能兴乐”的创作发生论与“乐能感人”的社会功用说，《礼记·乐记》指出“唯乐不可以为伪”的真情观，“乐者所以象德”的艺术伦理意义，以及“生成文，谓之音”的形式美等，都是后世文论可资借鉴的观念。

【拓展阅读】

1. (战国)荀子：《乐论》，载王先谦《荀子集解》，中华书局2013年版。

① 张少康：《中国文学理论批评史》上卷，北京大学出版社2005年版，第102页。

2. (魏)嵇康:《声无哀乐论》,载戴明扬《嵇康集校注》,中华书局 2014 年版。

3. 刘金波:《中国古代文论范畴发生史〈礼记〉卷:礼以节情 乐以发和》,武汉大学出版社 2009 年版。

4. 薛永武、牛月明:《〈乐记〉与中国文论精神》,社会科学文献出版社 2012 年版。

5. 杜书瀛:《论〈礼记·乐记〉的贡献》,载《南都学坛》2012 年第 4 期。

《毛 诗 序》

【题解】汉代传授《诗经》有齐、鲁、韩、毛四家。赵人毛苌传诗，称为《毛诗》，属古文学派，西汉时颇受今文经学排斥，后因东汉末郑玄融会三家《诗》义为《毛诗》作笺注，遂而兴盛。今本《毛诗》三百零五篇均有小序，于各诗之前介绍作者或写作背景，论诗之题旨和用意。其中第一篇《国风·周南·关雎》的小序之后有一段较长文字，后人称为《毛诗序》或《诗大序》。其文综论《诗经》全书的理论问题，涉及诗歌的性质、内容、体裁分类、艺术表现手法、社会作用等。关于《毛诗序》的作者，历来众说纷纭。当今学界倾向认为《毛诗序》并非一时一人之作，其主体大约完成于西汉中期以前的学者之手，也可能包含有东汉毛诗家阐发润益的成分。

《关雎》[1]，后妃之德也[2]，风之始也[3]，所以风天下而正夫妇也。故用之乡人焉[4]，用之邦国焉[5]。风，风也，教也；风以动之，教以化之[6]。

诗者，志之所之也[7]，在心为志，发言为诗。情动于中而形于言[8]，言之不足故嗟叹之，嗟叹之不足故永歌之[9]，永歌之不足，不知手之舞之，足之蹈之也。

情发于声，声成文谓之音[10]。治世之音安以乐，其政和；乱世之音怨以怒，其政乖[11]；亡国之音哀以思[12]，其民困。故正得失，动天地，感鬼神，莫近于诗[13]。先王以是经夫妇[14]，成孝敬，厚人伦，美教化，移风俗。

故诗有六义焉[15]：一曰风[16]，二曰赋[17]，三曰比[18]，四曰兴[19]，五曰雅[20]，六曰颂[21]。上以风化下，下以风刺上，主文而谲谏[22]，言之者无罪，闻之者足以戒，故曰风。至于王道衰，礼义废，政教失，国异政，家殊俗，而变风变雅作矣[23]。国史明乎得失之迹[24]，伤人伦之废，哀刑政之苛，吟咏情性，以风其上，达于事变而怀其旧俗者也。故变风发乎情，止乎礼义。发乎情，民之性也；止乎礼义，先王之泽也。是以一国之事，系一人之本，谓之风；言天下之事，形四方之风，谓之雅[25]。雅者，正也[26]，言王政之所由废兴也。政有小大，故有小雅焉，有大雅焉。颂者，美盛德之形容，以其成功告于神明者也[27]。是谓四始[28]，诗之至也[29]。

然则《关雎》《麟趾》之化[30]，王者之风，故系之周公[31]。南，言化自北而南也[32]。《鹊巢》《驺虞》之德[33]，诸侯之风也，先王之所以教，故系之召公[34]。《周南》《召南》[35]，正始之道，王化之基。是以《关雎》乐得淑女，以配君子，忧在进贤，不淫其色；哀窈窕，思贤才，而无伤善之心焉[36]。是《关雎》之义也。

阮元刻《十三经注疏》本《毛诗正义》卷一

【注释】

[1]关雎：《诗 · 国风 · 周南》首篇篇名。

[2]后妃之德也：后妃，天子之妻，旧说指周文王妃太姒。孔颖达《毛诗正义》："言后妃性行和谐，贞专化下，寤寐求贤，供奉职事，是后妃之德也。"

[3]风之始也：风有二义。一指《诗三百篇》中的十五国风，此句即言《关雎》为国风中的第一篇。二为教化义，音 fěng，"风天下而正夫妇"同此义。

[4]用之乡人焉：乡人，泛指百姓；周时以一万二千五百户为一乡，每乡一名乡大夫执掌政教禁令。按《仪礼 · 乡饮酒礼》及《乡射礼》，乡大夫行乡饮酒礼和乡射礼时，以《关雎》等和乐。

[5]用之邦国焉：邦国，指诸侯国。按《仪礼 · 燕礼》，诸侯行燕礼饮宴其臣子及宾客时，歌《关雎》等。

[6]动：感动。化：感化。

[7]志之所之也：志，情志、怀抱。言诗是从人的情志、怀抱中生出。

[8]形：表现、显露。

[9]永：延长。永歌：引声长歌。发言之后，意犹未足，用叹息来延续它；叹息犹嫌不足，就要引声长歌。

[10]文：指宫、商、角、徵、羽五声之调。声响形成和谐的五调就称为音。

[11]乖：乖戾、反常。

[12]思：悲伤。

[13]莫近于诗：意思是在正得失、动天地、感鬼神这些方面，没有什么能超过诗歌的作用。

[14]以是经夫妇：以，用。是，这，指诗歌。经，常道，这里用作动词，意思是使夫妇之道归于正道。

[15]六义：关于"风雅颂"和"赋比兴"的关系，《正义》谓"赋比兴"是作《诗》的三种手法、方式，"风雅颂"是《诗》的三种形态、体裁；吕祖谦《吕氏家塾读诗记》卷一认为"风雅颂"和"赋比兴"并列为"诗之义"；章太炎《六诗说》则认为"六诗"并列为六种诗体，其中"赋、比、兴"因为文繁而不能入乐演奏，所以被孔子删去了。

[16]风：国风，王畿之外的地方乐歌，比较广泛地反映了人民的生活、感情和愿望，展现社会风化，传达百姓对政教以及社会万象的讽刺之音。《仪礼》中又称为乡乐。

[17]赋：铺陈直叙。

[18]比：比喻。

[19]兴：起的意思，兼有发端和隐喻的双重作用。

[20]雅：王畿之乐，包括周王朝公卿士大夫的诗歌，雅诗主要谈王政的兴废。

[21]颂：周王朝和鲁、宋二国在祭祀时用以赞神的舞诗。

[22]主文而谲谏：指劝谏要与和谐的乐调相应，用委婉隐约的言辞而不直言过失。

[23]变风变雅：指西周中衰以后的诗篇。变，指时世由盛变衰，政教纲纪大坏。今有学者提出，"变风变雅"说源于春秋战国，"变"有两层意义：一是指乐制上曲调发生了变更，二是在内容上，指反映了礼崩乐坏的社会状况。

[24]国史：王室的史官。

[25]“是以一国”六句：这里阐明“风”与“雅”的区别。一国，指诸侯国。一人，指作诗之人。诗人作诗表现个人的情感，其中反映的是一国之事，即是“风”；由诗人一己道出，但却是能反映天下之事、四方风俗的，即是“雅”。二者有狭、广之别。

[26]雅者正也：雅的本义是正。这里序作者可能即是从“雅是正声”这一本义引申来说雅诗所反映的政教内容之齐正。

[27]“颂者”三句：“颂”是用以赞美君王盛德、将其功业告知神明的歌舞。形容，形状、容貌，指舞蹈；借着舞蹈表现诗歌的情态。

[28]四始：《正义》引郑玄注，训“始”为“王道兴衰之所由”，把风、小雅、大雅、颂当作决定王道兴衰的四个根源。陈奂《诗毛氏传疏》则认为这里是总论全诗，风、小雅、大雅、颂都是以文王诗为始，故曰“四始”。

[29]诗之至也：诗理至极，尽在此处。

[30]《麟趾》：即《麟之趾》，《国风·周南》的最后一篇。《小序》认为《麟之趾》为《关雎》之应。

[31]周公：周武王之弟姬旦，成王时摄政当国，七年后还政，辅助成王治理天下。相传周公建立了周朝一系列典章制度，制作礼乐。

[32]南言化自北而南也：这里是从王道化行的角度解释《周南》之“南”的意思。

[33]《鹊巢》：《国风·召南》首篇，写诸侯之女出嫁于诸侯事。《小序》认为：“《鹊巢》，夫人之德也。”《驺虞》：《国风·召南》末篇，写诸侯打猎事。《小序》认为《驺虞》为《鹊巢》之应。驺(音 zōu)虞，义兽名。

[34]召公：名奭，佐武王灭商，成王时任太保，与周公分陕而治。

[35]周南召南：就地理而言，周南在今洛阳以南，汝、汉、长江一带，召南在周南以西，包括陕西南部和湖北的一部分，都是古代南国的地域。就音乐而言，宋程大昌《考古编》认为南是乐歌。郭沫若《甲骨文字研究·释南》考证南原是一种乐器。南国地区的民歌结合了南国乐器所奏出的乐调，《周南》《召南》中有所体现。

[36]“是以”数句：指出《关雎》的主旨是希求贤才。窈窕，善良美好的意思。不淫其色、无伤善之心，犹言“发乎情止乎礼义”。

【导读】

《毛诗序》是我国诗歌理论的第一篇专论，它对先秦以来儒家诗教观念作了较为系统和独立的概括。它的论说形式不以具体作品解说为依托，而有对诗与乐观念的理论性表述；它一方面使诗教理论得以独立呈现，一改先秦诗论依附于以政治思想为核心的理论体系的样貌，另一方面又使诗教理论从乐教理论中独立出来。《毛诗序》以正统的儒家思想学说为立场，在对诗歌本质特征的认识、诗歌内容的规定、诗歌表现方法的归纳以及诗歌社会作用的阐发等问题上，作出了原则性的总结，对后世诗歌理论影响深远。

1. 言志抒情说

《毛诗序》详细描述了诗歌产生的情况，在对文学本质的探索中，揭示出诗歌抒情与言志相统一的艺术特性。

诗歌与音乐、舞蹈在发生发展的过程中紧密相关，诗、乐、舞一体的传统观念，是先秦论诗认为“情”“志”统一的基础。朱自清指出：“以声为用的诗的传统，比以义为用的诗的传统古久得多。”(《诗言志辨》)在儒家的礼乐思想体系中，诗、乐一体的诗歌，乐的部分往往要承担“和同”的作用，从而侧重抒情；诗的文本，主要在于义理阐发，侧重言志。先秦《尚书·尧典》即提出的“诗言志”说，是为儒家诗论的开山纲领。《孔子论诗》进一步强调：“诗不离志，乐不离情。”但在先秦时代，诗、乐二者又难以截然分离，从而“诗者，志之所之”的“志”和“情动于中而形于言”的“情”实际上是一致的。

汉代儒家诗论以诗、乐分离为背景，诗论的重点已逐渐转向“以义为用”的诗歌，因此诗要部分地承担起乐的教化功能。“志”，多指人的思想意志，其中以政教伦理所要求的统一性为主；“情”，更注重于个体独特性感受的抒发。《毛诗序》将先秦时实际属于乐论范畴的“抒情”作为诗歌“言志”的理论补充，既是继承了诗歌艺术抒情和言志相统一的传统，又是要求“情”包含于“志”；个人发乎情，但要以统一的儒家准则为限度和引导，应当止乎礼义。这即是孔颖达所总结的：“在己为情，发言为志，情志一也。”(《左传正义·昭公二十五年》)

2. 美刺说

《左传·襄公二十九年》有季札审乐观诗以知政的记载，观诗歌的内容，便可推想政俗与风化的情状。《毛诗序》在此基础上进一步明确地将《诗经》的内容和体例与时代政治、民俗风化、道德行为等紧密结合起来，认为文艺是对现实生活的真实再现，从而不同的时代各有各的诗歌。在此意义上，《毛诗序》对正风正雅和变风变雅作出区分，认为前者产生于政治清明的时代，并在诗歌内容和艺术风貌上反映出治世的气象，而后者产生于、也表现了政治昏暗的衰世。《毛诗序》把《诗经》表述为一部王道盛衰史，从而诗的内容就被规定为主要是对治世的称善赞美，以及对衰世的讽恶讥刺，以行使诗歌“上以风化下，下以风刺上”的教化功能，表现其美刺的意义。《诗经》的体例编排也被阐发为反映了君德民风，如《关雎》与《麟趾》相呼应，体现“王者之风”，《鹊巢》与《驺虞》相呼应，体现“诸侯之风”等。诗歌内容与现实社会生活紧密关联，这一理论被后世刘勰进一步发展，《文心雕龙·时序》中即论述了“时运交移，质文代变”、“文变染乎世情，兴废系乎时序”的观点。

3. 六义说

《毛诗序》依据《周礼》中“大师教六诗：曰风、曰赋、曰比、曰兴、曰雅、曰颂”之旧说，改“六诗”为“六义”，提出了诗歌分类的三种体制和艺术表现的三种方法，合称为“六义说”。关于“六义”的意义，历史上众说纷纭，以下列举几种影响较大的解释。孔颖达《毛诗正义》认为：“风、雅、颂者，《诗》篇之异体，赋、比、兴者，《诗》文之异辞耳。……赋、比、兴是《诗》之所用，风、雅、颂是《诗》之成形。用彼三事，成此三事，是故同称为义。”朱熹据此发挥，说风、雅、颂是“三经”，是“作诗的骨子”；赋、比、兴“却是里面横串的”，是“三纬”；他还具体阐释了赋、比、兴的内涵，认为“赋，敷陈其事而直言之者也”，“比者，以彼物比此物也”，“兴者，先言他物以引起所咏之辞也”(《朱子语类》)。这即指出风、雅、颂是诗的种类，而赋、比、兴是作诗的艺术表现方法。当今学界一般认为，风是产生于各诸侯国的地方诗歌，雅是产生于周朝中央地区的朝廷诗歌，颂是祭祀时赞美祖宗的诗歌。而赋、比、兴则是文学创作中形象思维的方法，与文学的想象相关联，诗人的创作往往选取具有典型性的物象，巧妙地使用譬喻，从而更为生动、深刻地抒写现实生活和所思所感。比兴说在后世成为我国文艺理论中的重要命题，刘勰、钟嵘、陈子昂、白居易等人对此都各有阐发。

4. 诗歌的社会功能

《毛诗序》将诗教理论纳入政教体制之中，完善了诗歌的两种社会教化功能，即自上而下的风化和自下而上的讽谏。前者强调诗歌“经夫妇，成孝敬，厚人伦，美教化，移风俗”的功利目的，主张文艺为统治阶级的政治服务；后者则提供了民间诗歌干预政治的途径，以诗讽谏，但讽谏又以“主文而谲谏”为原则。朱熹释“谲谏”为“主于文辞而托之以谏”，即是以委婉含蓄之辞、曲折比兴之法，在维护统治阶级尊严的前提下，以诗来寄托忠心劝勉。这里要求诗歌的艺术风格仍以儒家的温柔敦厚为准则，即使讽谏也要“发乎情，止乎礼义”，不能直言过失；其思想则是儒家诗论“兴、观、群、怨”说和“事父事君”说的进一步发展。《毛诗序》所倡导的诗歌教化方式主要是站在统治阶级的立场上，试图通过有节制地怨刺政治昏暗和社会弊端，对内实现统治阶级的团结与协调，对外经由诗歌的宣泄达到安抚民众情绪、缓和社会矛盾的作用。作为政教工具的诗歌，一方面承担起反映现实、批判现实的角色，有着积极的意义；另一方面显然被束缚了自由吟咏情性的特质，失去了艺术审美的独立性。这两者对后世的诗歌理论和诗歌创作都影响深远。

《毛诗序》是具有独立系统的汉代诗歌理论经典，它代表着儒家正统的政教文艺观念；它所呈现的言志抒情说、美刺说、六义说、比兴说以及诗歌的政教功能等观点，在后世的文艺研究和文学创作中被不断开掘与应用，产生着潜移默化的深刻影响。

【拓展阅读】

1. (东汉)郑玄：《诗谱序》，载《毛诗正义》(十三经注疏标点本)，北京大学出版社2000年版。

2. (梁)刘勰：《文心雕龙·比兴》，载《文心雕龙注》(中国古典文学理论批评专著选辑)，人民文学出版社1958年版。

3. 朱自清：《诗言志辨》，载《诗言志辨 经典常谈》(中华现代学术名著丛书)，商务印书馆2001年版。

4. 李会玲：《〈毛诗序〉“六义”说的历史还原性阐释：实用主义的创作论》，载《武汉大学学报》1998年第2期。

5. 许志刚：《〈诗大序〉历史地位再评价》，载《文学评论》2002年第1期。

《史记·太史公自序》（选录）

（西汉）司马迁

【题解】司马迁（公元前145—？），字子长，左冯翊夏阳（今陕西韩城南）人。西汉时期伟大的史学家和文学家。于太初元年开始著述《史记》，于征和二年左右完成，其间因“李陵之祸”得罪下狱，横被腐刑。《史记》，古称《太史公书》，开创了我国纪传体通史的写作体例，兼备历史实录和传记文学的双重品格，从而成为历代史家和文学家共同研究学习的典范。本文节选自《史记·太史公自序》，篇列《史记》最末，既是总括《史记》一书的自序，也是历述司马迁一生本末的自作之列传。

太史公曰：先人有言[1]，自周公卒五百岁而有孔子。孔子卒后至于今五百岁，有能绍明世[2]，正《易传》，继《春秋》[3]，本《诗》《书》《礼》《乐》之际[4]？意在斯乎！意在斯乎！小子何敢让焉[5]。

上大夫壶遂曰[6]：昔孔子何为而作《春秋》哉？

太史公曰：余闻董生曰[7]，“周道衰废，孔子为鲁司寇，诸侯害之，大夫壅之[8]，孔子知言之不用，道之不行也，是非二百四十二年之中[9]，以为天下仪表，贬天子，退诸侯，讨大夫，以达王事而已矣[10]”。子曰：“我欲载之空言，不如见之于行事之深切著明也。”[11]夫《春秋》，上明三王之道[12]，下辨人事之纪，别嫌疑，明是非，定犹豫，善善恶恶，贤贤贱不肖，存亡国，继绝世[13]，补敝起废[14]，王道之大者也。《易》著天地阴阳四时五行[15]，故长于变；《礼》经纪人伦，故长于行[16]；《书》记先王之事，故长于政；《诗》记山川溪谷禽兽草木牝牡雌雄，故长于风[17]；《乐》乐所以立，故长于和；《春秋》辩是非，故长于治人。是故《礼》以节人，《乐》以发和，《书》以道事，《诗》以达意，《易》以道化[18]，《春秋》以道义。拨乱世，反之正，莫近于《春秋》。《春秋》文成数万，其指数千[19]，万物之散聚，皆在《春秋》。《春秋》之中，弑君三十六，亡国五十二，诸侯奔走不得保其社稷者，不可胜数。察其所以，皆失其本已[20]。故《易》曰：“失之毫厘，差以千里。”故曰：“臣弑君，子弑父，非一旦一夕之故也，其渐久矣[21]。”故有国者，不可以不知《春秋》，前有谗而弗见，后有贼而不知。为人臣者，不可以不知《春秋》，守经事而不知其宜，遭变事而不知其权[22]。为人君父而不通于《春秋》之义者，必蒙首恶之名；为人臣子而不通于《春秋》之义者，必陷篡弑之诛，死罪之名。其实皆以为善，为之不知其义，被之空言而不敢辞[23]。夫不通礼义之旨，至于君不君，臣不臣，父不父，子不子。夫君不君则犯[24]，臣不臣则诛，父不父则无道，子不子则不孝。此四行者，天下之大过也。以天下之大过予之，则受而弗敢辞。故《春秋》者，礼义之大宗也[25]。夫礼禁未然之前，法施已然之后，法之所为用者易见，而礼之所为禁者难知。

壶遂曰：孔子之时，上无明君，下不得任用，故作《春秋》，垂空文以断礼义[26]，当一王之法[27]。今夫子上遇明天子，下得守职，万事既具，咸各序其宜，夫子所论，欲以何明？

太史公曰：唯唯，否否，不然。余闻之先人曰："伏羲至纯厚，作《易八卦》，尧舜之盛，《尚书》载之，礼乐作焉；汤武之隆，诗人歌之；《春秋》采善贬恶，推三代之德，褒周室，非独刺讥而已也。"汉兴以来，至明天子获符瑞，封禅[28]，改正朔[29]，易服色[30]，受命于穆清[31]，泽流罔极[32]，海外殊俗，重译款塞[33]，请来献见者，不可胜道。臣下百官，力诵圣德，犹不能宣尽其意。且士贤能而不用，有国者之耻；主上明圣而德不布闻，有司之过也[34]。且余尝掌其官，废明圣盛德不载，灭功臣世家贤大夫之业不述，堕先人所言，罪莫大焉。余所谓述故事，整齐其世传[35]，非所谓作也[36]；而君比之于《春秋》，谬矣。

于是论次其文[37]。七年，而太史公遭李陵之祸[38]，幽于缧绁[39]。乃喟然而叹曰：是余之罪也夫！是余之罪也夫！身毁不用矣！退而深惟曰[40]：夫《诗》《书》隐约者，欲遂其志之思也[41]。昔西伯拘羑里，演《周易》[42]；孔子戹陈、蔡，作《春秋》[43]；屈原放逐，著《离骚》；左丘失明，厥有《国语》[44]；孙子膑脚，而论兵法[45]；不韦迁蜀，世传《吕览》[46]；韩非囚秦，《说难》《孤愤》[47]；《诗》三百篇，大抵贤圣发愤之所为作也。此人皆意有所郁结，不得通其道也[48]，故述往事，思来者。于是卒述陶唐以来，至于麟止，自黄帝始[49]。

中华书局点校本《史记》卷一百三十

【注释】

[1]太史公：对太史令的通称，掌理天文历史文化之事。这里是司马迁自称。先人：司马迁称其父司马谈。

[2]绍：继承。

[3]继《春秋》：指继承孔子所作《春秋》的明褒贬、别善恶的传统。

[4]本《诗》《书》《礼》《乐》之际：本，推原其本，阐述。际，里面，这里指以上典籍内在的精神实质。

[5]"意在斯乎"三句：斯，此，指写作《史记》。这里是司马迁自谓当完成父亲司马谈的志愿，继孔子而作史。

[6]壶遂：天文学家，汉武帝时任詹事之职。上大夫为其官阶。

[7]董生：即董仲舒(公元前178—前104)，西汉经学家，著有《春秋繁露》。

[8]司寇：周代官名，掌管刑狱纠察等事。害：害怕。壅：蒙蔽。

[9]是非二百四十二年之中：是非，用作动词，褒贬。《春秋》起鲁隐公元年(公元前722年)，讫鲁哀公十四年(公元前481年)，凡二百四十二年。

[10]仪表：法式，准则。达：宣扬。王事：指王政。

[11]"子曰"二句：引文的意思是，孔子认为与其用抽象的议论来阐述自己的政见，不如因事见义，寓褒贬于对古人所作所为的记述之中，这样更为深切明白。

[12]三王：三代之王，指夏禹、商汤、周文王和周武王。

[13]存亡国，继绝世：使灭亡了的诸侯国和断绝了后代的大夫之家能够继存于历史。

[14]补敝起废：补充缺漏，把废弃了的好事树立起来。

[15]著：显明。

[16]经纪：规定。长于行：以指导人们的行动为长处。

[17]风：感化。

[18]道：阐述。化：指天地阴阳四时五行变化之理。

[19]"《春秋》文成"二句：这里《春秋》实指《公羊春秋》。董仲舒为今文学家，治《春秋公羊》。《春秋公羊》合经传凡四万余字，故云"文成数万"。指：条例。其指数千，即条例繁多。

[20]"察其所以"二句：本：根本，指三王之道，即仁义。已：矣。意思是推究《春秋》所载的弑君、亡国等事发生的原因，在于仁义之道的缺失。

[21]"臣弑君"四句：渐，由来。语见《易·坤卦·文言》，文字稍有节略。

[22]经：常。宜：正常的道理。权：应变的方法。宜、权为对文。

[23]"其实"三句：意思是虽然主观上本着善心行事，但由于不明义理，仍不免要被载诸春秋而不敢辞其罪咎。

[24]犯：指君主受到臣下的冒犯。

[25]大宗：事物的本原。

[26]垂：留。空文：指文字，因孔子不得任用，未立事功，故谓"空"。断礼义：以礼义为判断是非的标准。

[27]当一王之法：意思是《春秋》循礼义断是非，抵得上一代之王的政令。

[28]封禅：封，祭天。禅，祭地。古代帝王在名山上举行盛大祀典，告成功于天地，称为封禅。

[29]改正朔：指改订历法，表示新政权的开始。

[30]易服色：服色，古代每一王朝所定的车马祭牲的颜色。按五行之说，一朝有一朝之德，故有相应所崇尚的正色。

[31]穆清：本义为天空清和之气，这里代指天。

[32]泽流罔极：指皇恩遍及四方。

[33]重译：经过翻译，使语言相通。款塞：指边远的人们过关塞前来服从。

[34]布闻：宣扬。有司：官臣。

[35]整齐：整理。世传：指历代流传之事。

[36]作：创始。

[37]论：论述。次：编次。

[38]李陵之祸：天汉二年汉将李陵出征匈奴，兵败而降。武帝欲诛其族，司马迁上书劝谏触怒武帝而下狱。次年受腐刑。司马迁于太初元年开始创作《史记》，从天汉三年上溯太初元年适为七年。

[39]缧绁：拘系犯人的绳索，引申为囚禁。这里指牢狱。

[40]深惟：深思。

[41]“夫《诗》《书》”二句：《诗》《书》，泛指下文所举各书。隐约，意义隐微而言辞简约。意思是说古人著书，言辞隐约，都是心有所感，以来表达自己的意志的。

[42]“西伯”二句：西伯，即周文王姬昌。羑(yǒu)里，古城名，在今河南汤阴。一说指殷狱名。

[43]“孔子”二句：戹，音è，困。文中所举各例，旨在阐明“发愤著书”之义，至于成书的具体细节不尽合乎史实。

[44]“左丘”二句：《国语》，旧说为左丘明所作，记载春秋列国时事，又称《春秋外传》。

[45]“孙子”二句：孙子，即孙膑，战国时齐人。与庞涓同学兵法，庞涓为魏将，嫉妒其才能，刖其足。孙膑著《兵法》。

[46]“不韦”二句：吕不韦，秦庄襄王、秦始皇时为丞相，始皇九年被罢免，与家属被迁徙于蜀，途中服毒自杀。《吕览》，即《吕氏春秋》，吕不韦门人所著。

[47]“韩非”二句：《说难》《孤愤》，《韩非子》中篇名。

[48]此：指以上诸种情况。通其道：展示、实现其抱负。

[49]“卒述陶唐”三句：意思是《史记》所记述内容，上起陶唐，下迄汉武帝时代。陶唐，指帝尧。至于麟止：《史记》所记终于汉武帝元狩年(公元前122年)。是年，武帝获麟，乃铸金作麟趾形，改元元狩。麟止，双关语，有终止义，也有“趾”义。孔子作《春秋》，终于获麟，这里显明司马迁作《史记》有效法、继承孔子事业之意。

【导读】

本篇节选的段落为《史记·太史公自序》的第二部分。文中首先借司马迁与壶遂关于“孔子何为而作《春秋》”的一段谈话，阐发了《春秋》大义，高度评价了《春秋》之于君臣邦国的重要性。其次，在显明要继踵孔子之志的基础上，司马迁自述作《史记》之动机，以及他所秉承的历史观和创作倾向。最后，司马迁历数先贤著述之事，又反观自身于“李陵之祸”后身毁而发愤，提出“发愤著书”这一文学创作的心理动因，在写作与悲剧性的人生之间构建起精神的纽带。

1.《春秋》义法

在司马迁看来，史家追溯往事，实为借古鉴今之举。他们首先“网罗天下放失旧闻，考之行事，稽其成败兴坏之理”(《报任安书》)；进而在记述中美刺褒贬人世间的种种是非，树立起礼义的范式；最终引起反思，要在当下时代发挥“补敝起废”的作用，实现维护社会长治久安的政治目的，也就是《春秋》“拨乱世，反之正”的意义。司马迁基于以上的著史原则，又结合《史记》的写作实践，创设了《春秋》义法，后人又称《春秋》笔法。所谓为文之“义法”，即要求文章要有丰富充实的思想内容，写文章所采用的艺术形式、表达方法等要有一定的法度；充实的内容与恰当的形式这两者结合统一，方能成文。

《春秋》义法是我国古代历史写作的典则。具体来说，它在内容上首先要求写作者考辨真伪，力图还原历史人、事的真实面貌，即著史的“实录”精神。《汉书·司马迁传赞》赞扬《史记》：“其文直，其事核，不虚美，不隐恶，故谓之实录。”其次，历史叙事不仅仅是机械记录，还要体现出作者的倾向性，在具体描述中明是非、设褒贬，采善贬恶、美刺并举。而这样的价值判断显然应当建立在秉笔直书、不作矫伪之饰的真实性基础上，这即是“实录”精神的进一步表现。呈现倾向性的具体方法主要有两种。其一，以叙述自身为手段，不空谈议论、而见褒贬于行事的叙事策略。其二，“辞微而旨博”的语言风格。“微”有简洁和委婉的双重意涵，就是用约省精妙的言辞来表达广博的内容，同时不直言评论，而用事实说话。似是对“微言大义”继承和发展。

对任何一个时代的真实记录都需要直面现实、实事求是，甚至为此献身的无畏勇气；而这勇气所依托的，正是作者对历史和社会的高度责任感，是他们有所担当、负载着使命感的人格力量。

2. 发愤著书说

“发愤著书”说是司马迁提出的重要的学术命题，它从心理学的角度论断了作家创作的动因。不同于坐而论道的学术思辨，“发愤著书”的真义是以痛苦和悲剧的生命体验来昭示自身的。“李陵之祸”加之司马迁以身体和心灵的双重创痛，在人格尊严被损毁、个人价值被压制的抑郁和愤懑中，他需要重新建构起生存的使命感，为他的因强烈的挫败和残缺而充满孤立和遗弃感的生命寻找归宿。在这种心理背景下，司马迁转而投身于著史创作之中。这也是司马迁的《史记》不可能仅仅只是机械记录的原因之一，著史之于他是重建自我人生的过程。司马迁以先贤著述经典之事来印证自己的观点，认为他们的奋发意志来源于“意有所郁结”的累积，写作一方面成为疏导、宣泄心理压力的通道，一方面也获得了丰富深厚的情感基础。同时，这种来自于外界现实的压抑也激起强烈的逆反动力，形成一种激烈的、抗争的、坚忍不拔的精神意志，表现在作品中，往往有着批判现实的内涵、悲剧美的风格特质以及强烈的感染力。

“发愤著书”说在后世得到广泛认可。如梁刘勰有“蚌病成珠”之喻(《文心雕龙·才略》)，唐韩愈有“不平则鸣”之说(《送孟东野序》)，宋欧阳修有“穷而后工”之论(《梅圣俞诗集序》)，明李贽称《水浒》为“发愤之所作”(《忠义水浒传序》)。

在当今的研究视野下，《史记》可以被认为是立足于史学和文学的交汇点上，既是述史，也是创作，从而《史记》中的某些言论及其行文中呈现出的实录精神、《春秋》义法等史家观念就具有了文艺批评和创作方面的意义。至于“发愤著书”的创作精神，也即被后世的文论家、文学家在理论观点上发展延续，并且启示和鼓舞着他们的写作实践，在广泛意义的写作者群体中产生经久的共鸣。

【拓展阅读】

1. (西汉)司马迁：《报任安书》，载《二十四史·汉书》(卷六十二)，中华书局 1962 年版。

2. (东汉)班固：《汉书·司马迁传赞》，载《二十四史·汉书》(卷六十二)，中华书局 1962 年版。

3. 皮朝纲，李天道：《愤书：审美创造的内驱力》，载《中国古代审美心理学论纲》，成都科技大学出版社 1989 年版。

4. 童庆炳：《苦心危虑而极于精思——“穷者而后工”说的心理学内涵》，载《中国古代心理诗学与美学》，中华书局 1992 年版

5. 巩本栋：《“诗穷而后工”的历史考察》，载《中山大学学报》2008 年第 4 期。

《论衡·超奇》

（东汉）王　充

【题解】王充（27—97年），字仲任，会稽上虞（今浙江上虞）人。为东汉时太学生，唯物主义哲学家，文学理论批评家。代表著作《论衡》，主要是在哲学方面针对当时谶纬迷信之学盛行的社会风气，阐述其朴素的唯物主义进步主张，批判神权主义。其中也有一些篇章表达了他在文学方面的见解，他反对文坛上虚伪浮华的文风、复古因循的现象，批判赋颂"深覆典雅，指义难睹"的弊端，并试图校正当时散文以骈偶为尚的倾向。所谓"论衡"，即是要"诠轻重之言，立真伪之平"。

通书千篇以上，万卷以下，弘畅雅闲，审定文读[1]，而以教授为人师者，通人也。杼其义旨[2]，损益其文句，而以上书奏记，或兴论立说，结连篇章者，文人鸿儒也。好学勤力，博闻强识，世间多有；著书表文，论说古今，万不耐一[3]。然则著书表文，博通所能用之者也。入山见木，长短无所不知；入野见草，大小无所不识。然而不能伐木以作室屋，采草以和方药，此知草木所不能用也。夫通人览见广博，不能掇以论说，此为匿生书主人[4]，孔子所谓"诵诗三百，授之以政，不达"者也；与彼草木不能伐采，一实也。孔子得《史记》以作《春秋》[5]，及其立义创意，褒贬赏诛，不复因《史记》者，眇思自出于胸中也[6]。凡贵通者，贵其能用之也。即徒诵读，读诗讽术[7]，虽千篇以上，鹦鹉能言之类也[8]。衍传书之意，出膏腴之辞，非俶傥之才[9]，不能任也。夫通览者，世间比有；著文者，历世希然。近世刘子政父子、扬子云、桓君山[10]，其犹文、武、周公，并出一时也。其余直有，往往而然。譬珠玉不可多得，以其珍也。

故夫能说一经者为儒生；博览古今者为通人；采掇传书，以上书奏记者为文人；能精思著文，连结篇章者为鸿儒。故儒生过俗人，通人胜儒生，文人逾通人，鸿儒超文人。故夫鸿儒，所谓超而又超者也。以超之奇，退与儒生相料[11]，文轩之比于敝车，锦绣之方于缊袍也。其相过，远矣。如与俗人相料，太山之巅墆，长狄之项跖[12]，不足以喻。故夫丘山以土石为体，其有铜铁，山之奇也。铜铁既奇，或出金玉。然鸿儒，世之金玉也，奇而又奇矣。奇而又奇，才相超乘，皆有品差[13]。

儒生说名于儒门，过俗人远也，或不能说一经，教诲后生。或带徒聚众，说论洞溢，称为经明[14]。或不能成牍治一说，或能陈得失，奏便宜，言应经传[15]，文如星月，其高第若谷子云、唐子高者[16]，说书于牍奏之上，不能连结篇章。或抽列古今[17]，纪著行事，若司马子长、刘子政之徒，累积篇第，文以万数，其过子云、子高远矣，然而因成纪前[18]，无胸中之造，若夫陆贾、董仲舒论说世事，由意而出，不假取于外，然而浅露易见，观读之者，犹曰传记。阳成子长作《乐经》，杨子云作《太玄经》，造于助思[19]，极窅冥之深[20]，非庶几之才[21]，不能成也。孔子作《春秋》，二子作两经，所谓卓尔蹈孔子之迹[22]，鸿茂参贰圣之才者也[23]。

王公子问于桓君山以杨子云。君山对曰："汉兴以来，未有此人。"君山差才[24]，可谓得高下之实矣。采玉者心羡于玉[25]，钻龟者知神于龟[26]。能差众儒之才，累其高下，贤于所累[27]。又作《新论》，论世间事，辩照然否，虚妄之言，伪饰之辞，莫不证定。彼子长、子云说论之徒，君山为甲。自君山以来，皆为鸿眇之才，故有嘉令之文。笔能著文，则心能谋论。文由胸中而出，心以文为表。观见其文，奇伟俶傥，可谓得论也。由此言之，繁文之人，人之杰也。

有根株于下，有荣叶于上；有实核于内，有皮壳于外。文墨辞说，士之荣叶皮壳也。实诚在胸臆，文墨著竹帛，外内表里，自相副称。意奋而笔纵，故文见而实露也。人之有文也，犹禽之有毛也。毛有五色，皆生于体，苟有文无实，是则五色之禽毛妄生也。选士以射，心平体正，执弓矢审固，然后射中[28]。论说之出，犹弓矢之发也。论之应理，犹矢之中的。夫射以矢中效巧，论以文墨验奇。奇巧俱发于心，其实一也。

文有深指巨略，君臣治术，身不得行，口不能绁[29]，表著情心，以明己之必能为之也。孔子作《春秋》以示王意，然则孔子之《春秋》，素王之业也[30]。诸子之传书，素相之事也[31]。观《春秋》以见王意，读诸子以睹相指。故曰：陈平割肉，丞相之端见[32]；叔孙敖决期思，令尹之兆著[33]。观读传书之文，治道政务，非徒割肉决水之占也。足不强，则迹不远；锋不铦[34]，则割不深。连结篇章，必大才智鸿懿之俊也[35]。

或曰：著书之人，博览多闻，学问习熟，则能推类兴文。文由外而兴，未必实才学文相副也[36]。且浅意于华叶之言，无根核之深，不见大道体要，故立功者希。安危之际，文人不与，无能建功之验，徒能笔说之效也。

曰：此不然。周世著书之人，皆权谋之臣；汉世直言之士，皆通览之吏。岂谓文非华叶之生，根核推之也[37]。心思为谋，集札为文[38]，情见于辞，意验于言。商鞅相秦，致功于霸，作《耕战》之书[39]。虞卿为赵，决计定说行退作春秋之思[40]。《春秋》之思，赵城中之议[41]，《耕战》之书，秦堂上之计也[42]。陆贾消吕氏之谋，与《新语》同一意[43]，桓君山易晁错之策，与《新论》共一思[44]。观谷永之陈说，唐林之宜言[45]，刘向之切议，以知为本，笔墨之文，将而送之[46]；岂徒雕文饰辞，苟为华叶之言哉？精诚由中，故其文语感动人深。是故鲁连飞书，燕将自杀[47]；邹阳上疏，梁孝开牢[48]。书疏文义，夺于肝心[49]，非徒博览者所能造，习熟者所能为也。

夫鸿儒希有，而文人比然。将相长吏，安可不贵？岂徒用其才力游文于牒牍哉？州郡有忧，能治章上奏，解理结烦，使州郡连事[50]。有如唐子高、谷子云之吏，出身尽思，竭笔牍之力，烦忧适有不解者哉[51]？古昔之远，四方辟匿，文墨之士，难得纪录。且近自以会稽言之，周长生者，文士之雄也，在州为刺史任安举奏，在郡为太守孟观上书，事解忧除，州郡无事，二将以全，长生之身不尊显，非其才知少、功力薄也。二将怀俗人之节，不能贵也。使遭前世燕昭，则长生已蒙邹衍之宠矣[52]。长生死后，州郡遭忧，无举奏之吏，以故事结不解，征诣相属，文轨不尊[53]，笔疏不续也。岂无忧上之吏哉？乃其中文笔不足类也。

长生之才，非徒锐于牒牍也，作《洞历》十篇，上自黄帝，下至汉朝，锋芒毛发之事，莫不纪载，与太史公《表》《纪》相似类也。上通下达，故曰《洞历》。然则长生非徒文人，所谓鸿儒者也。

前世有严夫子，后有吴君商[54]，末有周长生。白雉贡于越，畅草献于宛，雍州出玉，荆、扬生金；珍物产于四远幽辽之地，未可言无奇人也。孔子曰："文王既没，文不在兹乎!"文王之文在孔子，孔子之文在仲舒，仲舒既死，岂在长生之徒与？何言之卓殊，文之美丽也！唐勒、宋玉，亦楚文人也。竹帛不纪者，屈原在其上也。会稽文才，岂独周长生哉？所以未论列者，长生尤逾出也。九州多山，而华、岱为岳；四方多川，而江、河为渎者，华、岱高而江、河大也。长生，州郡高大者也。同姓之伯贤，舍而誉他族之孟，未为得也；长生说文辞之伯，文人之所共宗，独纪录之，《春秋》记元于鲁之义也[55]。

俗好高古而称所闻。前人之业，菜果甘甜；后人新造，蜜酪辛苦。长生家在会稽，生在今世，文章虽奇，论者犹谓稚于前人。天禀元气，人受元精，岂为古今者差杀哉[56]？优者为高，明者为上。实事之人，见然否之分者。睹非却前，退置于后；见是推今，进置于古。心明知昭，不惑于俗也。班叔皮续太史公书百篇以上，记事详悉，义浅理备。观读之者以为甲，而太史公乙。子男孟坚为尚书郎，文比叔皮非徒五百里也，乃夫周召鲁卫之谓也[57]。苟可高古，而班氏父子不足纪也。

周有郁郁之文者，在百世之末也[58]。汉在百世之后，文论辞说，安得不茂？喻大以小。推民家事，以睹王廷之义。庐宅始成，桑麻才有，居之历岁，子孙相续，桃李梅杏，庵丘蔽野[59]。根茎众多，则华叶繁茂。汉氏治定久矣，土广民众，义兴事起，华叶之言，安得不繁？夫华与实俱成者也；无华生实，物希有之。山之秃也，孰其茂也？地之泻也[60]，孰其滋也？文章之人，滋茂汉朝者，乃夫汉家炽盛之瑞也。天晏，列宿焕炳；阴雨，日月蔽匿，方今文人并出见者，乃夫汉朝明明之验也。

高祖读陆贾之书，叹称万岁；徐乐、主父偃上疏，征拜郎中，方今未闻。膳无苦酸之肴[61]，口所不甘味，手不举以啖人。诏书每下，文义经传四科；诏书斐然，郁郁好文之明验也。上书不实核，著书无义指，"万岁"之声，"征拜"之恩，何从发哉？饰面者皆欲为好，而运目者希；文音者皆欲为悲[62]，而惊耳者寡。陆贾之书未奏，徐乐、主父之策未闻。群诸瞽言之徒，言事粗丑，文不美润，不指所谓，文辞淫滑，不被涛沙之谪，幸矣！焉蒙征拜为郎中之宠乎？

中华书局版新编诸子集成《论语校释》卷十三

【注释】

[1]"弘畅雅闲"二句：弘，大。畅，通达。闲，熟习。读，句读。意思是博大通达，熟习各种典籍，能够透彻地了解文义。

[2]杼：通"抒"，抒解。

[3]万不耐一：耐，通"能"。万人之中难得其一。

[4]掇：拾取，这里解释为选取。匿生书主人：义不详，疑有误。

[5]《史记》：指《鲁史记》。

[6]眇思：眇，通"妙"，即眇思。

[7]即：若。讽：诵。术：指著述。

[8]鹦鹉能言之类：意思是只能学舌模仿，没有用处。

[9]衍：推演。膏腴之辞：文采丰富的文辞。俶傥：卓异之貌。

[10]刘子政父子：刘向、刘歆父子。扬子云：扬雄字子云。桓君山：桓谭字君山。

[11]料：比较。

[12]“太山”二句：巅墆(dì)，山顶和山脚。长狄，传说中的巨人。项跖，指头和脚。比喻鸿儒与俗人差品相距甚大。

[13]超乘：出众，上乘。品差：次第，等级。

[14]洞溢：透彻充分。经明：精通经书、经学。

[15]便宜：指有利于国家、合乎时宜之事。应：符合。

[16]谷子云：谷永字子云，博学经书，屡上疏言得失。唐子高：唐林字子高，以明经饬行名世，仕王莽，数上疏直谏。

[17]抽列古今：讽读古今之书，累列古今形迹。抽，通“籀”，诵读。列，诔列。

[18]因成纪前：依凭成事，纪著旧迹。

[19]助思：“助”当作“眇”，即眇思。

[20]窅(yǎo)冥：深远难见之貌。

[21]庶几之才：指贤才。

[22]卓尔蹈孔子之迹：这里用颜回之事。卓尔，《论语·子罕》载颜回自述受了孔子教育以后，“如有所立卓尔”(好像有所建立高大的样子)。蹈孔子之迹，《庄子·田方子》载颜回对孔子说：“夫子步亦步也，夫子言亦言也，夫子趋亦趋也为，夫子辩亦辩也，夫子驰亦驰也，夫子言道，回亦言道也。”

[23]鸿茂：宏大精美。参贰：并列。

[24]差才：品评人才的差别。差，分别等级。

[25]采玉者心羡于玉：羡，一说当作“美”。一说释为“长”，谓擅长于辨别玉石。

[26]钻龟者知神于龟：钻龟，古代占卜者钻刺龟甲以断吉凶。神于龟，指精通于占决龟兆。

[27]累：序。

[28]审：准确地辨别目标。固：稳健地开弓。

[29]口不能绁：“绁”当为“泄”。即口不能言之。

[30]“然则孔子”二句：素王，有王者之道而未居王位者。素，空。

[31]“诸子之传书”二句：素相，有相之业而未居相位者。传书，解说经书的著述，这里指《春秋》三《传》。

[32]“陈平”二句：事见《史记·陈丞相世家》：“里中社，平为宰，分肉食甚均。父老曰：‘善，陈孺子之为宰。’平曰：‘嗟乎！使平得宰天下，亦如是肉也。’”

[33]“叔孙敖”二句：叔孙敖，当作孙叔敖，传写误倒。期思，指期思陂，亦名芍陂，在今安徽寿县南，古代淮水流域最著名的水利工程。孙叔敖决期思之水，而灌雩娄之野，庄王知其可以为令尹。

[34]铦：锋利。

[35]鸿懿之俊：鸿懿，博大完美。即指才智高超而完美的杰出人物。

[36]未必实才学文相副也：学，《太平御览》五八五引“学”作“与”。

[37]“岂谓”二句：此二句是就鸿儒而言，意思是，哪里可以说鸿儒之文不是有“华叶之生”于外而“根核推之”于内的呢？此明“外”与“内”相副之理。

[38]扎：当作“札”。

[39]《耕战》之书：《耕战》，《商君书》篇名。一说即《农战》。

[40]“虞卿为赵”二句：虞卿，游说之士，为赵上卿。虞卿后来离开赵国，“不得意，乃著书，上采《春秋》，下观近世……以讥刺国家得失，世传之曰《虞氏春秋》。”

[41]“《春秋》之思”二句：意思是虞卿著《虞氏春秋》的观点，跟他谏赵王不要以六城送秦国的言论是一致的。

[42]“《耕战》之书”二句：意思是商鞅《农战》篇的主张，就是他与秦孝公在朝堂晤谈中定下的耕战政策。

[43]“陆贾”二句：汉高祖时，陆贾奉命述秦亡汉兴之故，成《新语》十二篇。孝惠帝时诸吕擅权，贾为右丞相陈平出策诛诸吕。

[44]“桓君山”二句：即桓谭，其事未详。

[45]唐林之宜言：“宜言”疑作“直言”。

[46]将而送之：将，助。有助于传达。

[47]“鲁连飞书”二句：鲁连，即齐人鲁仲连。燕将攻下聊城，固守不归。齐田单攻聊城岁余不下，仲连乃为书，射入城中，遗燕将。燕将见书泣三日，知归燕降齐皆不可，乃自杀。

[48]“邹阳上疏”二句：齐人，游于梁。羊胜等嫉之，谗于孝王。孝王怒，下之吏，将欲杀之。阳乃从狱中上书。孝王遂使人出之，卒为上客。

[49]夺于肝心：黄晖：“‘夺’疑为‘奋’字形伪。奋，动也。”

[50]连事：黄晖：“‘连事’疑当作‘无事’。”

[51]适：疑当作“岂”。

[52]邹衍：战国时齐人。为五行之说。燕昭王爱贤，士争趋燕。邹衍自齐往，为昭王所重用。

[53]“事结不解”三句：意思是州郡发生了事故得不到解决，朝廷不断征召州郡首长前往京师接受询问，为文之道得不到尊重。文轨，文学之道。

[54]严夫子：即庄忌。吴君商：当作吴君高。庄忌、吴君高与周树均为会稽人。

[55]《春秋》记元于鲁之义也：《春秋》记元于鲁，是寄托王道于鲁，故将其突出于诸侯之上。王充用以比喻周长生乃会稽诸贤中的佼佼者。

[56]差杀：依次递减。

[57]徒五百里：徒，行；古时“九服”以五百里为距，行五百里，言其远也。鲁国为武王弟周公之封域，卫国为武王同母之弟康叔封域。意为相差不远。

[58]“周有郁郁之文者”二句：郁郁，丰盛。文，指礼仪制度。百世，言其多。

[59]庵：当作“奄”，覆盖义。

[60]泻(潟)：当作“潟”，咸卤地。

[61]苦酸：泛指各种味道。

[62]文音者皆欲为悲：文，当作“闻”。谓人好悲音。

【导读】

《超奇》为《论衡》的第三十九篇，探讨的是士人品鉴的问题。王充把士人分为四等，依次为儒生、通人、文人、鸿儒。儒生能解一经，通人博览古今，文人能摘引传书、上书奏议，而鸿儒能“精思著文”“连结篇章”，是著书之人。著书再分种种，鸿儒之中又有品次，其最高者应当能著书以述己见，立说而论世事，并且他们的著作要具有深刻的思想，表达自己真挚的感情，能动人心魄。王充评价这样的鸿儒人物为“超而又超”、“奇而又奇”的“世之金玉”，遂名“超奇”，大致类似于现在的思想家或哲学家。《超奇》篇以士人品第的见解为基础，实则也提出了品评写作者的标准，包括作家的修养、才能等方面；他还通过为超奇者在不同时代的不同境遇鸣不平，借此发挥出对崇古非今的时代风气的抗议。士人品鉴是古代作家主体论的滥觞，《超奇》篇不再局限于对具体作家作品的品评，而以统摄的形式成就一篇作家通论，首开我国文学批评中作家论的先河。

1. 崇实尚用说

在文章著述的性质方面，王充继承发展了扬雄、桓谭等人“尚用”的文学主张，特别强调了人的实践能力以及文章的社会功用。王充认为，读书治学“贵其能用”，就是看重士人运用所见所学进而著书立说的能力；而作家在著述中又应当自觉发挥文章特有的作用：“载人之行，传人之名”，最终达到“劝善惩恶，为世所用”的目的(《佚文》)。他以先贤著述为例，肯定了商鞅、管仲之书，认为它们解决实际问题，可以“富民丰国，强主弱敌”(《案书》)；并指出这些作家“起事不空为，因因不妄作；作有益于化，化有补于正”(《对作》)，自觉地通过著述来对社会现实进行积极的建构。王充还把上书奏议、著书立作提高到辅政治国的高度，这一观点发展到魏晋曹丕时，文章已明确成为“经国之大业，不朽之盛世”。王充这里谈论的为文标准，主要是针对论说文而言的；但他将屈原也纳入“超奇”作者之列，可见这些标准同样适用于文学创作，这也是他重视抒情文学、认可其价值的一个表现。

王充此番崇实尚用之心，主要是针对汉代治学以述而不作为传统的弊病而发的。他还借此反对“劝百讽一”的辞赋，认为汉赋的发展趋于无病呻吟，于讽谏无用，于时世无益。

2. 立实诚说

对于创作主体而言，成为“超奇”鸿儒所需要的作者修养，即是内在的“实诚”。王充阐释说：“实诚在胸臆，文墨著竹帛，外内表里，自相副称。”文章是见诸笔墨的外在的彰显，实诚则是作者内在的蕴藉和原则。具体来说，“实诚”之“实”即为“真实”，要求作者如实地反映客观世界和社会生活；“实诚”之“诚”即为“精诚”，要求作者用真情实感坦诚地表达自己的思想见解。“实诚”针对“虚妄”而立，当时谶纬神学大行其道，社会上充斥着虚妄、迷信的传闻和解说；“实诚”又因“华伪”而发，汉赋以繁文丽辞著称，却愈发富丽和空洞，呻吟矫伪之情；这两者都是王充所反对和批判的。

从王充批判“华伪之文”的主张，可以引申出两个方面的内容。其一，在文章内容与形式的关系问题上，王充尤其强调内在之实，主张尚质，提倡朴素文风，这是针对辞赋进行拨乱反正而言的。他以植物的根株与花叶相比拟，实际上主张内容与形式的统一；在特定的时代背景下，他要求先质后文，同时文又要向外彰显质的美善，质无文而不显。这基本是继承了孔子“文质彬彬”之说，仍在儒家文论的范畴之内。后世刘勰提出“文附质”“质待文”的观点，应与此说相关联。其二，王充重视“精诚”，认为文章因作者的真情实感而“感动人深”、“夺于肝心”，提出了作者情感对于创作的影响。刘勰进一步发挥，提出“为情而造文”说，有相承之意。

3. 今胜于古说

在作者评价方面，王充明确反对崇古非今的世俗偏见。当时陷入僵化的儒家经学主导着文化领域，社会上兴盛着一股抱残守缺的复古潮流，王充则提出品第人才不应当以时代为区分，而应实事求是、褒贬分明，以“优者为高，明者为上”；文章的价值应该以作品的“是非”、“善恶”、“真伪”和作者才能的“高下”与“深浅”来衡量。继而他又进一步推进，以文学的历史继承性为基础，指出后世超越前世是理所当然的。他以进步论的历史观来阐释，认为后代的发展建立在前代成就的基础上，文辞论说的根茎众多、根基牢固，从而必定更为繁茂。这一观点开后世葛洪等人“今胜于古”的文学发展观之先河。

后汉之时，谶纬迷信风气盛行，表现在文学创作上，即是一种“华而不实，伪而不真”的虚妄文风占据文坛主流。王充批判了社会上弥漫着的虚伪浮华、因循抄袭的现象，提出“崇实尚用”、“立实诚”、反对“颂古非今”的主张，这在社会革新与文学理论等方面都是一以贯之的。可以看出，王充的《超奇》篇乃至整部《论衡》都是针对他所生活时代的现实问题而发的，他以自身的著述再次彰显了经世致用、“有为之作”的内涵。

【拓展阅读】

1. （东汉）王充：《论衡·书解》，载《论衡校释》（卷二十八），中华书局 1990 年版。

2. （东汉）王充：《论衡·须颂》，载《论衡校释》（卷二十），中华书局 1990 年版。

3. 张宝坤：《王充文论浅议》，载《学术月刊》1980 年第 7 期。

4. 踪凡：《试论王充的汉赋观》，载《社会科学研究》2002 年第 2 期。

5. 张利群：《论中国古代作者“超奇”说的批评学意义——王充〈论衡·超奇〉的作者理论研究》，载《广西师范大学学报》2012 年第 5 期。

《两都赋序》

（东汉）班　固

【题解】班固（32—92年），字孟坚，右扶风安陵（今陕西咸阳市东）人。为东汉史学家和文学家。著有《汉书》一百卷，“当世甚推重其书，学者莫不讽诵焉”，其中八表和《天文志》由其妹班昭补成。《汉书》作为我国第一部断代史，是后世古代正史的表率。班固也是著名的辞赋家，代表作《两都赋》作于汉明帝永平年间，以持续了几十年的建都之争为背景，他坚决反对迁都长安，于是以赋的形式发表政见。该赋“义正乎扬雄，事实乎相如”，具有鲜明的政治目的和较为实在的现实内容，一时在政坛和文学界影响颇大。《两都赋》首开汉代京都大赋之风，在《文选》中位列《京都赋》的首篇。本篇为《两都赋》的序文。

或曰：“赋者，古诗之流也[1]。”昔成康没而颂声寝，王泽竭而诗不作[2]。大汉初定，日不暇给[3]。至于武宣之世，乃崇礼官，考文章[4]，内设金马石渠之署[5]，外兴乐府协律之事[6]，以兴废继绝，润色鸿业[7]。是以众庶悦豫，福应尤盛[8]。《白麟》《赤雁》《芝房》《宝鼎》之歌[9]，荐于郊庙[10]；神雀、五凤、甘露、黄龙之瑞，以为年纪[11]。故言语侍从之臣，若司马相如、虞丘寿王、东方朔、枚皋、王褒、刘向之属[12]，朝夕论思[13]，日月献纳。而公卿大臣御史大夫倪宽、太常孔臧、太中大夫董仲舒、宗正刘德、太子太傅萧望之等[14]，时时间作。或以抒下情而通讽谕，或以宣上德而尽忠孝，雍容揄扬，著于后嗣，抑亦雅颂之亚也[15]。故孝成之世[16]，论而录之，盖奏御者千有余篇，而后大汉之文章，炳焉与三代同风[17]。

且夫道有夷隆，学有粗密，因时而建德者，不以远近易则[18]。故皋陶歌虞，奚斯颂鲁[19]，同见采于孔氏，列于《诗》《书》，其义一也。稽之上古则如彼，考之汉室又如此[20]，斯事虽细，然先臣之旧式，国家之遗美[21]，不可阙也。臣窃见海内清平，朝廷无事，京师修宫室，浚城隍，而起苑囿[22]，以备制度[23]。西土耆老[24]，感怀怨思，冀上之睠顾[25]，而盛称长安旧制，有陋洛邑之议[26]。故臣作《两都赋》，以极众人之所眩曜，折以今之法度[27]。

《四部丛刊》影宋本六臣注《文选》卷一

【注释】

[1]古诗之流：古诗中的一种。

[2]“昔成康”二句：成、康，周初强盛时代的二国君。寝，息。颂声寝，即颂声不作。

[3]“大汉初定”二句：意思是西汉初年政务繁多，无暇顾及文化。《六臣注文选》李周翰注：“日不暇给，言不暇崇文化。”

[4]“至于武宣”三句：武、宣，武帝刘彻和宣帝刘询。礼官，执掌礼仪之官。意思是朝廷鼓励故老名儒，考核经籍，讲论经典。

[5]金马石渠之署：署，办公处所。金马，官署名。门前傍有铜马，故又称金马门，是西汉时文士、儒生校理典籍的地方。石渠，阁名，为朝廷藏书之处。

[6]乐府协律之事：乐府，音乐官署。协律，校正音乐律吕，使之和谐。

[7]“以兴废”二句：意思是在秦代被废弃的制度和灭绝的文章，在汉武帝、汉宣帝时又兴盛起来。润色，修饰。

[8]众庶：百姓。悦豫：快乐。福应：吉祥的征兆。

[9]“白麟”句：《汉书·武帝纪》载武帝行各地，获白麟，因作《白麟之歌》；获赤雁，因作《朱雁之歌》；得宝鼎，因作《宝鼎之歌》。又说，甘泉宫内生芝兰九茎，其叶相连，因作《芝房之歌》。

[10]荐：进。郊庙：郊祀祭天，宗庙祭祖。

[11]“神雀”二句：年纪，年号之记。我国古代从汉武帝始建年号。汉宣帝时，因神雀集，五凤至，甘露降，黄龙现，以为瑞祥，故改元为神雀、五凤、甘露、黄龙等年号。

[12]“故言语”二句：言语，文学辩才。汉代选文章经术之士为文学侍从。司马相如，字长卿，西汉辞赋家。虞丘寿王，一作吾丘寿王，字子赣，辞赋家。东方朔，字曼卿，文学家。枚皋，字少孺，辞赋家。王褒，字子渊，辞赋家。刘向，字子政，西汉辞赋家、目录学家和经学家。

[13]论思：议论构思，指写文章。

[14]“而公卿大臣”句：公卿，三公九卿，是朝廷高级行政长官职衔，属大臣列。倪宽，武帝时为御史大夫，《汉书·艺文志》载倪宽有赋二篇。孔臧，武帝时为太常。董仲舒，经学家，也会辞赋。刘德，汉宗室，武帝时为宗正。萧望之，明经术，历任将相，位在九卿之上，宣帝时为太子太傅。

[15]“雍容揄扬”三句：雍容，仪态文雅温和大方。揄扬，赞扬，宣扬。意思是这些作品文质彬彬，宣扬大义，昭示于后代，其价值仅次于雅颂之作。

[16]孝成：即汉成帝。西汉时标榜以孝治天下，所以皇帝谥号都冠以“孝”字。

[17]炳：光明。三代：指夏、商、周。

[18]“道有夷隆”四句：隆，高，指兴起。夷，平，指衰落。则，法则，规律。意思是王道的兴衰在各个时代是不同的，学者们的学问也有深浅精疏的差别。但乘着时势而建德，古今都是相同的。

[19]“故皋陶”二句：皋陶，舜臣。歌虞，即歌颂虞舜的德政。奚斯，春秋时鲁国公子，名鱼，字奚斯。颂鲁，作诗赞颂鲁僖公重修祖庙。见《诗·鲁颂·閟宫》：“新庙奕奕，奚斯所作。”

[20]稽：考查。如彼：指如像皋陶、奚斯作颂歌。如此：指如像司马相如、东方朔、刘向等人作辞赋事。

[21]先臣：指皋陶、奚斯等人。旧式：老规矩。式，法则。遗美：作文章的好传统。

［22］浚：音 jùn，深挖，疏通。城隍：城池。苑囿：帝王花园，苑以植花木，囿以养禽兽，以供其游猎和娱乐。

［23］备：完备，完善。

［24］西土：指长安。耆老：长老。人年七十曰耆。

［25］上：皇帝。睠(juàn)顾：怀念故旧。

［26］盛称：极力称赞。旧制：指西汉立国建都的原则法度，包括都城建筑及礼仪典章法度等。

［27］“故臣作”三句：极，止。眩曜：迷惑，惑乱。折：服。

【导读】

赋是汉代之代表文学，后世莫能继。班固的《两都赋序》则是汉代研究、评论赋这一文学样式的重要篇章。班固作此《序》的现实原因是要说明《两都赋》的创作缘由，但他更借此探讨了与赋相关的文学理论，主要是指出了赋文学发展的源流，分析了赋兴盛于两汉的原因，论述并评价了赋文学在思想和艺术上的特色，阐述了其美学价值、社会作用等。本篇序文集中表现了班固对汉赋的理论见解。

针对赋的起源问题，班固在序文中开门见山地提出了“赋者，古诗之流也”的观点。这即是把赋看作《诗经》的沿流，是古诗在汉代的另一种表现形式。他大体上沿袭《周礼·春官篇》所记载的“大师教六诗”之说，以赋为“六诗”中的一种，是“雅颂之亚”。班固将此观点置于篇首，先确定了赋的本质是为《诗经》后裔，从而对赋的思想内容、社会作用等所作的解读和规定就有源可本，也奠定了对赋进行高度评价、认可其正统地位的基础。“赋为古诗之流”说在当时产生了很大影响，后世也颇有赞同者。如刘勰在《文心雕龙·诠赋》中就继承了这一观点，更明确地指出汉赋“受命于《诗》人，拓宇于楚辞”。

在文学与社会、政治的关系问题上，班固通过探索汉赋发展、兴盛的历史，认为武帝、宣帝时期文治武功的空前盛世加之帝王贵族的文学偏好，共同造就了赋文学发展的黄金时代。他再次以《诗经》及其时代为前导，继承《诗大序》的“变风变雅”之说，指出诗赋的兴盛、衰微与王朝的发达、陵迟有着必然的因果联系；文学创作应该亦步亦趋地对国家政治、社会状况作真实和直接的反映。因而他肯定了汉大赋创作的繁荣景象，以此来颂美朝政。班固进一步把汉赋文学的社会作用和政治意义概括为：“抒下情而通讽谕”、“宣上德而尽忠孝”，这又是继承《诗大序》成人伦、助教化的思想，是对儒家美刺理论的发展。所为“美刺”，即要求文学作品既有颂美之辞，又有讽谏倾向，两者并不偏废；以班固之说，赋在美刺功能上当效法《诗经》。然而在文学为统治者的政治服务这一前提下，美与刺在写作实践上往往难以调和；班固同时又主张以儒家诗教温柔敦厚之训来作赋，从而在美与刺之间，他明显倾向于汉赋歌功颂德的功能。正如他在篇中大谈祥瑞之兆，迎合当时君王喜闻乐见的谶纬迷信之风，诚如王逸所说“婉娩以顺上”。

为达到“通讽谕”、“尽忠孝”的目的，班固在序文中指出，汉赋在思想内容上应当“兴废继绝，润色鸿业”，在艺术形式与风格上则应呈现出“雍容揄扬”之态；前者要求歌功颂德、粉饰太平，后者当以庄重典雅、铺张扬厉的特色彰显王朝盛世之风貌。这里也正从功利主义的角度，反映出班固作《两都赋》的深层动机。汉大赋至此在思想和艺术两方面齐备了颂美程式，从而也只能局限为与清明盛世相关。到西汉哀、平之世及其后的王莽政权，乱世中多为怨愤之情，汉大赋就不能适应于时世了，从而有扬雄少而好赋，老而辍不复为之举。以此类推，或可以说正是由于《诗经》的四言句式不能与时代变迁以来的复杂新生活相适应，才出现了铺张扬厉的赋，用以在特定的时代中言志抒情；是《诗》之衰落，从而赋文学兴起。现今学者程章灿则认为："赋体近师屈、宋，而究其渊源，则是楚地民间通俗文学和楚文化的氛围。四言诗在晚周衰落，为赋体诞生提供了有利时机和生存空间。战国时代的各派学术、诸子文章，在赋的成长过程中，亦不断给予综合性的影响，其中《庄子》、燕齐学派、纵横家的影响尤著。"①此说是较为符合文学发展的历史事实的。

班固身处于"罢黜百家，独尊儒术"的时代，儒家经学的统治地位不可动摇，班固以官方史家和御用文人的身份，坚持以此为根本也是合于时宜的。本篇序文正是班固正统的儒家思想在文学批评方面的表现，在以上陈说的局限性之外，也有值得注意之处。如班固以"赋为古诗之流"，客观上反映了文学的历史继承性；他在论述文学与社会政治的关系时，实则也强调了现实主义的创作原则；他肯定汉赋的文采、风格，这也是赋极具艺术吸引力的方面之一，为后人所称美折服。

【拓展阅读】

1. （东汉）班固：《汉书·艺文志（诗赋略论）》，载《汉书》（卷三十），中华书局 1962 年版。

2. （东汉）班固：《汉书·司马相如传赞》，载《汉书》（卷五十七下），中华书局 1962 年版。

3. 曹虹：《从"古诗之流"说看两汉之际赋学的渐变及其文化意义》，载《文学评论》1991 年第 4 期。

4. 方铭：《赋者古诗之流：〈诗经〉传统与汉赋的讽谏问题》，载《漳州师范学院学报》2005 年第 2 期。

5. 踪凡：《班固对汉赋的研究》，载《南京师范大学文学院学报》2006 年第 2 期。

① 程章灿：《魏晋南北朝赋史》，江苏古籍出版社 1992 年版，第 10 页。

《楚辞章句序》

(东汉)王　逸

【题解】王逸(生卒年不详)，字叔师，南郡宜城(今湖北宜城南)人。王逸是后汉有名的文学家，博雅多览，擅为赋、诔、书、论及杂文，作品多散佚。所著《楚辞章句》是今存最早的《楚辞》注本，所作注释多存古训，为后世学者所重视。该书有总序一篇，每篇题下各有小序，评介了各篇作品的时代背景、内容主旨、艺术特色等，集中体现了王逸的文学观念。其中最后一卷书为王逸自己创作的楚辞作品《九思》，以表达对屈原的“悼伤之情”。本篇为《楚辞章句》一书的总序，代表了王逸在两汉时期屈骚批评的论争中所持的观点。

昔者孔子睿圣明哲，天生不群，定经术，删《诗》《书》，正《礼》《乐》，制作《春秋》，以为后王法。门人三千，罔不昭达[1]。临终之日，则大义乖而微言绝[2]。

其后周室衰微，战国并争，道德陵迟[3]，谲诈萌生，于是杨、墨、邹、孟、孙、韩之徒[4]，各以所知著造传记，或以述古，或以明世。而屈原履忠被谮，忧悲愁思，独依诗人之义[5]，而作《离骚》，上以讽谏，下以自慰。遭时暗乱，不见省纳[6]，不胜愤懑，遂复作《九歌》以下凡二十五篇。楚人高其行义，玮其文采[7]，以相教传。

至于孝武帝，恢廓道训[8]，使淮南王安作《离骚经章句》，则大义粲然。后世雄俊，莫不瞻慕，舒肆妙虑，缵述其词[9]。逮至刘向典校经书，分为十六卷[10]。孝章即位，深弘道艺，而班固、贾逵复以所见改易前疑[11]，各作《离骚经章句》。其余十五卷，阙而不说。又以壮为状[12]，义多乖异，事不要括。今臣复以所识所知，稽之旧章[13]，合之经传，作十六卷章句。虽未能究其微妙，然大指之趣可见矣。

且人臣之义，以中正为高，以伏节为贤[14]。故有危言以存国，杀身以成仁[15]。是以伍子胥不恨于浮江[16]，比干不悔于剖心[17]，然后忠立而行成，荣显而名著。若夫怀道以迷国[18]，详愚而不言[19]，颠则不能扶，危则不能安，婉娩以顺上，逡巡以避患[20]，虽保黄耇[21]，终寿百年，盖志士之所耻，愚夫之所贱也。

今若屈原，膺忠贞之质，体清洁之性，直若砥矢[22]，言若丹青[23]，进不隐其谋，退不顾其命，此诚绝世之行，俊彦之英也。而班固谓之露才扬己，竞于群小之中，怨恨怀王，讥刺椒、兰，苟欲求进，强非其人，不见容纳，忿恚自沈，是亏其高明，而损其清洁者也。昔伯夷、叔齐让国守分，不食周粟，遂饿而死，岂可复谓有求于世而怨望哉？且诗人怨主刺上曰：“呜呼小子，未知臧否。匪面命之，言提其耳。[24]”讽谏之语，于斯为切。然仲尼论之，以为大雅[25]。引此比彼，屈原之词，优游婉顺，宁以其君不智之故，欲提携其耳乎？而论者以为露才扬己，怨刺其上，强非其人，殆失厥中矣[26]。

夫《离骚》之文，依托五经以立义焉。“帝高阳之苗裔”[27]，则“厥初生民，时惟姜嫄”也[28]。“纫秋兰以为佩”[29]，则“将翱将翔，佩玉琼琚”也[30]。“昔揽洲之宿莽”[31]，则《易》“潜龙勿用”也[32]。“驷玉虬而乘鹥”[33]，则“时乘六龙以御天”也[34]。“就重华而陈词”，则《尚书》《咎繇》之谋谟也[35]。登昆仑而涉流沙，则《禹贡》之敷土也[36]。故智弥盛者其言博，才益多者其识远。屈原之词，诚博远矣。自终没以来，名儒博达之士，著造词赋，莫不拟则其仪表，祖式其模范[37]，取其要妙，窃其华藻[38]。所谓金相玉质，百世无匹，名垂罔极，永不刊灭者矣。

《四部丛刊》影明翻宋本《楚辞》卷一

【注释】

[1]“门人三千”句：昭达，明白通晓。意思是孔门三千弟子，亲承指受，都能领悟孔子论述六经的微言大义。

[2]乖：违异。

[3]陵迟：渐趋衰败，败坏。

[4]杨、墨、邹、孟、孙、韩之徒：指杨朱、墨翟、邹衍、孟轲、孙卿（荀况）、韩非。

[5]独依诗人之义：诗人之义，指抒写怨悱之情，用以讽谏。

[6]暗乱：指君主昏庸，朝政紊乱。省纳：省察采纳。

[7]玮：称美。

[8]恢廓：扩展弘扬。道训：道义准则。

[9]“舒肆妙虑”二句：舒肆：铺陈。缵述：继承传述。缵述其词，谓继承《离骚》的体制。按西汉时出现了诸多拟《骚》之作。

[10]“逮至”二句：典校，主持校勘典籍。经书，指《楚辞》。刘向首次把《楚辞》辑录成书，分十六卷，就是王逸《章句》所依据的底本。

[11]贾逵：字景伯，东汉经学家。班固与贾逵所著《章句》，今均已亡佚。

[12]以壮为状：指班、贾两本注将“壮”误作“状”，亦可泛指文字多舛迕。

[13]稽：考核，核查。

[14]伏节：殉节。

[15]危言：直言。杀身以成仁：为成就仁德而牺牲生命。

[16]伍子胥不恨于浮江：《史记·伍子胥列传》载吴王夫差欲伐齐，子胥谏阻，不听，而轻信太宰嚭谤言，赐子胥自刭，并取其尸首置于马革，浮之江中。

[17]比干不悔于剖心：《史记·殷本纪》载纣王淫乱，比干强谏，纣怒曰：吾闻圣人心有七窍。乃剖比干，观其心。

[18]怀道以迷国：意思是有才能而不效力于国家。

[19]详：同佯，假装。言：指进谏。

[20]婉娩：柔顺谄媚。逡巡：退避。

[21]黄耇：年老。黄，黄发。耇，老。

[22]直若砥矢：形容品格刚直。砥矢，磨石和箭。

[23]丹青：色艳而不易泯，比喻其言忠信。

[24]“呜呼小子”四句：《诗·大雅·抑》诗句。小子，指厉王。臧否，善恶。匪面命之言提其耳，意思是不但要当面教训你，还要提着你的耳朵让你注意听。

[25]“仲尼”二句：旧说孔子删定《诗》三百篇，故本文说孔子论列《抑》于大雅。其意思是说，孔子对诗人的直切讽谏是持肯定态度的。

[26]厥：代词，其，他的。中：不偏不倚。

[27]帝高阳之苗裔：帝高阳，传说中远古帝王颛顼的称号。苗裔，后代子孙。高阳氏是楚族的远祖，屈氏是楚王室的分支，所以屈原自称是高阳氏后代。

[28]“厥初”二句：《诗·大雅·生民》诗句。厥，其。初，始。时，是。姜嫄，高辛之妃，后稷之母。诗句意思是周族的先祖为姜嫄所生。

[29]纫：贯串。佩：佩戴在身上的饰物。

[30]“将翱”二句：《诗·郑风·有女同车》诗句。将，且。琼琚，佩玉名。诗句意思是佩戴着琼琚之玉即将翱翔。

[31]揽：采。宿莽：经冬不死的香草。

[32]潜龙勿用：《易·乾卦》初九爻辞。初是《易》卦爻的第一位，阳爻称九。阳气潜伏在地下，故曰“潜龙”。龙是阳的象征。初生之阳，位卑力微，故诫以圣人，虽有龙德，但此时当潜伏“勿用”，以待将来。

[33]驷玉虬而乘鹥：驷：音 sì，四匹马的车，这里用作动词。玉：代表白色。虬：无角的龙。鹥：音 yī，五彩的凤鸟。意思是以虬为马以凤为车。

[34]时乘六龙以御天：《易·乾卦》彖辞。六，《易》卦爻凡六位，乾卦六阳，故曰“六龙”。六位不失其时，随时而用，处则为潜龙，出则为飞龙，故曰“时乘六龙”。

[35]《咎繇》之谋谟：指《书·皋陶谟》。咎繇，即皋陶。谋谟，策划谋略。

[36]《禹贡》之敷土：指《书·禹贡》。敷：分布。敷土：分治九州水土。

[37]拟则：效法。仪表：形式。祖式：效仿。模范：文章之模准。

[38]窃：袭用。这里无贬义。

【导读】

赋是盛行于汉代的主要文学体裁，屈骚及《楚辞》开汉赋之先河，屈原乃辞赋家的不祧之祖。两汉文学家较为统一地认可汉赋于楚辞艺术形式上的继承性，但在评价屈原人格及作品的问题上却颇有争议。屈骚论争，其根本在于贬损和褒扬的双方所持的文学基本理念有着原则性的分歧。王逸作本篇《楚辞章句序》，一方面继承了刘安和司马迁褒扬的评价方向，另一方面主要是针对班固之说，从屈原人格评价、屈骚作品思想性评价、屈骚艺术评价这三个方面，对班固贬损屈原的意见进行了反批评。

王逸对屈原人格的辩护是以评介屈原创作的社会背景为基础的。他以“履忠被谮，忧悲愁思”数语刻画了屈原所处的黑暗时代；他继承司马迁“发愤著书”的观点，认为是在黑暗现实的压迫之下，屈原以清洁、刚直的人格不见容于世，心有愤懑，遂而效仿孔子，写作《离骚》。王逸更进一步以“讽谏”和“自慰”这两个方面的目的来阐释屈原作《离骚》的动机，前者顺应儒家之训，后者可谓司马迁之说的发展，显示出文学评论中作家的主体意识越发明晰。在作家论方面，班固与王逸的分歧主要集中“忠君”的观念上。他们都以儒家思想为主导。王逸认为，身为人臣重在“忠正”于君主，“伏节”于理想，并特别强调了“杀身以成仁”的崇高人格，进而否定了班固自以为温柔敦厚的明哲保身之说。屈原“进不隐其谋，退不顾其命”的积极处世态度在王逸看来正合乎儒家气节，是他崇敬与激赏的典范。

王逸把《离骚》提到“经”的地位来加以肯定，可见他对屈原作品的高度评价。洪兴祖说：“古人引《离骚》未有言经者，盖后世之士祖述其词，尊之为经耳。”(《楚辞补注》)但此说并不尽然。同样是对屈原作品持肯定态度，但王逸与刘安、司马迁的文学观念并不相同，反而与否定屈原在先的扬雄、班固较为一致，都是从儒家思想的角度出发。从而王逸为屈原作品所作的辩护，便主要是以“依经立义”的方式，极力使《离骚》的思想内涵容纳于儒家经学的思想体系。

王逸首先继承了刘安等人以风雅赞《离骚》观点。他以孔子选《抑》一诗列于《诗经·大雅》为例证，肯定了“怨主刺上”的直谏精神是诗歌正统，从而屈原《离骚》之讽谏就合乎“诗人之义”，是诗经传统的延续了。其次，他以经学来阐释《离骚》，提出《离骚》是“依托五经以立义”的观点；进而引经据典，摘录《离骚》辞句，与儒家五经的内容一一对应，试图证明屈原作品也是诗人“言志”的成果。在肯定屈原作品的艺术特色时，他又说：“《离骚》之文，依《诗》取兴，引类譬喻。”即认为《离骚》的艺术表现方法继承于《诗经》的比兴手法，其诗歌意象也依托于《诗经》的兴象。王逸在此的努力似乎化解了班固等人所以为的《诗经》与《楚辞》的对立。

西汉中期以后，汉武帝独尊儒术，经学统治一切文化领域，经书成为衡量一切文艺作品的最高准则。班固以儒家诗教传统，即经学的意识形态来贬损屈原及其作品，王逸亦引用经书来反驳之。在这个意义上，王逸尽管肯定了屈原作品的价值，但他依然是在“依经立论”的传统框架之中，把诗歌辞赋看为经学的附庸；他的辩护方式显示出只有化解了与经学意识形态的冲突，把文艺作品纳入儒家诗论的框架之内，才能使其获得正统的、合法的地位。因此，他着重论述了《离骚》并不违背儒家“温柔敦厚”之诗教，指出其抒情更在“礼义”之内；但他以屈原的长篇抒情诗比附儒家经典，认为它片言只语都依经立义，就显得牵强附会了。王逸的观点正是时代局限的投射。后世刘勰在《文心雕龙·辨骚》中对王逸的观点加以修正，指出“屈原虽取熔经义，亦自铸伟辞”，并提出研究《楚辞》应当“酌奇而不失其贞，玩华而不坠其实”的理论主张。到近代，胡适则直接否定了把《楚辞》看作“一部忠臣教科书”，反对王逸等旧注家“处处把美人香草都解读作忠君忧国的话”(《读楚辞》)，表现出激烈的去经学化倾向。

王逸看重屈原的人格，激赏屈原的作品，甚而尊《离骚》为经，虽在“依经立义”的框架中为之辩驳，实际也反映出他对于文学重要性的认识。到魏晋时代，曹丕明确提出文章是“不朽之盛世”的观点，其理论萌芽可追溯于此。

【拓展阅读】

1.（东汉）王逸：《离骚经序》，载《两汉文论译注》(中国古典文艺理论丛书)，北京出版社 1988 年版。

2. (梁)刘勰:《文心雕龙·辨骚》，载《文心雕龙注》(中国古典文学理论批评专著选辑)，人民文学出版社 1958 年版

3. 王齐洲:《王逸和〈楚辞章句〉》，载《文学遗产》1995 年第 2 期。

4. 查屏球:《文学的阐释与阐释的文学——关于王逸〈楚辞章句〉韵体注文的考论》，载《文学评论》2008 年第 2 期。

5. 李建中，张金梅:《依经立义：作为中国文论研究方法的建构》，载《思想战线》2009 年第 6 期。

《周易略例·明象》

(魏)王　弼

【题解】王弼(226—249年)，字辅嗣，三国曹魏山阳郡(今山东济宁、鱼台、金乡一带)人，经学家、哲学家。王弼是魏晋玄学的主要代表人物之一，擅玄学清谈，他的《周易注》、《周易略例》、《老子注》、《论语释疑》四种著作，将老、庄、易沟通，谓之“三玄”。《周易略例》是王弼对《周易》的主要思想做总论的论文集，通过对周易的体例和卦爻的结构进行研究，用象数形式说明义理，恢复《易传》中的卦义说。《明象》一篇中，王弼对汉易中的取象说进行了比较集中的批评，并阐释自己对言、象、意的看法，得出得意忘象的结论，对后世解易影响深远。

夫象者，出意者也[1]。言者，明象者也[2]。尽意莫若象，尽象莫若言。言生于象，故可寻言以观象；象生于意，故可寻象以观意[3]。意以象尽，象以言著。故言者所以明象，得象而忘言。象者所以存意，得意而忘象[4]。犹蹄者所以在兔，得兔而忘蹄；筌者所以在鱼，得鱼而忘筌也。然则，言者，象之蹄也；象者，意之筌也[5]。是故存言者，非得象者也；存象者，非得意者也[6]。象生于意而存象焉，则所存者乃非其象也。言生于象而存言焉，则所存者乃非其言也[7]。然则，忘象者，乃得意者也；忘言者，乃得象者也。得意在忘象，得象在忘言[8]。故立象以尽意，而象可忘也。重画以尽情，而画可忘也[9]。

是故触类可为其象，合义可为其征[10]。义苟在健，何必马乎？类苟在顺，何必牛乎[11]？爻苟合顺，何必坤乃为牛？义苟应健，何必乾乃为马[12]？而或者定马于乾，案文责卦，有马无乾，则伪说滋漫，难可纪矣[13]。互体不足，遂及卦变，变又不足，推致五行[14]。一失其原，巧愈弥甚[15]。纵复或值，而义无所取[16]。盖存象忘意之由也。忘象以求其意，义斯见矣[17]。

中华书局《王弼集校释》

【注释】

[1]象：以卦而言，象指卦象，也可泛指事物包含的意义。立象以表出其中的意。

[2]言：语言、文字。如卦爻辞，用来说明卦象或者物象。用言可以使得象显明。

[3]此句说明言、象、意之间的关系。由言可以达象，由象可以表意。

[4]《系辞上》：“子曰：书不尽言，言不尽意……子曰：圣人立象以尽意，设卦以尽情伪，系辞焉以尽其言。”得到象之后忘记言，得到意之后忘记象，不停留和执着于言

和象。

[5]蹄：捕兔的工具。筌：捕鱼的竹器。《庄子·外物》："筌者，所以在鱼，得鱼而忘筌；蹄者，所以在兔，得兔而忘蹄。言者，所以在得意，得意而忘言。"此句说言和象都是得意的手段和工具，得到意之后就可以忘去言和象。

[6]停留于言本身的，不能得到象，停留于象本身的，不能领会意。

[7]象由意生，是表达意的工具，因而不能停留于象；言由象生，是表达象的工具，因而不能停留于言。

[8]得象的方法在忘言，得意的方法在忘象。超越后者才能到达前者。

[9]此处画应指卦象。通过卦象得到其要表达的意，就可以不执着于卦象了。

[10]触类：合类。征：验。综合各类事物，可以得到各种象，集合各种意义，可以互相验征。

[11]健：乾卦的卦义。顺，坤卦的卦义。《易·说卦》："乾为马，坤为牛。"以马为象比乾卦卦义，以牛为象比坤卦卦义。本句意为不要执着于象征物。

[12]爻辞如果和于柔顺，就不必拘泥于坤为牛之象。含义如果有刚健的意思，就不必拘泥于乾为马之象。

[13]或：惑。滋漫：滋生漫延。纪：纲要。迷惘的人执着于把乾的意义定为马的象，按照文字来寻求卦义，看到马的象而没有看到乾卦的卦意，这就使得虚假之说蔓延滋长，不能掌握卦意。

[14]互体：一个六爻的卦体中，去掉初爻和六爻，剩下二、三、四爻与三、四、五爻构成的连体卦形。卦变：因爻线变化而引起卦象的变化。五行：金、木、水、火、土五行学说。互体方法不能解释的，用引入卦变之说，卦变之说也不能解释的，就用五行之说。

[15]一旦失去了卦的原意，各种虚巧之说就离卦的本意越来越远。

[16]即使偶然有对的地方，整体上也不可取。

[17]以上不良的结果，都是因为执着于象不能体会到意的缘故。

【导读】

汉人解《易》，喜象数说，如以乾、坤对应比附天、地，容易使人们的思维被禁锢，陷入机械比附的境地。王弼开新法解易，对"言"、"象"、"意"的关系进行阐释，扩展了三者关系的内涵，主张"得意在忘象，得象在忘言"，破除了两汉重象数、谶纬的学风，开启注重义理的风气。王弼对"言"、"象"、"意"三者关系的认识可用于观照文学艺术作品中的语言、形象、意蕴的关系，从这个角度进行阐释更符合中国传统艺术的特点。"得意忘象"、"得意忘言"被运用到文艺批评领域。

《明象》篇是《周易略例》中对后世解易影响较大的一篇，王弼对"言"、"象"、"意"关系的阐释主要集中在此篇中。

1. 对"象"的重视

"象"是《周易》中的关键。六十四卦皆以象的形式出现，包蕴了作卦者最本源的思想。由卦象去解读《周易》，是很直观的。王弼在论述"言"、"象"、"意"三者的关系时，"象"

又处在一个中心位置，“言生于象”、“象生于意”，“象”沟通“言”和“意”。

《系辞》中说，“圣人立象以尽意，设卦以尽情伪”，已有用象辅助意表达的观点。庄子的“言不尽意”，涉及文学作品的形式与思想内容。王弼将“象”提出，加入到“言不尽意”说当中，将“言”、“象”、“意”并举。虽然“易象”中的“象”并不是指艺术形象，但它和艺术形象是相通的。“言者，明象者也”用于文学作品，可以认为它强调的是语言对形象塑造的重要性。再扩展而言，在绘画、雕塑等其他艺术形式上仍然是有效的，笔触、线条等因素可以看作“言”，画面和塑像则可视为“象”。

2. 由“象”观“意”、得“意”忘“象”

“言”和“象”，最终指向的目的都是“意”。立言是第一步，用言明象是第二步，以象尽意是第三步。根据《系辞》的说法，立象设卦是为了解决“书不尽言，言不尽意”的问题。意既是立象的动因，又是立象的目的，象可以看作是意的载体。王弼称“象”为“意之筌”，是用庄子“筌者，所以在鱼，得鱼而忘筌”来作比喻。筌是捕鱼的工具，使用筌是一种手段，就如同“言”和“象”都是尽意的手段。

一方面，如果从达意为目的的角度来看，“得意在忘象”是可以理解的，毕竟意才是最终目的。“苟在健，何必马乎？”表意用的象不是唯一的，象与意之间不存在一一对应的关系，“故立象以尽意，而象可忘也”。但另一方面，即使最终目的是得“意”，意毕竟还是包蕴于象之中，因此如何立象，使得象能更好地表意，就是一个值得重视的问题。同理，对言也不能轻视。

3. 何谓“忘象”

得“意”忘“象”，似乎有在得意之后便抛弃象的意味，也因此，有人认为王弼过于极端了。但考虑到王弼生活的时代，汉易象数之法盛行，人们机械比附，使得易本身的意义不能被准确理解，在这种大的社会背景下，王弼言辞激烈地反对象数说，提倡义理说，是可以理解的。而如果将“忘”解释为不执着，超越前者，不受其绑缚，而不是单纯意义的遗忘，“得意忘象”的说法便是极富智慧的，对人们解易也有极大的启发，以致我们今天学《易》，仍脱离不了此法，在文学创作和文学鉴赏中也不断得到助益。

【拓展阅读】

1. 《庄子·外物》，载陈鼓应：《庄子今注今译》，中华书局 2001 年版。

2. 《周易·系辞上》，载黄寿祺、张善文：《周易译注》，上海古籍出版社 2001 年版。

3. 陈义尧：《王弼旁通诠卦义蕴》，载吴秋文，孙晶主编：《中国周易》第 1 辑，中国社会科学出版社 2011 年版。

4. 黄克剑：《王弼玄理辨略》，载《哲学研究》2011 年第 6 期。

5. 曾海军：《神明易道略论——以王弼〈周易略例〉为例》，载《周易研究》2008 年第 2 期。

《典论·论文》

(魏)曹　丕

【题解】曹丕(187—226年)，字子桓，沛国谯(今安徽省亳州市)人，三国曹魏开国皇帝，谥文皇帝，史称魏文帝。曹丕于诗、赋、文皆有成就，今存《魏文帝集》二卷。曹丕是邺下文人集团的实际领袖，对建安文学的精神架构起到关键作用。据《隋书·经籍志》记载，曹丕《典论》一书共五卷二十篇，按照“子”书的形式写成。据严可均《全三国文》考证：“唐时石本亡，宋时写本亦亡。”全书仅有《自叙》见载于裴松之《三国志》注，《论文》见收于南梁萧统的《文选》中，因而保留至今。

文人相轻，自古而然[1]。傅毅之于班固[2]，伯仲之间耳[3]，而固小之[4]，与弟超[5]书曰：“武仲以能属文为兰台令史[6]，下笔不能自休[7]。”夫人善于自见[8]，而文非一体，鲜能备善[9]，是以各以所长，相轻所短[10]。里语曰：“家有弊帚，享之千金[11]。”斯不自见之患也[12]。

今之文人：鲁国孔融文举、广陵陈琳孔璋、山阳王粲仲宣、北海徐干伟长、陈留阮瑀元瑜、汝南应玚德琏、东平刘桢公干，斯七子者[13]，于学无所遗[14]，于辞无所假[15]，咸自以骋骥騄于千里[16]，仰齐足而并驰[17]。以此相服，亦良[18]难矣！盖君子审己以度人，故能免于斯累，而作论文[19]。

王粲长于辞赋，徐干时有齐气[20]，然粲之匹[21]也。如粲之《初征》《登楼》《槐赋》《征思》[22]，干之《玄猿》《漏卮》《圆扇》《橘赋》[23]，虽张、蔡[24]不过也，然于他文，未能称是[25]。琳、瑀之章表书记，今之隽也[26]。应玚和而不壮[27]，刘桢壮而不密[28]。孔融体气高妙，有过人者，然不能持论[29]，理不胜辞，至于杂以嘲戏。及其所善，扬、班俦也[30]。

常人贵远贱近，向声背实[31]，又患暗于自见，谓己为贤。

夫文本同而末异[32]，盖奏议宜雅，书论宜理，铭诔尚实，诗赋欲丽[33]。此四科不同，故能之者偏[34]也；唯通才能备其体。

文以气为主，气之清浊有体[35]，不可力强而致。譬诸音乐，曲度虽均，节奏同检[36]，至于引气不齐，巧拙有素[37]，虽在父兄，不能以移子弟[38]。

盖文章，经国[39]之大业，不朽之盛事[40]。年寿有时而尽，荣乐止乎其身[41]，二者必至之常期[42]，未若文章之无穷。是以古之作者，寄身于翰墨，见意于篇籍，不假良史之辞[43]，不托飞驰之势[44]，而声名自传于后。故西伯幽而演《易》[45]，周旦显而制《礼》[46]，不以隐约而弗务[47]，不以康乐而加思[48]。夫然则古人贱尺璧而重寸阴，惧乎时之过已[49]。而人多不强力[50]，贫贱则慑于饥寒，富贵则流于逸乐[51]，遂营目前之务，而遗千载之功[52]。日月逝于上，体貌衰于下[53]，忽然与万物迁化，斯志士之大痛也[54]！

融等已逝，唯干著论，成一家言[55]。

《四部丛刊》影宋本六臣注《文选》卷五十二

【注释】

[1]文人互相看轻，自古以来便是如此。

[2]傅毅：字武仲，东汉文学家。班固：字孟坚，东汉史学家、文学家，著有《汉书》。

[3]伯仲：本为兄弟间的排行顺序，伯仲之间指不相上下。

[4]小：藐视。

[5]班超：班固的弟弟，字令升。

[6]属：缀集。属文：能写文章。兰台：汉代宫中藏书处，由御史中丞兼管。后复置兰台令史六人，典校图籍，管理劾奏等文书档案。

[7]休：停止。此句为班固讽刺傅毅的文章冗长。

[8]见：音 xiàn，看到长处。

[9]鲜：音 xiǎn。文体不止一种，很少有能全部精通的。

[10]凭借自己擅长的，看小他人的短处。

[11]弊帚：破扫帚。享：供奉。家中破扫帚价值千金，比喻自己的东西即使不好也觉得珍惜。

[12]看到自己短处。

[13]玚：音 chàng。以上七人，后世称为建安七子或邺下七子，“建安七子”由此而来。

[14]遗：余留。无所不学。

[15]辞：文词。假：利用。写文章时用词有所创新，没有因袭前人。形容文章自成一家，有独特的风格。

[16]咸：都。骥騄：音 jì lù，良马。

[17]仰：依仗。齐：迅速。指七子的才能并驾齐驱。

[18]良：确实。

[19]君子：曹丕自谓。审：检查。度：音 duó，衡量。

[20]齐气：齐地风俗舒缓，齐气为舒缓之气。

[21]匹：对手。

[22]《初征赋》《槐赋》见严可均辑《全后汉文》卷九十。《登楼赋》见昭明太子《文选》。《征思赋》已佚。

[23]《圆扇赋》见严可均辑《全后汉文》卷九十三。《玄猿赋》《漏卮赋》《橘赋》已佚。

[24]张、蔡：张衡、蔡邕。二人均善辞赋。张衡有《西京赋》《东京赋》，蔡邕有《述行赋》。

[25]其他文类，不如辞赋好。

[26]章表：臣属上皇帝的书。书记：公文和应用文。隽：才华出众。

[27]应玚文章平和但气势不够雄壮。

[28]刘桢文章气势雄壮但文理不够细密。

[29]持：阐发。论：观点。

[30]扬、班：扬雄和班固。俦：同类。

[31]崇尚虚名，不重实际。

[32]本：一切文章的共同性。末：不同文体的特殊性。

[33]雅：典雅。理：条理清晰。实：真实。丽：词藻华丽。

[34]偏重某一文体。

[35]气有清浊，刚近于清，柔近于浊。前文所说“齐气”，属于柔浊的一种，所谓建安风力，则属于清刚的一种。

[36]曲度：曲谱。均：相同。节：音调缓急的度数。奏：音调变化的更端。检：法度。

[37]引气：对气的运用。有：存在。素：本身的条件。

[38]“虽在”两句，李善注：“桓子《新论》曰：惟人心之所独晓，父不能以禅子，兄不能以教弟也。”

[39]经国：治国。

[40]《左传》：“太上有立德，其次有立功，其次有立言。虽久不废，此之谓不朽。”文章属于立言范围内，顾可算不朽之盛事。

[41]荣乐：名声和享乐。

[42]二者：指年寿和荣乐。常期：一定的期限。

[43]假：借。

[44]托：凭借。飞驰之势：身处高位之人，出行有高车驷马，声势赫赫。

[45]西伯：周文王。幽：拘囚。《史记·太史公自序》：“昔西伯拘羑里，演《周易》。”

[46]周旦：周公，周文王第四子。显：显达。礼：《周礼》。

[47]隐约：穷困。弗：不。务：从事著述。

[48]加：转移。思：著述的念头。

[49]阴：光阴。古人两句见《淮南子·原道》：“圣人不贵尺之璧，而重寸之阴，时难得而易失也。”

[50]强力：努力自强。

[51]慑：忧惧。流：放纵。

[52]营：谋求。遗：抛弃。

[53]上：天上。下：人世间。

[54]与：随着。迁化：变化，指死亡。痛：悲哀。

[55]融：孔融。干：徐干。著论：著有《中论》。见曹丕《与吴质书》：“伟长独怀文抱质，恬淡寡欲，有箕山之志，可谓彬彬君子矣。著《中论》二十篇，成一家之言，辞义典雅，足传于后，此子为不朽矣。”

【导读】

曹丕的《典论·论文》是中国文学批评史上现存的第一篇文学理论专论。曹丕所论之文乃是广义上的文，不仅限于文学作品，对涉及的这些问题并未有非常深入的论述，但具有“开启风气”之功能，对后世文学批评产生了很大影响。

1. 文气说

“文气”说是《典论·论文》中最突出的理论贡献。曹丕“气”的要义，主要有三点。首先，“气”与人的禀赋、个性、气质等生理、心理因素相关，不涉及道德因素的，因而不同于孟子的“浩然之气”。这些“气”的特征会表现在作家的作品中，故而说作品之“气”，也是在说作者在字里行间所表现出来的个性、气质等特征。其次，在整体上看，“气”和我们今天所说的风格类似。“气之清浊有体”，“徐干时有齐气”，这里面的“气”就是指作品的风格类型。再次，曹丕认为“文气”是作家独特个性所带来的，“不可力强而致，虽在父兄，不能以移子弟”。重视作家个性特点在文章中的表现，这也是魏晋时期人和文章的自觉的重要表现。

2. 文章论

曹丕认为文学是“经国之大业，不朽之盛事”，将文学地位提升至空前高度。有学者认为曹丕论不过延续了儒家“立德、立功、立言”的说法。但实际上，儒家“三不朽”中所立之“言”是服务于“立德”、“立功”的，这些文章正是那部分有“经国大业”功能的。而曹丕所说的文章，既有应用性的书论、奏议，也有纯文学辞赋、诗歌。辞赋和诗歌着重抒发个人情感，出发点不在美刺讽喻和礼义教化，常为汉儒看轻，但曹丕认为它们和其他类型的文章也是一样重要的，这就摆脱了将文学作为政治工具的观念。另一方面，文章作为“不朽之盛事”，使人的“声名自传于后”。曹丕提倡文人“不以隐约而弗务，不以康乐而加思”，避免“贫贱则慑于饥寒，富贵则流于逸乐”的精神状态，这种心态是超功利的。曹丕对文学地位的看法，体现了文学走向自觉的时代的新风气。

3. 文体论

曹丕认为，“夫文本同末异”。曹丕之前的儒家文论，把道德思想、政治功用放于“本”的位置，重视文章表达的思想内容；而文体形式的特征则处于“末”的地位，人们重视不够，少有论述。将本末结合起来论文章，是曹丕首创。曹丕将文章分“四科八体”：“奏议宜雅，书论宜理，铭诔尚实，诗赋欲丽”。雅和丽所强调的是文章外在的语言形式之美，理与实则是文章内在的思想内容要求。因为文章的功能不同，文章的体裁和表现方法不一样，便呈现出不同风格。此处的“本”和“末”，并没有高下之说。

对文体的分类及其不同风格的认识，一方面体现了人们对文学已有自觉而深入的认识，另一方面，文体分类影响了后人对文体的分类和辨别，之后人们对文体的分类越来越细化。陆机的《文赋》、挚虞的《文章流别赋》等对文体的论述，都受曹丕影响。

4. 作家论

《典论·论文》中对建安七子“文气”、“才性”的评论，是作家论的一部分。在文中，曹丕还指出了文人们常犯的毛病：“文人相轻”。不同作家因为个性、气质不同，在作品中体现的风格体貌也不同；文体多样，人们擅长的文体有限，“能备其体”的只有少数“通才”。因此，兼具文学评论家的作家们“各以所长，相轻所短”。由此，曹丕主张，正确的文学批评心态应该是“审己以度人”，以免于偏见之累，这也是曹丕自谓能写作这篇《论文》的原因。

文人相轻的另外一种表现是“贵远贱近，向声背实”。贵远贱近，亦是贵古贱今，这个问题早在东汉时，桓谭于《新论·闵友》已有论及：“世咸尊古卑今，贵所闻所见也，故轻易之。”但将其用于分析“文人相轻”，是曹丕的创见。曹丕分析文人相轻的原因和弊端，有纠正文学批评风气的作用。

【拓展阅读】

1. (魏)曹丕：《与吴质书》，载昭明太子《文选》，上海古籍出版社 1986 年版。

2. (魏)曹植：《与杨祖德书》，载昭明太子《文选》，上海古籍出版社 1986 年版。

3. 鲁迅：《魏晋风度及文章与药及酒之关系》，载《而已集》，人民文学出版社 1980 年版。

4. 李泽厚：《魏晋风度：人的主题》，载《美的历程》，三联书店 2009 年版。

5. 姜广辉：《汉末魏晋的名士风度》，载《河北学刊》1994 年第 3 期。

《文　　赋》

（晋）陆　机

【题解】陆机（261—303 年），字士衡，吴郡吴县华亭（今上海市松江）人，西晋文学家，书法家，因曾任平原内史，故世称“陆平原”，与其弟陆云合称“二陆”。陆机文名显赫，因文才被后人誉为“太康之英”。陆机在写作中注重艺术形式和写作技巧，与太康文学的主要倾向是相符合的，具有一定代表性。陆机同时也是文学批评家，他的《文赋》首次将创作过程、写作方法、修辞技巧等问题提出来并进行讨论，强调要注重文章的形式。《文赋》是中国文学理论发展史上第一篇系统的创作论，对后世的文学创作和理论形成影响深远。

余每观才士之所作，窃有以得其用心[1]。夫放言谴辞，良多变矣，妍蚩好恶，可得而言[2]。每自属文[3]，尤见其情。恒患意不称物，文不逮意[4]，盖非知之难，能之难也[5]。故作《文赋》以述先士之盛藻，因论作文之利害所由，它日殆可谓曲尽其妙[6]。至于操斧伐柯[7]，虽取则不远，若夫随手之变，良难以辞逮（原作逐，据李善注本改）[8]。盖所能言者，具于此云尔[9]。

伫中区以玄览，颐情志于典坟[10]。遵四时以叹逝，瞻万物而思纷[11]；悲落叶于劲秋，喜柔条于芳春。心懔懔以怀霜，志眇眇而临云[12]；咏世德之骏烈，诵先人之清芬[13]；游文章之林府，嘉丽藻之彬彬[14]。慨投篇而援笔，聊宣之乎斯文[15]。

其始也[16]，皆收视反听，耽思傍讯[17]，精骛八极，心游万仞[18]。其致也[19]，情曈昽而弥鲜，物昭晰而互进[20]，倾群言之沥液，漱六艺之芳润[21]，浮天渊以安流，濯下泉而潜浸[22]。于是沉辞怫悦[23]，若游鱼衔钩，而出重渊之深，浮藻联翩，若翰鸟缨缴，而坠曾云之峻[24]。收百世之阙文，采千载之遗韵[25]，谢朝华于已披，启夕秀于未振[26]，观古今于须臾，抚四海于一瞬[27]。

然后选义按部，考辞就班[28]，抱景者咸叩，怀响者毕弹[29]。或因枝以振叶，或沿波而讨源[30]，或本隐以之显，或求易而得难[31]，或虎变而兽扰，或龙见而鸟澜[32]，或妥帖而易施，或岨峿而不安[33]。罄澄心以凝思，眇众虑而为言[34]，笼天地于形内，挫万物于笔端[35]。始踯躅于燥吻，终流离于濡翰[36]，理扶质以立干，文垂条而结繁[37]，信情貌之不差，故每变而在颜[38]；思涉乐其必笑，方言哀而已叹[39]。或操觚以率尔，或含毫而邈然[40]。

伊兹事之可乐，固圣贤之所钦[41]，课虚无以责有，叩寂寞而求音[42]，函绵邈于尺素，吐滂沛乎寸心[43]。言恢之而弥广，思按之而愈深[44]，播芳蕤之馥馥，发青条之森森[45]，粲风飞而猋竖，郁云起乎翰林[46]。

体有万殊，物无一量[47]，纷纭挥霍，形难为状[48]。辞程才以效伎，意司契而为匠[49]，在有无而僶俛[50]，当浅深而不让[51]。虽离方而遯员，期穷形而尽相[52]。故夫夸目者尚奢，惬心者贵当，言穷者无隘，论达者唯旷[53]。诗缘情而绮靡，赋体物而浏亮[54]。碑披文以相质[55]。诔缠绵而凄怆[56]。铭博约而温润[57]。箴顿挫而清壮[58]。颂优游以彬蔚[59]。论精微而朗畅[60]。奏平徹以闲雅。说炜晔(原作烨，据李善注本改)而谲诳[61]。虽区分之在兹，亦禁邪而制放[62]。要辞达而理举，故无取乎冗长[63]。

其为物也多姿，其为体也屡迁[64]。其会意也尚巧，其遣言也贵妍[65]。暨音声之迭代，若五色之相宣[66]。虽逝止之无常，故崎锜而难便[67]。苟达变而识次，犹开流以纳泉[68]。如失机而后会，恒操末以续颠[69]，谬玄黄之秩序，故淟涊而不鲜[70]。

或仰逼于先条，或俯侵于后章[71]。或辞害而理比，或言顺而意妨[72]。离之则双美，合之则两伤。考殿最于锱铢，定去留于毫芒[73]。苟铨衡之所裁，固应绳其必当[74]。

或文繁理富，而意不指适[75]。极无两致，尽不可益[76]。立片言而居要，乃一篇之警策[77]。虽众辞之有条，必待兹而效绩[78]。亮功多而累寡，故取足而不易[79]。

或藻思绮合，清丽芊眠[80]。炳若缛绣，凄若繁弦[81]。必所拟之不殊，乃暗合乎曩篇[82]。虽杼轴于予怀，怵他人之我先[83]。苟伤廉而愆义，亦虽爱而必捐[84]。

或苕发颖竖，离众绝致[85]。形不可逐，响难为系[86]。块孤立而特峙，非常音之所纬[87]。心牢落而无偶，意徘徊而不能揥[88]。石韫玉而山辉，水怀珠而川媚[89]。彼榛楛之勿翦，亦蒙荣于集翠[90]。缀《下里》于《白雪》，吾亦济夫所伟[91]。

或讬言于短韵，对穷迹而孤兴[92]。俯寂寞而无友，仰寥廓而莫承[93]。譬偏弦之独张，含清唱而靡应[94]。

或寄辞于瘁音，徒靡言而弗华[95]。混妍蚩而成体，累良质而为瑕[96]。象下管之偏疾，故虽应而不和[97]。

或遗理以存异，徒寻虚以逐微[98]。言寡情而鲜爱，辞浮漂而不归[99]。犹弦幺而徽急，故虽和而不悲[100]。

或奔放以谐和，务嘈嘈而妖冶[101]。徒悦目而偶俗，故高声而曲下[102]。寤《防露》与《桑间》，又虽悲而不雅[103]。

或清虚以婉约[104]，每除烦而去滥，阙大羹之遗味，同朱弦之清氾[105]。虽一唱而三叹，固既雅而不艳[106]。

若夫丰约之裁，俯仰之形，因宜适变，曲有微情[107]。或言拙而喻巧。或理朴而辞轻[108]。或袭故而弥新。或沿浊而更清[109]。或览之而必察。或研之而后精[110]。譬犹舞者赴节以投袂，歌者应弦而遣声。是盖轮扁所不得言，亦非华说之所能精[111]。

普辞条与文律，良余膺之所服[112]。练世情之常尤，识前修之所淑[113]。虽浚发于巧心，或受蚩于拙目[114]。彼琼敷与玉藻，若中原之有菽[115]。同橐籥之罔穷，与天地乎并育[116]。虽纷蔼于此世，嗟不盈于予掬[117]。患挈瓶之屡空，病昌言之难属[118]。故踸踔于短韵，放庸音以足曲[119]。恒遗恨以终篇，岂怀盈而自足[120]。惧蒙尘于叩缶，顾取笑乎鸣玉[121]。

若夫应感之会，通塞之纪，来不可遏，去不可止，藏若景灭，行犹响起[122]。方天机之骏利，夫何纷而不理[123]？思风发于胸臆，言泉流于唇齿[124]。纷葳蕤以馺遝，唯豪素之所拟[125]。文徽徽以溢目，音泠泠而盈耳[126]。及其六情底滞，志往神留[127]，兀若枯木，豁若涸流[128]，揽营魂以探赜，顿精爽而自求[129]。理翳翳而愈伏，思轧轧其若抽[130]。是以或竭情而多悔，或率意而寡尤[131]。虽兹物之在我，非余力之所戮[132]。故时抚空怀而自惋，吾未识夫开塞之所由也[133]。

伊兹文之为用，固众理之所因[134]。恢万里而无阂，通亿载而为津[135]。俯贻则于来叶，仰观象乎古人[136]。济文武于将坠，宣风声于不泯[137]。涂无远而不弥，理无微而不纶[138]。配霑润于云雨，象变化乎鬼神[139]。被金石而德广，流管弦而日新[140]。

《四部丛刊》影宋本六臣注《文选》卷十七

【注释】

[1]才士：即文章之士。作：作文，文章。窃：私意。用心：构思。

[2]放言：运用语言。遣辞：修饰词语。良：实在。

[3]属文：缀文。属：音 zhǔ。

[4]称物：适合外物。逮意：表达思想。

[5]知，通晓作文之理。能，个人实际写作。

[6]盛藻：美文。殆：或者。

[7]指借鉴前人创作经验。

[8]随手之变，具体作文的灵活变化。逮：穷尽。

[9]都在这篇文章中了。

[10]伫：久立。中区：天地间。玄览：深刻的观察。颐，养，陶冶。典坟：三皇之书，五帝之书。

[11]遵：循。思纷：思虑纷纭。

[12]懔懔：危惧貌。眇眇：高远貌。怀霜、临云：言高洁也。

[13]骏：大。陆机祖逊、父抗，均为名臣，其集中有《祖德赋》、《述先赋》。

[14]林府：林海，指众多的文章。嘉：赞美。彬彬：文质皆备。前两句谓感前人之功德，此两句谓受前人文采之启发。

[15]慨：有所感受。投篇：进入写作。宣：表达。

[16]其始：指构思开始。

[17]收视反听：不视不听。耽思：深思。傍讯：傍求，博采。

[18]精：精神。骛：奔驰。八极：比喻极远之处。万仞：比喻极高之处。

[19]文思来的时候。

[20]曈昽：音 tóng lǒng，天蒙蒙亮，由暗而明貌。昭晰：彰明清晰貌。互进：纷至沓来。

[21]倾：倾注。群言：指诸子百家。沥液、芳润：指精华。漱，咀嚼。

[22]天渊：星名。安流：平静流动。潜浸：沉浸。

[23]沉辞怫悦：吐辞艰涩的样子。

[24]联翩：联绵不断。翰鸟：山鸡。缨：中箭。曾：通层。缴：生丝缕。

[25]阙文：古籍脱文，指韵体。遗韵：遗文，指散体。

[26]谢：弃去。披：指开过。秀：以喻文。振：发生。上句谓务去陈言，下句谓独出心裁。

[27]抚：引申为搜索。

[28]选义：按照内容。按部、就班：安排位置。考辞：提炼语言。此句谓选择考虑适当的事义与确切的词句安排布置在适当确切的地方。

[29]天地间有声有色的事物都获取，不使遗漏。

[30]因枝振叶：依枝布叶，指由本及末，先立要领。沿波讨源：顺流探源，指由末及本，最后才说出主题。

[31]隐与难近，显与易近，或由难到易，或由易到难。

[32]虎变：虎毛色更新，斑斓生色。扰：驯服。见：通现。澜：涣散。虎起而百兽驯服，喻文思大者得而小者毕举，龙现而群鸟惊飞，喻文思之本根具而枝叶纷披。另有一说与此义相反，认为龙、虎喻文之根本，虎变喻文章有枝干而根本未安，龙见谓文章有根本而枝节未妥。

[33]妥帖：恰当。岨峿：不相合。

[34]澄心：潜心。眇：通妙。

[35]笼：囊括。形内：胸中。挫：通剉，音 cuò，截取。

[36]踯躅：徘徊不前，形容艰涩。流离：转徙，形容顺利。濡：渍。

[37]扶质立干：范晔所谓以意义为主，主要强调选意。垂条结繁：范晔所谓以文传意，主要强调文辞的考究。

[38]信：真。情动于中而行于言，需表里如一。此句说情与辞的关系。

[39]乐、哀：指义。笑、叹：文辞的作用。

[40]觚：方形的木简。操觚：作文。率尔：不假思索，喻文思敏捷。邈然：杳渺难寻，喻文思迟钝。

[41]伊：维。兹事：谓文章。钦：敬慕向往。

[42]课：试。责：要求。虚无、寂寞：指意。本句说明构思的作用。刚开始作文章时是虚无的，心中寂寞，经过构思，发为文辞，使无形者可观，无声者可听。

[43]函：含。绵邈：远。尺素，径尺的生绢。滂沛：盛大。本句侧重点在意。巧心构思可以使得文章愈广愈深，启下一句。

[44]恢：扩大。按：抑按。本句言思虑一发，愈深恢大。

[45]蕤：音 ruí。草木花。馥馥：芳香貌。森森：树木茂盛状。本句侧重点在辞。喻文采斐然。

[46]粲：鲜明。猋：同飙，暴风。郁云：浓云，郁有美盛之意。翰：笔毫。翰林：文翰多如林，喻文士荟萃之处。此句说行文得意时，感到十分畅快。

[47]体：文体。物：物象。量：标准。

[48]纷纭：乱貌，承接上句的“体”。挥霍：疾貌。

[49]程：量。效伎：表现技巧。司：主。契：图样。

[50]僶俛：音 mǐn miǎn，即僶勉，强勉求之。

[51]此句指意，承接司契为匠讲。意的深浅须自己主张，然后遣辞得当。

[52]员：圆。遯，音 dùn，遁。

[53]夸目：炫耀。奢：浮夸。惬心：快心，满意。穷：局促简约。无：发语词，同唯，无隘即隘。论答：说得畅答。

[54]缘情：因情。绮靡：艳丽，精妙。体物：状物。浏亮：清明。

[55]披文相质：兼意与辞言。

[56]缠绵悽怆：兼意与辞言。

[57]博约温润：兼意与辞言。

[58]箴顿挫而清壮：兼意与辞言。

[59]彬蔚：华盛茂。优游指意，彬蔚指辞。

[60]李善注："论以评议臧否，以当为宗，故精微朗畅。"

[61]炜晔：音 wěi yè，光盛貌。谲诳：音 jué kuáng，诡奇虚妄。

[62]禁邪：禁止邪说，邪指意。制放：制止荒诞，放指辞。虽然不同的体有不同，但也要共守的准则。

[63]理举：理合，指意重在有物。

[64]多姿：指文而非物象。万物万形，文随之变，故曰多姿。体：格式，非体裁。

[65]会意：立意。遣言：运用语言。

[66]暨：及。音声迭代：指文辞更替，而成文章，若五色相宣而为绣。宣：明。

[67]逝止：去留，指语辞取舍。无常：无穷。崎锜：音 qí yǐ，艰险不安。难便：不适合。

[68]达变：通晓变化之理。识次：识别事物的次第。纳泉：容纳。

[69]失机：失次。操末以续颠：指始末颠倒。

[70]秩序：次序。淟涊：音 tiǎn niǎn，垢浊貌。谬玄黄之秩叙：五色不能相宜，指音律失宜，不能谐适。

[71]先条：指前段文辞。仰逼：谓有时后段的文辞与前段矛盾。俯侵：前段文辞妨碍了后章。

[72]辞害理比：意与辞不能相称。

[73]殿最，次第的等级，上者为最，下者为殿。锱铢、毫芒：比喻其小。

[74]铨衡：衡量。绳：纠正，度量。

[75]适：当。指适：顺适。

[76]极：承接前句"理富"。致：极。尽：承接前句"文繁"。

[77]警策：指中心思想。

[78]效绩：致其功。

[79]亮：信。不易：不可改易。

[80]藻思：文情。绮合：文采合于情思。千眠：光色盛貌。

[81]炳：光耀。缛绣：彩色缤纷的锦绣。悽：动人。繁弦：曲调复杂的音乐。

[82]嚢：音 nǎng。嚢篇：谓先士之盛藻。

[83]杼轴：以织喻。怵：音 chù，害怕。

[84]雷同的语言近乎盗窃，虽然很珍爱，也要抛弃。

[85]苕：草。颖：禾穗。绝致：指超绝。此句说文章中有一句像苕发颖竖，离于众辞，有超绝之态。

[86]比喻佳句难以再造。

[87]纬：经纬，指配合。

[88]牢落：犹辽落。揥，音 dì，去。

[89]以水石藏珠玉比喻佳句，山川喻文章。

[90]榛：小栗。楛：音 hù，作箭之木。榛楛皆恶木，比喻庸音。如果有佳禽肯来栖息，恶木也会增辉。

[91]李善注："言此庸音而偶彼佳句，譬以下里鄙曲，缀于白雪之高唱，吾虽知美恶不伦，然且以益夫所伟也。"

[92]短韵：小文，即诗。李善注："言文小而事寡，故曰穷迹；迹穷而无偶，故曰孤兴。"

[93]李善注："言事寡而无偶，俯求之则寂寞而无偶，仰而应之，则寥廓而无所承。"

[94]李善注："言累句以成文，犹众弦之成曲。今短韵孤起，譬偏弦之独张。"

[95]瘁音：憔悴之音。

[96]妍：指靡言。蚩：指瘁音。浮靡之言非不妍蚩，但气不盛光不华。前文提到榛楛勿翦、蒙荣集翠，是说瑜足掩瑕；此处说妍蚩相混、良质为瑕，是说瑕足累瑜。

[97]下管：堂下吹管，其声偏疾，虽然和歌间奏相应，但不和谐。

[98]不顾内容，求诡巧新奇的文，

[99]漂：犹流。不归：不归于实。

[100]幺：小。徽：琴节，亦解作调。

[101]嘈囋：音 cáo zá。声音嘈杂混乱。指作文迎合俗好，浮艳妖冶。

[102]声高：曲调高。曲下：品级、品位低下。

[103]寤：觉。《防露》、《桑间》，何焯云："《防露》指'岂不夙夜，谓行多露。'言《桑间》不可并论，故戒妖冶也。"一说，《防露》为古曲名，楚客被放逐后所作，当是悲词。《礼记·乐记》："《桑间》《濮上》之音，亡国之音也。"《北齐书·文苑传序》云："江左梁末，弥尚轻险，始自储宫，刑乎流俗。杂沾濡以成音，故虽悲而不雅。"可推知奔放谐合嘈囋妖冶之词，即后人所谓轻险之词，病在伤于淫侈，不够雅正。

[104]约，俭也。

[105]大羹：不加任何调料煮的肉类，全靠自然本色，温和文雅，看似没有味道却饱含万种味道。遗味：余味。氾：音 fàn，同泛，散。清散则不繁密，似古乐之质朴。

[106]李善注："言作文之体必须文质相半，雅艳相资，今文少而质多，故既雅而不艳，比之大羹而阙其余味，方之古乐而同清氾，言质之甚也。"

[107]丰约：指文辞繁简。俯仰：指文辞位置。因宜适变：即序文所言"随手之变"。曲有微情：曲折而微妙的感情。

[108]此句谓拙辞蕴以巧意。轻：指真意饰以华辞。

[109]袭：因。沿：因述。

[110]有一览即知者，也有精研乃得者。

[111]轮扁：《庄子·天道》篇中的造车工人。轮扁以造车轮的手艺“虽在父兄，不能以移子弟”比喻“意之所随者，不可以言传也”。华说：美言。

[112]辞条：即文律，写文的法式。膺：胸。服膺：存在心中经常体验之意。

[113]尤：过。前修：前贤。淑：善。

[114]蚩：嗤，笑。虽然从内心中巧妙的构思中生发出来，却被不懂欣赏的人嘲笑。

[115]琼敷、玉藻：喻文。菽：藿。此句说只有勤学者才能有琼敷玉藻之文。

[116]橐籥：音 tuó yuè，喻大自然。

[117]盈掬：两手曰掬。

[118]挈瓶：汲水之瓶，喻容量不大。屡空：语出《论语·先进》，“回也其庶几乎！屡空。”言颜回安贫屡至空匮，此处借用，比如才学浅薄。昌言：指古之佳文。属：续。

[119]踸踔：音 chěn chuō，一足行路之状。李善注本“短韵”作“短垣”，踸踔短垣，因为才分所限制，只能放出平庸知音，聊以足曲。六臣本作“短韵”，指只能写出短文。

[120]此句谓能力不足写好文章。

[121]蒙尘：喻被遮蔽。缶：瓦器，击缶是秦人的俗乐，此处为自喻。鸣玉：鸣球，球为玉磬，鸣球是先王雅乐，以喻前修。

[122]纪：会。会与纪都有机义。

[123]天机：自然。理：治。纷而不理：形容文思来时的状态。

[124]思如风发，言如泉流。

[125]葳蕤：盛貌。馺遝：音 sà yuān，多貌。豪：笔。素：纸。

[126]徽徽：文采盛貌。泠泠：音韵清貌。

[127]六情：喜、怒、哀、乐、好、恶。底：着。滞：废。底滞：顿涩。

[128]五臣吕延济注：“兀若枯木，思不动也；豁若涸流，思之竭也。谓豁然空虚，涸而无水。”

[129]营魂：营亦魂，二者复合同指魂。精爽亦是如此。赜：音 zé，深奥精微。此句谓凝聚犬神，自己去追求深奥的道理。

[130]翳翳：掩蔽貌。轧轧：难出之貌。

[131]竭情多悔：指上文六情底滞之时，竭尽才情，结果反不得畅快。率意寡尤：指上文天机骏利之时，任意而行，结果反而少过错。

[132]兹物：指文。戮：戮力，并力。

[133]惋：惊叹。开：谓天机骏利。塞：谓六情底滞。

[134]此句说文与理之关系。此处“理”重在用，不同于前文的“理”，偏重思想内容那个。因：由。理要通过文来表达。

[135]阂：音 hé，阻隔不通。恢万里而无阂：空间上，传播者广。通亿载：时间上，言所行者久。

[136]贻：传。象：取法。

[137]文武：文王、武王之道。风声：风教、教化。泯：灭。

[138]涂：通途。弥：不止，引申为到达。弥、纶：缠裹，有经纬包笼之意。

[139]五臣李周翰注："文德可以养人，故配霑润于云雨，出幽入微，故象变化乎鬼神。"

[140]李善注："言文质养者可以被之金石，施之乐章。"

【导读】

陆机的《文赋》是第一篇比较详尽地讨论文章创作规律的文章，对人在文学创作中的心理状态、想象的作用进行了探讨，还讨论了关于灵感的问题。在《文赋》中，陆机列举了十类文体，并概括了每种文体的风格特征。在文章审美上，陆机从内容、形式、情感、文采等方面提出了一些要求，对文章的写作和鉴赏具有意义。

1. 创作心理

陆机在《文赋》中详细说明了在创作的不同阶段，创作者的心理变化。

在创作的预备阶段，创作者文思的被挑起的原因，陆机总结为两点，一点是"伫中区以玄览"，由外物感发，引起写作的欲望。另一点是"颐情志于典坟"，在阅读前人的作品时胸中有声音要发出成文，这一点的提出是陆机的独创。以上两点，一方面描述了文思生发的原因，另一方面也启示作者，要从自然中吸取智慧，拥有广博胸怀；吸取前人精华，去其糟粕。

在写作欲望产生之后，随之要进行的是写作构思活动。第一步要沉潜心境，使得思绪清明，即所谓的"收视反听，耽思傍讯"。这个说法其实类似《庄子》中梓庆为鐻的寓言，在开始一件事情之前集中精力，排除心中杂念。而后要展开的是想象活动，"精骛八极，心游万仞"，虽然人并没有移动，思绪却可以走到很远的地方，这是符合文学创作规律的。等思路逐渐变得明晰，再下一步便可以倾泻于纸上，用语言将之具象化。在将心中所想变成文字的过程中，对文字的运用也是需要考究的，要经历"倾群言之沥液，漱六艺之芳润"，才能寻得合适的表达方式。

对于创作中的灵感，陆机描述其特点为"来不可遏，去不可止，藏若景灭，行犹响起"，道出了灵感神秘的一面。有灵感的时候文思泉涌，没灵感的时候难成一言，关于灵感到来的原因，至今仍没有很好的解释，陆机也没有深一步探究，只将其看作是需要及时把握的天机。

2. 文体之辨

曹丕在《典论·论文》中提到四科八体，并简单说明了它们各自的特点，陆机在此基础上对文体进行进一步的划分，对它们各自的特点也有详细的阐释。对于不同文体的产生，陆机认为其中一个重要原因是"物无一量"，事物形状各有不同，描写它们的文体自然也会不一样。同时，又因为写作者的个性各有不同，喜好差异甚大，自然也会产生不同的文体。

《文赋》中列举的文体有十类，分别为诗、赋、碑、诔、铭、箴、颂、论、奏、说。其中影响较大并且有独创之见的说法是对诗、赋特点的论说。《诗大序》中关于诗的缘起是"情志"说，占主流的儒家诗论观持"诗言志"观点，陆机说"诗缘情而绮靡，赋体物而浏亮"，关注点放在文学作品艺术审美层面。诗人因为受到情感触发而写作，诗在内容和体貌上都呈现绮靡美好的情致；赋者着力于描写各类事物，赋给人以清明浏亮之感。缘情和体物也是这两类文体的功能，但这个功能不是“兴观群怨”那类涉及政治教化目的那个层面上的。

3. 审美标准

陆机评论一些不好的文章，认为它们存在“应而不和”、“和而不悲”、“悲而不雅”、“雅而不艳”的问题，我们从中可以提取出“应”、“和”、“悲”、“雅”、“艳”五个要求，作为好文章的标准。“应”强调的是文章在内容和形式上的丰富，但光丰富不行，还要做到“和”，各者间搭配的和谐。以上两点是从整体上评判的。就文章的情感而言，要做到“悲”，情感丰富，真诚动人。“雅”指文章情调要高雅，不给人以淫邪之感。“艳”强调文章要有文采，这个要求和“诗缘情而绮靡”的观点是相符合的。陆机推崇唯美精致的文辞，“辞程才以效伎，意司契而为匠”，“其会意也尚巧，其遣言也贵妍”；提倡写作时要考虑作品的节奏和音乐性，“暨音声之叠代，若五色之相宣”。这些观点对齐梁宫体的发展应该是有一定影响的。

此外，陆机还提倡文章要有创新处，不能抄袭前人，“苟伤廉而愆义，亦虽爱而必捐”。即使有了好的想法和词句，万一和前人有雷同，也要忍痛割舍，另求新意。这里面也暗含着对写作者博览群书、增加积累的要求，因为唯有这样，才能知道什么是前人已经说过的。

【拓展阅读】

1. (晋)陆云：《与兄平原》，载《陆士龙文集校注》，凤凰出版社 2010 年版。

2. (晋)陆机：《吊魏武文》，载《陆士衡集 附札记》，中华书局 1985 年版。

3. 高文强：《佛学东渐与宋齐文学观念的雅俗嬗变》，载《文艺研究》2013 年第 6 期。

4. 和清：《论魏晋南北朝时期艺术形象的发展》，载《复旦学报》(社会科学版)1994 年第 2 期。

5. 王梦鸥：《陆机文赋所代表的文学观念》，载毛庆其选编《台湾学者中国文学批评论文选》，人民文学出版社 1986 年版。

《文章流别论》

(魏)挚　虞

【题解】挚虞(？—311年)，字仲洽，京兆长安(今陕西西安市)人。晋泰始年间举贤良，拜中郎，官至太常卿，有《文章流别集》。后人摘取《流别集》关于各种体裁文章的评论，集为专论，即《文章流别论》。原文已散佚，仅有若干篇散见于《北堂书钞》、《艺文类聚》、《太平御览》等类书中。

《文章流别论》是一篇讨论各种文体的性质、源流的专论论文，也论及文章的作用以及对文章的评价。《文章流别论》中体现出比较明显的儒家传统文艺观，重视文章的人伦与王泽的教化，以四言为正，反对太过浮夸侈靡的文风。

文章者，所以宣上下之象[1]，明人伦之叙[2]，穷理尽性，以究万物之宜者也[3]。王泽流而《诗》作[4]，成功臻而《颂》兴[5]，德勋立而铭著[6]，嘉美终而诔集[7]。祝史陈辞，官箴王阙[8]。《周礼》太师掌教六诗：曰风，曰赋，曰比，曰兴，曰雅，曰颂[9]。言一国之事，系一人之本，谓之风；言天下之事，形四方之风，谓之雅；颂者，美盛德之形容[10]；赋者，敷陈之称也；比者，喻类之言也；兴者，有感之辞也[11]。后世之为诗者多矣。其功德者谓之颂，其余则总谓之诗[12]。颂，诗之美者也。古者圣帝明王，功成治定而颂声兴。于是史录其篇，工歌其章，以奏于宗庙，告于鬼神。故颂之所美者，圣王之德也，则以为律吕[13]。或以颂形，或以颂声，其细已甚，非古颂之意[14]。昔班固为《安丰戴侯颂》，史岑为《出师颂》，《和熹邓后颂》，与《鲁颂》体意相类，而文辞之异，古今之变也[15]。扬雄《赵充国颂》，颂而似雅；傅毅《显宗颂》，文与周颂相似，而杂以风雅之意[16]。若马融《广成》、《上林》之属，纯为今赋之体，而谓之颂，失之远矣[17]。(《艺文类聚》五十六，《御览》五百八十八)

赋者，敷陈之称，古诗之流也[18]。古之作诗者，发乎情，止乎礼义[19]。情之发，因辞以形之；礼义之旨，须事以明之[20]。故有赋焉，所以假象尽辞，敷陈其志[21]。前世为赋者有孙卿、屈原，尚颇有古诗之义，至宋玉则多淫浮之病矣[22]。楚辞之赋，赋之善者也。故扬子称赋莫深于《离骚》。贾谊之作，则屈原俦也[23]。古诗之赋，以情义为主[24]，以事类为佐[25]。今之赋，以事形为本，以义正为助[26]。情义为主，则言省而文有例矣；事形为本，则言富而辞无常矣[27]。文之省烦，辞之险易，盖由于此。夫假象过大，则与类相远；逸辞过壮，则与事相违[28]；辩言过理，则与义相失；丽靡过美，则与情相悖[29]。此四过者，所以背大体而害政教[30]。是以司马迁割相如之浮说[31]，扬雄疾“辞人之赋丽以淫”[32]。(《艺文类聚》五十六，《御览》五百八十七。)

《书》云，“诗言志，歌永言”，言其志谓之诗[33]。古有采诗之官，王者以知得失[34]。

古之诗，有三言、四言、五言、六言、七言、九言。古诗率以四言为体，而时有一句二句，杂在四言之间，后世演之，遂以为篇。古诗之三言者，“振振鹭，鹭于飞”之属是也，汉郊庙歌多用之[35]。五言者“谁谓雀无角，何以穿我屋”之属是也，于俳谐倡乐多用之[36]。六言者“我姑酌彼金罍”[37]之属是也，乐府亦用之。七言者，“交交黄鸟止于桑”[38]之属是也，于俳谐倡乐多用之。古诗之九言者，“泂酌彼行潦挹彼注兹”[39]之属是也，不入歌谣之章，故世希为之。夫诗虽以情志为本，而以成声为节[40]。然则雅音之韵，四言为正[41]，其余虽备曲折之体，而非音之正也[42]。(《艺文类聚》五十六)

《七发》造于枚乘，借吴、楚以为客主[43]。先言“出舆入辇，蹷痿之损[44]；深宫洞房，寒暑之疾[45]；靡曼美色，晏安之毒[46]；厚味暖服，淫曜之害[47]。宜听世之君子，要言妙道，以疏神导引，蠲淹滞之累”。[48]既设此辞以显明去就之路，而后说以色声逸游之乐，其说不入，乃陈圣人辩士讲论之娱，而霍然疾瘳[49]。此因膏粱之常疾，以为匡劝，虽有甚泰之辞，而不没其讽谕之义也[50]。其流遂广，其义遂变，率有辞人淫丽之尤矣。崔骃[51]既作“七依”[52]，而假非有先生之言曰：“呜呼，扬雄有言，童子雕虫篆刻，俄而曰壮夫不为也。[53]孔子疾小言破道。[54]斯文之族，岂不谓义不足而辨有余者乎[55]！赋者将以讽，吾恐其不免于劝也。”[56](《艺文类聚》五十七，《御览》五百九十)

扬雄依《虞箴》[57]作《十二州》、《十二官箴》[58]而传于世，不具九官[59]。崔氏累世弥缝其阙，胡公又以次其首目而为之解，署曰《百官箴》[60]。(《书钞》原本一百二)

夫古之铭至约，今之铭至繁，亦有由也[61]。质文时异，则既论之矣(原本作“概既论则之矣”，据《太平御览》校改)[62]，且上古之铭，铭于宗庙之碑。[63]蔡邕为杨公作碑，其文典正，末世之美者也[64]。后世以来之器铭之佳者，有王莽《鼎铭》[65]、崔瑗《机铭》[66]、朱公叔《鼎铭》[67]、王粲《砚铭》[68]，咸以表显功德，天子铭嘉量，诸侯大夫铭太常勒钟鼎之义[69]。所言虽殊，而令德一也[70]。李尤为铭，自山河都邑，至于刀笔平契，无不有铭[71]，而文多秽病[72]；讨论润色，言可采录[73]。(《御览》五百九十)

诗颂箴铭之篇，皆有往古成文，可放依而作[74]。惟诔无定制，故作者多异焉。见于典籍者，《左传》有鲁哀公为孔子诔[75]。(《御览》五百九十六)

哀辞者，诔之流也。崔瑗、苏顺、马融等为之[76]，率以施于童殇夭折、不以寿终者。建安中，文帝与临淄侯各失稚子[77]，命徐干、刘祯等为之哀辞[78]。哀辞之体，以哀痛为主，缘以叹息之辞[79]。(《御览》五百九十六)

今所□哀策者，古诔之义[80]。(《御览》五百九十六)

若《解嘲》之弘缓优大[81]，《应宾》之渊懿温雅[82]，《达旨》之壮厉忼慷[83]。《应间》之绸缪契阔，郁郁彬彬，靡有不长焉者矣[84]。(《书钞》一百)

古有宗庙之碑。后世立碑于墓，显之衢路，其所载者铭辞也[85]。

图谶之属[86]，虽非正文之制，然以取其纵横有义，反覆成章。

中华书局影印严可均校辑本《全上古三代秦汉三国六朝文·全晋文》卷七十七

【注释】

[1]上下：天地。《周易·系辞下》：“古者庖牺氏之王天下也，仰则观象于天，俯则

观法于地，观鸟兽之文与地之宜，近取诸身，远取诸物。于是始作易八卦，以垂宪象。”

［2］人伦：人道。叙：次序。《孟子·滕文公》：“人之有道也，饱食暖衣，逸居而无教，则近于禽兽，圣人有忧之，使契为司徒，教以人伦：父子有亲，君臣有义，夫妇有别，长幼有叙，朋友有信。”

［3］穷理尽性：穷极万物的义理和本性。万物之宜：万物的性质。

［4］泽：德泽。流：流布。作：兴起。

［5］颂：与上句诗对应。

［6］勋：功勋。铭：一种文体，用以记录功德。

［7］嘉：美誉。嘉美终：有美德的人逝世。集：成。诔：音 lěi，累列生前行迹、悼念死者的文章。

［8］祝：掌祭祀的官。史：掌记录和编写史书的官。阙：过，过失。官箴王阙：百官作箴辞，戒王过失。

［9］此句原文见《周礼·春官宗伯》。《诗大序》：“故诗有六义焉：一曰风，二曰赋，三曰比，四曰兴，五曰雅，六曰颂。”风、雅、颂一般认为是指诗的分类，赋、比、兴一般看作诗的表现手法。

［10］言一国之事八句：见《诗大序》。

［11］赋：直言敷陈。兴：由外物触动感发内心引起诗兴，借以作为诗篇的发端。

［12］赞颂功德的诗叫做颂，其余称作诗。

［13］安定太平。史：史官。工：乐工。律吕：古代校正乐律的器具。

［14］谓今之“颂”较古时有所变化。

［15］班固《安丰戴侯颂》已佚。史岑：字孝山，东汉人，《出师颂》收于《文选》卷四十七。《和熹邓后颂》已佚。《诗经》中的《周颂》和《商颂》是赞颂天子功德的。《诗大序》孔颖达的《正义》称《鲁颂》“主咏僖公功德，纔如变风之美者耳”。以上提及的三篇颂不是赞颂天子功德而是赞颂大臣的，因而本文说它们与《鲁颂》相类。

［16］《赵充国颂》见收于《汉书·赵充国传》、《文选》卷四十七。显宗：东汉明帝庙号。《显宗颂》是仿《周颂》中的《清庙之什》作的，吹捧天子功德，因而本文说它与《周颂》相似。

［17］马融：字季长，东汉经学家、文学家。《广成颂》为讽谏之作，《上林颂》已佚。《文心雕龙·赞颂》：“马融之《广成》、《上林》，雅而似赋，何弄文而失质乎！”

［18］流：源流。班固《两都赋》：“赋者，古诗之流也。”

［19］见《诗大序》。

［20］感情生发，用言辞表现；礼义的旨要，用事理说明。

［21］象：天地万物的形象。虚构形象，穷尽言辞作赋以陈其志。

［22］《汉书·艺文志》：大儒孙卿及楚臣屈原离谗忧国，皆作赋以风，咸有恻隐古诗之义。淫浮：言辞华而不实。扬雄《法言·吾子》：“或问：‘景差、唐勒、宋玉、枚乘之赋也，益乎？’曰：‘必也淫。’”

［23］善：好。扬子：扬雄。贾谊：字太傅，洛阳（今河南洛阳东）人，西汉初年著名政论家、文学家。俦：同一类的人物。

[24]《法言·吾子》："诗人之赋丽以则，辞人之赋丽以淫。"古诗之赋：此处指继承《诗经》传统精神的"诗人之赋"，即《离骚》。王逸《楚辞章句序》："而屈原履忠被谮，忧悲愁思，独依诗人之义，而作《离骚》，上以讽谏，下以自慰。"

[25]《文心雕龙·事类》："事类者，盖文章之外，据事以类义，援古以证今者也。"

[26]今之赋："辞人之赋。"《汉书·艺文志》："其后宋玉、唐勒，汉兴枚乘、司马相如，下及扬子云，竞为侈丽闳衍之词，没其风谕之义。"形：万物间的形貌。正：雅。《文心雕龙·诠赋》："丽辞雅义，符采相胜。"其中雅即正。此句意在说明汉代一些体物的赋追求辞采华美，重文轻质。

[27]省：简易，简省。例：体例，规则。富：多，丰富。无常：不稳定。

[28]虚构的形象过度夸大，就远不是事物的真相；遣词夸张太过分，往往与事实相背离。

[29]汉代辞赋常采用主客问答辩论体，往往辞赋浮泛，过于华丽，不能表达事义。辞采太华丽奢靡，则会影响情的表达。

[30]四过：指以上四种写作中出现的毛病。

[31]割：剔除。《史记·司马相如传赞》："相如虽多虚辞滥说，然其要归引之节俭，此与《诗》之风谏何异？"

[32]见《法言·吾子》。参考注释[24]。

[33]《尚书·尧典》："诗言志，歌永言，声依永，律和声。"

[34]采诗之官：政府派到民间收集诗歌的官员。《汉书·食货志》："孟冬之月，行人振木铎徇于路，以采诗献之大师，比其音律，以闻于天子。"采诗官采集民间诗歌上报于朝廷君主，朝廷根据诗歌分析民情。

[35]所引诗句出自《诗经·鲁颂·有駜》。振振：群鸟飞翔的样子。汉郊庙歌：汉《郊祀歌》十九首，用于祭祀天地，也用于宗庙。

[36]所引诗句出自《诗经·国风·召南》。于俳谐倡乐多用之：黄侃《诗品讲疏》中说，"凡非大礼所用者，皆俳谐倡乐，此中兼有乐府所载歌谣。"

[37]出自《诗经·周南·卷耳》。

[38]出自《诗经·秦风·黄鸟》。

[39]出自《诗经·大雅·泂酌》。

[40]诗虽然以情志为最重，但也根据音律分节。

[41]《诗经》中以四言诗为主，后来人们以四言为雅音、正音。

[42]曲折之体：章炳麟《国故论衡·辨诗》中有"汉世所谓歌诗者，有声音曲折，可以弦歌，如《河南周歌声曲折》七篇，《周谣歌诗声曲折》七十五篇是也"。

[43]枚乘：字叔，淮阴人，西汉文学家，《七发》是其所作之赋，《全汉文》有收入。文中假托楚太子有疾，吴客说七件事以启发太子，故名"七发"。

[44]蹷痿：麻痹瘫痪不能行走的病。《七发》："且夫出舆入辇，命曰蹷痿之机。"

[45]《七发》："洞房清宫，命曰寒热之媒。"

[46]靡曼：形容肌肤之美。晏安：平静安逸。《七发》："皓齿蛾眉，命曰伐性之斧。"

[47]《七发》："饮食则温淳甘脆，脭醲肥厚。衣裳则杂遝曼暖，燂烁热暑。虽有金石之坚，犹将销铄而挺解也，况其在筋骨之间乎哉！""甘脆肥醲，命曰腐肠之药。"淫曜：或当作淫濯。《七发》："血脉淫濯。"本句意在说丰厚的食物和衣装会使人沉浸其中，带来不良影响。

[48]要言：精要的话。妙道：深妙的道理。蠲：音 juān，除去。《七发》："客曰：'今太子之病，可无药石针刺灸疗而已，可以要言妙道说而去之。'"

[49]霍然：迅速的样子，形容疾病顿愈。瘳：音 chōu，病愈。

[50]膏粱：肥肉和细粮，泛指美味的饭菜，代指富贵生活。匡：纠正。甚泰：过分。甚泰之辞：过于华丽的文藻。没：遮蔽。

[51]崔骃：字亭伯，涿郡安平人，后汉经学家，文学家。《文心雕龙·杂文》："崔骃《七依》，入博雅之巧。"

[52]《七发》对后人创作影响很大，后世多有以"七"为名的文章。

[53]见《法言·吾子》。

[54]《大戴礼》："夫小辩破言，小言破义，小义破道。"

[55]族：原作簇。意为属。斯文之族：斯文之辈。

[56]劝百讽一：扬雄对汉大赋的批评，认为它们鼓励的成分远远多过讽谏的成分。

[57]虞箴：虞人之箴，见《左传·周公四年》。虞人：掌田猎的官。

[58]扬雄作《州箴》，一共十二首。《十二官箴》据《后汉书·胡广传》当是《二十五官箴》。

[59]不具：不完备。九官：九篇官箴。据《后汉书·胡广传》："其九箴亡阙。"

[60]首目：官箴前的目次。百篇并非实数。

[61]约：简约。繁：繁复。

[62]质文：质朴与华美。

[63]上古之时应该没有在宗庙碑上写文的事件。蔡邕《铭论》："物不朽者莫不朽于金石，故碑在宗庙两阶之间。近世以来，咸铭之于碑。"

[64]蔡邕：东汉文学家、书法家，陈留国人。《蔡中郎集》中有杨赐碑文四篇。《文心雕龙·诔碑》说他的碑文："其叙事也该而要，其缀采也雅而泽。清词转而不穷，巧义出而卓立。察其为才，自然而至。"末世：一个朝代的末期。蔡邕是东汉末年人，因此说他的作品是"末世之美"。

[65]王莽：西汉人，新朝的建立者。《鼎铭》已佚。

[66]崔瑗：东汉文学家、书法家，崔骃之子。杌：音 wù，矮几。《杌铭》已佚。

[67]朱公叔：名穆，东汉南阳郡宛人。《鼎铭》不见传。

[68]王粲：汉末文学家。《砚铭》见《艺文类聚》卷五十八、《初学记》卷二十一引。

[69]《周礼·冬官考工记》：量之以为鬴……其铭曰："时文思索，允臻其极，嘉量既成，以观四国，永启厥后，兹器维则。"严可均《全上古三代文》收此铭，题为《嘉量铭》。《周礼·夏官司马》："凡有功者铭书于王之大常。"郑玄注："生则书于王旌以识其人与功也。"太常：大常，王所建日月之旗。蔡邕《铭论》："《周礼·司勋》凡有大功者，铭之大常，所谓诸侯言时计功者也。宋大夫正考父，三命兹益恭，而莫侮其国；卫孔悝之父庄

叔，随难汉阳，左右献公，卫国赖之，皆铭于鼎，晋魏颗获秦杜回于辅氏，铭功于景钟，所谓大夫称伐者也。钟鼎礼乐之器，昭德纪功，以示子孙。”

[70]殊：不同。令德：美德。一：一样，一致。

[71]李尤：后汉文学家，所作铭文作品多，题材涉及多个方面。

[72]《文心雕龙·铭鼎》：“李尤积篇，义俭辞碎。蓍龟神物，而居博弈之中；衡斛嘉量，而在臼杵之末，曾名品之未暇，何事理之能闲哉!”可作挚虞评价的参照。

[73]讨论：提意见。采录：采集录用。

[74]放：仿。

[75]《左传·哀公十六年》：“夏四月己丑，孔子卒。公诔之曰：‘旻天不吊，不慭(且也)遗一老，俾屏余一人以在位，茕茕余在疚。呜呼哀哉！尼父，无自律(法也)!’”

[76]《文心雕龙·哀吊》：“后汉汝阳王亡，崔瑗哀辞，始变前式。然履突鬼门，怪而不辞；驾龙乘云，仙而不哀；又卒章五言，颇似歌谣。”《全后汉文》所辑崔瑗文未见哀辞。苏顺：东汉安、和帝间以才学闻名。《文心雕龙·哀吊》：“至于苏顺、张升，并述哀文，虽发其精华，而未极其实。”范文澜注：“苏顺著哀辞等十六篇。”《全后汉文》所辑其文未见哀辞。马融：东汉经学家。《全后汉文》所辑马融文未见哀辞。

[77]文帝：曹丕。临淄侯：曹植。

[78]现存徐、刘的文集中皆不见哀辞。《文心雕龙·哀吊》：“建安哀辞，惟伟长差善，《行女》一篇，时有恻怛。”

[79]《文心雕龙·哀吊》：“原夫哀辞大体，情主于痛伤，而辞穷乎爱惜。……隐心而结文则事惬，观文而属心则体奢。奢体为辞，则虽丽不哀。必使情往会悲，文来引泣，乃其贵耳。”

[80]《续汉书·礼义志》：“司徒太史令奉谥哀策。”《文心雕龙·祝盟》：“又汉代山陵，哀策流文；周丧盛姬，内史执策。然则策本书赗，因哀而为文也。是以义同于诔，而文实告神，诔首而哀末，颂体而祝仪，太史所作之赞，因周之祝文者。”

[81]《解嘲》：扬雄作，见《文选》卷四十五。《文心雕龙·杂文》：“扬雄《解嘲》，杂以谐谑，回环自释，颇亦为工。”

[82]《应宾》：指《答宾戏》，班固做，见《文选》卷四十五。《文心雕龙·杂文》：“班固《宾戏》，含懿采之华。”

[83]《达旨》：崔骃作。已佚。《文心雕龙·杂文》：“崔骃《达旨》，吐典言之裁。”

[84]《应间》：张衡作。已佚。《文心雕龙·杂文》：“张衡《应间》，密而兼雅。”郁郁彬彬：文质兼备貌。长：高出一般。

[85]衢：音 qú。衢路：道路。

[86]谶：秦汉间巫师、方士编造的预示吉凶的隐语图。图谶：古代关于宣扬迷信的预言、预兆的书籍。

【导读】

魏晋以来，文学进入自觉阶段，出现了各体文章，文章总集的编撰兴盛，文学批评也进入高峰期。一些文章总集分为序和评论两个部分，编撰者对文章编撰的意见和评论体现在其中，挚虞的《文章流别论》就是这类文学批评著作中的一部。《流别集》中原有论、志二卷，但早已散佚，只剩少许佚文，后人辑以为《文章流别论》，即今天我们看到的形态。

《文章流别论》是对各种文体的性质和源流进行讨论的专篇论文，也论及文章的作用和评价。

1. 文体辨析

挚虞之前，曹丕和陆机对文体进行了比较详细的分类，挚虞在这基础上又再细分。就我们今天可见的《文章流别论》而言，他所论到的文体有颂、赋、诗、七、箴、铭、诔、哀辞、哀策、对问、碑铭、图谶等十二种，并对这些文体的起源做了追溯，对他们的演变也有考察。如谈及“赋”这一形式的时候，便认为它源于古诗，而后经过历代有所转变。挚虞认为，古代的赋注重敷陈其事，说明义理，而今注重事形，内容略显空泛，词藻空有华丽。这个说法可能受到《诗大序》的影响，六义之“赋”作为一种写作手法，而今被用作文体的名称，也将其“敷陈其事”的意思保留了，也因此，对于汉代以来的赋，挚虞有着以“事形为本”、“言富而辞无常”的评价。虽然汉大赋的确有词藻华丽空泛之嫌，的确“劝百讽一”，不过以古诗“兴观群怨”的要求去评价它，未免会忽视其在文辞上的审美意义。

挚虞对各种问题精细的辨析，将文体论的发展向前推了一步，对后世的影响也甚大。挚虞根据文体流源来分析文体特点的分类方法，被刘勰继承，在《文心雕龙》用来论述了四十类文体，他同时继承的特点还有对各种文体进行辨析、探讨各体发展源流、分论不同文体的写作特点。

2. 儒家诗教观

挚虞对同属于一种文体、不同形式的作品也进行了分类，如将诗歌分为三言诗、四言诗、五言诗、六言诗、七言诗、九言诗几种，并一一举例，试图说明用于不同场所和功用的诗歌多用某种体式。挚虞在文学观上是相对保守的，甚至有“贵古贱今”之嫌，在这些诗歌中，挚虞以四言为最重，认为古诗以四言为主，四言是最正统典雅的诗体。挚虞将诗歌的源头追溯到《诗经》上，认为所有诗都是由诗三百演变来。随着时代发展，人们对情感的表达渐渐不能满足在两个音节的诗句里，五言诗逐渐兴起，但挚虞仍持四言最正的观点，认为五言、七言“于俳谐倡乐多用之”，其看轻贬低之意明显。

正如我们前文提到的，挚虞对今赋“事形为本”的不满，要求赋以表达情理为主；坚决维护四言诗的正统地位，这里面体现出来的都是儒家正统的诗教观。文章被看作是一种工具，用于昭示天地万物的规律和人伦道德，使得人们对世界有更好的认识，遵守礼法，有助于道德教化，使人们遵守政教伦常。也因此，挚虞的文章功用观是以实用为主的，文章在这里更像是一种手段和工具。

挚虞评论文章既然以儒经为标准范式，那么他反对新变，不注意文学艺术遵循自己的规律而发展，就可以理解了。秉持这样的观点，不免就会对文学发展过程中出现的那些虽然不符合儒家诗教观，但于文学发展本身有积极意义的一些现象有不够准确的判断，如忽视了汉赋作为一种美文具有一定艺术审美价值，也看不到五言诗的音节组合更丰富，更能满足人们越来越丰富的情感的表达需求。同样的，非正统的文学作品在创作实践中积累下来的经验也得不到重视，挚虞的这种态度和观点无疑是不正确的。

【拓展阅读】

1. (唐)长孙无忌：《隋书经籍志》，中华书局1985年版。

2. 刘师培：《魏晋文学之变迁》，载《中国中古文学史讲义》，人民文学出版社1957年版。

3. 李建中：《文学是文体的艺术——汉语文体学理论重构与韦勒克文体学思想》，载《学术研究》2013年第5期。

4. 蒋伯潜，蒋祖怡：《魏晋文体》，载《骈文与散文》，上海书店出版社1997年版。

5. 李士彪：《体裁流变论》，上海古籍出版社2004年版。

《文心雕龙·神思》

(梁)刘　勰

【题解】刘勰(约465—520年)，字彦和，南朝梁人。刘勰少年时家中贫困，到定林寺帮助僧人整理、抄写佛经，跟当时著名高僧僧佑学习佛经和儒家经典，期间撰写了《文心雕龙》一书，后得到沈约的赏识。不久后，刘勰离开寺庙，到朝中任官。后辞官，在定林寺出家。《文心雕龙》是重要的中国文学批评著作，后世研究者众多，“龙学”已成为一门显学。《文心雕龙》也是中国古代文学批评著作的一个特例，具有严密而完整的系统，是其他著作所不能比拟的。《神思》篇主要探讨关于艺术构思问题。《神思》论述了物、情、言三者间的关系，所论及的观点比较具有概括性，可以看作是刘勰创作论的总纲。

古人云：形在江海之上，心存魏阙之下，神思之谓也[1]。文之思也，其神远矣[2]。故寂然凝虑，思接千载；悄焉动容，视通万里。吟咏之间，吐纳珠玉之声；眉睫之前，卷舒风云之色：其思理之致乎[3]。故思理为妙，神与物游[4]。神居胸臆，而志气统其关键[5]；物沿耳目，而辞令管其枢机[6]。枢机方通，则物无隐貌；关键将塞，则神有遯心[7]。是以陶钧文思，贵在虚静[8]，疏瀹五藏，澡雪精神[9]。积学以储宝，酌理以富才，研阅以穷照，驯致以怿辞[10]。然后使玄解之宰，寻声律而定墨[11]；独照之匠，窥意象而运斤[12]。此盖驭文之首术，谋篇之大端[13]。夫神思方运，万涂竞萌；规矩虚位，刻镂无形[14]。登山则情满于山，观海则意溢于海；我才之多少，将与风云而并驱矣。方其搦翰，气倍辞前；暨乎篇成，半折心始[15]。何则？意翻空而易奇，言征实而难巧也[16]。是以意授于思，言授于意；密则无际，疏则千里[17]。或理在方寸，而求之域表；或义在咫尺，而思隔山河[18]。是以秉心养术，无务苦虑；含章司契，不必劳情也[19]。

人之禀才，迟速异分；文之制体，大小殊功。相如含笔而腐毫[20]，扬雄辍翰而惊梦，桓谭疾感于苦思[21]，王充气竭于思虑[22]，张衡研《京》以十年[23]，左思练《都》以一纪[24]：虽有巨文，亦思之缓也。淮南崇朝而赋《骚》[25]，枚皋应诏而成赋[26]，子建援牍如口诵[27]，仲宣举笔似宿构[28]，阮瑀据案而制书[29]，祢衡当食而草奏[30]：虽有短篇，亦思之速也。若夫骏发之士[31]，心总要术；敏在虑前，应机立断。覃思之人[32]，情饶歧路；鉴在疑后，研虑方定。机敏故造次而成功，虑疑故愈久而致绩；难易虽殊，并资博练[33]。若学浅而空迟，才疏而徒速；以斯成器，未之前闻。是以临篇缀虑，必有二患：理郁者苦贫，辞溺者伤乱。然则博见为馈贫之粮，贯一为拯乱之药[34]；博而能一，亦有助乎心力矣。

若情数诡杂，体变迁贸；拙辞或孕于巧义，庸事或萌于新意。视布于麻，虽云未贵；杼轴献功，焕然乃珍。至于思表纤旨，文外曲致；言所不追，笔固知止。至精而后阐其妙，至变而后通其数。伊挚不能言鼎[35]，轮扁不能语斤[36]，其微矣乎！

赞曰：神用象通，情变所孕。物以貌求，心以理应。刻镂声律，萌芽比兴。结虑司契[37]，垂帷制胜[38]。

人民文学出版社版范文澜《文心雕龙注》卷六

【注释】

[1]魏阙：古代君王的宫门，代指朝廷。《庄子·让王》："中山公子牟谓瞻子曰：身在江海之上，心居乎魏阙之下，奈何。"庄子的原意是指身在野而心怀高官厚禄。刘勰这里舍弃了其本来的意思，借以说明神思是一种由此及彼不受身观局限的想象活动。

[2]指为文运思，驰骋想象，可无往而不达。

[3]致：状。这九句是说作家在沉思遐想之际，可以联想到很久；思致得神往时，可以观察到很远。他在吟咏的时候，吐纳金玉般的声音；他的眉眼之前，舒卷着风云变幻的景色。这就是艺术构思的情状。

[4]思理：指艺术构思。神：指作者的想象。物：指事物的形象。游：指一起活动。

[5]神：深思。志气：情志气质，近似思想感情的意思。

[6]辞令：言辞。《易·系辞上》："言行君子之枢机。"王弼注："枢机，制动之主。"

[7]枢机：这里用作言语的代词。遯：即遁。

[8]陶钧：造陶器的转轮。这里作动词用，比喻构思。

[9]藏：脏。《白虎通论·五脏六府主性情》："五脏者何也？谓甘心脾肾肺也。"又《论五性六情》："内有五脏六府，此性情之所由出入也。"瀹：音 yuè。疏通。《庄子·知北游》："老聃曰，汝斋戒疏瀹而心，澡雪而精神。"

[10]怿：一作绎，以作绎为胜，绎是整理、运用的意思。

[11]玄解：指懂得深奥的道理。宰：主宰，这里指作家的头脑。定墨：即落笔。

[12]独照之匠：指有独到见解的人。阅：即窥。意象：指作者想象中的境界。运斤：语出于《庄子·徐无鬼》："匠石运斤成风。"原来指挥动工具，这里指写作。这两句是说作者有独到见解，可以按照自己所想来写作。

[13]大端：要点。

[14]构思刚刚开始的时候，无数的想法纷至沓来，无法按照一定的规矩写作，而必须对尚未具象化的东西精雕细琢。

[15]搦翰：拿笔。搦：音 nuò。辞前：形成文辞以前。

[16]想象中的意境容易出色，用具体语言表达时却难以做到精巧。

[17]这四句是说文章的语言为文章的内容所决定，而文章的内容又受作者的思想所支配。三者结合得好，就如天衣无缝。结合得不好，则互相矛盾有如相隔千里。

[18]方寸：心。域表：疆界之外，很远的地方。

[19]秉：执持。术：指为文之术。章：文采。契：约券，引申为规则。

[20]《汉书·枚皋传》："司马相如善为文而迟，故所作少儿善于皋"，又《西京杂记》《汉武故事》均有记载相如为文而迟之说。

[21]《全后汉文》十四辑桓谭《新论·祛蔽》:“余少时见扬子云之丽文高论,不自量年少新近,而猥欲逮及。尝激一事而作小赋,用精思太剧,而立感动发病,弥日瘳(音,chōu)。子云亦言成帝时,赵昭仪方大幸。每上甘泉,诏令作赋,为之卒暴,思虑精苦,赋成遂困倦小卧,梦其五脏在地,以手收而内之。及觉病喘悸,大少气,病一岁。由此言之,尽思虑,伤精神也。”

[22]《后汉书·王充传》载,“充好论说,始若诡异,终有理实。以为俗儒守文,多失其真。乃闭门潜思,绝庆吊之礼,户牖墙壁,各置刀笔,著《论衡》八十五篇,二十余万言。年渐七十,志力衰耗,乃造《养性书》十六篇,裁节嗜欲颐神自守。”

[23]《后汉书·张衡传》:“时天下承平日久,自王侯以下,莫不逾侈。衡乃拟班固《两都》作《二京赋》,因以讽谏。精思傅会,十年乃成。”

[24]一纪:十二年。《文选·三都赋序》李善注引臧荣绪《晋书》曰:“左思字太冲,齐国人。少博览文史,欲作《三都赋》,乃诣著作郎张载访岷邛之事。遂构思十稔,门庭藩溷,皆著纸笔,遇得一句即疏之。赋成,张华见而咨嗟,都邑豪贵,竞相传写。”

[25]淮南:淮南王刘安。荀悦《前汉纪·孝武皇帝纪》:“初安朝,上使作《离骚赋》,且受诏,食时毕。”高诱《淮南鸿烈解叙目》:“孝文皇帝甚重之,诏使为《离骚赋》,自旦受诏,日早食已上。”孙诒让《札迻》:“《文心雕龙·神思》云:‘淮南崇朝而赋骚。’即本高叙。”

[26]《汉书·枚皋传》:“上有所感,辄使赋之。为文疾,受诏辄成,故所赋辄多。”

[27]子建:曹植字,汉末植曾封临淄侯。杨修《答临淄侯牍》:“又尝亲见执事,握牍持笔,有所造作,若成诵在心,借书于手,曾不斯须,少留思虑。”

[28]仲宣:王粲字。《三国志·魏书·王粲传》:“善属文,举笔便成,无所改定,时人常以为宿构。然正复精意覃思,亦不能加也。”

[29]《三国志·魏书·王粲传》注引《典略》曰:“太祖尝使瑀作书与韩遂。时太祖适近出,瑀随从,因于马上具草,书成呈之。太祖举笔欲有所定,而竟不能增损。”“案”,应据顾广圻校作“鞍”。

[30]《后汉书·祢衡传》:“刘表尝与诸文人共草章奏,并极其才思。时衡出,还见之,开省未周,因毁以抵地。表抚然而骇。衡乃求笔札,须臾立成,辞义可观。表大悦,益重之。”《祢衡传》又说:“黄祖长于射,时大会宾客,人有献鹦鹉者,射举卮于衡曰:‘愿先生赋之,以娱嘉宾。’衡举笔而作,文无加点,辞采甚丽。”案:这里合草奏与当食作赋为一事。

[31]骏发:指文思敏捷。

[32]覃思:深思。

[33]博练:广泛的练习。兼指上文积学、酌理、研阅、驯致四方面。

[34]贯一:要求有一个中心,也就是要有重点的意思。

[35]《吕氏春秋·本味》:“汤得伊尹……明日设朝而见之,说汤以至味曰:鼎中之变,精妙微纤,口弗能言,志弗能喻。”

[36]轮扁不能语斤:语出《庄子》选录。

[37]结虑:与上文“缀虑”的意义相同,都指构思。

[38]垂帷制胜：垂帷，即下帷，语本《汉书·叙传下·董仲舒传》：“下帷覃思。”这句话的意思是在安静的写作环境中进行艺术构思，才能写出特别优秀的作品。

【导读】

《文心雕龙·神思》是一篇比较全面而系统地论述艺术构思的论文。《神思》是《文心雕龙》创作论之首篇，而创作论又以想象为核心。

1. 想象的妙处和方法

构思是写作活动的预备阶段，对文章的写成而言十分重要，而想象又是其间不可少的活动。刘勰之前，陆机曾在《文赋》中谈到构思时想象的作用，认为想象可以“观古今于须臾，抚四海于一瞬”。刘勰接受了陆机的观点，认为想象时，思绪可以无边无际地飘游，纵向而言可以穿越千年，横向而言可到万里之外，所谓“寂然凝虑，思接千载；悄为动容，视通万里”，这里面可明显看到《文赋》的影响。但就想象的论述，有比陆机更进一步的阐释。

陆机在《文赋》中虽然也提及体察自然万物和阅读前人经典对文学创作的重要性，但更强调它们对触发文思的作用。刘勰类似的观点则用在谈构思的想象上。一个人不能在没有对自然和社会有认识的情况下凭空进行想象，所以刘勰强调想象是来源于对客观物象的观察和感受，将想象建立在现实基础之上，所谓“神与物游”。《易·说卦》：“神也者，妙万物而为言者也。”强调外物对神的关系。神指的就是想象，物是天地间的自然物，神与物游则是抽象的思绪活动与实在的事物交融，人将情感思绪投射至外物，一起活动，进而思绪有比现实更远的生发。神与物游，人的思想是和具体事物结合的，这种想象可以看作是形象思维，这种思维模式在文艺创作中十分普遍。

2. 不同的构思模式

刘勰在文章中列举了前代诸多作家，这些作家大致可以分为两类，一类是文思缓缓流出，写作时间很长，在写作过程中要花费大量心力琢磨的，如将毛笔含破才写成文章的司马迁，一搁笔便生奇怪梦境的扬雄等。这些人都是文豪大家，文章流传千古，但他们的写作过程十分艰辛。花费大量的时间虽然有文章篇幅过长的原因，也不能否认他们的构思是十分迟缓的。相反的，另一类写作者却文思敏捷，文不加点，如刘安做《离骚赋》只花了一个上午，枚皋在接到诏令后很快把赋写好……虽然这些文章篇幅相对较短，却也不能掩盖他们构思时思维敏捷的事实。

有意思的是，我们今天在说到古人的努力程度时，总喜欢说某位作家花费数年甚至数十年才写作成一篇文章或者一部书，以鼓励人们对自己的目标坚持不懈，而对能快速成文的人却较少提及，提及时也多当作不可模仿的天才加以赞赏。刘勰对这两种人的评价角度与我们不太一样，他只将他们当作构思过程中的两种不同类型来看待，没有明显的褒贬之意。刘勰指出，构思迅捷的人往往能够对事情当机立断，构思迟缓的人心中则可能更多疑虑。前者的文章常常显得杂乱，后者可能文辞过于贫乏。前者需要在突出文章重点上进行改进，这样便使得文章的脉络和中心更突出；后者则应该增加自己的阅历见识，使得文思更流畅。虽然因为个体才华、气质的差异，作文构思的快慢各有不同，不管快慢，都可能有佳作，但刘勰提出的这两点方法，无疑是非常有指导意义的，操作性也很强。

3. 语言技巧的必要性

刘勰认识到，有些文章文辞简朴粗糙，叙事也平凡，但其中却可能隐含巧妙的道理和新颖的思想，但是这类文章毕竟不在多数。有些在思虑之外的意义和文辞难以穷尽的情致，却不是很容易就能够说清楚的。因此，精妙的文笔也就显得尤为重要。同时，作家还需要有足以面对各种变化的头脑。刘勰举了伊尹和轮扁的例子，说明某些事情是不能通过语言传递的。原寓言常被用来说明“言不尽意”，要在言外寻找说话者想表达的意思。然而正是因为语言表达能力的有限，意又必须通过言才能表达出来，故而对言的要求更高，要注重表达技巧和方式才能尽可能地使得意能够尽量准确而全面地传达出来，刘勰这里强调的便是这一点。

【拓展阅读】

1. (梁)刘勰：《文心雕龙·物色》，范文澜《文心雕龙注》，人民文学出版社 1958 年版。

2. (梁)刘勰：《文心雕龙·丽辞》，范文澜《文心雕龙注》，人民文学出版社 1958 年版。

3. 黄侃：《文心雕龙札记》，商务印书馆 2014 年版。

4. 王元化：《文心雕龙讲疏》，广西师范大学出版社 2004 年版。

5. 陆侃如、牟世金：《刘勰论创作》，安徽人民出版社 1982 年版。

《文心雕龙·知音》

(梁)刘　勰

【题解】《知音》是《文心雕龙》的第四十八篇，讨论了如何进行文学批评的问题，集中了刘勰在文学批评上的诸多观点。《知音》是我国古代第一篇比较系统的谈文学批评的专论，所谈论的问题也比较全面，如在文学批评中应持的态度、所用的方法和文学批评的基本原理，对文学批评与创作的关系以及文学欣赏中的问题也有涉及。

知音其难哉[1]！音实难知，知实难逢。逢其知音，千载其一乎！夫古来知音，多贱同而思古[2]，所谓日进前而不御，遥闻声而相思也[3]。昔《储说》始出[4]，《子虚》初成[5]，秦皇、汉武，恨不同时；既同时矣，则韩囚而马轻[6]，岂不明鉴同时之贱哉[7]？至于班固、傅毅，文在伯仲，而固嗤毅云“下笔不能自休”[8]。及陈思论才，亦深排孔璋[9]，敬礼请润色，叹以为美谈[10]，季绪好诋诃，方之于田巴[11]，意亦见矣。故魏文称“文人相轻”[12]，非虚谈也。至如君卿唇舌，而谬欲论文，乃称史迁著书，咨东方朔。于是桓谭之徒，相顾嗤笑[13]。彼实博徒，轻言负诮[14]；况乎文士，可妄谈哉？故鉴照洞明[15]，而贵古贱今者，二主[16]是也；才实鸿懿[17]，而崇己抑人者，班、曹[18]是也；学不逮文，而信伪迷真者，楼护是也。酱瓿之议[19]，岂多叹哉！

夫麟凤与麏雉悬绝，珠玉与砾石超殊[20]，白日垂其照，青眸写其形[21]。然鲁臣以麟为麏[22]，楚人以雉为凤[23]，魏民(原作氏，据梅庆生音注本、凌云本改)以夜光为怪石[24]，宋客以燕砾为宝珠[25]。形器易征，谬乃若是，文情难鉴，谁曰易分[26]？

夫篇章杂沓，质文交加[27]，知多偏好，人莫圆该[28]。慷慨者逆声而击节[29]，酝藉(原作籍，据范本引黄校改)者见密而高蹈[30]，浮慧者观绮而跃心[31]，爱奇者闻诡而惊听[32]。会己则嗟讽，异我则沮弃[33]，各执一隅之解，欲拟万端之变[34]。所谓“东向而望，不见西墙”也[35]。

凡操千曲而后晓声[36]，观千剑而后识器[37]。故圆照之象，务先博观[38]。阅乔岳以形培塿[39]，酌沧波以喻畎浍[40]，无私于轻重，不偏于憎爱，然后能平理若衡，照辞如镜矣[41]。是以将阅文情[42]，先标六观[43]：一观位体[44]，二观置辞[45]，三观通变[46]，四观奇正[47]，五观事义[48]，六观宫商[49]。斯术既形[50]，则优劣见矣。

夫缀文者情动而辞发[51]，观文者披文以入情[52]；沿波讨源，虽幽必显[53]。世远莫见其面，觇文辄见其心[54]。岂成篇之足深？患识照[55]之自浅耳。夫志在山水，琴表其情[56]，况形之笔端，理将焉匿[57]？故心之照理[58]，譬目之照形，目瞭则形无不分[59]，心敏则理无不达。然而俗监之迷者[60]，深废浅售[61]。此庄周所以笑《折杨》[62]，宋玉所以伤《白雪》也[63]。昔屈平有言：“文质疏内，众不知余之异采。[64]”见异，唯知音耳。扬雄自称“心好沈博绝丽之文”[65]，其事浮浅[66]，亦可知矣。夫唯深识鉴奥，必欢然内怿[67]；譬春台之熙众人[68]，乐饵之止过客[69]。盖闻兰为国香，服媚弥芬[70]；书亦国华[71]，玩绎方美[72]。知音君子，其垂意焉[73]。

赞曰：洪钟万钧[74]，夔、旷所定[75]。良书盈箧[76]，妙鉴乃订[77]。流郑淫人[78]，无或失听[79]。独有此律[80]，不谬蹊径[81]。

人民文学出版社版范文澜《文心雕龙注》卷十

【注释】

[1]知音：本意是指懂得音乐，能对音乐作正确的理解和评论。这里是借指对文学作品的正确理解和批评。

[2]同：指同时代的人。

[3]御：进用。此句出自《鬼谷子·内楗》。

[4]《储说》：韩非之文。《史记·老庄申韩列传》：“秦王见《孤愤》、《五蠹》之书，曰：‘嗟乎！寡人得见此人与之游，死不恨矣！’”

[5]《子虚》：司马相如赋。《史记·司马相如传》：“上读《子虚赋》而善之，曰：‘朕独不得与此人同时哉！’”

[6]韩：韩非。《史记·老庄申韩列传》：“韩王始不用非，及急，乃遣非使秦。秦王悦之，未信用。李斯、姚贾害之，毁之……秦王以为然，下吏治非。”马轻：司马相如因辞赋进身，但并没有被汉武帝重用。

[7]鉴：察看。《抱朴子·广譬》：“贵远而贱近者，常人之用情也；信耳而疑目者，古今之所患也。是以秦王叹息于韩非之书，而想其为人；汉武慷慨于相如之文，而恨不同时。及既得之，终不能拔，或纳谗而诛之，或放之乎冗散。”

[8]见《典论·论文》。

[9]陈思：曹植。曹植封陈王，谥号“思”。孔璋：陈琳的字。曹植《与杨德祖书》：“以孔璋之才，不闲于辞赋。”

[10]敬礼：丁廙的字，廙音 yì，汉末作家，曹植好友，常请曹植修改他的文章。美谈：恰当的说法。指曹植在《与杨德祖书》中所引丁廙的话：“文之佳恶，吾自得之，后世谁相知定吾文者耶?”曹植接着说：“吾常叹此达言，以为美谈。”

[11]季绪：刘修的字，汉末作家。诋诃：音 dǐ hē，诽谤。方：比。田巴：战国齐人，善辩，曾被鲁仲连所驳倒。

[12]见《典论·论文》。

[13]君卿：楼护的字，西汉末年的辩士。唇舌：指有口才。《论说》篇：“楼护唇舌。”史迁：司马迁。咨：询问。东方朔：西汉作家。楼护说司马迁著书曾咨询过东方朔，此话出处已不存。桓谭：东汉初年学者。李详：“《文心雕龙补注》：‘《史记·太史公自序索隐》：桓谭云：‘迁所著书，以示东方朔，朔皆署曰《太史公》。’此史迁著书咨东方朔之证。惟彦和指此为君卿所称，而谭嗤之。不识谭此言上下抑有诋君卿之说否?”

[14]博徒：此处指楼护。诮：音 qiào，责怪。

[15]鉴照洞明：鉴别观察，透彻明白。

[16]二主：秦始皇、汉武帝。

[17]鸿：大。毅：美。

[18]班曹：班固、曹植。

[19]瓿：音 bù，小瓦器。《汉书·扬雄传》："刘歆亦尝观之(指《太玄经》和《法言》)，谓雄曰：空自苦！今学者有禄利，然尚不能明《易》，又如《玄》何？吾恐后人用覆酱瓿也。"

[20]麏：音 jūn，獐，似鹿而小。雉：野鸡。悬绝：距离极远。

[21]眸：眼的瞳仁。青眸：即青眼，指正视。正目而视，眼多青处。

[22]《孔丛子·记问》："叔孙氏之车子曰钼商，樵于野而获麟焉。众莫之识，以为不详，弃之五父之衢。冉有告孔子曰：'麏身而肉角，且天下之妖乎？'夫子曰：'今何在？吾将往观焉。'遂往，谓其御高柴曰：'若求之言，其必麟乎！'到视之，果信。"

[23]《尹文子·大道》："楚人担山雉者，路人问：'何鸟也？'担雉者欺之曰：'凤凰也。'路人曰：'我闻有凤凰，今直见之。'"

[24]《尹文子·大道上》："魏田父有耕于野者得宝玉径尺，弗知其玉也，以告邻人。邻人阴欲图之，谓之曰：'怪石也。'……田父虽疑，犹录以归，置于庑下。其夜玉明，光照一室，田父称家大怖。"

[25]燕砾：燕石。《艺文类聚》卷六引《阚子》："宋之愚人得燕石于梧台之东，归而藏之，以为宝。周客闻而观焉，……掩口而笑曰：'此特燕石也，其与瓦甓不殊。'"

[26]形器是实物，所以容易征验。文情无实体，指作品的艺术性、思想性，难鉴别高下。

[27]杂沓：纷乱。交加：不同的事物混杂。

[28]知：指作品的欣赏评论者。圆该：面面俱到，此处指评论各类作品的能力。

[29]慷慨者：性情激昂的人。逆：迎。击节：打拍节，表示欣赏。节：乐器。

[30]酝藉：含意深广，余味无穷。高蹈：远行。

[31]浮慧：浮华小慧。绮：有美丽花纹的丝织品，这里借指文辞华丽的作品。

[32]诡：不寻常的。

[33]会：合。嗟：称叹。讽：诵读。沮：阻止。

[34]隅：边，角。拟：度量，衡量。

[35]《淮南子·氾论》："故东面而望，不见西墙；南面而视，不睹北方。"

[36]操：持，操作、实践。《太平御览》引桓谭《新论·琴道》："成少伯工吹竽，见安昌侯张子夏鼓瑟，谓曰：'音不通千曲以上，不足以为知音。'"

[37]《意林》引桓谭《新论·道赋》："扬子云工于赋，王君大习兵器。余欲从二子学。子云曰：'能读千赋则善赋。'君大曰：'能观千剑则晓剑。'谚曰：习伏众神，巧者不过习者之门。"

[38]圆：周遍，全面。照：察看，理解。象：方法。博观：《文心雕龙事类》："将赡才力，务在博见。"

[39]乔岳：高山。形：显著，指看清。培塿，音 pǒu lǒu，小土山。

[40]酌：斟酌。沧：沧海。畎浍：音 quǎn kuài，田间小沟。

[41]轻重：权衡，对作品高下的评判。

[42]文：作品文辞。情：作品反映的生活与情感。

[43]六观：评价作品的六个方面。

[44]位体：根据作者所要表达的情感内容确定文体。

[45]置辞：安排运用语言技巧。

[46]通：指继承方面。变：指创新方面。

[47]奇：新颖、奇诡。正：纯正典雅、规范。

[48]事义：据《文心雕龙·事类》，事义可解为事理，即前人书本上的事例，用于丰富自己的写作内容，援古证今。

[49]宫商：五音的名称。此处指作品的音律。

[50]术：方法。斯术：以上提到的六观。

[51]缀文：指写作。缀：联结。

[52]披：翻阅。披文：《文心雕龙·辨骚》："言节候，则披文而见时。"

[53]讨：寻究。幽：隐微。外在文辞形式是波，内在思想感情是源。沿波讨源是上句披文入情的比喻。

[54]觇：音 chān，窥视，观察。

[55]识照：指鉴别力。

[56]《吕氏春秋·本味》："伯牙鼓琴，钟子期听之。方鼓琴而志在泰山；钟子期曰：'善哉乎鼓琴，巍巍乎若太山。'少选之间，而志在流水；钟子期又曰：'善哉乎鼓琴，汤汤乎若流水。'钟子期死，伯牙破琴绝弦，终身不复鼓琴。"

[57]匿(nì 逆)：隐藏。

[58]心之照理：心谓作者一方，理谓作品一方。

[59]目瞭：目明。

[60]监：察看。

[61]售：指作品欣赏者多。

[62]《折杨》：庸俗民歌。

[63]宋玉：楚国作家。《白雪》：高雅的乐曲。

[64]《楚辞·九章·怀沙》："文质疏内兮，众不知余之异彩。"文质疏内：外表疏疏落落，心地朴实。刘永济《校释》："'众不知余之异彩，见异唯知音耳。'按两'异'字应作'奥'，后人据误本《楚辞》改此文耳。观下文'深识鉴奥'可知。"

[65]扬雄答《答刘歆书》："雄为郎之岁，自奏少不得学，而心好沈博绝丽之文。"沈博：深沉广博。绝丽：不同寻常的藻采。

[66]其疑当作不。

[67]内：内心。怿：喜悦。

[68]熙：快乐。《老子》："众人熙熙，如春登台。"

[69]乐：音乐。饵：食物。《老子》："乐与饵，过客止。"

[70]《左传·宣公三年》中说："以兰有国香，人服媚之如是。"国香：全国最香的花，

后以“国香”专指兰花。服：佩戴。媚：喜爱。弥：更加。

[71]华：精华。

[72]玩：欣赏。绎：抽寻其头绪，分析。

[73]其：表示希望。垂意：留心。

[74]洪：大。钧：三十斤为一钧。

[75]夔：音 kúi，舜时的乐官。旷：师旷，春秋时晋国的乐师。

[76]箧(qiè 怯)：箱。

[77]有深妙的识鉴能力才能订正是非。

[78]流：流荡。郑：郑声。儒家传统说法：“郑声淫。”淫：过分。

[79]失听：听错。

[80]律：指前文提及的六观。

[81]蹊：路。

【导读】

《知音》篇是《文心雕龙》中比较有名的一篇，它围绕“知音”，即文学作品的欣赏者展开讨论。整篇文章可分为三个部分，先说知音之难，再从主观和客观方面分析知音难在何处，随后为批评文学作品提出了六观的方法，强调批评者要提高自己的修养才能更好地去鉴赏和评论文学作品。

1. 知音实难

“知音”之说本源于《吕氏春秋·本味》中记载的俞伯牙和钟子期的故事。知音本指通过音乐旋律可以探知演奏者心声的人，后世以之喻心意相通之人。刘勰援引这个说法用于文学批评，借此比喻文学批评者善于辨别文学作品，并以此为篇名。

以“知音”喻善于批评文章的人，这个说法延续的除了“通晓心意”的意思外，还有“难得”意。因而刘勰开篇便感叹“知音其难哉”，并以历史上的人物和事件来举例说明。秦皇、汉武属于贵古贱今之人，即使后来得知心仪作品的作者就在眼前，最后也没有予以他们友好的对待。班固和曹植，属于文采熠熠的博学之人，但“崇己抑人”，看轻其他作者，同样不能“知音”。此外，刘勰还加上了缺乏才识、信伪迷真导致不能“知音”的一类人，共同说明知音之难。

2. “音实难知”

知音难得，客观上看，是因为文学作品本身比较抽象且复杂多变。刘勰举了一系列的例子，如有人把麒麟当作獐子，把山鸡当凤凰等，这些差别很大的实物还会被人认错，从字里行间判断作品的优劣、捕捉作者的思想更是困难。又因为文体多样，呈现的风格也各有不同，又为批评者鉴赏增加了难度。

从主观上看，批评者受限于自身的见识，不能辨别文章好坏高低，这一点是承接上文文体丰富而言说的。此外，批评者们各有偏好，容易根据自身喜好出发去评论作品，有失客观公正。刘勰在这段中想说明的是个人喜好对文学批评带来的不良影响，但从另一方面，我们也可以看到，其中暗含着批评者要和作品本身有共通之处，即批评者可以理解作者所说，才能体会作品之美的意思。

3. 知音之法

在分析了“知音难得”的原因后，提出解决问题的方法是顺理成章的。“夫缀文者情动而辞发，观文者披文以入情；沿波讨源，虽幽必显。”文字中是蕴含作者的情和意的，批评者以文字入手，逆向而入，探查写作者所要表达的情意思想，未尝不可行。怎样解决“文情难鉴”的问题，是刘勰《知音》的核心。要“知音”，最具操作性的方法是按照“六观”去分析作品。强调分别从体裁的安排、辞句的运用、文章的继承与革新、表达上的新奇和雅正、典故的运用、对音节的处理六个方面切入文章，考察其想要表达的思想内容，并考察这六个方面是否能够恰当地为所要表达的内容和思想服务。

六观属于技巧性的批评方法，说完六观，刘勰进一步对批评者自身的修养提出了要求，强调批评者个人的才识、气质、涵养等方面对“知音”的重要性。“岂成篇之足深？患识照之自浅耳。”如果具有丰厚的学识积累，又能够以宽厚心胸面对各类文章，对文学批评活动便会更得心应手，足以“知音”。

【拓展阅读】

1. (南朝)江淹：《杂体诗序》，载(梁)昭明太子《文选》，上海古籍出版社 1986 年版。
2. (清)章学诚：《文史通义·诗话篇》，载《文史通义》，上海书店出版社 1988 年版。
3. 李建中：《文心雕龙讲演录》，广西师范大学出版社 1988 年版。
4. 张文勋、杜东枝：《文心雕龙简论》，人民文学出版社 1980 年版。
5. 王元化：《文心雕龙创作论》，上海古籍出版社 1980 年版。

《文心雕龙·序志》

(梁)刘　勰

【**题解**】《序志》是《文心雕龙》的总序，“序志”就是叙述自己著书论文的志愿。通过本篇，人们可以看到《文心雕龙》全书的轮廓。

夫“文心”者，言为文之用心也。昔涓子[1]琴心，王孙[2]巧心，心哉美矣，故用之焉。古来文章，以雕缛[3]成体，岂取驺奭[4]之群言雕龙也。夫宇宙绵邈[5]，黎献[6]纷杂，拔萃出类，智术而已。岁月飘忽，性灵不居[7]，腾声飞实[8]，制作而已。夫肖貌天地[9]，禀性五才[10]，拟耳目于日月，方声气乎风雷，其超出万物，亦已灵矣。形同草木之脆，名逾金石之坚[11]，是以君子处世，树德建言，岂好辩哉？不得已也！

予生七龄，乃梦彩云若锦，则攀而采之。齿在逾立，则(铃木云梁书无则字)尝夜梦执丹漆之礼器[12]，随仲尼而南行[13]；旦而寤[14]，乃怡然而喜，大哉圣人之难见哉，御览，乃小子之垂梦欤！自生人以来，未有如夫子者也。敷赞[15]圣旨，莫若注经；而马郑诸儒，弘之已精，就有深解，未足立家。唯文章之用，实经典枝条[16]，五礼[17]资之以成，六典[18]因之致用，君臣所以炳焕[19]，军国所以昭明，详其本源，莫非经典。而去圣久远，文体解散，辞人爱奇，言贵浮诡[20]，饰羽尚画，文绣鞶帨[21]，离本弥甚，将遂讹滥。盖周书论辞，贵乎体要[22]；尼父陈训，恶乎异端：辞训之异，宜体于要。于是搦笔和墨[23]，乃始论文。

详观近代之论文者多矣：至于魏文述典，陈思序书，应玚文论[24]，陆机文赋，仲洽流别[25]，宏范翰林[26]，各照隅隙[27]，鲜观衢路[28]，或臧否当时之才，或铨品前修之文，或泛举雅俗之旨，或撮题篇章之意[29]。魏典密而不周，陈书辩而无当，应论华而疏略，陆赋巧而碎乱，流别精而少巧，翰林浅而寡要。又君山公干之徒[30]，吉甫士龙之辈[31]，泛议文意，往往间出，并未能振叶以寻根，观澜而索源。不述先哲之诰，无益后生之虑。

盖文心之作也，本乎道[32]，师乎圣[33]，体乎经[34]，酌乎纬[35]，变乎骚[36]，文之枢纽，亦云极矣。若乃论文叙笔，则囿别区分[37]，原始以表末，释名以章义，选文以定篇，敷理以举统[38]，上篇以上，纲领明矣。至于割情析采，笼圈条贯[39]，摛神性[40]，图风势[41]，苞会通，阅声字，崇替于时序[42]，褒贬于才略，怊怅于知音[43]，耿介于程器[44]，长怀《序志》[45]，以驭群篇，下篇以下，毛目显矣。位理定名[46]，彰乎大易之数[47]，其为文用，四十九篇而已。

夫铨序一文为易，弥纶群言为难。虽复轻采毛发，深极骨髓[48]，或有曲意密源[49]，似近而远，辞所不载，亦不胜数矣。及其品列成文，有同乎旧谈者，非雷同也，势自不可异也。有异乎前论者，非苟异也，理自不可同也。同之与异，不屑古今，擘肌分理[50]，唯务折衷。按辔文雅之场[51]，环络藻绘之府，亦几乎备矣。但言不尽意，圣人所难，识在瓶管[52]，何能矩矱[53]。茫茫往代，既沈[54]予闻，眇眇来世，倘尘彼观也[55]。

赞曰：生也有涯，无涯惟智。逐物实难[56]，凭性良易。傲岸泉石[57]，咀嚼文义。文果载心，余心有寄！

人民文学出版社版范文澜《文心雕龙注》卷十

【注释】

[1]涓子：亦称蜎子，名渊，即《史记·孟子荀卿列传》中的环渊。他的著作名《琴心》。

[2]王孙：是姓，名不传。《汉书·艺文志》称他的著作为《王孙子》，一名《巧心》。

[3]缛：音 rù，繁盛，这里是指文采的丰富。

[4]驺奭：音 zōu shì，战国时齐国学者。

[5]绵、邈(miǎo)：都是长远的意思。

[6]黎献：众人中之贤者。黎：众人。献：贤者。

[7]性灵：指人的智慧。不居：不停留，指不能长生。

[8]腾声：名声的流传。腾，跃起。实：指造成其名声的事业。

[9]肖：相似，这里有象征的意思，如下面所说耳目象征日月之类。

[10]禀：接受，引申为赋性。五才：即五行，指金、木、水、火、土。

[11]"草木之脆"二句：草木之脆：比喻易朽。金石之坚：比喻不朽。逾：超过。

[12]丹：红。礼器：祭器，指笾(biān)豆。笾是竹制的，豆是木制的。

[13]南行：捧着祭器随孔子向南走，表示成了孔子的学生，协助老师完成某种典礼。

[14]寤：音 wù，醒。

[15]敷：音 fū：陈述。赞：明。

[16]条：小枝。枝条是对根而言，刘勰认为经典是文章的根本。

[17]五礼：吉、凶、宾、军、嘉五礼。

[18]六典：指治典、教典、礼典、政典、刑典、事典。典：法度，这里指国家的政法制度。

[19]炳焕：和下句"昭明"意同，都有明辨清楚的意思，这里指君臣的作用和军国大事都更上轨道。

[20]浮诡：浮泛诡异。

[21]鞶：音 pán，束衣的大带。帨：音 shuì，佩巾。

[22]体要：体：体现。要：要点。异：指奇异的文辞。

[23]搦：音 nuò，持，握。

[24]应玚(chàng)："建安七子"之一，他的《文论》今不存。

[25]仲洽：挚虞的字。他是西晋学者。《流别》：这里是指《文章流别论》，全书今不传，张溥、严可均等人均有辑本。

[26]宏范：李充的字。他是东晋学者。《翰林》：指他的《翰林论》，今不全，严可均

编《全晋文》卷五十三中辑录了部分残文。

[27]隅隙：指次要的地方。隙：孔穴。

[28]衢路：主要方面。衢，大路。

[29]撮：音 cuō，聚集而取，这里指内容的摘要。

[30]君山：桓谭的字，东汉初年学者，所著《新论》中偶然有关于文学方面的论点。公干：刘桢的字，“建安七子”之一，论文著作今不传。

[31]吉甫：应贞的字，西晋学者，有关文学论著今不传。士龙：陆云的字，西晋文学家，他对文学的一些主张大多表达在给其兄陆机的信里。

[32]本乎道：本书第一篇《原道》，说明文本于道。道：指自然之道，也就是客观事物的规律或原则。

[33]师乎圣：本书第二篇《征圣》，说明圣人和文章的关系。刘勰认为圣人是能认识自然之道的先知先觉，因此，文学创作要向这些圣人学习。

[34]体乎经：本书第三篇《宗经》，说明文学创作应该根据儒家经典，因为这些经典是圣人阐述自然之道的著作。

[35]酌乎纬：本书第四篇《正纬》，说明纬书的不可信，但其文辞也有可参考之处。纬书是汉人伪造的关于符箓瑞应的著作，曾一度和经书并列。

[36]变乎骚：本书第五篇《辨骚》，是专门评论《楚辞》的。自此以下的二十一篇，是就各种文体分别进行论述。

[37]囿：音 yòu，园林，这里和“区”字同指写作的领域。

[38]敷：阐述。统：总和、根本的，这里指体裁的基本特征。

[39]笼圈：包举。条贯：条理。这两句是指从内容和形式的分析中归纳出理论来。

[40]摛：音 chī，发布，引申为陈述。

[41]图：描绘，引申为说明。

[42]崇替：盛衰，指论述文学的盛衰。

[43]怊怅：音 chāo chàng，悲恨、慨叹。

[44]耿介：正大光明的意思。

[45]长怀：申述作者的情怀。长，引长。

[46]位：安排。

[47]大易：意为推演天地之数，共有五十。

[48]骨髓：比喻创作上的根本问题，如文原道、征圣、宗经等。

[49]曲意密源：指深微隐曲的道理。曲：曲折隐微。密：深密隐曲。

[50]擘(bai)肌分理：擘：剖。理：肌理，指肌肉的纹理。这里是比喻对文学理论的分析。

[51]文雅之场：和下句的“藻绘之府”都指创作领域。按辔：和下句的“环络”都指在文坛上活动。辔：音 pèi，马缰绳。络：马笼头。

[52]瓶管：比喻见识浅薄。瓶：指小的容器。

[53]矩矱：指文学的法则。矩：匠人的曲尺。矱：音 yuē，度量用的尺子。

[54]沈：深入，指自己学识的加深。

[55]倘：或许。尘：污。这是刘勰自谦之词。

[56]逐物：把握事物。

[57]傲岸：不随和世俗，即任性；这里也有无所拘束的意思。

【导读】

《序志》篇是《文心雕龙》的总序。在这篇序言中，刘勰解释了书名，说明了写作的缘由、理论依据和原则，全书的内容和体系，最后表明了自己评论作家作品和阐述文学理论的态度。

1. 解释书名

“文心”是讲作文的用心，指精妙的构思。刘勰所讲的“文”包括了文学作品与非文学作品两类；“用心”并不局限于讲文艺创作的理论和技巧，包括了一切文章理论和写作规律；“心”包括了作家的道德品质、学识才能、文学修养及表现技巧等。“雕龙”是说作文要讲究文采，就像雕刻龙纹那样精致，这是为了能更好地表达思想情感的需要，而不是像驺奭那样仅仅把它作为一种装饰。从书名可以看出刘勰的根本见解：文与质、情与采并重，顺乎自然，反对语言过分雕琢。

2. 写作目的

刘勰从三个方面说明了写作本书的缘由：一是要树德建言，名愈金石之坚。他从“拔萃出类”和“岁月飘忽”的角度提出，只有“智术”、“制作”，才能腾声飞实，垂名万世。二是要敷赞圣旨，正本清源，矫正形式主义的流弊。刘勰对孔子十分尊崇，以“敷赞圣旨”为己任，通过叙述各类文体的源流，从正反两方面说明论文的重大意义。三是“振叶以寻根，观澜而索源”，弥补前人论文的不足。刘勰评论了魏、晋以来的文论著作，认为各家共同的缺点是没有抓住文学评论的“根”、“源”，因此需要“述先哲之诰，益后生之虑”。其中，第一点是刘勰写作本书的根本原因，第二、三点为其写作本书的现实原因。

3. 全书的基本内容和体系

按照刘勰的说法，本书可分为四个部分：“文之枢纽”、“论文叙笔”、“剖情析采”三部分。

“文之枢纽”是全书的总论，包括《原道》、《征圣》、《宗经》、《正纬》、《辨骚》五篇。前三篇主要论述文章的本质特征，即文与道的关系，属共时性研究；后两篇论定文章发展演变的规律，属历时性研究。二者结合，构成了《文心雕龙》体大思精的文艺美学理论体系。

“论文叙笔”是文体论部分，从《明诗》至《书记》共二十篇，包括有韵之文和无韵之笔两大类，共有三十三类文体，通过“原始以表末，释名以章义，选文以定篇，敷理以举统”四个方面展开。

“剖情析采”包括我们今天所说的创作论和批评论两部分，是全书精华所在。其中“剖情”和“析采”各十篇，属于创作论，论述了有关艺术构思、风格体势、结构安排、修辞技巧等方面的问题。批评论部分包括《时序》、《物色》、《才略》、《知音》、《程器》五篇，就文学与时代、文学与自然景物、历代作家的文采与德行等方面展开论述。

4. 写作态度和研究方法

刘勰自认为著书的态度是严肃认真的，概括起来，主要体现在两个方面：一是“弥纶群言”，综合各家言论对文学现象作精深入微的考察，力求做到全面深入。二是“擘肌分理，唯务折衷”，对待前人研究成果不论同异，不分古今，综合各家之言，力求做到客观公正。

关于《文心雕龙》的写作方法，有的主张儒家“折衷”论，有的主张释家的“中观”论，有的主张道家的辩证论，有的主张将三者会通起来，还有的从刘勰整体天人合一的宇宙观和方法论出发，将《文心雕龙》的研究方法归并于中国传统哲学中的辩证思维。总之，仁者见仁，智者见智，这些看法都有其合理的一面。

作为《文心雕龙》的总序，《序志》篇集中体现了刘勰的写作思想。刘勰以圣人之道自觉的继承人自居，常常把文章当作“经典枝条”，用“先哲之诰”来衡量作家作品，带有一定的局限性；但另一方面，在“辞人爱奇，言贵浮诡”的风气下，以儒家思想为武器，对晋、宋以来的不良文风展开猛烈的斗争，有纠正文章时弊之用。从《序志》篇对《文心雕龙》的内容和写作态度的介绍来看，刘勰能从各个方面对写作理论进行深入系统的研究，使得该书成为一部体大思精、系统完备的文论巨著。

【拓展阅读】

1. 刘勰著，周振甫注：《文心雕龙注释》，人民文学出版社 1983 年版。

2. 裘锡圭著：《古代文史研究新探》，江苏古籍出版社 1992 年版。

3. 黄侃著：《文心雕龙札记》，上海古籍出版社 2000 年版。

4. 杨明照：《梁书刘勰传笺注》，《中华文史论丛》1979 年第 1 辑。

5. 王雯生：《文心雕龙的经经思想》，载张少康编《文心雕龙研究》，湖北教育出版社 2002 年版。

《诗　品　序》

（梁）钟　嵘

【题解】钟嵘（约468—518年），字仲伟，颍川长社（今河南长葛）人，晋侍中雅七世孙。钟嵘幼而好学，师从齐永明卫将军王俭，因“有理想”、“明《周易》”，举为本州秀才，后任参军、记室一类的小官。《梁书》《南史》均有传。梁武帝天监十二年以后，钟嵘仿汉代“九品论人，七略裁士”的著作先例，写成诗歌评论专著《诗品》。以五言诗为主，全书将两汉至梁作家122人，分为上、中、下三品进行评论，故名为《诗品》。《诗品》是我国古代第一部诗歌理论批评专著，清代章学诚在《文史通义·诗话篇》中，总结诗话的起源以发展变化的情况时说：“诗话之源，本于钟嵘《诗品》”，清人何文焕辑印《历代诗话》也以它冠其首。

气之动物，物之感人，故摇荡性情，形诸舞咏。照烛三才，晖丽万有，灵祇待之以致飨[1]，幽微藉之以昭告。动天地，感鬼神，莫近于诗。

昔《南风》之词，《卿云》之颂，厥义夐矣[2]。夏歌曰：“郁陶乎予心”[3]，楚谣曰：“名余曰正则”，虽诗体未全，然是五言之滥觞也。逮汉李陵，始著五言之目矣[4]。古诗眇邈[5]，人世难详，推其文体，固是炎汉之制，非衰周之倡也。自王、扬、枚、马之徒，词赋竞爽[6]，而吟咏靡闻。从李都尉迄班婕妤，将百年间，有妇人[7]焉，一人而已。诗人之风，顿已缺丧。东京二百载中，惟有班固《咏史》，质木[8]无文。降及建安，曹公父子，笃好斯文；平原兄弟，郁为文栋[9]；刘桢、王粲，为其羽翼。次有攀龙托凤[10]，自致于属车者，盖将百计。彬彬之盛，大备于时矣！尔后陵迟[11]衰微，迄于有晋。太康中，三张、二陆、两潘、一左，勃尔复兴，踵武前王[12]，风流未沫[13]，亦文章之中兴也。永嘉时，贵黄、老，稍尚虚谈，于时篇什，理过其辞，淡乎寡味。爰及江表[14]，微波尚传，孙绰、许询、桓、庾诸公诗，皆平典似《道德论》[15]，建安风力尽矣。先是郭景纯用俊上之才，变创其体；刘越石仗清刚之气，赞成厥美[16]。然彼众我寡，未能动俗。逮义熙中，谢益寿斐然继作。元嘉中，有谢灵运，才高词盛，富艳难踪，固已含跨刘、郭，陵轹[17]潘、左。故知陈思为建安之杰，公干、仲宣为辅；陆机为太康之英，安仁、景阳为辅；谢客为元嘉之雄，颜延年为辅：斯皆五言之冠冕，文词之命世也。

夫四言文约意广，取效风骚，便可多得，每苦文繁而意少，故世罕习焉。五言居文词之要，是众作之有滋味者也，故云会于流俗。岂不以指事造形，穷情写物，最为详切者耶！故诗有三义焉：一曰兴，二曰比，三曰赋。文已尽而意有余，兴也；因物喻志，比也；直书其事，寓言写物，赋也。宏斯三义，酌而用之，干之以风力，润之以丹彩，使味之者无极，闻之者动心，是诗之至也。若专用比兴，患在意深，意深则词踬[18]。若但用赋体，患在意浮，意浮则文散，嬉成流移[19]，文无止泊，有芜漫之累矣。

若乃春风春鸟，秋月秋蝉，夏云暑雨，冬月祁寒，斯四候之感诸诗者也。嘉会寄诗以亲，离群讬诗以怨。至於楚臣去境[20]，汉妾辞宫。或骨横朔野，魂逐飞蓬。或负戈外戍，杀气雄边。塞客衣单，孀闺泪尽。或士有解佩出朝，一去忘返。女有扬蛾入宠，再盼倾国。凡斯种种，感荡心灵，非陈诗何以展其义？非长歌何以骋其情？故曰："诗可以群，可以怨。"使穷贱易安，幽居靡闷，莫尚于诗矣。故词人作者，罔不爱好。今之士俗，斯风炽矣。才能胜衣[21]，甫就小学，必甘心而驰骛焉[22]。于是庸音杂体，人各为容。至使膏腴子弟，耻文不逮。终朝点缀，分夜呻吟，独观谓为警策，众睹终沦平钝。次有轻薄之徒，笑曹、刘为古拙，谓鲍照羲皇上人[23]，谢朓今古独步。而师鲍照终不及"日中市朝满"；学谢朓，劣得"黄鸟度青枝"。徒自弃於高明，无涉於文流矣。

观王公缙绅之士[24]，每博论之余，何尝不以诗为口实[25]，随其嗜欲，商榷不同。淄渑并泛，朱紫相夺，喧议竞起，准的无依。近彭城刘士章[26]，俊赏之士，疾其淆乱，欲为当世诗品，口陈标榜，其文未遂，感而作焉。昔九品论人，七略裁士，校以宾实[27]，诚多未值。至若诗之为技，较尔可知，以类推之，殆均博弈。方今皇帝，资生知之上才，体沈郁之幽思，文丽日月，赏究天人[28]，昔在贵游，已为称首。况八纮既奄，风靡云蒸[29]，抱玉者联肩，握珠者踵武[30]。固以瞰汉、魏而不顾，吞晋、宋于胸中。谅非农歌辕议，敢致流别。嵘之今录，庶周旋于闾里，均之于谈笑耳。

一品之中，略以世代为先后，不以优劣为诠次。又其人既往，其文克定。今所寓言，不录存者。夫属词比事[31]，乃为通谈。若乃经国文符，应资博古；撰德驳奏，宜穷往烈。至乎吟咏情性，亦何贵于用事？"思君如流水"，既是即目；"高台多悲风"，亦惟所见；"清晨登陇首"，羌无故实[32]；"明月照积雪"，讵出经、史。观古今胜语，多非补假，皆由直寻。颜延、谢庄，尤为繁密，于时化之。故大明、泰始中，文章殆同书抄。近任昉、王元长等，辞不贵奇，竞须新事，尔来作者，浸以成俗。遂乃句无虚语，语无虚字[33]，拘挛补衲，蠹文已甚[34]。但自然英旨，罕值其人。词既失高，则宜加事义，虽谢天才，且表学问，亦一理乎[35]！

陆机《文赋》，通而无贬；李充《翰林》[36]，疏而不切；王微《鸿宝》，密而无裁；颜延论文，精而难晓；挚虞《文志》[37]详而博赡，颇曰知言。观斯数家，皆就谈文体，而不显优劣。至于谢客集诗[38]，逢诗辄取；张隐《文士》[39]，逢文即书。诸英志录，并义在文，曾无品第。嵘今所录，止乎五言。虽然，网罗今古，词文殆集。轻欲辨彰清浊[40]，掎摭[41]利病，凡百二十人。预此宗流者，便称才子。至斯三品升降，差非定制，方申变裁，请寄知者尔。

昔曹、刘殆文章之圣，陆、谢为体二之才[42]，锐精研思，千百年中，而不闻宫商之辨，四声之论。或谓前达偶然不见，岂其然乎？尝试言之：古曰诗颂，皆被之金竹，故非调五音无以谐会。若"置酒高堂上"、"明月照高楼"，为韵之首。故三祖之词，文或不工，而韵入歌唱，此重音韵之义也，与世之言宫商异矣。今既不被管弦，亦何取於声律邪？齐有王元长者，尝谓余云："宫商与二仪俱生，自古词人不知之，惟颜宪子乃云律吕音调，而其实大谬；唯见范晔、谢庄颇识之耳[43]。尝欲进《知音论》，未就。"王元长创其首，谢朓、沈约扬其波[44]，三贤或贵公子孙，幼有文辩。于是士流景慕，务为精密，襞积[45]细微，专相陵架[46]，故使文多拘忌，伤其真美。余谓文制，本须讽读，不可蹇碍，但令清浊通流，口吻调利，斯为足矣[47]。至平上去入，则余病未能；蜂腰鹤膝，闾里已具[48]。

陈思“赠弟”，仲宣《七哀》，公干“思友”，阮籍《咏怀》，子卿“双凫”，叔夜“双鸾”，茂先“寒夕”，平叔“衣单”，安仁“倦暑”，景阳“苦雨”，灵运《邺中》，士衡《拟古》，越石“感乱”，景纯“咏仙”，王微“风月”，谢客“山泉”，叔源“离宴”，鲍照“戍边”，太冲《咏史》，颜延“入洛”，陶公《咏贫》之制，惠连《捣衣》之作，斯皆五言之警策者也。所以谓篇章之珠泽[49]，文彩之邓林[50]。

中华书局何文焕本《历代诗话》卷一

【注释】

[1]灵祇：指天地。祇，音，地神。待：凭借。飨，音，祭祀。

[2]厥：其。义：指事情而言，不必拘泥于“意义“之类。敻，音 xiòng，深远。

[3]“夏歌”二句：见伪古文《尚书 · 五子之歌》，相传夏太康失国，兄弟五人，止于洛汭而作歌。郁陶：哀伤。

[4]“逮汉”二句：传为西汉李陵所作的五言诗，南朝时颇为流传，但当时已有人表示怀疑。今人或以为是东汉末作品。目：指题材项目。

[5]古诗：自西晋以来，将流传于世但不知作者名的若干五言诗统称为“古诗”。今可见的有《文选》所载十九首，其中八首《玉台新咏》标为枚乘《杂诗》。旧传为西汉诗，今人或以为系东汉末作品。眇邈，音 miǎo miǎo，久远。

[6]竞爽：明朗。

[7]“有妇人”：谓西周初年与尧舜交会之间相比，以周为盛，多贤才，然而尚有一妇人，其余九人而已。钟嵘此处套用其句式，慨叹西汉五言诗作者之少。

[8]质木：质朴木讷。

[9]郁：盛，指文采盛多。文栋：指文坛骨干。

[10]攀龙托凤：龙凤：旧时指君王。这句谓攀附曹氏父子的人。

[11]陵迟：逐渐衰落。

[12]踵武前王：追随建安步伐。踵：追。武：迹。指继建安之盛。

[13]风流未沫：没有停止。沫：已，尽。

[14]爰：于是。江表：即江外，指长江以南的地方。东晋建都建康，所以又称东晋为江表。

[15]平典：平淡典则。《道德论》：阐说道家思想的作品，三国魏何晏、夏侯玄、阮籍都写过此论，今已不存。

[16]景纯：即郭璞字。隽上：卓越。越石：即刘琨字。清刚：清新刚健。赞成：辅助。这四句是说郭璞《游仙诗》风格高俊、不同凡下，刘琨作品骨力清刚。

[17]陵轹：超越。轹：音 lì。

[18]踬：音 zhì，不顺畅。

[19]嬉成流移：嬉浮油滑之意。

[20]楚臣去境：指屈原被逐。

[21]胜衣：谓儿童稍长能穿成人之衣，体力禁得住成人衣服的重量。出自《史记·三王世家》

[22]驰骛：奔走。意指为写诗而努力。

[23]"谓鲍照羲皇上人"句：羲皇：传说中的上古帝王伏羲氏。本文以鲍照和谢朓并举，谓时人推崇鲍照，将他比作羲皇上人，以表示他在诗坛有崇高地位。

[24]缙绅：做官的人。缙：插。绅：带。古代做官的人插笏于绅带间。

[25]口实：原指口中之物，这里引申为谈话资料。

[26]刘士章：刘桧，字士章，齐中庶子，钟嵘《诗品》列之于下品。

[27]宾实：即名称和名称所包括的内容。

[28]赏究天人：赏析作品，能穷究天人之理。

[29]"况八纮既奄"二句：八纮：八方。奄：覆。况八纮既奄谓已统治天下。风、云见《易·乾》："云从龙，风从虎。"风靡云蒸谓有许多人出来辅佐君王。

[30]"抱玉者联肩"二句：这二句谓当时文士的众多。"抱玉者"、"握珠者"都是指有才华的文人。

[31]属词比事：这里指组织词句，类列事实。通谈：指老生常谈。这二句谓作文用典已是经常为人所谈论的题目。

[32]羌：发语词。故实：典故。

[33]虚语、虚字：指不用典故的词语。

[34]"拘挛补衲"二句：拘挛：拘束。补衲：补缀拼合。蠹文：对文学创作的毒害。

[35]"词既失高"五句：意谓文词既并不高明，那就不得不依赖于添加故实和前人所说的道理。这样做虽然够不上天才，姑且表现学问，这也可算是用典的一个理由吧。

[36]李充《翰林》：李充：字弘度，或作弘范，东晋初江夏人。《翰林》：书早亡佚，《全晋文》辑存佚文十数则。

[37]《文志》：《隋书·经籍志》载《文章志》四卷，挚虞撰。已佚。

[38]谢客集诗：指谢灵运的《诗集》五十卷，《诗集钞》十卷，《诗英》九卷，都是录于《隋书·经籍志》。已佚。

[39]《文士》：《隋书·经籍志》载"《文士传》五十卷，张隐撰"。书已佚。

[40]轻欲：自谦语，犹言妄欲。辨彰：辨明。

[41]掎摭：音 jǐ zhí，指摘。

[42]"昔曹、刘"二句：意为陆、谢二家之才接近曹、刘之圣。

[43]"唯见范晔、谢庄颇识之耳"句：指范晔、谢庄能认识音律的问题。

[44]"王元长"二句：说王融等提倡四声八病。沈约：字休文，是"永明体"的领袖。

[45]襞积：音 bì jī，裙上的褶。此借喻诗歌韵律方面繁琐的花样。

[46]陵架：超越而上。

[47]"余谓文制"六句：指钟嵘的主张：只求谐调，不必拘于四声八病。

[48]闾里已具：指蜂腰鹤膝一类声调抑扬对称的歌诗特点，民歌中也是有的。

[49]珠泽：《穆天子传》："天子北征，舍于珠泽。"原注"此泽出珠，因名之云"。

[50]邓林：《山海经 · 海外北经》："夸父与日逐走，入日，……弃其杖，化为邓林。"华沅校注："邓林即桃林也，邓桃音相近。"按珠泽邓林都是借来比文采之所荟萃。

【导读】

钟嵘的《诗品》是我国古代第一部诗歌理论批评专著，分上、中、下三品，每品一卷，前面都有序言，现将三序合在一起，总称《诗品序》。可以说，这篇序言集中体现了钟嵘的诗歌理论，包括诗歌发生论、诗歌本质论、诗歌创作论和诗歌美感论。

1. 诗歌发生论

《诗品序》开篇就分析了很多诗集论著，认为写作动机的激发，有赖于客观事物的感召，这一点继承了《礼记 · 乐记》中提出的"物感说"。钟嵘把《礼记 · 乐记》中的物——人心—— 音乐的三段论，发展为气——物——人心——诗歌的四段论。不仅如此，钟嵘认为造成诗人性情摇荡的原因，不仅有自然现象，还有社会生活。所以他在四时之感后，又阐述了社会环境对诗人的感召，突出了"群"和"怨"特别是"怨"的作用。钟嵘寻究了情感的发生之本，揭示了情感和万物之源的关系，较之前人的观点更加完整。

2. 诗歌本质论

在《诗品序》中，钟嵘把"经国文符""撰德驳奏"和诗歌明确地区别开来，从不同文体的比较，认识了诗歌的本质属性——"吟咏性情"。钟嵘的诗歌本质论与诗歌发生论是紧密相连的，由于四时和现实的遭遇使人们的心灵深处受到外界事物的触动，激发了诗人的喜怒哀乐之情，于是发而为诗歌。并且，钟嵘的"吟咏情性"主张以抒发怨情为主，以怨诗为美。他在诗风探源时，突出了《国风》、《小雅》和《楚辞》的怨刺传统，而对于颂诗的源流，则一概弃之不提。同时，在诗歌评论中，也很注重怨情，处处突出一个"怨"字。因此，钟嵘并不单纯讲诗歌要表现感情，而是在反映时代社会生活的基础上，既要"展其义"，又要"骋其情"，最终落脚点是放在"使穷贱易安，幽居靡闷"。

3. 诗歌创作论

钟嵘主张诗歌创作以自然为最高美学原则，提出"即目直寻"说和"自然英旨"说。他批评了大量堆砌典故，使"文章殆同书抄"的弊病；又从自然英旨的美学观出发，批评南朝声病说"故使文多拘忌，伤其真美"。他提出自己的观点："观古今胜语，多非补假，皆由直寻。"钟嵘认为用事用典、宫商声病、繁密巧似，都违反自然；诗歌既然是以表现性情为主的，就应该以自然为贵，而反对掉书袋和声律。钟嵘时代，永明体诗风泛滥，当时一批文人竟用事，他深感"自然英旨，罕值其人"，因此主张自然真美，对当时的不良诗风具有廓清作用。

不仅如此，钟嵘还发展了"六义"中的"赋、比、兴"三义，作为对文学创作的总体要求。"兴"，就是诗的语言要有言外之意、韵外之旨；"比"，就是写景叙事要寄托作者自己的情志；"赋"，就是对事物进行直接的陈述描写，但写物中也要用有寓意的语言。这三者都是诗歌创作中行之有效的创作方法，可酌情采用，避免因方法单调而使文章肤浅乏味。

4. 诗歌美感论

钟嵘提出"诗有三义"说，认为要使诗有"滋味"，关键在于综合运用好"赋、比、兴"

的写作方法，“滋味”成为衡量作品的重要尺度。他认为诗的“滋味”是与诗歌的形象特征有密切关系的，他考察了四言、五言和骚体之后，得出“五言居文辞之要，是众作之有滋味者也”的结论。而五言诗之所以有“滋味”，其原因就在于它“指事造形，穷情写物，最为详切”。文艺作品的形象愈是生动鲜明，思想感情愈是真挚深厚，愈有“滋味”，才能使“味之者无极，闻之者动心”，才是“诗之至也”。

《诗品序》的主要内容，有破有立，对中国古代文学批评作出了重大贡献。钟嵘发展了《乐记》的“感物”说，第一次论证了文学反映社会生活的命题。他独标诗歌的“群”、“怨”作用，提倡“怨者之流”的文学，具有针砭时弊的作用。他反对声病，反对用典，提出自然、真美的诗歌创作标准，对纠正当时文坛形式主义的弊病具有积极作用。他提出了“滋味说”，在文学批评史上第一次从理论上指出了我国诗歌创作的基本艺术特征，虽然没有穷尽诗歌形象创造的全部规律，但却开创了以后“韵味”说、“意境”说的先河。唐宋以后，诗话词话成为中国古代文论中数量最多的著作，与钟嵘在《诗品》中的开拓不无关系。

【拓展阅读】

1. 曹旭：《诗品集注》，上海古籍出版社 1994 年版。
2. 张伯伟：《钟嵘诗品研究》，南京大学出版社 1999 年版。
3. 萧华荣：《钟嵘〈诗品〉的诗歌批评体系》，《文学评论》1985 年第 4 期。
4. 王运熙：《钟嵘诗论与刘勰诗论的比较》，《文学评论》1988 年第 4 期。
5. 清水凯夫：《〈诗品〉是否以“滋味说”为中心》，《文学遗产》1993 年第 4 期。

《文 选 序》

(梁)萧 统

【题解】萧统(501—531年),字德施,小字维摩,南兰陵(今江苏丹阳东)人。梁武帝长子,卒后谥昭明,故后世称之为昭明太子。聪颖好学,博览群书,记忆力强,五岁遍读五经。爱好文章学问,广纳才学之士,与当时著名文士殷芸、陆倕、王筠、刘孝绰等交好。他们在一起讨论坟籍,商榷古今,间以著述。萧统编有或著有《文集》二十卷,典诰类的《正序》十卷,五言诗精华《英华集》二十卷,历代诗文而成的总集《文选》三十卷。萧统广集古今书籍三万卷,编集成《文选》三十卷,收集了自先秦至梁的诗文辞赋,计38类,共700余篇。《文选序》是萧统为其编辑的《文选》所作的序言,它完整地体现了萧统的文学思想,是研究萧统以及有梁一代文学思想的重要文献。

式观元始[1],眇觌玄风[2];冬穴夏巢之时,茹毛饮血之世,世质民淳,斯文未作。逮乎伏羲氏之王天下也,始画八卦,造书契,以代结绳之政[3],由是文籍生焉。《易》曰:"观乎天文,以察时变;观乎人文,以化成天下。"[4]文之时义,远矣哉!若夫椎轮为大辂之始,大辂宁有椎轮之质?[5]增冰[6]为积水所成,积水曾微增冰之凛,何哉?盖踵其事而增华,变其本而加厉[7];物既有之,文亦宜然;随时变改,难可详悉。

尝[8]试论之曰:《诗序》云:"诗有六义焉:一曰风,二曰赋,三曰比,四曰兴,五曰雅,六曰颂。"至于今之作者,异乎古昔,古诗之体,今则全取赋名。荀、宋表之于前,贾、马继之于末[9]。自兹以降,源流实繁。述邑居则有"凭虚""亡是"之作[10]。戒畋游则有《长杨》《羽猎》之制。若其纪一事,咏一物,风云草木之兴,鱼虫禽兽之流,推而广之,不可胜载矣。

又楚人屈原,含忠履洁,君匪从流,臣进逆耳[11],深思远虑,遂放湘南。耿介[12]之意既伤,壹郁之怀靡诉。临渊有怀沙之志[13],吟泽有"憔悴"之容。骚人之文,自兹而作。

诗者,盖志之所之也,情动于中而形于言:《关雎》《麟趾》,正始之道著;桑间濮上,亡国之音表[14];故风雅之道,粲然可观。自炎汉中叶,厥途渐异:退傅[15]有"在邹"之作,降将著"河梁"之篇;四言五言,区以别矣。又少则三字,多则九言[16],各体互兴,分镳并驱。颂者,所以游扬德业,褒赞成功;吉甫有"穆若"之谈[17],季子有"至矣"之叹[18]。舒布为诗,既言如彼;总成为颂,又亦若此[19]。次则:箴兴于补阙,戒出于弼匡,论则析理精微,铭则序事清润,美终则诔发,图像则赞兴。又:诏诰教令之流,表奏笺记之列,书誓符檄之品,吊祭悲哀之作,答客指事之制[20],三言八字之文,篇辞引序,碑碣志状,众制锋起,源流间出。譬陶匏[21]异器,并为入耳之娱;黼黻[22]不同,俱为悦目之玩。作者之致,盖云备矣。

余监抚余闲，居多暇日。历观文囿，泛览辞林，未尝不心游目想，移晷忘倦。由姬、汉以来，眇焉悠邈，时更七代，数逾千祀。词人才子，则名溢于缥囊[23]；飞文染翰，则卷盈乎缃帙[24]。自非略其芜秽，集其清英，盖欲兼功，太半难矣！若夫姬公之籍，孔父之书，与日月俱悬，鬼神争奥，孝敬之准式，人伦之师友；岂可重以芟夷，加之剪截。老、庄之作，管、孟之流，盖以立意为宗，不以能文为本；今之所撰，又以略诸。若贤人之美辞，忠臣之抗直，谋夫之话，辩士之端，冰释泉涌，金相玉振[25]。所谓坐狙丘，议稷下[26]，仲连之却秦军，食其之下齐国[27]，留侯之发八难[28]，曲逆之吐六奇[29]，盖乃事美一时，语流千载，概见坟籍，旁出子史，若斯之流，又亦繁博；虽传之简牍，而事异篇章[30]；今之所集，亦所不取。至于记事之史，系年之书，所以褒贬是非，纪别异同；方之篇翰，亦已不同。若其赞论之综缉辞采，序述之错比文华[31]，事出于沉思，义归乎翰藻[32]。故与夫篇什，杂而集之。远自周室，迄于圣代，都为三十卷，名曰《文选》云耳。

凡次文之体，各以汇聚。诗赋体既不一，又以类分；类分之中，各以时代相次。

《四部丛刊》影宋本六臣注《文选》卷首

【注释】

[1]式：语气助词，无义。元始：天地之始：指远古。

[2]眇：同渺，远。觌：音 dí，看。玄风：指远古之风。玄：幽远。风：指风俗，风气。

[3]“逮乎”四句：逮：及。书契：谓书写文字于木上，刻其侧为契，双方各持其一，日后相合为凭据。

[4]“观乎”四句：见《易·贲卦·彖传》。天文：自然现象。时变：四时的变化。人文：见于文字记录的古代典籍。

[5]“若夫椎轮”二句：椎轮：即推车，是一种最原始的车，用圆形的大木推着向前滚动，没有辐，形状如椎，当作车轮之用，所以称为椎轮。大辂：音 lù，天子之车。宁，岂。

[6]增冰：厚冰，层冰。增，通层。

[7]“盖踵其事”二句：上句承“大辂“句而言，下句承“增冰”句而言。踵其事：谓由椎轮到大辂，继续造车的事。变本：谓水结成了冰，改变了原来的形状。加厉：更甚，这里指更加寒冷。

[8]尝：暂，暂有“且”意。

[9]荀宋贾马：谓荀况、宋玉、贾谊、司马相如。

[10]“凭虚”：指张衡的《西京赋》。“亡是”：指司马相如的《上林赋》。“凭虚公子”和“亡是公”都是作者虚构的人名，表示实际并无其人。

[11]“君匪”二句：谓楚王不能从善如流，屈原乃进逆耳之忠言。

[12]耿介：《离骚》：“彼尧舜之耿介兮。”王逸注：“耿，光也。介，大也。”

[13]“临渊”句：《怀沙》，屈原所作《九章》之一，据说是他沉湘之前的绝命句。

[14]“桑间”二句：桑间为濮水上之地名，在濮阳（今属河南）南，其地春秋时属卫。

昭明此处当指《诗经》中所谓淫乱的作品。

[15]退傅：指韦孟，韦孟为楚元王傅，历元王子夷王及孙王戊。戊荒淫不道，乃作诗讽谏，后去位，徙家于邹，又作诗一篇，皆四言。见《汉书·韦贤传》。

[16]“又少则三字”二句：谓诗又有三字、九字成句者。

[17]“吉甫”句：《诗·大雅·烝民》是尹吉甫所作，诗中有“吉甫作诵，穆如清风”之句。穆若：穆如，如、若皆形容词尾词。

[18]“季子”句：《左传·襄公二十九年》载吴公子季札聘鲁，请观周乐，“为之歌《颂》，曰：至矣哉！……盛德之所同也！”

[19]“舒布”四句，承“吉甫”、“季子”二句，言以“游扬德业，褒赞成功”之意铺陈而为诗，则如彼吉甫之作；若总而称之，则成为一种文体，有如季札所赞者，名之为“颂”。

[20]答客：指假借答复别人问难，用以书写情怀的一种文体。指事，即《文选》中的“七”体。

[21]陶匏：都是乐器名。陶：埙，土裂的乐器。匏：音 páo，笙。

[22]黼黻：音 fǔ fú，两种织绣的花纹，白与黑谓之黼，黑与青谓之黻。

[23]缥囊：音 piǎo náng，指青白色丝织品所制书袋。

[24]缃帙：音 xiāng zhì，指浅黄色丝织品所制书套。

[25]金相玉振：《孟子·万章下》：“金声而玉振之也。”赵岐注：“振，扬也。”谓其声扬。

[26]坐狙丘，议稷下：曹植《与杨德祖书》，李善注：“《鲁连子》曰：‘齐之辩者曰田巴，辩于狙丘而议稷下，毁五帝，罪三王，一旦而服千人。……’”

[27]“食其”句：楚汉相争时，汉派郦食其往说齐王田广，使其归汉。见《史记》本传。

[28]“留侯”句：张良封留侯。他曾发八难，劝汉高祖无立六国后。见《史记·留侯世家》。

[29]“曲逆”句：陈平封曲逆侯。陈平佐汉高祖，曾六出奇计。见《史记·陈丞相世家》。

[30]“虽传之”二句：意谓贤人忠臣谋夫辩士之言，虽见于典籍，但原为口头言论，不同于文士所作篇章。

[31]“若其”二句：意谓史书中的赞、论、序、述是注重运用辞藻文采的。赞，自班固《汉书》起篇末有赞，自范晔《后汉书》起其赞皆为四言韵语。论，在篇末。序，在篇首。述，班固《汉书叙传》中以四言韵语撮述诸篇大意，曰：“述某某第几。”

[32]“事出于沉思”二句：上句的事，承上文的“序述”而言，下文的义，承上文的“赞论”而言。意谓史传中的“赞论”和“序述”部分，也有沉思和翰藻，故可作为文学作品来选录。沉思：指作者深刻的艺术构思。翰藻：指表现于作品的辞采之美。二句互文见义。

【导读】

《文选序》是现存的中国文学史上第一部文学总集。萧统在《文选序》中阐述了自己对文学的认识和自己的选文标准，并且表明了自己对文学属性的看法，辨析了各种文学体裁，集中体现了自己的文学思想，同时有助于我们进一步认识六朝文学自觉的一些特征。《文选序》本身也具有重大理论意义，为后世研究齐梁文学的重要文献。

1. 文体流变论

萧统认为文学是不断发展的。文章首段即论述了文学发展的规律："若夫椎轮为大辂之始，大辂宁有椎轮之质……物既有之，文亦宜然。"他认为文学的发展离不开前代的文学基础，同时文学成就可能会超越前代。具体到他的文体流变论，他认为《诗经》应是中国文学的重要源头。首先，萧统认为诗赋一体："古诗之体，今则全取赋名"，即后世所作之赋其实就是《诗经》的变体。萧统通过确定《毛诗序》的理论原点的正统性，实际上是为《文选》戴上了一顶正统的帽子。

2. 文学性质及选文标准

萧统认为文学作品应该以表达作者感情为主，诗歌为言作者之志，并以"事出于沉思，义归乎翰藻"界定了文学的属性。在萧统看来，后代文人制作，其性质之所以不同于经籍子史，在于"以能文为本"，而能文的特征则是"事出于沉思，义归乎翰藻"。这样，就给文学作品与非文学作品划出了一条明确的界限，同时，"事出于沉思，义归乎翰藻"也成为萧统的选文标准。按现代文学理论关于文学创作之思维形式，可以将沈思之思理解为形象思维方式，将翰藻理解为文学语言。那么，文学作品既是艺术性思维，又是语言艺术，自然就异于其他经、史、子、籍了。《文选序》不讨论文学作品的思想性，只从文学特有的属性讨论其收录标准。因《文选》之文为文学之文，非文学的内容便被《文选》排斥掉了。

3. 文体分类

东汉以降，随着文学的发展，文体的制作日繁，文体的辨析也越来越精细。曹丕《典论·论文》论及的文体有 8 种，陆机《文赋》提到的有 10 种，刘勰《文心雕龙》分文体为 29 类。《文选序》所列的文体共 38 种，但学界也有 37 种、39 种、40 种的说法。萧统的文体分类有以下几个特点：将所选作品按照各自的体裁类型分门别类地汇编到一起；诗、赋是《文选》的重点体裁，因此又以作品的内容和题材做了进一步区分；在同一文体中收录的作品按照时代的先后顺序编排。在对应用文体的分类上，他基本承袭了当时人们的普遍看法，分类详细而又适中。然而，因为他过分着眼于形式的歧异，导致分类流于繁琐，引起后人诸多非议。

萧统重视文学的教化功能，他在论述文义之变时，对《诗经》表现出极大的尊敬，表明其正统的文学观。但《文选》毕竟不同于"古"，其"翰藻"的标准与《毛诗序》诗教之间存在着差异。萧统试图折中协调，将差异归因于万物皆然的发展变化，是因为他的思想资源是正统的，但是他所面临的文学实践却并非如此，这种矛盾在齐梁时期具有一定的普遍性。但在某种程度上，萧统保持正统的文学观，提出"事出于沉思，义归乎翰藻"的选文标准，对当时文坛上浮艳繁缛的诗风具有矫正作用。

【拓展阅读】

1. (唐)李善注：《文选》，上海古籍出版社 1986 年版。

2. 骆鸿凯：《文选学》，中华书局 1989 年版。
3. 傅刚：《昭明文选研究》，中国社会科学出版社 2000 年版。
4. 曹道衡：《萧统的文学观和〈文选〉》，《文学遗产》2004 年第 4 期。
5. 穆克宏：《略论〈文选〉与〈文心雕龙〉之关系》，《临沂大学学报》1996 年第 2 期。

《颜氏家训·文章》

(北齐)颜之推

【题解】颜之推(531—约595年)，字介，原籍琅邪临沂，世居建，生于士族官僚家庭，世传儒业，北齐的文学家，教育家。颜之推自幼好学，博览群书，辞采华茂，结合自己从小学的家庭教育和切身经历，写成《颜氏家训》，主张早教，在家庭教育发展史上有重要的影响。《颜氏家训》是汉民族历史上第一部内容丰富，体系宏大的家训，也是一部学术著作。该书成书于隋文帝灭陈国以后，隋炀帝即位之前(约公元6世纪末)，是颜之推记述个人经历、思想、学识以告诫子孙的著作，共有七卷，二十篇。历代统治者对《颜氏家训》非常推崇，甚至认为“古今家训，以此为祖”，被后世广为征引，反复刊刻，虽历经千余年而不佚。

夫文章者，原出五经：诏命策檄，生于《书》者也；序述论议，生于《易》者也；歌咏赋颂，生于《诗》者也；祭祀哀诔，生于《礼》者也；书奏箴铭，生于《春秋》者也。朝廷宪章，军旅誓诰，敷显仁义，发明功德，牧民建国，施用多途。至于陶冶性灵，从容讽谏，入其滋味，亦乐事也，行有余力，则可习之。然而自古文人，多陷轻薄：屈原露才扬己，显暴君过；宋玉体貌容冶，见遇俳优；东方曼倩滑稽不雅；司马长卿窃赀无操；王褒过章《童约》，扬雄德败《美新》；李陵降辱夷虏，刘歆反覆莽世；傅毅党附权门[1]，班固盗窃父史；赵元叔抗竦过度，冯敬通浮华摈压[2]；马季长佞媚获诮，蔡伯喈同恶受诛，吴质诋诃乡里，曹植悖慢犯法，杜笃乞假无厌[3]，路粹隘狭已甚[4]；陈琳实号粗疏，繁钦性无检格[5]；刘桢屈强输作，王粲率躁见嫌；孔融、祢衡诞傲致殒；杨修、丁廙扇动取毙；阮籍无礼败俗，嵇康凌物凶终；傅玄忿斗免官[6]，孙楚矜夸凌上[7]；陆机犯顺履险，潘岳乾没取危；颜延年负气摧黜；谢灵运空疏乱纪；王元长凶贼自贻[8]，谢玄晖侮慢见及。凡此诸人，皆其翘秀者，不能悉纪，大较如此。至于帝王，亦或未免。自昔天子而有才华者，唯汉武、魏太祖、文帝、明帝、宋孝武帝，皆负世议，非懿德之君也。自子游、子夏、荀况、孟轲、枚乘、贾谊、苏武、张衡、左思之俦，有盛名而免过患者，时复闻之，但其损败居多耳。每尝思之，原其所积文章之体，标举兴会，发引性灵，使人矜伐，故忽于持操，果于进取。今世文士，此患弥切。一事惬当，一句清巧，神厉九霄，志凌千载，自吟自赏，不觉更有傍人。加以砂砾所伤，惨於矛戟[9]；讽刺之祸，速乎风尘。深宜防虑，以保元吉。

学问有利钝，文章有巧拙。钝学累功，不妨精熟；拙文研思，终归蚩鄙。但成学士，自足为人；必乏天才，勿强操笔。吾见世人，至无才思，自谓清华，流布丑拙，亦以众矣，江南号为詅痴符[10]。近在并州，有一士族，好为可笑诗赋，誂擎邢、魏诸公[11]，众共嘲弄，虚相赞说，便击牛酾酒，招延声誉。其妻，明鉴妇人也，泣而谏之。此人叹曰：才华不为妻子所容，何况行路！至死不觉。自见之谓明，此诚难也。

学为文章，先谋亲友；得其评论者，然后出手。慎勿师心自任，取笑旁人也。自古执笔为文者，何可胜言？然至于宏丽精华，不过数十篇耳。但使不失体裁，辞意可观，便称才士。要须动俗盖世，亦俟河之清乎？

不屈二姓，夷、齐之节也；何事非君，伊、箕之义也。自春秋已来，家有奔亡，国有吞灭，君臣固无常分矣；然而君子之交绝无恶声，一旦屈膝而事人，岂以存亡而改虑？陈孔璋居袁裁书，则呼操为豺狼；在魏制檄，则目绍为蛇虺。在时君所命，不得自专，然亦文人之巨患也，当务从容消息之。

或问扬雄曰：吾子少而好赋？雄曰：然。童子雕虫篆刻，壮夫不为也。余窃非之曰：虞舜歌《南风》之诗，周公作《鸱鸮》之咏，吉甫、史克、雅颂之美者[12]，未闻皆在幼年累德也。孔子曰："不学诗，无以言。""自卫返鲁，乐正，雅颂各得其所。"大明孝道，引诗证之。扬雄安敢忽之也！若论"诗人之赋丽以则，辞人之赋丽以淫"，但知变之而已，又未知雄自为壮夫何如也？著《剧秦美新》，妄投于阁[13]，周章怖慴，不达天命，童子之为耳！桓谭以胜老子，葛洪以方仲尼，使人叹息。此人直以晓算术，解阴阳，故著《太玄经》，数子为所惑耳。其遗言余行，孙卿、屈原之不及，安敢望大圣之清尘？且太玄今竟何用乎？不啻覆酱瓿而已！

齐世有席毗[14]者，清干之士，官至行台尚书。嗤鄙文学，嘲刘逖[15]云：君辈辞藻，譬若荣华，须臾之玩，非宏才也；岂比吾徒千丈松树，常有风霜，不可凋悴矣。刘应之曰：既有寒木；又发春华，何如也？辛笑曰：可哉。（宋本作"哉"。）

凡为文章，犹人（宋本无"人"字）乘骐骥，虽有逸气，当以衔勒制之[16]，勿使流乱轨躅，放意填坑岸也。

文章当以理致为心胸，气调为筋骨，事义为皮肤，华丽为冠冕。今世相承，趋末弃本，率多浮艳。辞与理竞，辞胜而理伏；事与才争，事繁而才损。放逸者流宕而忘归，穿凿者补缀而不足。时俗如此，安能独违，但务去泰去甚[17]耳。必有盛才重誉、改革体裁者，实吾所希。

古人之文，宏材逸气，体度风格，去今实远，但缉缀疏朴，未为密致耳。今世音律谐靡，章句偶对，讳避精详，贤於往昔多矣。宜以古之制裁为本，今之辞调为末，并须两存，不可偏弃也。

吾家世文章，甚为典正，不从流俗；梁孝元在蕃邸时[18]，撰西府新文，讫无一篇见录者，亦以不偶于世，无郑、卫之音故也。有诗赋铭诔书表启疏二十卷，吾兄弟始在草土[19]，并未得编次，便遭火荡尽，竟不传于世。衔酷茹恨，彻于心髓！操行见于梁史文士传及孝元怀旧志。

沈隐侯曰：文章当从三易：易见事，一也；易识字，二也；易读诵，三也。邢子才常曰：沈侯文章用事，不使人觉，若胸臆语也，深以此服之。祖孝徵[20]亦尝谓吾曰：沈诗云："崖倾护石髓"，此岂似用事邪？

邢子才、魏收俱有重名，时俗准的，以为师匠。邢赏服沈约而轻任昉，魏爱慕任昉而毁沈约，每于谈燕，辞色以之，邺下纷纭，各有朋党。祖孝徵尝谓吾曰：任、沈之是非，乃邢、魏之优劣也。

吴均集有破镜赋。昔者，邑号朝歌，颜渊不舍；里名胜母，曾子敛襟：盖忌夫恶名之伤实也。破镜[21]乃凶逆之兽，事见汉书，为文幸避此名也。比世往往见有和人诗者，题云敬同，孝经云："资於事父以事君而敬同。"不可轻言也。梁世费旭诗云："不知是耶非。"殷沄诗云："飘扬云母舟。"简文曰："旭既不识其父，沄又飘扬其母。"此虽悉古事，不可用也。世人或有文章引诗"伐鼓渊渊"者，宋书已有屡游之诮；如此流比，幸须避之。北面事亲[22]，别舅摛渭阳之咏[23]；堂上养老，送兄赋桓山之悲[24]，皆大失也。举此一隅，触涂[25]宜慎。

江南文制，欲人弹射，知有病累，随即改之。陈王得之于丁廙也。山东风俗，不通击难。吾初入邺，遂尝以此忤人，至今为悔，汝曹必无轻议也。

凡代人为文，皆作彼语，理宜然矣。至于哀伤凶祸之辞，不可辄代。蔡邕为胡金盈作母灵表颂曰："悲母氏之不永，然委我而夙丧。"又为胡颢作其父铭曰："葬我考议郎君。"袁三公颂曰："猗欤我祖，出自有妫。"[26]王粲为潘文则思亲诗云："躬此劳悴，鞠予小人；庶我显妣，克保遐年。"[27]而并载乎邕、粲之集，此例甚众。古人之所行，今世以为讳。陈思王武帝诔，遂深永蛰之思[28]；潘岳悼亡赋，乃怆手泽[29]之遗：是方父于虫，匹妇于考也。蔡邕杨秉碑云："统大麓之重[30]。"潘尼赠卢景宣诗云："九五思龙飞。"孙楚王骠骑诔云："奄忽登遐[31]。"陆机父诔云："亿兆宅心，敦叙百揆[32]。"姊诔云："伣天之和。"今为此言，则朝廷之罪人也。王粲赠杨德祖诗云："我君饯之，其乐洩洩。"不可妄施人子，况储君乎？

挽歌辞者，或云古者虞殡之歌，或云出自田横之客，皆为生者悼往告哀之意。陆平原多为死人自叹之言，诗格既无此例，又乖制作本意。

凡诗人之作，刺箴美颂，各有源流，未尝混杂，善恶同篇也。陆机为齐讴篇，前叙山川物产风教之盛，后章忽鄙山川之情[33]，殊失厥体。其为吴趋行，何不陈子光、夫差乎[34]？京洛行，胡不述赧王、灵帝乎[35]？

自古宏才博学，用事误者有矣；百家杂说，或有不同，书傥湮灭，后人不见，故未敢轻议之。今指知决纰缪者，略举一两端以为诫。诗云："有鹭雉鸣。"又曰："雉鸣求其牡。"[36]毛传亦曰："鹭，雌雉声。"又云："雉之朝雊，尚求其雌。"[37]郑玄注月令亦云："雊，雄雉鸣。"潘岳赋曰："雉鹭鹭以朝雊。"是则混杂其雄雌矣。诗云："孔怀兄弟。孔，甚也；怀，思也，言甚可思也。陆机与长沙顾母书，述从祖弟士璜死，乃言：'痛心拔脑，有如孔怀。"心既痛矣，即为甚思，何故方言有如也？观其此意，当谓亲兄弟为孔怀。诗云："父母孔迩。"而呼二亲为孔迩，于义通乎？异物志云："拥剑状如蟹，但一螯偏大尔。"何逊诗云："跃鱼如拥剑。"是不分鱼蟹也。汉书："御史府中列柏树，常有野鸟数千，栖宿其上，晨去暮来，号朝夕鸟。"而文士往往误作乌鸢用之。抱朴子说项曼都诈称得仙，自云："仙人以流霞一杯与我饮之，辄不饥渴。"而简文诗云："霞流抱朴碗。"亦犹郭象以惠施之辨为庄周言也。后汉书："囚司徒崔烈以锒铛锁。"锒铛，大锁也；世间多误作金银字。武烈太子[38]亦是数千卷学士，尝作诗云："银锁三公脚，刀撞仆射头。"为俗所误。

文章地理，必须惬当。梁简文《雁门太守行》乃云："鹅军攻日逐[39]，燕骑荡康居，大宛归善马，小月送降书。"萧子晖[40]《陇头水》云："天寒陇水急，散漫俱分泻，北注徂黄龙，东流会白马[41]。”此亦明珠之颣[42]，美玉之瑕，宜慎之。

王籍《入若耶溪》诗云：“蝉噪林逾静，鸟鸣山更幽。”江南以为文外断绝，物无异议。简文吟咏不能忘之，孝元讽味以为不可复得，至《怀旧志》载于籍传。范阳卢询祖[43]，邺下才俊，乃言此不成语，何事于能？魏收亦然其论。《诗》云：“萧萧马鸣，悠悠旆旌。”《毛传》曰：“言不喧哗也。”吾每叹此解有情致，籍诗生于此意耳。

兰陵萧悫[44]，梁室上黄侯之子，工于篇什。尝有《秋》诗云：“芙蓉露下落，杨柳月中疏。”时人未之赏也，吾爱其萧散宛然在目。颍川荀仲举，琅邪诸葛汉[45]，亦以为尔。而卢思道之徒，雅所不惬。

何逊诗实为清巧，多形似之言。扬都论者，恨其每病苦辛，饶贫寒气，不及刘孝绰之雍容也。虽然，刘甚忌之，平生诵何诗云：“蘧车响北阙，愠愠不道车。”又撰《诗苑》，止取何两篇。时人讥其不广。刘孝绰当时既有重名，无所与让；唯服谢朓，常以谢诗置几案间，动静辄讽味。简文爱陶渊明文，亦复如此。江南语曰：“梁有三何，子朗最多[46]。”三何者，逊及思澄、子朗也。子朗信饶清巧，思澄游庐山，每有佳篇，亦为冠绝。

《四部丛刊》影明本《颜氏家训》卷上

【注释】

[1]“傅毅”句：傅毅曾依附大将军窦宪为司马。见《后汉书》卷八十《文苑传·傅毅传》。

[2]“冯敬通”句：冯敬通即冯衍，东汉文学家，字敬通。时人以他“文过其实”，压制他不予重用。见《后汉书·冯衍传》。

[3]“杜笃”句：杜笃，字季雅，东汉初作家。见《后汉书》卷八十《文苑传·杜笃传》。

[4]“路粹”句：路粹，字文蔚。曾承曹操意旨数致孔融罪状，人们读了都对他产生畏惧。见《三国志·魏书》卷二十一《王粲传》。

[5]“繁钦”句：繁钦：东汉末文学家，字伯休。见《三国志·魏书》卷二十一《王粲传》。

[6]“傅玄”句：傅玄：字休奕，晋武帝时作家。因与散骑常侍皇甫陶不和，争言喧哗，二人一起免官。见《晋书》卷四十七《傅玄传》。

[7]“孙楚”句：孙楚，字子荆。因自负才气，对石苞不尊敬，与之构成嫌隙。见《晋书》卷五十六《孙楚传》。

[8]“王元长”句：王元长：即王融，字元长，南朝齐文学家，“西邸八友”之一。见《南齐书》卷四十七《王融传》。

[9]“加以”二句：沙砾：此处借喻为言语。

[10]诊痴符：古代方言，指没有才学又喜欢夸耀的人。王利器《集解》言犹后人所读卖痴呆。诊：卖。

[11]“诮擎”句：诮擎：嘲弄的意思。邢、魏：邢邵和魏收，北齐著名作家。见《北齐书》卷三十七《魏收传》。

[12]“吉甫”句：据《毛诗序》，《大雅》中《崧高》《烝民》《韩奕》《江汉》四篇，是尹吉

甫作以赞美宣王，《駉》，颂僖公也。

[13]妄投于阁：王莽以符命自立，即位后想杜绝其源，而丰子寻、歆子棻复献之。莽诛丰父子，投棻四裔，辞所连及，便收不请。时扬雄正在天禄阁校书，见治狱使者来，恐不能自免，乃从阁上自投下，几死。见《汉书》卷八十七《扬雄传》。

[14]席毗：北朝北齐大将。见《北史·序传》。

[15]刘逖：北齐人，字子长。见《北齐书·文苑传》。

[16]"当以"句：衔：御马之具，横在马口中备抽勒的铁。勒：套在马头上带嚼口的笼头。此句喻为文贵有节制，如同骑快马须用衔勒一样。

[17]去泰去甚：不要过头。

[18]蕃邸：指梁元帝被封为湘东王。蕃：通"藩"。

[19]草土：指居丧。

[20]祖孝徵：祖珽，北齐作家。《北齐书》卷三十九有传。

[21]破镜：恶兽名。

[22]北面：面向北。古时，臣拜君，卑幼拜尊长，皆面向北行礼，因而居臣下、晚辈之位称"北面"。

[23]"别舅"句：言丧母者见到舅舅，仿佛见到母亲。而母健在，与舅舅分别时唱吟此诗，大不妥当。

[24]桓山之悲：喻父死而卖子，今父尚在，而送兄引用桓山之事，颜之推认为大不妥当。

[25]触涂：也作"触途"。各处：处处。

[26]"猗欤"二句：猗欤：音 yī yú，叹词，表示赞美。

[27]"躬此"四句：显妣：对已亡母亲的称呼。遐年：高龄，长寿。此处引申为永远。

[28]蛰：蛰伏，本指昆虫冬眠，此处曹植以之比喻父亲的死亡。

[29]手泽：犹手汗。多用称先人或前辈的遗墨、遗物等。潘岳以称亡妻遗物，大不妥，故颜氏讥之。

[30]"统大麓"句：大麓：犹统领，谓领录天子之事。《尚书·尧典》："纳于大麓，烈风雷雨弗迷。"

[31]"孙楚"二句：孙楚：字子荆。曾任冯翊太守。传见《晋书》。奄忽：迅疾。登遐：本为对死去之人的讳称，后专指帝王之死。

[32]"亿兆"二句：亿兆：众庶万民。宅心：归心。敦叙：即"敦序"，亲睦和顺。百揆：指百官。

[33]"后章"句：《齐讴行》"惟师"以下有指责齐景公的诗句，故颜氏有此说法。

[34]子光：即春秋时吴王阖庐。一作阖闾，名光。被越王勾践打败，重伤而死。夫差：阖闾之子。阖闾死后继位，兴兵攻破越都，迫使越国屈服。后大败齐兵，北上与晋争霸，越国乘机起兵攻灭吴国，夫差自杀。

[35]"《京洛行》二句"：《乐府诗集》卷三十九的《煌煌京洛行》，录魏文帝以下四首，不见陆机之作。赧王：即周赧王。周代最后一个君王。灵帝：指东汉灵帝刘宏。其在位政治混乱，宦官专权，党锢复起，导致各阶层矛盾激化，黄巾起义爆发。

[36]“有鷕”句、“雉鸣”句：见《诗经·邶风·匏有苦叶》。鷕：音 yǎo，又读 wěi，雌雉的鸣叫声。牡：指雄雉。

[37]“雉之”二句：见《诗经·小雅·小弁》。雊：音 gòu，雄雉鸣。

[38]武烈太子：梁元帝长子，名方等，字实相。侯景之乱时，兵败而死。萧绎称帝后，追谥为武烈太子。

[39]鹅：古阵名。日逐：匈奴官名。

[40]萧子晖：南朝时梁人，字景光。《梁书》有传。

[41]白马：指今河南浚县境内的白马津。颜氏认为黄龙在漠北，白马在黎阳，与陇水毫不相干，萧子晖此诗所涉及的有关地理方面的内容也是不当的。

[42]纇：音 lèi，丝上的疙瘩。引申为小毛病。

[43]卢询祖：卢观从孙，北齐时文学家。有传附见《北史》卷三十《卢观传》。

[44]萧悫：字仁德，梁上黄侯萧晔之子。有传见《北齐书》卷四十五《齐苑传》。

[45]诸葛汉：即诸葛颖，字汉。传见《北史·文苑传》。

[46]“梁有”二句：思澄：字元静，少勤学，工文辞。子朗：字世明，早有才思，工清言。

【导读】

《文章》篇集中体现了颜之推的文学理论思想，包括文学观、文学创作观、文学本质观、文学批评和鉴赏观。

1. 文学观

在《文章》篇中，重文章轻文学的思想是显而易见的。《文章》篇开宗明义曰：“夫文章者，原出《五经》……牧民建国，施用多途。”受儒家思想经世致用思想的影响，颜之推认为文章是君子立于世所不可或缺的，而文学只不过是“行有余力，则可习之”的纯消费品。从这一意义上说，文学的价值显然在经史百家实学之下。但颜之推并非鄙弃文学，肯定了诗赋虽非“牧民建国”所急需，但足可“陶冶性灵”，固不可废。因此，他所推崇的理想状态便是“寒木”、“春华”，将文学比作“荣华”，需借助“寒木”方能体现自身的存在价值。

2. 文学创作观

颜之推在文学创作方面也有很多真知灼见。文中说道：“学问有利钝，文章有巧拙……必乏天才，勿强操笔。”做学问主要是需要功夫，只要潜心研读，便可集腋成裘，即使是驽钝之才，亦可渐臻“精熟”之境。文学创作则不然，如果没有天分，则不必勉强作文。另一方面，颜之推又强调创作态度的严谨。颜之推提出在创作过程中必须节制逸气，不要因驰骋才气，而“流乱轨躅”。循此而为文，颜之推崇尚“典正不从流俗”的创作标准。典者，典雅、不芜不秽；正者，端正、不偏不倚。合而言之，即堂堂正正，落落大方，光风霁月，襟怀坦荡。

3. 文学本质观

颜之推坚持重质轻文、不可偏废的文学本质观。一方面，颜氏认为，为文要以内容第一，形式第二。《文章》篇说：“文章当以理致为心肾，气调为筋骨，事义为皮肤，华丽为冠冕。”“理致”、“气调”、“事义”即为作品中蕴含的思想和情感；“华丽”则是作品的用典用事及文采辞藻等。这里，颜之推将“理致”提到了首要位置，指出文章的关键不在于辞藻华丽而在于主题正确和深刻。而在颜之推的思想体系和文论框架中，“理致”实为儒家的入世之学。但另一方面，他又重视辞藻修饰，认为“宜以古之制裁为本，今之辞调为末。”由此可见，颜之推重视内容，但不轻视形式；重视古体，亦不轻视今制，而是主张融合古今，质文兼济。

4. 文学批评和鉴赏观

文学批评方面，颜氏认为在对古今文章的评价上历来就有两种偏见：一种是视古人文章为万世不易之圭臬；一种则贬抑前贤菲薄古人，以为文章后来者居上。颜之推则能够公正客观地比较、评价古今文章之优劣，指出二者各自的得失利弊，认为应兼采古今，形成一种新文体。另一方面，颜之推对别人的文学批评是持虚心接受的态度，并且教育其子不要轻易评议他人：如果要批评他人文章，就一定要评判准确，得失恰当，勿妄下雌黄。

文学鉴赏方面，《文章》篇说道：“夫文章者……至于陶冶性灵，从容讽谏，入其滋味，亦乐事也。”文学欣赏要由表及里，由浅入深，由形象的感知进而领会作品所包容的生活内容和蕴含的思想感精，这样才能得到真正的精神愉悦。他所追求的是“清巧”、“萧散”之美，故在魏晋南北朝众多的文人中，颜之推特别喜欢陶渊明、王籍、谢朓等人的作品。

《文章》篇体现出了颜之推的实用主义文章观，他在文学创作和批评方面也有许多独到的见解。这种文学观是在六朝文学环境中培养起来的，较之时人具有很大的进步性，对纠正当时文坛浮艳的文风也具有重大意义。

【拓展阅读】

1. (唐)李延寿：《北史·文苑传》，中华书局 1974 年版。

2. (清)刘师培：《南北文学不同论》，《刘申叔遗书》，凤凰出版社 1997 年版。

3. 王利器：《颜氏家训集解》，中华书局 1993 年版。

4. 房聚棉：《刘勰、颜之推文艺观之比较》，《沈阳师范学院学报》1994 年第 1 期。

5. 王允亮：《颜之推与南北文学交流》，《中州学刊》2010 年第 3 期。

《与东方左史虬修竹篇序》

(唐)陈子昂

【题解】陈子昂(661—702年)，字伯玉，梓州射洪(今四川射洪县)人。唐代诗人。他是初唐诗文革新的先驱者，主张扭转齐梁以来华而不实的靡弱文风，恢复汉魏诗文“比兴言志”的风雅传统。陈子昂的代表作有《感遇》诗38首、《登幽州台歌》等，旨在抨击时弊，抒写情怀。有《陈拾遗集》传世。陈子昂的诗歌理论主要体现在这篇《与东方左史虬修竹篇序》(以下简称《修竹篇序》)里。陈子昂认为齐梁的文学只注重词句的雕琢，忽视了文章的思想和内涵，因而失去了汉、魏文章的风骨，华而不实，“兴寄都绝”。有一次，陈子昂偶尔读到了好友东方虬的文章《咏孤桐篇》，欣喜地在文中看到了“建安风骨”的雅制，盛赞该文“骨气端翔，音情顿挫，光英朗练，有金石声”。于是，陈子昂便作《修竹诗》一首以报知音。此序虽篇幅短小，但意义丰富，见解深刻。陈子昂在序中指出文章之道的精髓在于刚健的“汉魏风骨”和具有深刻内容的“兴寄”，进而提出了诗歌的复古理论，而这个理论的提出，也为诗歌在即将到来的盛唐跃向其文学史中的光辉的顶峰奠定了基础。

东方公[1]足下[2]：文章道弊[3]五百年矣。汉、魏风骨[4]，晋、宋莫传，然而文献有可征[5]者。仆尝暇时观齐、梁间诗，彩丽竞繁，而兴寄[6]都绝，每以永叹。思古人，常恐逶迤颓靡，风雅不作，以耿耿也[7]。一昨于解三[8]处，见明公《咏孤桐篇》[9]，骨气端翔[10]，音情顿挫[11]，光英朗练[12]，有金石声[13]。遂用洗心饰[14]视，发挥幽郁。不图正始之音[15]，复睹于兹，可使建安作者相视而笑。解君云：“张茂先[16]、何敬祖[17]，东方生[18]与其比肩。”仆亦以为知言[19]也。故感叹雅制[20]，作《修竹诗》一首，当有知音以传示之。

《四部丛刊》影明本《陈伯玉文集》卷一

【注释】

[1]东方公：即东方虬。公，是对东方虬的敬称。据《全唐诗小传》：“东方虬，武则天时为左使。”

[2]足下：对对方的敬称。古人下称上或者同辈均可以“足下”相称。

[3]道弊：弊，弊病。道弊在这里指文章的风雅传统已经式微了。

[4]风骨：指刚健清新、壮大充实的感情力量。

[5]征：查阅、参考、佐证。

[6]兴寄：兴，兴发感情；寄，有所寄托。

[7]"思古人"之句：思念古人，而联想到当今的文风，担忧其颓废萎靡，今后再也无法见到风雅的作品，因此心里惴惴不安。

[8]解三：生平不详，时为陈子昂、东方虬的诗友。

[9]明公是对东方虬的尊称。其作品《咏孤桐篇》已亡佚。

[10]骨气端翔：端，指骨格的坚实；翔，指气势的飞动。这里指《咏孤桐篇》具有风骨之美。

[11]音情顿挫：指诗歌的音律抑扬顿挫，感情波澜起伏。

[12]光英朗练：指作品光彩鲜明，精练畅郎。

[13]有金石声：指音韵铿锵悦耳。《晋书·孙绰传》："卿拭掷地，当做金石声。"

[14]饰：清洗拂拭。

[15]正始之音：正始，指魏齐王曹芳年号(240—248年)。文学史上的正始年代，指的是魏王朝后期，那个时期的代表作家有何晏、阮籍、嵇康等。正始之音，主要指阮籍、嵇康等作家的诗歌。

[16]张茂先：张华，字茂先，西晋著名诗人。

[17]何敬祖：何劭，字敬祖，西晋著名诗人。

[18]东方生：即东方虬。

[19]知言：有见识的语言。

[20]雅制：文雅之作。

【导读】

在唐代诗歌的发展史上，陈子昂是继"初唐四杰"以后，又一位承前启后，继往开来的重要诗人和文学理论家。在诗歌的革新方面，他提出了许多新的理论与主张。元好问曾以"沈宋驰骋翰墨场，风流初不废齐梁。论功若准平吴例，合著黄金铸子昂"(《论诗绝句》)高度评价了陈子昂在唐代诗歌的发展中所起到的重要历史作用。而陈子昂的诗歌理论观点则集中表现在了这篇《修竹篇序》中。

陈子昂在《修竹篇序》中，集中抨击了齐梁以来绮艳虚华的遗风。他一针见血地指出晋宋以后的文风日益颓坏，汉魏的风骨不仅没有流传下来，反而是齐梁间诗充斥着"逶迤颓靡，风雅不作"的文章，这些文章过于注重形式，用大量的辞藻粉饰字句，但缺少深微的情志寄托，缺少诗人真实情感的抒发，从而导致内容空洞，脱离现实。齐梁间诗抛弃了自《诗三百》、汉乐府以来的一脉相承的传统精神，偏离了建安文学的创作轨道，因而陈子昂痛斥齐梁文章"彩丽竞繁，而兴寄都绝"。从而使"文章道弊五百年"。

那么，陈子昂认为使文章一脉相承的"道"是什么呢？"道"是中国古代最高的哲学概念之一，我们可以把它理解为"事物的根本规律"。而陈子昂在《修竹篇序》中所言的"道"，文中虽然没有明说，但应该是指文章的内在规律和文学的发展本质。因此，陈子昂站在文学理论的高度上，直言不讳地指出齐梁的文章已经偏离了文章之道！

那么，为什么会出现"文章道弊五百年"的局面呢？陈子昂认为齐梁的文章相比魏晋以前，缺少了两种内涵，即文章的"精气神"，这两种丢失的精神，一是"风骨"，二是"兴寄"。因此陈子昂提出诗歌创作的新主张，就是恢复"风骨"和"兴寄"，以挽救文章之“道”。

“风骨”一词，最早是品鉴人物的术语。它是指人具有刚正的气概和顽强的风度和气质。在《世说新语·赏誉》中晋安帝称王羲之“风骨清举”。后来，刘勰在《文心雕龙》中给这个词赋予了文艺理论的内涵和美学意义。《文心雕龙》中专门用一个章节来论述风骨，在刘勰看来，风骨即“结言端直，意气骏爽”。而陈子昂提到的“汉魏风骨”则是继承了刘勰的这一术语。“汉魏风骨”就是指以“三曹”、“七子”为代表建安文学所体现出来的注重现实、关注社会的内容和明朗健康，遒劲有力的语言形式完美融合的文风气质。陈子昂认为，晋宋以来的文学作品过于追求艳丽绮靡的诗风，丧失了建安文学的风骨。因此令他耿耿于怀。而提倡建安风骨，正是陈子昂为了拯救“文章道弊”的第一剂药方。

而“兴寄”，则是陈子昂为了一改齐梁颓靡诗风，开创唐诗新气象的另一剂药方。“兴”也是中国文化原典的一个重要关键词，作为“六义”之一，“兴”原本是《诗经》的一种表现手法，指借他物引出此物，是一种象征的修辞方法，具有托物寓志的作用。南北朝时期，刘勰云：“起情故兴体以立。”这里刘勰把“兴”赋予了情感上的意义，“兴”也就有了“寄情于物”的意思。钟嵘在《诗品》中提倡“兴托”和“寄托”，把兴和寄相提并论，注重“感荡心灵”的深层次思想感情。陈子昂在这里提出了“兴寄说”，认为作为一件上乘的文学作品，必须兴寄皆备，既要兴发感情，表达自己的真情实感，又要有所寄托，反映自己的志向，具有充实的社会内容。而只有在这样的作品中，才能找回《诗三百》中的“风雅”。陈子昂不仅积极提倡“兴寄”的文学理论，还身体力行，创作出许多兴寄深远的作品，如《感遇诗》、《赠别冀侍御崔司议序》等。

而为了与“风骨”、“兴寄”的文学精神相呼应，彻底摒弃南朝文坛上斯文不振的靡靡之音。陈子昂提倡以复古为革新，追求诗歌的风格上的刚健遒劲。在《修竹序篇》，陈子昂用“骨气端翔，音情顿挫，光英朗练，有金石声”这十六个字赞扬了东方虬的《咏孤桐篇》具备了这种刚健的风格。而提倡复古、追求刚健，也是他对初唐诗坛提出的新理论和新主张，对唐代诗歌的发展产生了深远的影响。对陈子昂在诗歌革新方面所作出的历史贡献，后人多给予了充分的肯定和积极的评价。除了开头提到的元好问以外，杜甫在《陈拾遗故宅》称其“有才继骚雅，哲匠不比肩。公生杨马后，名与日月悬”。韩愈在《荐士》中称赞其“国朝盛文章，子昂始高蹈”。后来的文学家对陈子昂的评价和推崇，充分说明了他在诗歌理论和创作史上的重要地位。

【拓展阅读】

1. (唐)陈子昂：《陈拾遗集》，上海古籍出版社 1992 年版。

2. 沈惠乐：《初唐四杰和陈子昂》，上海古籍出版社 1987 年版。

3. 萧义玲：《理想情怀、现实顿挫与超越追求：陈子昂的书写历程与文学史意义》，花木兰文化出版社 2011 年版。

4. 王梦鸥：《初唐诗学著述考》，台湾“商务印书馆”1977 年版。

5. 周睿：《张说：初唐渐盛文学转型关键人物论》，中华书局 2012 年版。

《诗格》(选录)

(唐)王昌龄

【题解】《诗格》一卷，又名《王少伯诗格》，相传是王昌龄所著。《新唐书·艺文志》著录于文史类。有后人怀疑《诗格》是伪书。但《文镜秘府论》多有征引，可确定其系唐人之作。王昌龄(698—约757年)，字少伯，京兆万年(今陕西西安)人。开元十五年(727年)进士，开元二十八年(740年)谪江宁丞，复谪龙标尉，世称王江宁、王龙标。与李白、王之涣诸人相友善。安史之乱时，为亳州刺史闾丘晓所忌，遇害。王昌龄是盛唐著名的边塞诗人，后人誉其为“七绝圣手”。王昌龄生前诗名甚高，有“诗家天子王江宁”之称，现存诗一百七十余首，作品有《王昌龄集》等。《诗格》原本早已散佚，今存者主要为《文镜秘府论》征引部分，这一部分当出于王氏。它是很有价值的一部唐代诗论杂著。

诗有三境[1]：一曰物境。欲为山水诗，则张[2]泉石云峰之境，极丽绝秀者，神[3]之于心。处身于境，视境于心，莹然掌中，然后用思，了然境象，故得形似。二曰情[4]境。娱乐愁怨，皆张于意而处于身，然后驰思[5]，深得其情。三曰意境。亦张之于意，而思之于心，则得其真[6]矣。

诗有三格[7]：一曰生思[8]。久用精思，未契意象。力疲智竭，放安神思。心偶照境，率然而生。二曰感思[9]。寻味前言，吟讽古制，感而生思。三曰取思[10]。搜求于象[11]，心入于境，神会于物，因心而得。

乾隆敦本堂本《诗学指南》卷三

【注释】

[1]境：境界，原本是佛教用语，指“眼、耳、鼻、舌、身、意”六感所感知的“色、声、香、味、触、法”。在文中指诗歌所能达到的艺术境地。

[2]张：张显，表现。

[3]神：神思。这里指作者在想象力丰富的灵感状态下将外物的美景构思于自己的内心。

[4]情：指作者的思想感情。

[5]驰思：思维像骏马一样驰骋。

[6]真：即真实，指事物的本真。

[7]格：意同“思”，即创作的构思方式。

[8]生思：指经过长时间的构思仍然未捕捉到意象，然而在放安神思时却触发灵感，

突然生发出鲜明的意象的这种状态。

[9]感思：阅读前人作品，同时自己也进行思考，从而有感而发，得到感悟和体验。

[10]取思：主动搜取外物外象，并使“物我”完美融合，从而能“心入于境，神会于物”，有所心得体会。

[11]象：原本出自《周易》，指用符号表示自然万物。这里指形象，即有形可见之物。

【导读】

“诗歌意境论”是唐代文论中最突出的理论之一。唐代儒释道三家在发展中开始相互促进相互融合，其对文论的影响日益突出。在这种合力下，“诗学意境论”应运而生。王昌龄首次提到了诗歌所具有的“境界”，而后经刘禹锡、皎然、司空图等人的进一步发展和完善，形成了影响后世的“意境”理论系统，它和以陈子昂、杜甫、白居易、韩愈、柳宗元等人一脉相承的“文以载道”观一起构成了唐代文论的两大理论基石。而王昌龄的《诗格》，无疑就是“诗歌意境论”的滥觞。

王昌龄《诗格》的原本早已散佚，今存者主要可见于《文镜秘府论》。因此，研究《文镜秘府论》中的引文部分，我们也能管中窥豹，进而解析王昌龄的诗歌意境理论。

王昌龄的《诗格》所体现出来的诗学思想涉及面颇为广泛，包括声律、对偶、结构、体裁等方面的内容，但其中最核心的内容，还是关于诗歌意境的理论。而后人对《诗格》的研究，也都集中在这个方面。

关于意境理论，王昌龄提出了著名的“三境说”。“三境”即“物境”、“情境”和“意境”。“物境”是对自然界的客观景象进行描绘铺陈，使之成为自己眼中的镜象。而且这样的“物境”的形成还要经过作者自己的神思，最终达到“形似”的状态；“情境”则融入了诗人喜怒哀乐之情感，各种感情在自己的思想里驰骋，情景融合在自己的脑海中，方能体会到其中的真谛；“意境”则是第三层，也是诗境的最高层次，这种“意境”已经突破了“物境”的“形似”和“情境”的“弛思”，达到了“真”的境界。这个“真”，既有真实、真切的意思，又给人一种言已尽而意无穷的意蕴。而这种“真”的意境，也就是王国维所说的“能写真景物、真感情者，谓之有境界”。

提出了诗的“三境”理论后，王昌龄又进一步地提出了诗有三格。这个“三格”也叫“三思”，即“生思”、“感思”和“取思”。“生思”的形成需要一个过程，当意与象不能契合时，即使精思熟虑也很难有效果，从而心力疲惫，而只有意与象合，心偶照境，才能够率然而达到“生思”的境界；“感思”则是有感而思，当阅读前人的作品时，心生感怀，故能感而思之；而“取思”则是在感思的基础上“搜求于象”，即主动搜求外在物象，并使物象与心、神完美融合，成为物我一体的状态，从而能达到“心入于境，神会于物”，营造出诗歌意境的氛围。

刘勰在《文心雕龙·神思》篇中提到了“意境”这个词，而王昌龄把这个词发扬光大，创造出了“诗有三境”的理论，开创了唐代诗歌“意境”文学理论之先河。在王昌龄之后，殷璠在《河岳英灵集》中提出了“兴象”说，继承了《诗格》中的意境文学理论。而后，皎然的《诗式》、司空图的《二十四诗品》一脉相承，将“诗歌意境论”发扬光大，并与以陈子昂为滥觞的“文以载道”论一起，构筑了唐代文论的两大理论基础。

【拓展阅读】

1. 李国胜：《王昌龄诗校注》，文史哲出版社 1973 年版。
2. 张伯伟：《全唐五代诗格汇考》，江苏古籍出版社 2002 年版。
3. 胡晓明：《万川之月：中国山水诗的心灵境界》，北京大学出版社 2005 年版。
4. 王振民：《比较审美心理学：诗人　诗品　诗心》，中国文学出版社 1992 年版。
5. 毕世奎：《王昌龄诗歌与诗学研究》，江西人民出版社 2008 年版。

《戏为六绝句》

(唐)杜　甫

【**题解**】杜甫(712—770年)，字子美，自称少陵野老、杜陵野客，其祖父杜审言是初唐著名诗人。崇尚儒道的家庭氛围造就了杜甫仁民爱物的思想，而这种精神也贯穿于他的文学作品之中。杜甫年轻时遍游中华大地，24岁回到洛阳，两次举进士不第，困顿长安十年。安史之乱以后，他过了一段颠沛流离的生活，公元759年杜甫入川，在严武幕下任检校工部员外郎，史称"杜工部"。大历三年(768年)，携家出川，漂泊两湖一带，后病逝于湖南。著有《杜少陵集》，现存一千四百余篇诗传世。他的诗广泛而又深刻地反映了当时的社会生活，具有史学意义上的认识价值，因此又被称为"诗史"。杜甫的诗学理论，与初唐四杰、陈子昂、李白等人的革新理论是一脉相承的。他的革新理论一方面恪守儒家观念，清除那些抄袭模仿的作品，恢复以风雅著称的《诗经》为代表的优良创作传统；另一方面要广收博取，更多的向前人的优秀作品学习。而这一观点，集中体现在了他的作品《戏为六绝句》中。

其　一

庾信文章老更成[1]，凌云健笔[2]意纵横。
今人嗤点流传赋[3]，不觉前贤畏后生[4]。

其　二

王杨卢骆当时体[5]，轻薄为文哂未休[6]。
尔曹身与名俱灭，不废江河万古流[7]。

其　三

纵使卢王[8]操翰墨，劣于汉魏近风骚。
龙文虎脊[9]皆君驭，历块过都见尔曹[10]。

其　四

才力应难跨数公[11]，凡今谁是出群雄？
或看翡翠兰苕[12]上，未掣鲸鱼碧海[13]中。

其　五

不薄[14]今人爱古人，清词丽句必为邻[15]。
窃攀屈宋[16]宜方驾，恐与齐梁作后尘。

其　六

未及前贤更勿疑，递相祖述[17]复先谁[18]？
别裁伪体[19]亲风雅[20]，转益多师[21]是汝师！

《四部丛刊》影宋本《分门集注杜工部诗》卷十六

【注释】

[1]庾信：字子山，南北朝时期著名的文学家。

[2]凌云健笔：高超雄健的笔力。

[3]嗤点：嗤笑、指责；流传赋：指庾信流传下来的诗赋。

[4]前贤：指庾信。畏后生：即孔子说的“后生可畏”。后生，指“嗤点”庾信作品的“今人”。此句具有讽刺意味，意思是如果庾信还活着，恐怕真会觉得“后生可畏”了。

[5]王杨卢骆：指初唐诗人王勃、杨炯、卢照邻、骆宾王四人。他们被称为“初唐四杰”。当时体：指初唐时期的诗文风格，当时尚未完全摆脱齐梁绮丽奢靡的文风。

[6]轻薄为文：指文章轻佻浅薄。哂未休：讥笑不止。这一句指出当时一些后生讥笑初唐四杰的文风轻薄。

[7]尔曹身与名俱灭，不废江河万古流：这是杜诗中的名句。尔曹：指嗤笑“四杰”的后生。

[8]卢王：代指前文的“四杰”。

[9]龙文虎脊：指毛色斑驳的千里马。这里比喻“四杰”诗文中瑰丽的词句。

[10]历块过都：出自王褒《圣主得贤臣颂》：“过都越国，蹶如历块。”比喻速度极快。这里比喻四杰的作品疾奔而来，有承上启下之功。

[11]数公：指前文中的庾信及初唐四杰。

[12]翡翠：一种小鸟的名字；兰苕：兰花和苇花。这里借喻当时精致纤巧的诗歌。

[13]鲸鱼碧海：比喻具有雄健、壮阔风格的诗作。

[14]薄：轻视。

[15]邻：与之为邻，从而亲近学习。

[16]屈宋：指屈原和宋玉。

[17]递相祖述：互相抄袭、互相引用。

[18]复先谁：谁又能领先呢？

[19]别裁伪体：甄别和淘汰那些抄袭的、因循守旧的作品。

[20]亲风雅：学习《诗经》风、雅的传统。

[21]转益多师：广泛学习、从多方面获得教益。

【导读】

以绝句的方式阐述诗歌理论，杜甫是第一人。他的《戏为六绝句》写于上元二年(761年)，此六首诗论绝句，是杜甫最集中体现其诗学理论的作品，因而对研究唐代的诗歌理论具有重要的价值。

杜甫针对当时社会的诗歌创作风气及对前人诗作风格的评价有感而发的，写出了《戏为六绝句》。全文共六首诗，可分为两部分，前三首是第一部分，通过对庾信和"四杰"等具体作家的诗作风格进行评论，表达了自己对上述作家作品的看法；后三首是第二部分，作者揭示了诗论宗旨，阐发了自己的诗歌审美观点，并对当今人应该具有的诗歌创作态度和方法提出了自己的见解。

唐代的诗文理论经过了初唐四杰、陈子昂、李白等文学家们继往开来的研究和传承，逐渐摆脱了南朝以来的浮华雕饰的文风，形成了自己的特点，并在盛唐时期达到了高峰。齐梁以来的注重辞藻雕琢、轻视思想内容的文学风气得以彻底地扭转。然而与此同时，有一些人对文学的理解不免片面，一些"胸无定见"的后生之辈却又走向另一极端，粗暴地全面否定六朝文学，并把攻击的目标指向了庾信和初唐四杰等人。杜甫对这一风气表示不满，并写了《戏为六绝句》，提出了自己的文学理论主张。

《戏为六绝句》第一首诗论庾信。作为南北朝时期的著名的宫体诗名家，庾信早期的作品不免有齐梁间诗的通病，即辞藻轻艳、虚华不实。但是杜甫并没有一味地否定庾信，在他的另一首诗《春日忆李白》里，杜甫赞扬说："清新庾开府。"对庾信诗作的清新风格予以了充分肯定。后来庾信出使西魏，被扣留在长安，之后他的诗文风格有了很大的转变，多表现了对家乡的思念和国家灭亡的痛楚。因此，杜甫赞扬庾信后期的文章"凌云健笔意纵横"少了一分浮艳虚华，多了一分成熟老道。而唐代的一些"今人"，看不到庾信诗风这样的转变，武断地否定他的作品，对他嗤笑指点。因此杜甫用"不觉前贤畏后生"对这些人进行了嘲讽。

第二、三首诗论初唐四杰。初唐四杰已经意识到了需要改变齐梁以来的阴柔的文风，重振文学的阳刚之气，但另一方面，在当时的文学环境下，即便是初唐四杰本人的作品也尚未完全摆脱六朝藻绘的积习。这就给了一些"今人"于口实，他们嗤笑"四杰"轻薄为文。但杜甫认为，纵使"四杰"的诗文不如汉魏文章，但仍然可以称得上是风骚佳作。在那个时代，他们驾驭作品中瑰丽文辞的能力和继往开来、承上启下的历史功绩，不是现在的一些"尔曹"之辈能比的。因此，杜甫发出了"尔曹身与名俱灭，不废江河万古流"的感慨。

可见，杜甫认为对六朝以来的作家，应该从多方面全面具体的分析，不能仅凭其中一点就全面地肯定或否定某一作家。同时，评价一个作家，也要考虑到作家所处的具体环境和时代，这一点杜甫继承了孟子“知人论世”的文学理论思想。

同对六朝以来的作家的评价一样，面对齐梁的文学作品，杜甫也没有一味地进行批驳和否定，即便是充斥着绮靡浮艳文风的六朝诗文，杜甫也能够看到其间清新、俊逸的词句，并加以吸收和利用，成为如“翡翠兰苕”般的“清词丽句”。这一点较之于杜甫以前的唐代作家，更显得难能可贵。

杜甫对诗歌的革新理论并不仅限于此。在杜甫那个时代，文采精致而艳丽的作品层出不穷，然而杜甫更推崇如“鲸鱼碧海”般刚健雄浑的文字，他认为即使在气魄恢弘的盛唐气象，也缺乏如屈原、宋玉的文章那样具有文质统一、波澜壮阔的浪漫审美意境的优美文字。从这个角度来说，杜甫继承了初唐四杰、陈子昂、李白等早期文学家追求阳刚的文学理论。

然而，杜甫也不是简单地继承了前人的文学理论。在《戏为六绝句》最后一首诗中，杜甫提出了自己的诗论观点。即“别裁伪体亲风雅，转益多师是汝师”。他前面的一切诗论，都是为了他这一观点的提出做铺垫。杜甫“不薄今人爱古人”，对古今作家作品一视同仁，不带有成见。因此他在批评六朝诗文浮靡辞藻的同时也肯定了其中的“清丽词句”。在欣赏“翡翠兰苕”的清新同时也向往“鲸鱼碧海”的刚健。他亲近《诗经》的风雅之作，但同时也追求屈宋的风骚之作，他既注重文学的教化作用，也追求诗歌的抒情和想象。因此他认为，只有广泛学习、师法各家的长处，从多方面获得教益，才能够超越前人，创造出完美的形式和充实的内容兼具的作品，开拓诗歌的新气象。

杜甫虽然在题目中以“戏为”开头，但是这六首小诗引发出大议论，在之前的文论作品中是前所未有的。短短的六首绝句，却蕴含了杜甫诗歌创作的理论和实践的总结。我们从这六首诗中不仅可以看出唐诗发展和创作中的一系列文学理论，还能看到杜甫身上海纳百川的气度和“天涵海负”的人格，从这一点看，杜甫作为唐代最伟大的诗人之一，是当之无愧的。

【拓展阅读】

1. 郭绍虞：《杜甫戏为六绝句集解、元好问论诗三十首小笺》，人民文学出版社 1998 年版。

2. 洪业：《杜甫：中国最伟大的诗人：China’ greatest poet》，上海古籍出版社 2014 年版。

3. 鲁银：《杜工部草堂诗笺》，商务印书馆 1936 年版。

4. 杨松年：《杜甫〈戏为六绝句〉研究》，文史哲出版社 1995 年版。

5. 傅庚生：《杜甫诗论》，上海古籍出版社 1985 年版。

《诗式·取境》[1]

(唐)皎　然

【题解】皎然(生卒年不详)，中唐时代诗僧，本名谢清昼，又称昼，谢灵运十世孙，湖州长城(今浙江长兴)人。主要活动于大历、贞元时期，时号“江东名僧”。皎然一生爱好写诗论诗，其诗清丽闲淡，多为赠答送别、山水游赏之作。其论诗著作，除了《诗式》外，还有《评论》《诗议》(已佚)等。皎然《诗式》凡五卷，是现存唐人文论中分量最多的一部著作，其主要的理论贡献在于诗歌境界论，上承王昌龄的诗有三境说、殷璠的兴象论，下启司空图、严羽的诗歌理论，其影响一直延续到王国维《人间词话》的写作，在唐代诗论“取境”一路中占据着极其重要的地位。

评曰：或云：诗不假修饰，任其丑朴，但风韵正[1]，天真全[2]，即名上等。予曰：不然，无盐阙容而有德[3]，曷若文王太姒有容而有德乎[4]？又云：不要苦思，苦思则丧自然之质。此亦不然。夫不入虎穴，焉得虎子[5]。取境之时，须至难至险，始见奇句。成篇之后，观其气(原注：一作风)貌[6]，有似等闲，不思而得，此高手也。有时意静神王[7]，佳句纵横，若不可遏，宛若神助。不然，盖由先积精思[8]，因神王而得乎？

《十万卷楼丛书》本《诗式》

【注释】

[1]风韵正：风貌音韵纯正。

[2]天真全：自然天成的形态(得以)保全。

[3]无盐：钟离春，又名钟无盐，齐宣王之妻，样貌极丑，却极有才华和德行，具体见刘向《列女传》。后以无盐指丑女，阙，缺。

[4]文王太姒句：刘向《列女传》：“太姒者，武王之母……仁而明道，文王嘉之，亲迎于渭。”

[5]不入二句：班超语，见《后汉书·班超传》。

[6]气貌：体气风貌。

[7]意静神王：思绪宁静，精神健旺。王，通“旺”。

[8]精思：精力思虑。

【导读】

唐代诗论分为两派，一派是载道派，另一派是取境派，而皎然在取境一路中上承王昌龄、殷璠，下启司空图，占据着非常重要的地位。他的论诗专著《诗式》是包含其诗歌理论最完整的一部专著。

诗式，式即法式、法则，诗式即为诗的法则。《诗式》全书总共五卷，卷一总论诗歌创作的基本原理，涉及诗歌的风格、意境、内容形式之关系、创作技巧等问题，卷二至卷五摘录两汉至中唐的诗歌名篇，分别论用事的各种方法以分其优劣高下。从全书来看，最具理论价值的应该就是皎然提出的"取境说"，因此，下面便着重介绍。

1. 境之内涵

首先，需要讨论的就是皎然论诗所用之"境"的内涵。境，即境界，在一开始是一个佛教术语，这一范畴被运用于文论当中是从初唐儒学家孔颖达那里开始的，他反复提到"外境"之语，接着王昌龄的诗有三境说、殷璠的兴象论等都是有关"境"的重要文学理论。

其次，在吸取了前人理论经验的基础上，皎然在其诗作《秋日遥和卢使君》中提出"诗情缘境发"的主张，可见在他这里"境"是和"情"分不开的。另外在《诗式·辩体有一十九字》中有："静，非如松风不动，林狖未鸣，乃谓意中之静"、"远，非如渺渺望水，杳杳看山，乃谓意中之远"，这些论述都强调这里的"境"并不是单纯的客观世界之境，而是跟"心"和"意"紧密相连的。

2. 境之创造

关于"境"之创造，也就是如何"取境"，也是皎然在《诗式》中重点论述的部分。

首先，皎然主张要站得高、看得远，"高手述作，如登衡、巫，觌三湘、鄢、郢山川之盛"，就是艺术眼界要高远，唯有如此才能创造出高妙之境。

其次，他强调取境必须"苦思"，"夫不入虎穴，焉得虎子"、"取境之时，须至难至险，始见奇句"，但这里的"苦思"的结果并不是求奇求怪，而是要自然天成，不着苦思之痕迹，即其所说"成篇之后，观其气貌，有似等闲，不思而得，此高手也"。

除此之外，皎然还非常重视作者的"神思"，也就是作者在取境时的一种精神状态，只有思绪宁静、精神旺盛时，作家才能在取境时"若不可遏，宛若神助"，但他紧接着又强调"盖由先积精思，因神王而得乎"，表明作家的神思、灵感并不是凭空而来的，而是要经过长期的积累酝酿之后才能触发的，这在一定程度上对作家的自身道德、学识的修养提出了要求。

最后，容易忽视的是皎然对诗歌形式的看重。他说："予曰：不然，无盐阙容而有德，曷若文王太姒有容而有德乎"，表明他并没有忽视诗歌形式的重要性，他讲声律、重对偶就是出于这方面的考虑。

3. 境之风格

关于境之风格，皎然在《诗式》中用了十九个字来进行归纳。其中，有属于"风律外彰"的高、逸、气、情、思、闲、达、力、静、远，这些是偏于艺术形式风格方面的；有属于"体德内蕴"的贞、忠、节、志、德、诚、悲、怨、意，这些是偏于思想内容方面的，由此可见，其实皎然对诗境风格的划分并不是很严谨，其分类的标准也不是很统一，但是他作为第一个对诗歌风格进行全面概括总结的人，其先导意义可见一斑。

另外，他还强调"取境"对诗歌风格的影响，《诗式·辩体有一十九字》中有："夫诗人之思初发，取境偏高，则一首举体便高；取境偏逸，则一首举体偏逸"，这就是将构思取境与作品的风貌联系起来。以上均体现其在论境之风格时的独到之处。

4. 境之标准

境的最高审美标准到底是什么？皎然在《诗式》中主要呈现了两大标准，一是天真自然，二是韵味无穷。

天真自然，已在前文中讲过，皎然取境要求苦思，但又要求取境天真自然、不着痕迹，另外，《诗式·文章宗旨》有“真于性情，尚于作用，不顾词彩，而风流自然”等语，其讲声律，又要求不受其束缚，重对偶，又要求合乎自然，皆表现出他对自然之境的追求。

另一标准是韵味无穷，即所造之境需有“文外之旨”。“览而察之，但见性情，不睹文字”、“采奇于象外”等语皆是这一要求的体现，皎然注重所造之境生成的言有尽而意无穷的不竭韵味，在语言之外给人以无尽的回味与想象。

以上便是皎然“取境说”的几点核心要义，从中均可见出皎然的独到之处。他的“取境说”对后世文论产生了极大的影响，从皎然到司空图，唐代的意境说走向了成熟，到了严羽《沧浪诗话》那里也仍然可以看到皎然的痕迹。唐宋之后，不断有人丰富这一理论，到了近代王国维《人间词话》也沿袭了这一理论，提出了“词以境界为上”之论。进入现当代，李泽厚、宗白华、朱光潜等人，仍然在吸取西方美学理论的基础上不断地丰富着“境界”的内涵。可见，意境说肇始于皎然，而其后的发展演化是延绵不绝的。

【拓展阅读】

1. (唐)王昌龄:《诗格》，载遍照金刚《文镜秘府论》，人民文学出版社 1975 年版。

2. (唐)司空图:《与李生论诗书》，载司空图《司空表圣文集》，上海古籍出版社 2013 年版。

3. 程相占:《佛学境界论与中国古代文艺境界论》，载《东方丛刊》2002 年第 3 期。

4. 王济民:《中国古代文论中的境、境界和意境》，载《华中师范大学学报》2003 年第 1 期。

5. 凌晨:《文化诗学视域下王国维“境界说”之再思考》，载《安徽农业大学学报》2010 年第 4 期。

《答李翊书》

(唐)韩　愈

【题解】韩愈(768—824年)，字退之，河南河阳(今河南孟县南)人。郡望河北昌黎，故世称韩昌黎、昌黎先生。因官至吏部侍郎，后世亦称韩吏部。因谥号文，又称韩文公。韩愈是唐代古文运动的倡导者，被后世称为“唐宋八大家”之首。有《昌黎先生集》四十卷、《外集》十卷。《旧唐书》卷一六零、《新唐书》卷一七六有传。韩愈不仅是文学史上的一位大家，同时在文学批评史上也有着重要的地位。其论文主张文道合一，文以明道，还讲求陈言务去，辞必己出。其论诗好奇尚险，因难见巧。韩愈论文论诗没有专著，只有一些散论，其中《答李翊书》是非常重要的一篇，韩愈的重要文论观点在其中均有展现。

六月二十六日，愈白，李生[1]足下：

生之书辞甚高，而其问何下而恭也！能如是，谁不欲告生以其道[2]？道德之归也有日矣，况其外之文乎？抑愈所谓望孔子之门墙而不入于其宫者[3]，焉足以知是且非邪？虽然，不可不为生言之：

生所谓立言者是也，生所为者与所期者，甚似而几矣[4]。抑不知生之志，蕲胜于人而取于人耶[5]？将蕲至于古之立言者耶？蕲胜于人而取于人，则固胜于人而可取于人矣。将蕲至于古之立言者，则无望其速成，无诱于势利，养其根而竢其实[6]，加其膏而希其光。根之茂者其实遂[7]，膏之沃者其光晔[8]，仁义之人，其言蔼如也。

抑又有难者，愈之所为不自知其至犹未也？虽然，学之二十余年矣。始者非三代两汉之书不敢观，非圣人之志不敢存，处若忘，行若遗，俨乎其若思，茫乎其若迷[9]。当其取于心而注于手也，惟陈言[10]之务去，戛戛[11]乎其难哉！其观于人，不知其非笑之为非笑也[12]。如是者亦有年，犹不改，然后识古书之正伪，与虽正而不至焉者[13]，昭昭然白黑分矣。而务去之[14]，乃徐有得也。当其取于心而注于手也，汩汩然来矣[15]。其观于人也，笑之则以为喜，誉之则以为忧，以其犹有人之说者存也[16]。如是者亦有年，然后浩乎其沛然矣[17]。吾又惧其杂也，迎而距之[18]，平心而察之，其皆醇也，然后肆焉[19]。虽然，不可以不养也。行之乎仁义之途，游之乎诗书之源，无迷其途，无绝其源，终吾身而已矣。

气[20]，水也；言，浮物也；水大而物之浮者大小毕浮。气之与言犹是也，气盛则言之短长与声之高下者皆宜。虽如是，其敢自谓几于成乎！虽几于成，其用于人也奚取焉[21]？虽然，待用于人者，其肖于器邪？用与舍属诸人[22]。君子则不然，处心有道，行己有方，用则施诸人，舍则传诸其徒，垂诸文而为后世法。如是者，其亦足乐乎？其无足乐也？[23]

有志乎古者希矣。志乎古，必遗乎今，吾诚乐而悲之。亟称[24]其人，所以劝之，非敢褒其可褒，而贬其可贬也。

问于愈者多矣，念生之言不志乎利，聊相为言之。愈白。

蟫隐庐影宋世綵堂本《昌黎先生集》卷十六

【注释】

[1]李生：即李翊，贞元十八年进士，韩愈《与祠部陆员外书》荐举李翊，称他为“出群之才”。《五百家注韩昌黎集》引樊汝霖说：“李翊或作李翱。”吴汝编说：“当依别本作答李翱，篇中所论，翊殆不足与闻。”

[2]道：立言之道。韩愈所谈的道，内容很复杂。这里主要指仁义。下文所说“仁义之人，其言蔼如也”，“行之乎仁义之途”的仁义，也就是这里所说的道。

[3]抑愈句：出于《论语·子张》。

[4]几：近。

[5]蕲：音 qí，求。取于人：为人所取，指科举被录取、为世所用等。

[6]竢，音 sì，同“俟”，等待。

[7]遂：成长。

[8]晔：光明。

[9]处若忘四句：形容其专心致志的样子。处：居，与“行”相对。俨：矜持、严肃。

[10]陈言：陈旧的语言，这里兼指词句与意义两方面而言。

[11]戛戛：音 jiá，同“戛”，形容用力。

[12]不知句：不把别人的非难和讥笑放在心上。

[13]虽正而不至焉者：虽然正确但还不够完善的道理。

[14]务去之：谓去其伪者、疵瑕者。

[15]汩：水急流貌。

[16]人之说者：时人的思想和看法。

[17]沛然：充溢纵肆的样子，形容文思奔涌。

[18]迎而距之：从相反的方向对文章提出诘难。

[19]吾又惧其杂也五句：包括道与文两方面，既要求内容的醇正，又要求文字的精当。

[20]气：一说指作者的精神状态，一说指文章的气势。联系上下文，宜解为作者的精神状态。

[21]奚取焉：焉取奚，能从中得到什么。

[22]属诸人：取决于他人。

[23]乐：对道与文深造有所得时的乐趣。

[24]亟：音 qì，屡次、一再。

【导读】

唐代天宝中期以后，古文运动不断发展，理论和创作方面均不断得到完善。到了韩愈这里，他在继承前人的基础上，提出了更为明确、更具有现实针对性的古文理论。韩愈的古文理论集中于他写给朋友学生的书信以及所作的赠序杂文之中，其中《答李翊书》就是非常重要的一篇。

《答李翊书》主要是韩愈向李翊介绍自己的学文过程，以及在这一过程中自己的心得体会。他在文中提出了“文以明道”、“陈言务去”、“气盛言宜”等为文主张，从文章的内容、形式以及作家的修养等方面入手，阐释了他的古文理论。

1. 文以明道

“文以明道”是韩愈古文理论的核心内容，从文章的内容层面入手寻求改革方法。《答李翊书》一开篇便有：“道德之归也有日矣，况其外之文乎”，即强调了“道”之根本性和重要性，随后又以“根”、“膏”喻“道”，“实”、“光”喻“文”，强调其对“道”的重视，从侧面体现其“文以明道”的文论观点。

那韩愈之“道”具体指的是什么呢？从他的《原道》中可以看出，韩愈“文以明道”中的“道”并不是指佛老所说的“道”，而是指儒家仁义之道。他主张为文要表现儒家仁义之道，强调文章的社会政教作用，认为文章需有益于世。

但韩愈在重视弘扬儒家之道的同时，并没有忽视“文”的作用。他在《答陈生书》中有：“愈之志在古道，又甚好其言辞”，《上兵部李侍郎书》中有：“沉潜乎训义，反复乎句读”，可见韩愈是既重道亦重文的，从本文他有关“言之短长”、“声之高下”等方面的论述中也可窥见他的这一理论倾向，他借此阐释古文的特征，认为其与被对偶形式所拘束的骈文不同，言有短长，声有高下，接近口语，比较灵活生动。

2. 陈言务去

“陈言务去”是韩愈在文章形式方面提出的重要主张。在文章的体式上，韩愈虽然主张写“古文”，但是他并不是对古文刻板的因袭模仿，而是主张“惟陈言之务去”，在具体写法上要求创新，反对拟古。

但是想要创新又谈何容易，韩愈在《答李翊书》中具体地描述了陈言务去的三个阶段。首先是“戛戛乎其难哉”，刚开始学习古文，想要去除“陈言”并不容易。其次是“汩汩然来矣”，过了几年，已经能分辨正伪，有了一些心得体会，写作古文时文思渐渐涌现。最后是“浩乎其沛然矣”，如此坚持下去，对古文“迎而距之，平心而察之”，慢慢的文思就会如泉水涌出，达到创作的自由境界。总而言之，要想达到陈言务去的境界，就必须要有坚定的信心，不为他人的毁誉所影响，坚持不懈，勤学苦练，就能逐渐进步，最后达到创新的境界。

3. 气盛言宜

“气盛言宜”是韩愈在《答李翊书》中提出的又一重要的理论主张。这里的“气”有两种解释，一种认为其是古文内在充沛旺盛的气势，另一种认为其指创作主体的精神状态，联系上下文，将“气”解为作者的精神状态更为恰当。

首先，韩愈提出：“养其根而竢其实，加其膏而希其光。根之茂者其实遂，膏之沃者其光晔，仁义之人，其言蔼如也”，他认为只有心怀仁义道德的人，也就是思想道德修养高的人，才能写出好文章，这明显与其一贯重“道”的思想是脱不开关系的。

进而，韩愈提出：“气盛则言之短长与声之高下者皆宜”，何谓“气盛”？除了包含着作家思想道德方面的因素，同时也包含了作家的精神气质和创作时的情感力量等因素。一方面，韩愈认为只有作家的思想道德、学识修养达到一定的水平，情思酣畅之时，才能对长短的句式、高低的声调运用自如，使它们恰当合适。另一方面，韩愈也强调了文章句式的长短、声调的高低必须与作家的思想感情的起伏相适应，如此才能创造出自然灵活的古文。

韩愈的古文理论承其前辈的影响，而又能超越前人，具有非同一般的意义。并且，韩愈在古文创作上亦是严格遵循着他的理论主张的，可以说，在韩愈这里，他真正实现了文学理论和文学创作的有机统一。

【拓展阅读】

1. (唐)韩愈：《送孟东野序》，载《韩昌黎文集校注》，上海古籍出版社 1988 年版。

2. (唐)韩愈：《送高闲上人序》，载《韩昌黎文集校注》，上海古籍出版社 1988 年版。

3. 季镇淮：《韩愈论》，载《文学遗产》1995 年第 2 期。

4. 刘真伦：《从明道到载道——论唐宋文道关系的理论变迁》，载《文学遗产》2005 年第 5 期。

5. 冯友兰：《韩愈和李翱》，载《中国哲学简史》，三联书店 2009 年版。

《与元九[1]书》

（唐）白居易

【题解】白居易(772—846年)，字乐天，晚年号香山居士，原籍太原，后迁居下邽(今陕西渭南)，生于新郑(今属河南)。白居易的诗歌题材广泛，语言明白晓畅，其将自己的诗歌分为讽喻诗、闲适诗、感伤诗、杂律诗四大类，有《白氏长庆集》，存诗二千八百余首。在诗歌主张与创作方面，他反对齐梁以来的绮靡诗风，表现出重写实、尚通俗、强调讽谕的倾向，并与元稹等人共同倡导了新乐府运动，以诗歌的形式宣扬自己的政治主张，反映各种社会问题。而白居易的这些诗歌理论就在《与元九书》中得到了集中的展现。

月日，居易白，微之足下：

自足下谪江陵，至于今，凡枉赠答诗仅百篇。每诗来，或辱序，或辱书，冠于卷首。皆所以陈古今歌诗之义，且自叙为文因缘与年月之远近也。仆既受足下诗，又谕足下此意，常欲承答来旨，粗论歌诗大端，并自述为文之意，总为一书，致足下前。累岁已来，牵故少暇；间有容隙，或欲为之，又自思所陈亦无出足下之见，临纸复罢者数四，卒不能成就其志；以至于今。今俟罪浔阳，除盥栉食寝外无余事[2]，因览足下去通州日所留新旧文二十六轴，开卷得意，忽如会面。心所蓄(原本作畜，据《全唐文》校改)者，便欲快言，往往自疑，不知相去万里也。既而愤悱之气思有所泄[3]，遂追就前志，勉为此书。足下幸试为仆留意一省。

夫文尚矣，三才各有文[4]：天之文，三光首之[5]；地之文，五材首之[6]；人之文，六经首之。就六经言，《诗》又首之。何者？圣人感人心而天下和平。感人心者，莫先乎情，莫始乎言，莫切乎声，莫深乎义。诗者：根情，苗言，华声，实义。上自贤圣，下至愚騃[7]，微及豚鱼，幽及鬼神，群分而气同，形异而情一，未有声入而不应，情交而不感者。

圣人知其然，因其言，经之以六义[8]；缘其声，纬之以五音[9]。音有韵，义有类[10]。韵协则言顺，言顺则声易入；类举则情见[11]，情见则感易交。于是乎孕大含深，贯微洞密，上下通而一气泰，忧乐合而百志熙。五帝三皇所以直道而行，垂拱而理者，揭此以为大柄[12]，决此以为大窦[13](原作宝，据《文苑英华》改)也。

故闻"元首明，股肱良"之歌[14]，则知虞道昌矣。闻五子洛汭之歌[15]，则知夏政荒矣。言者无罪，闻者足(原本作作，据《全唐文》校改)戒[16]，言者闻者莫不两尽其心焉。

洎周衰秦兴，采诗官废，上不以诗补察时政，下不以歌泄导人情。乃至于谄成之风动，救失之道缺。于时六义始刓矣[17]。

国风变为骚辞，五言始于苏、李。苏、李、骚人，皆不遇者，各系其志，发而为文。

故河梁之句[18]，止于伤别，泽畔之吟[19]，归于怨思。彷徨抑郁，不暇及他耳。然去《诗》未远，梗概尚存。故兴离别则引双凫一雁为喻[20]，讽君子小人则引香草恶鸟为比[21]。虽义类不具，犹得风人之什二三焉。于时六义始缺矣。

晋、宋已还，得者盖寡。以康乐之奥博[22]，多溺于山水；以渊明之高古，偏放于田园。江、鲍[23]之流，又狭于此。如梁鸿《五噫》[24]之例者，百无一二焉。于时六义寖微矣[25]，陵夷矣。

至于梁、陈间，率不过嘲风雪、弄花草而已。噫！风雪花草之物，《三百篇》中岂舍之乎？顾所用何如耳。设如"北风其凉"，假风以刺威虐也[26]；"雨雪霏霏"，因雪(原本无因雪，据《全唐文》校增)以愍征役也[27]；"棠棣之华"，感华以讽兄弟也[28]；"采采芣苡"，美草以乐有子也[29]。皆兴发于此而义归于彼。反是者，可乎哉！然则"余霞散成绮，澄江净如练"[30]，"离花先委露，别叶乍辞风"[31]之什，丽则丽矣，吾不知其所讽焉。故仆所谓嘲风雪、弄花草而已。于时六义尽去矣。

唐兴二百年，其间诗人不可胜数。所可举者，陈子昂有《感遇诗》二十首，鲍防(原本作鲂，据《全唐文》校改)有《感兴诗》十五首。又诗之豪者，世称李、杜。李(原本无李字，据《全唐文》校增)之作，才矣奇矣，人不逮矣，索其风雅比兴，十无一焉。杜诗最多，可传者千余首(原本作人，据《文苑英华》校改。《全唐文》作篇)，至于贯串古今，覼缕格律[32]，尽工尽善，又过于李焉。然撮其《新安吏》《石壕吏》《潼关吏》《塞芦子》《留花门》(原本作新开安石壕潼关吏芦子开花门，据《全唐文》校改)之章，"朱门酒肉臭，路有冻死骨"之句，亦不过三四十首(原本无首字，据《全唐文》校增)。杜尚如此，况不逮杜者乎！

仆常痛诗道崩坏，忽忽愤发，或食辍哺、夜辍寝，不量才力，欲扶起之。嗟乎！事有大谬者，又不可一二而言，然亦不能不粗陈于左右。

仆始生六七月时，乳母抱弄于书屏下，有指无字之字示仆者，仆虽口未能言，心已默识。后有问此二字者，虽百十其试，而指之不差，则仆宿昔之缘，已在文字中矣。及五六岁，便学为诗，九岁谙识声韵，十五六始知有进士，苦节读书。二十已来，昼课赋，夜课书，间又课诗，不遑寝息矣[33]。以至于口舌成疮，手肘成胝，既壮而肤革不丰盈，未老而齿发早衰白，瞥瞥(《文苑英华》作瞀瞀)然如飞蝇垂珠在眸子中也，动以万数。盖以苦学力文之所致，又自悲矣。

家贫多故，二十七方从乡赋(《全唐文》作试)。既第之后，虽专于科试，亦不废诗。及授校书郎时，已盈三四百首。或出示交友如足下辈，见皆谓之工，其实未窥作者之域耳。自登朝来，年齿渐长，阅事渐多，每与人言，多询时务，每读书史，多求理道，始知文章合为时而著，歌诗合为事而作。是时皇帝初即位，宰府有正人[34]，屡降玺书，访人急病。仆当此日，擢在翰林，身是谏官，手(《全唐文》作月)请谏纸，启奏之外，有可以救济人病，裨补时阙，而难于指言者，辄咏歌之，欲稍稍遞进闻于上[35]。上以广宸聪[36]，副忧勤[37]；次以酬恩奖，塞言责；下以复吾平生之志。岂图志未就而悔已生，言未闻而谤已成矣。

又请为左右终言之。凡闻仆《贺雨》诗，而众口籍籍，已谓非宜矣。闻仆《哭孔戡》诗，众面脉脉[38]，尽不悦矣。闻《秦中吟》，则权豪贵近者相目而变色矣。闻《登乐游园》寄足下诗，则执政柄者扼腕矣。闻《宿紫阁村》诗，则握军要者切齿矣。大率如此，不可遍举。不相与者号为沽名，号为诋讦，号为讪谤。苟相与者，则如牛僧孺之戒焉[39]。乃至骨肉妻孥皆以我为非也。其不我非者，举世不过三两人。有邓鲂者[40]，见仆诗而喜，无何而鲂死。有唐衢[41]者，见仆诗而泣，未几而衢死。其余则足下，足下又十年来困踬若此。呜呼！岂六义四始[42]之风，天将破坏不可支持耶？抑又不知天之意不欲使下人之病苦闻于上耶？不然，何有志于诗者不利若此之甚也。

然仆又自思关东一男子耳。除读书属文外，其他懵然无知，乃至书画棋博可以接群居之欢者，一无通晓，即其愚拙可知矣。初应进士时，中朝无缌麻之亲[43]，达官无半面之旧，策蹇步于利足之途[44]，张空拳于战文之场。十年之间，三登科第，名入众耳，迹升清贯[45]，出交贤俊，入侍冕旒。始得名于文章，终得罪于文章，亦其宜也。

日者，又闻亲友间说：礼、吏部举选人，多以仆私试赋判传为准的。其余诗句，亦往往在人口中。仆恧然自愧[46]，不之信也。及再来长安，又闻有军使高霞寓[47]者，欲聘倡妓，妓大夸曰："我诵得白学士《长恨歌》，岂同他妓哉？"由是增价。又足下书云，到通州日，见江馆柱间有题仆诗者，复何人哉？又昨过汉南日，适遇主人集众乐，娱他宾，诸妓见仆来，指而相顾曰："此是《秦中吟》《长恨歌》主耳。"自长安抵江西，三四千里，凡乡校、佛寺、逆旅、行舟之中往往有题仆诗者，士庶、僧徒、孀妇、处女之口每每有咏仆诗者。此诚雕虫之技(原作戏，据《全唐文》校改)，不足为多，然今时俗所重，正在此耳。虽前贤如渊、云[48]者，前辈如李、杜者，亦未能忘情于其间哉！

古人云："名者公器，不可以多取。[49]"仆是何者，窃时之名已多。既窃时名，又欲窃时之富贵，使己为造物者，肯兼与之乎？今之迍穷[50]，理固然也。况诗人多蹇，如陈子昂、杜甫，各授一拾遗，而迍剥至死。李白、孟浩然辈不及一命，穷悴终身。近日孟郊六十，终试协律[51]；张籍五十，未离一太祝[52]。彼何人哉！彼何人哉！况仆之才又不逮彼。今虽谪佐远郡，而官品至第五，月俸四五万，寒有衣，饥有食，给身之外，施及家人，亦可谓不负白氏之子矣。微之微之，勿念我哉！

仆数月来，检讨囊袟[53](《全唐文》作箧)中，得新旧诗，各以类分，分为卷首。自拾遗来，凡所适所感，关于美刺兴比者，又自武德讫元和因事立题，题为《新乐府》者，共一百五十首，谓之讽谕诗。又或退公独处，或移病闲居，知足保和，吟玩情性者一百首，谓之闲适诗。又有事物牵于外，情理动于内，随感遇而形于叹咏者一百首，谓之感伤诗。又有五言、七言、长句、绝句，自一百韵至两百韵者四百余首，谓之杂律诗。凡为十五卷，约八百首。异时相见，当尽致于执事。

微之！古人云："穷则独善其身，达则兼济天下。[54]"仆虽不肖，常师此语。大丈夫所守者道，所待者时。时之来也，为云龙，为风鹏[55]，勃然突然，陈力以出；时之不来也，为雾豹，为冥鸿[56]，寂兮寥兮[57]，奉身而退。进退出处，何往而不自得哉？故仆志在兼济，行在独善，奉而始终之则为道，言而发明之则为诗。谓之讽谕诗，兼济之志也；谓之闲适诗，独善之义也。故览仆诗，知仆之道焉。其余杂律诗，或诱于一时一物，发于一笑一吟，率然成章，非平生所尚者，但以亲朋合散之际，取其释恨佐欢。今铨次之间，未能删去，他时有为我编集斯文者，略之可也。

微之！夫贵耳贱目，荣古陋今，人之大情也。仆不能远征古旧，如近岁韦苏州歌行，才丽之外，颇近兴讽。其五言诗又高雅闲澹，自成一家之体。今之秉笔者谁能及之？然当苏州在时，人亦未甚爱重，必待身后，然后(原本无后字，据《全唐文》校增)人贵之。今仆之诗，人所爱者，悉不过杂律诗与《长恨歌》已下耳。时之所重，仆之所轻。至于讽谕者，意激而言质，闲适者，思淡而辞迂，以质合迂，宜人之不爱也。

今所爱者，并世而生，独足下耳。然千百年后，安知复无如足下者出而知爱我诗哉？故自八九年来，与足下小通则以诗相戒，小穷则以诗相勉，索居则以诗相慰，同处则以诗相娱。知吾罪吾(原本作知吾最要，据《全唐文》校改。《旧唐书 白居易传》亦作“知吾罪吾”)，率以诗也。如今年春游城南时，与足下马上相戏，因各诵新艳小律，不杂他篇，自皇子陂归昭国里，迭吟遞唱，不绝声者二十里余。樊、李[58]在旁，无所措口。知我者以为诗仙，不知我者以为诗魔。何则？劳心灵，役声气，连朝接夕，不自知其苦，非魔而何？偶同人当美景，或花时宴罢，或月夜酒酣，一咏一吟，不觉老之将至。虽骖鸾鹤、游蓬瀛者之适，无以加于此焉。又非仙而何？微之微之！此吾所以与足下外形骸、脱踪迹、傲轩鼎、轻人寰者，又以此也。

当此之时，足下兴有余力，且与仆悉索还往中诗，取其尤长者，如张十八[59]古乐府，李二十[60]新歌行，卢、杨[61]二秘书律诗，窦七、元八[62]绝句，博搜精缀，编而次之，号《元白往还诗集》。众君子得拟议于此者，莫不踊跃欣喜，以为盛事。嗟乎！言未终而足下左转[63]，不数月而仆又继行。心期索然，何日成就，又可为之叹息矣。

又仆尝语足下：凡人为文，私于自是，不忍于割截，或失于繁多，其间妍媸益又自惑，必待交友有公鉴无姑息者，讨论而削夺之，然后繁简当否得其中矣。况仆与足下，为文尤患其多。已尚病之，况他人乎？今且各纂诗笔，粗为卷第，待与足下相见日，各出所有，终前志焉。又不知相遇是何年，相见在何地，溘然而至，则如之何！微之微之！知我心哉！

浔阳腊月，江风苦寒，岁暮鲜欢，夜长无睡。引笔铺纸，悄然灯前，有念则书，言无次第，勿以繁杂为倦，且以代一夕之话也。微之微之！知我心哉！乐天再拜。

文学古籍刊行社影宋本《白氏长庆集》卷四十五

【注释】

[1]元九：元稹，字微之。行九，故称元九。

[2]栉：梳头。

[3]洩：同“泄”，发泄。

[4]三才：天、地、人。

[5]三光：日、月、星。

[6]五材：金、木、水、火、土。

[7]愚骙：指愚人。骙：音 sì。

[8]六义：风、赋、比、兴、雅、颂。

[9]五音：宫、商、角、徵、羽。

[10]义有类：事义有类同，可类推。

[11]类举：举事例而供读者类推之。
[12]揭此句：以诗作为重要的手段。
[13]决此句：开通诗道，以为必经的门洞。大窦：指大门。
[14]元首明句：见《尚书·皋陶谟》。
[15]五子洛汭之歌：汭，音 ruì，水流弯曲处。见伪古文《尚书·五子之歌》。
[16]言者二句：见《毛诗序》。
[17]刓：音 wán，磨削平，指六义被削弱。
[18]河梁之句：见李陵《与苏武》。
[19]泽畔之吟：见屈原《楚辞·渔父》。
[20]故兴离别句：谓苏、李诗写离别以飞凫起兴。
[21]讽君子句：见王逸《离骚经序》。
[22]康乐：谢灵运。
[23]江、鲍：江淹、鲍照。
[24]梁鸿《五噫》：见《后汉书·逸民列传》。
[25]寖：音 qīn，逐渐。
[26]北风二句：《诗·北风》第一句。
[27]雨雪二句：《诗·采薇》最后一章的句子。
[28]棠棣二句：《诗·棠棣》第一句。
[29]采采二句：《诗·芣苢》第一句。芣苢：车前草，其子治妇人难产。
[30]余霞句：见谢朓《晚登三山还望京邑》。
[31]离花句：见鲍照《玩月城西门廨中》。
[32]覼缕格律：谓古体诗、律诗各种体裁兼备。覼：音 luó。
[33]遑：闲暇、空闲。
[34]正人：这里指宰相杜黄裳等人。
[35]遞：音 dì，同“递”。
[36]广宸聪：扩大皇帝的听闻。
[37]副忧勤：不辜负皇帝的忧劳国事。副：称、符合。
[38]脈脈：音 mò，同“脉脉”。
[39]牛僧孺之戒：此句意为与白居易有交情的人都劝其以牛僧孺等人为戒。
[40]邓鲂：白居易有《读邓鲂诗》一首。
[41]唐衢：白居易有《寄唐生》《伤唐衢》二首。
[42]四始：《关雎》风始，《鹿鸣》小雅始，《文王》大雅始，《清庙》颂始。
[43]中朝句：朝中连最疏远的亲戚都没有。缌麻：“五服”中最轻的丧服用缌麻。
[44]策蹇步句：艰难行进在人家快步飞奔的路上。策：鞭策。蹇：跛行。
[45]清贯：接近皇帝的官。
[46]恧：音 nǜ，惭愧。
[47]高霞寓：范阳人，当时为振武邠宁节度使。
[48]渊、云：指王褒和扬雄。

[49]名者二句：见《庄子·天运》。
[50]迍穷：穷困。迍：音 zhūn。
[51]近日二句：孟郊，年五十方为溧阳尉，郑余庆荐其为水陆运从事，试协律郎。
[52]张籍二句：张籍，元和元年方为太祝，至十年仍居其职。
[53]袟：音 zhì，同“帙”，包书的布套。
[54]穷则二句：见《孟子·尽心上》。
[55]为云龙二句：喻贤者得到为国效力的时机。
[56]为雾豹二句：雾豹，喻隐士。冥鸿，喻远走高飞以避害者。
[57]寂兮廖兮：见《老子》。
[58]樊、李：一说樊宗宪和李景信，又一说樊宗师和李绅。
[59]张十八：张籍。
[60]李二十：李绅。
[61]卢、杨：卢拱、杨巨源。
[62]窦七、元八：窦巩、元宗简。
[63]左转：降职。

【导读】

白居易是中唐著名的诗人，他不仅在诗歌创作方面有着不凡的成就，同时在诗歌理论方面也有所建树。《与元九书》写于贞元十年，是给好友元稹的一封信，里面是他对过去讽谕诗创作的总结，包含了他主要的一些诗歌理论主张，是他诗论的纲领。《与元九书》围绕“文章合为时而著，歌诗合为事而作”而展开，以下作具体论述。

1. 诗歌创作与作用

在诗歌的创作上，白居易在《与元九书》中提出“文章合为时而著，歌诗合为事而作”，认为创作要“为时”、“为事”，要反映社会问题和现实生活。在此基础上，他进一步说“故仆志在兼济，行在独善，奉而始终之则为道，言而发明之则为诗”，他赞成作讽谕诗和闲适诗，对于不是“为时为事”而作的杂律诗和感伤诗，则称后世编者可以将其略去。

在此基础上，对于具体的创作手法，他提出了“直笔”和“实录”，要求诗歌创作具有真实性、政治性和典型性，还强调语言需明白晓畅、通俗易懂。

在“为时”、“为事”的前提下，他又提出了诗歌必须具有“补察时政”、“泄导人情”这两个作用。“补察时政”指诗歌可以考察、揭露时政弊病，并进行及时拯治。“泄导人情”指诗歌可以宣泄、疏导民众感情，教化民众向善合礼，使得社会稳定。因而他提倡“意激而言质”的讽谕诗，借此对社会政治现实进行揭露和批判。

反之，对于诗歌艺术审美功能，《与元九书》中没有过多提及，更甚至于怀有批判之意。例如，他认为齐梁间诗不过是“嘲风雪、弄花草”而已，他并不反对诗歌描写风雪花草之物，但是在描写这些景物时背后必须有所讽谕，如《诗经》那样刺威虐、愍征役、讽兄弟、乐有子，能反映和批判现实政治和生活。

2. 诗歌的形式与内容

在《与元九书》中，白居易也有关于诗歌的内容与形式之关系的论述。虽然，从他对诗歌的社会政教作用的重视中，可以看出其对“根情”、“实义”等内容方面的因素的看重。

但是其实他并没有忽略诗歌的形式。“诗者，根情、苗言、华声、实义”，“韵协则言顺，言顺则声易入；类举则情见，情见在感易交”，韵、言、声等均是诗歌形式方面的因素，而类、情、感、义等是诗歌内容方面的因素。由此看来他其实是主张文质结合的，只是偏重于“质”。

大历时期，盛唐诗风向着中唐诗风转变，诗坛上出现了很多“嘲风雪、弄花草”、避世远害的诗篇，一些诗人过于在形式上尚奇弄巧。在此背景下白居易主张尚质轻文以纠正中唐诗坛之弊，但有时难免急功近利，忽视了诗歌的艺术审美性。

3. 诗歌的鉴赏与评价

在诗歌鉴赏方面，白居易以“六义四始之风”为评诗标准，以《诗经》为诗美典范，要求诗歌创作都要遵守“六义四始”的传统，以诗关心现实、讽谕美刺。

他在文中举了一些诗美的范例，如“北风其凉”、“雨雪霏霏”、“棠棣之华”、“采采芣苢”等，认为这些诗句都是“兴发于此，而义归于彼”的，合乎六义之传统。以此为标准，他评价了李杜诗歌：“李之作，才矣奇矣，人不逮矣，索其风雅比兴，十无一焉”，“然撮其《新安吏》《石壕吏》《潼关吏》《塞芦子》《留花门》之章，‘朱门酒肉臭，路有冻死骨’之句，亦不过三四十首”，按照“六义四始”的标准，李白诗歌可以称道的寥寥无几，杜甫也不过三四十首。而以此标准来评价李杜诗歌，就太过狭隘，有失偏颇了。对于自己的诗歌也是如此，白居易认同“六义四始之风”的讽谕诗，轻视自己的杂律诗和感伤诗，有趣的是他为后世所称道的恰恰是他所轻视的那类诗歌。

以上便是对白居易《与元九书》中包含的文论思想所作的简单论述，现在看来白居易有很多诗论主张难免过于偏激。但是我们也必须看到其所处的特定时代背景以及他的特定立场，《与元九书》中反映的并不是白居易诗歌理论的全部内容。实际上，从他称陶渊明“常爱陶彭泽，文思何高远”，称李白“曾有惊天动地文”可以看出他对这些诗人评价极高。因此，对于白居易诗歌理论的考察，不能囿于一篇《与元九书》，而应该从他的文章和诗歌中去仔细探寻，以作出一个更全面、公正的评价。

【拓展阅读】

1. (唐)白居易：《读张籍古乐府》，载《白居易集》，中华书局 1999 年版。
2. (唐)元稹：《乐府古题序》，载《元稹集》，中华书局 2010 年版。
3. 王拾遗：《白居易研究》，上海文艺联合出版社 1954 年版。
4. 陈寅恪：《元白诗笺证稿》，上海古籍出版社 1982 年版。
5. 贾文昭：《白居易“补察时政”说的评价问题》，载《江淮论坛》1996 年第 4 期。

《与李生论诗书》

（唐）司空图

【题解】司空图(837—908年)，字表圣，自号知非子，河中虞乡(今山西永济东)人。懿宗咸通十年(869年)进士及第。僖宗广明元年(880年)，入朝为礼部员外郎。黄巢义军攻入长安，僖宗出奔，随从不及，乃归乡居王官谷。僖宗自蜀还，召为知制诰，迁中书舍人。后僖宗被劫再度离京，从此退隐不仕。昭宗曾数度诏征，皆不赴。朱温篡唐，弑哀帝，乃绝食而死。司空图对由盛唐王昌龄、殷璠提出，在中唐经皎然、刘禹锡等正式确立的诗歌意境理论进行了进一步阐述，提出了“韵味”说和“四外”说，要求诗歌给人悠长的审美享受，促进了诗歌意境理论的发展。司空图著有《司空表圣文集》十卷、《诗集》三卷。《旧唐书》卷一百九十《文苑传》下、《新唐书》卷一百九十四《卓行传》均有传。

文之难，而诗之难(“难”字原无，依《唐文粹》卷八十五校增，《全唐文》卷八零七作“诗尤难”)尤难。古今之喻多矣，而愚以为辨于味[1]，而后可以言诗也。江岭之南[2]，凡足(原作“是”，依《全唐文》校改)资于适口者，若醯[3]，非不酸也，止于酸而已；若鹾[4]，非不咸也，止于咸而已。华之人以充饥而遽辍者[5]，知其咸酸之外，醇美[6]者有所乏耳。彼江岭之人，习之而不辨也，宜哉。诗贯六义，则讽喻、抑扬、渟蓄、温雅，皆在其间矣[7]。然直致所得，以格自奇[8]。前辈诸(原作“编”，依《全唐文》校改)集，亦不专工于此，矧其下者也[9]！王右丞、韦苏州澄澹精致，格在其中，岂妨于遒举哉[10]？贾浪仙[11]诚有警句，视其全篇，意思殊馁[12]，大抵附于蹇涩，方可致才[13]，亦为体之不备也，矧其下者哉？噫！近而不浮[14]，远而不尽[15]，然后可以言韵外之致也[16]。

愚幼常自负，既久而愈觉缺然[17]。然得于早春，则有“草嫩侵沙短，冰轻著雨销”[18]。又“人家寒食月，花影午时天”[19]。(原注，上句云：“隔谷见鸡犬，山苗接楚田。”)又“雨微吟足思，花落梦无憀”[20]。得于山中，则有“坡暖冬生笋，松凉夏健人”[21]。又“川明虹照雨，树密鸟冲人”[22]。得于江南，则有“戍鼓和潮暗，船灯照岛幽”[23]。又“曲塘春尽雨，方响夜深船”[24]。又“夜短猿悲减，风和鹊喜灵”[25]。得于塞下，则有“马色经寒惨，雕声带晚饥”[26]。得于丧乱，则有“骅骝思故第，鹦鹉失佳人”[27]。又“鲸鲵人海涸，魑魅棘林高”[28]。得于道宫，则有“棋声花院闲，幡影石幢幽”[29]。得于夏景，则有“地凉清鹤梦，林静肃僧仪”[30]。得于佛寺，则有“松日明金象，苔龛响木鱼”[31]。又“解吟僧亦俗，爱舞鹤终卑”[32]。得于郊园，则有“远陂春寒渗，犹有水禽飞”[33]。(原注，上句：“绿树连村暗，黄花入麦稀。”)得于乐府，则有“晚妆留拜月，春睡更生香”[34]。得于寂寥，则有“孤萤出荒池，落叶穿破屋”[35]。得于惬适，则有“客来当意惬，花发遇歌成”[36]。虽庶几不滨于浅涸，亦未废作者之讥诃也[37]。又七言云："逃难人多分隙地，放生鹿大出汉林。"[38]又"得剑乍如添良仆，亡书久似忆良朋"[39]。又"孤屿池痕春涨满，小栏花韵午晴初"[40]。又"五更惆怅回孤枕，犹自残灯照落花"[41]。(原注，上句"故国春归未有涯，小栏高槛别人家"。)又"殷勤元旦日，歌舞又明年"[42]。(原注，上句"甲子今重数，生涯只自怜"。)皆不拘于一概也。[43]

盖绝句之作，本于诣极[44]，此外千变万状，不知所以神而自神也[45]，岂容易哉？今足下之诗，时辈固有难色[46]，倘复以全美[47]为工，即知味外之旨矣[48]。勉旃。某再拜。

《四部丛刊》影旧钞本《司空表圣文集》卷二

【注释】

[1]辨于味：味，指诗的韵味。辨于味，指领会诗的韵味。

[2]江岭之南：江，长江。岭，五岭。江岭之南，指今两广一带。

[3]醯：xī，音夕，醋。

[4]鹾：cuó，音痤，盐。

[5]华之人以充饥而遽辍者：华之人，指中原地区的人，中原古称华夏。充饥，就餐。遽辍，停止不用。这句意思是说中原人使用盐醋适量，达到调味佐餐的目的就不再用了。

[6]醇美：醇美即醇厚之美。古言风俗醇厚，谓其不浅薄；言味道醇厚，谓其不单调。

[7]六义：风、雅、颂、赋、比、兴。讽谕、抑扬、停蓄、温雅：指诗的四种情调。这是说《诗经》的旨味不单调、不偏颇，亦即上文所谓的"醇美"。

[8]直致所得：谓自然写出，即境会心，不劳拟议。以格自奇：谓前辈作者以他独具的风格各自标新领异。

[9]矧：shěn，况且。

[10]"王右丞、韦苏州"三句：王右丞，王维，官至尚书右丞故世称王右丞。韦应物，曾任苏州刺史，故世称韦苏州。王、韦都是唐代田园山水诗派的代表。澄澹，指风格的清淡深远。精致，指语言精工细致。遒举，指笔力的遒劲挺拔。

[11]贾浪仙：贾岛(779—843年)，字浪(阆)仙，范阳人。中唐后期诗人，专写五言律诗，以清苦僻涩为宗。

[12]意思殊馁：馁，饿。谓其作品思想内容不充实。

[13]附于蹇涩，方可致才：附，依附，依赖。蹇涩：艰深生涩也。二句谓贾岛诗大部分依赖雕饰只字片语，艰苦僻涩，才可以显示他的诗才。意思是说他的才力小。

[14]近而不浮：谓诗之形象，近在眼前，诗人写来意象真切而不浮浅。

[15]远而不尽：谓诗之旨意深远而有不尽之意。

[16]韵外之致：韵，指诗的语言，包括神韵。这句是说在语言文字之外，别有余味。

[17]缺然：不足也。

[18]"草嫩"二句：见司空图诗《早春》。

[19]"人家"二句：司空图诗句，全篇已佚。

[20]“雨微吟足思”二句：见司空图诗《下方》。
[21]“坡暖”二句：出处同上。
[22]“川明”二句：见《华下送文浦》。
[23]“戍鼓”二句：见《寄永嘉崔道融》。
[24]“曲塘”二句：见《江行》。
[25]“夜短”二句：全篇已佚。
[26]“马色”二句：见《塞上》。
[27]“骅骝”二句：全篇已佚。
[28]“鲸鲵”二句：全篇已佚。
[29]“棋声”二句：全篇已佚。
[30]“地凉”二句：全篇已佚。
[31]“松日”二句：见《上陌梯寺怀旧僧》。
[32]“解吟”二句：见《僧舍贻友》。
[33]“远陂”二句：见《独望》。
[34]“晚妆”二句：全篇已佚。
[35]“孤萤”二句：见《秋思》。
[36]“客来”二句：见《长安赠王注》。
[37]“虽庶几不滨于浅涸”二句：此自谦之语。
[38]“逃难”二句：见《山中》。
[39]“得剑”二句：见《退栖》。
[40]“孤屿”二句：见《光启四年春戊月》。
[41]“五更”二句：见《华上》。
[42]“殷勤”二句：见《元日》。
[43]皆不拘于一概也：这二十四联诗，题材有别，情调各异，体裁有分，故云“不拘于一概”。这也正是司空图上文所批评的“体之不备”的反面，是他所主张的兼蓄众味、兼备众体的现身说法。
[44]本于诣极：诣，造诣。诣极极高的造诣。要把丰富的诗意，提炼压缩在极端的绝句中，这非要有高度的艺术修养不可。
[45]不知所以神而自神也：这里的神，指司空图所言诗的最高境界。
[46]时辈固有难色：谓时人要赶上李生是很困难的。
[47]全美：外形精美的特句，包孕着无尽的神味，才能说是全美。
[48]味外之旨：即情味之外的思想意旨，亦即前文所说的“意思”。

【导读】

在《与李生论诗书》中，司空图提出从韵味的角度来解读诗歌的意境，认为诗歌之意境必有“韵外之致”、“味外之旨”，而诗“味”的妙用在于“咸酸之外”。因此反对“浅涸”，主张“近而不浮，远而不尽”，言有尽而意无穷，从而达到“思与境偕”的意境。这与他在《与极浦书》中所标举的“象外之象，景外之景”的意境说一致。

司空图所言之“韵”是就诗的语言而言，“韵外之致”即要求诗歌创作要有比它的语言描写本身更生动深远的东西。所谓“味”，是继承发展了钟嵘关于“滋味”的见解，他提出“味外之旨”，“味外之旨”要求在精美语言外，诗还蕴含能够启发人们思考、联想的东西。“韵外之致”和“味外之旨”内容是相同的，也就是“韵味”，这实际上是要求创造出一种引起人们联想并蕴含深厚意义的意境。司空图认为好诗必须是这种有深远意境的诗，能够耐人寻味，文已尽而意无穷。

对于如何达到这种境界，司空图提出了“全美”和“不拘于一概”的审美标准。“全美”即不仅仅追求文句之形式美，而尤其要追求含蕴深厚的内容美。“不拘于一概”中“一概”即“一般”、“一律”，可以理解为客观的一般景物。司空图以自己的诗句为例，认为对景物的描写不能太实、太执着，而是要表现比景象本身更深远的东西，也就是他在《与极浦书》中所说的“象外之象、景外之景”。

司空图诗论的缺点在于他推崇的有“韵外之致”的诗作以王维、韦应物的田园山水诗派作品为宗，他高度评价这些作品“澄澹精致，格在其中”，且他的理论也是对这一诗派艺术经验的概括。所以尽管在本文中司空图开宗明义提出“诗贯六义”，且将“讽喻”置于首位，但实际上他并不够重视诗歌社会内容，而将韵味归于抒写闲情逸致上。此外，司空图将如何达到最高境界归结于“神而自神”，即天然化成，秉持着神秘主义色彩，而无法科学地解释此境界究竟如何到达。

在诗歌批评史上，司空图的韵味理论，上承皎然《诗式》论体之“风韵朗畅日高”的意趣，下启严羽“妙悟”、王士禛“神韵”诸说，具有重要的文艺史价值，标志着我国文论对抒情诗审美特征认识的加深。但他所谈的只是一部分题材表现形式，而少与社会生活关联，这也正是司空图诗歌理论的局限性所在。

【拓展阅读】

1.（唐）司空图：《与王驾评诗书》、《题柳柳州集后》、《与极浦书》，分见《四部丛刊》影旧钞本《司空表圣文集》第一、二、三卷。

2. 张少康：《司空图及其诗论研究》，学苑出版社 2005 年版。

3. 祖保泉：《司空图的诗歌理论》，上海古籍出版社 1984 年版。

4. 陈必胜：《“诗味”与“味诗”——略谈司空图的鉴赏论》，载《文艺理论研究》1984 年第 2 期。

5. 李壮鹰：《略论司空图“味外说”的第一面貌》，载《学术月刊》1986 年第 3 期。

《答吴充[1]秀才书》

（北宋）欧阳修

【题解】欧阳修（1007—1072年），字永叔，晚号醉翁，又号六一居士，庐陵（今江西吉安）人。仁宗天圣八年进士。调西京推官，与尹洙、梅尧臣等以歌诗相和。范仲淹为相，欧阳修积极参与庆历新政。新政失败，仲淹、富弼等相继被罢去，欧阳修上书极谏，出知滁、扬、颍等州。后召为翰林学士。嘉祐二年，知贡举，倡古文，排抑"太学体"，文风大变。神宗立，出知亳、青、蔡三州，以反对王安石变法，坚请致仕。卒谥文忠。诗文词俱工，为北宋文学大家。平生奖掖后学，汲引文士，为当时文坛领袖。有《欧阳文忠公文集》一百五十卷。传见《宋史》卷三百一十九。

修顿首白，先辈吴君足下。前辱示书及文三篇，发而读之，浩乎若千万言之多，及少定而视焉，才数百言尔。非夫辞丰意雄，霈然[2]有不可御之势，何以至此！然犹自患伥伥[3]莫有开之使前者，此好学之谦言也。

修材不足用于时，仕不足荣于世，其毁誉不足轻重，气力不足动人。世之欲假誉以为重，借力而后进者，奚取于修焉？先辈学精文雄，其施于时，又非待修誉而为重，力而后进者也。然而惠然见临（原校［下同］：六字一作惠然而见及），若有所责（一作求），得（一无此字）非急于谋道，不择其人而问焉者欤？

夫学者，未始不为道[4]，而至者鲜焉；非道之于人远也，学者有所溺焉尔。盖文之为言，难工而可喜，易悦而自足。世之学者往往溺之，一有工焉，则曰："吾学足矣"。甚者至弃百事不关于心，曰："吾文士也，职于文而已。"此其所以至之鲜也。昔孔子老而归鲁，六经之作，数年之顷尔。然读《易》者如无《春秋》，读《书》者如无《诗》[5]（一作读《春秋》者如无《诗》、《书》），何其用功少而至（此字一作自然）于至也？圣人之文虽不可及，然大抵道胜者（一有于字），文不难而自至也。故孟子皇皇不暇著书，荀卿盖亦晚而有作[6]。若子云、仲淹，方勉焉以模（三字，一作强区区力作）言语[7]，此（一无此字，有而宏博不及孟荀之雄者十字）道未足而强（一作勉）言者也。后之惑者，徒见前世之文传，以为学者文而已（此句一作又溺其悦也），故愈力（一无此二字）愈勤而愈不至。此足下所谓"终日不出于轩序（一无此句）[8]，不能纵横高下皆如意"者也，道未（一作不）足也。若道之充焉，虽行乎天地（一作下）入于渊泉，无不之也（一有何患不至四字）。

先辈（一作足下）之文浩乎沛然，可谓善矣。而又志于为道，犹自以为未广，若不止焉，孟、荀可至而不难也。修学道而不至者，然幸不甘于所悦，而溺于所止。因吾子之能不自止，又以励修之少进焉。幸甚！幸甚！修白。

《四部丛刊》影元本《欧阳文忠公文集》卷四十七

【注释】

[1]吴君：即吴充(1021—1080年)，字冲卿，建州浦城人。仁宗宝元元年进士。传见《宋史》卷三百十二。

[2]霈然：同沛然，盛大貌。

[3]伥伥：迷茫不知所措。

[4]夫学者，未始不为道：未始，未尝。韩愈《送陈秀才彤序》："盖学所以为道，文所以为理也。"

[5]"读《易》者"二句：盖意本李翱《答朱载言书》："创意造言，皆不相师。故其读《春秋》也，如未尝有《诗》也；其读《诗》也，如未尝有《易》也；其读《易》也，如未尝有《书》也；其读屈原、庄周也，如未尝有六经也。"

[6]荀卿盖亦晚而有作：据《史记》本传，楚相春申君任荀子为兰陵令，及春申君卒(考烈王二十五年，即公元前238年)，荀子废，因家兰陵，著书数万言而卒。荀子著书之年，当在八十左右。

[7]子云句：子云：扬雄字。扬雄仿《易》作《太玄》，仿《论语》作《法言》。仲淹，王通字，死后门人私谥文中子。通仿《春秋》作《元经》(已佚)，仿《论语》作《中说》。本文说其"勉焉以模言语"，即鹦鹉学舌之意。

[8]轩序，泛指居室。正房两侧东西厢房谓之"序"。

【导读】

北宋之初，柳开、王禹偁等倡导古文，反对骈偶之风，力求使宋代文学朝韩愈的方向发展。随后有"号为时文"的西昆体流行于世，致使天下学者"未尝有道韩文者"(欧阳修《记旧本韩文后》)。为了振兴文学，欧阳修提出了以"道"充实"文"的主张。他积极倡导诗文革新运动，使古文推倒时文，占据了文坛统治地位，成为文学语言的正宗，有力推动了宋代文学的发展。

《答吴充秀才书》是一篇指导青年后学的文学书简，属于书信体的论说文。文章不但提出了以"道"为主的主张，而且认为生活中的"百事"就是所谓的"道"的内容。这样，本文就不仅仅是论述了文与道的关系，而且论及了文学和社会生活的关系问题，不仅在中国文学批评史上占有重要地位，而且在宋代"古文运动"中起了理论指导作用。

在文与道的关系上，本文提出"道胜者文不难而自至"的观点，认为道是本，文是末。反对文士借文而舍道统、弃百事。以为文章欲"工"，作者不得不加强道统修养，否则"愈力愈勤而愈不至"。

欧阳修对"吾文士也，职于文而已"这种观念提出了批评。所谓"职于文"，是指专心于"文"，满足于"文"之"工"，乃至"弃百事不关于心"。欧阳修认为这样做只能是"愈力愈勤而愈不至"，而鲜有达于"工"者，其原因就在于"道未足而强言"。在欧阳修看来，"大抵道胜者文不难而自至"，"文"之"自至"，无非是"道胜"的必然结果。这一"道胜文至"之说，实际上是对孟子"充实之谓美"思想的发挥。

欧阳修提出的"道"虽然主要也是儒家传统的道，但与宋初的柳开等人比较有明显的不同，他强调的并不是从经书上学得的道，更不是陈腐的封建伦理纲常，而是作家身体力行，在实践中所获得、所验证的道。他把现实中的“百事”也看作是“道”的具体内容，认为“道”依于事，反对“务高言而鲜事实”，要求“中于时病而不为空言”，可以看出他主张文学应贴近现实生活。他以孟子、荀子为例，指出“孟子皇皇不暇著书”，荀子“亦晚而有作”，就是强调孟子、荀子首先是道的实践者，孟子为行道而终日奔忙，荀子壮年亦推行儒道，晚年才著书，兼容诸家，阐扬儒道。行道而有得，著作写文就有创见、有内容，所以说“道胜者文不难而自至也”。他批评扬雄、王通“道未足而强言者也”，因为他们在行道实践上不足，没有像孔子、孟子、荀子那样对道的见识和阐发，就只能单纯从外在语言文辞上模仿前贤，如鹦鹉学舌。他主张道必须与社会现实相联系，文章的内容必须反映现实，针砭时弊，积极发挥社会作用。由此观之，实则欧阳修在总体上并不轻文，在他看来“道是本，文是末；学道是为了充实文的内涵”。①

欧阳修借此文阐明了文与道的联系，强调道是根本，提倡在身体力行中学道，要求作家不能与现实世事隔绝。他从作家修养、实践和作品思想内容的角度批判了西昆浮靡文风，倡导诗文革新，从而为新文风指明了方向。

【拓展阅读】

1. (宋)欧阳修:《送徐无党南归序》,《欧阳文忠公文集》卷四十三，四部丛刊本。

2. 张健:《欧阳修之诗文及文学评论》，台湾“商务印书馆”1973 年版。

3. 刘德清:《欧阳修论稿》，北京师范大学出版社 1991 年版。

4. 王水照:《欧阳修散文的创作道路》，载《社会科学战线》1991 年第 3 期。

5. 唐骥:《系乎之乱之文——欧阳修散文管窥》，载《宁夏大学学报》(社会科学版) 1983 年第 7 期。

① 郭绍虞主编:《中国历代文论选》第 2 册，上海古籍出版社 2009 年版，第 257 页。

《仲兄字文甫说》

(宋)苏　洵

【题解】苏洵(1009—1066年)，字明允，自号老泉，眉州眉山(今属四川眉山)人。北宋文学家，与其子苏轼、苏辙并以文学著称于世，称“三苏”，均被列入“唐宋八大家”。苏洵擅长散文，尤其擅长政论，议论明畅，风格苍劲锋锐，著有《嘉祐集》二十卷，及《谥法》三卷，均与《宋史本传》并传于世。此篇《仲兄字文甫说》为其散文名篇，无论章构、立意，皆出人意表，历来受选家重视。文章中提出，天下之至文，如同风行水上自然成文，乃“无意乎相求，不期而相遭”。这一观点对当时和后世的文论影响很大，因此本文也颇为文论家所看重。

洵读《易》至《涣》之六四[1]，曰：“涣其群，元吉。”[2]曰：“嗟夫！群者，圣人所欲涣以混一天下者也。盖余仲兄名涣，而字公群[3]，则是以圣人之所欲解散涤荡者以自命也，而可乎？”他日以告，兄曰：“子可无为我易之？”洵曰：“唯。”既而曰：“请以文甫易之，如何？”

且兄尝见夫水之与风乎？油然而行[4]、渊然而留[5]、渟洄汪洋、满而上浮者，是水也，而风实起之。蓬蓬然而发乎太空[6]、不终日而行乎四方、荡乎其无形、飘乎其远来、既往而不知其迹之所存者，是风也，而水实形之[7]。今夫风水之相遭乎大泽之陂[8]也，纡余委蛇[9]，蜿蜒沦涟[10]，安而相推，怒而相凌，舒而如云，蹙而如鳞，疾而如驰，徐而如徊，揖让旋辟[11]，相顾而不前，其繁如縠[12]，其乱如雾，纷纭郁扰，百里若一。汩[13]乎顺流至乎沧海之滨，滂薄汹涌，号怒相轧，交横绸缪[14]，放乎空虚，掉[15]乎无垠，横流逆折，渍旋[16]倾侧，宛转胶戾[17]，回者如轮，萦[18]者如带，直者如燧[19]，奔者如焰，跳者如鹭，跃者如鲤，殊然异态，而风水之极观备矣。故曰：“风行水上涣。”[20]此亦天下之至文也。

然而此二物者，岂有求乎文哉？无意乎相求，不期而相遭，而文生焉。是其为文也，非水之文也，非风之文也。二物者，非能为文，而不能不为文也，物之相使[21]而文出于其间也，故此天下之至文也。今夫玉非不温然美矣，而不得以为文；刻镂组绣，非不文矣，而不可与论乎自然，故夫天下之无营[22]而文生之者，唯水与风而已。

昔者，君子之处于世，不求有功，不得已而功成，则天下以为贤；不求有言，不得已而言出[23]，则天下以为口实[24]。呜呼！此不可与他人道之，唯吾兄可也。

《四部丛刊》影宋本《嘉祐集》卷十四

【注释】

［1］《涣》之六四：《易·涣卦》六四爻。在《易》中，阴爻称为“六”，阳爻称为“九”，即《涣》卦中(从下往上)第四根阴爻。

［2］“涣其群，元吉”：《易·涣卦》六四爻辞。《象》曰：“‘涣其群元吉’，光大也。”朱熹在《朱子语类》中解释为：人心涣散之时，各自成朋党，不能混一，只有六四能涣小人之私群，成天下公道，所以“元吉”。

［3］苏洵仲兄即苏涣(1001—1062年)，宋仁宗天圣二年进士及第，官至都官郎中、利州路提点刑狱，为官谨正，奉职守法，有“循吏”之称。苏涣初字公群，后由苏洵易为文甫。为了说明替兄改字的来由和用意，苏洵特作此文。以水流涤荡污垢喻指圣人清除群众德行之邪恶，推行德教以统一天下，所以初字“公群”，苏洵拓宽视野，别开蹊径，于是从《涣》卦的《象》传“风行水上涣”中得到启发，悟出一个“文”字，乃将其兄原字改为“文甫”(“甫”为男子美称)。

［4］油然：水流行貌。

［5］渊然：水深貌。

［6］蓬蓬然：风动貌。

［7］水实形之：水知风的样貌，风动而水动。

［8］陂：池塘。这里指湖泊。

［9］纡余委虵：虵，同“蛇”。屈曲貌。

［10］沦涟：微波。

［11］旋辟：旋转回环。

［12］其繁如縠：繁：杂；縠：轻纱。

［13］汩：水流迅疾。

［14］绸缪：缠绵、相互联结。

［15］掉：振动。

［16］渍旋倾侧：水涌动而旋转。

［17］宛转胶戾：回环曲折。

［18］萦：弯曲。

［19］燧：烽火。

［20］故曰：“风行水上涣。”语见《易·涣卦·象》。孔颖达《正义》：“风行水上，激动波涛，散释之象，故曰风行水上涣。”

［21］相使：彼此驱动。

［22］无营：无意于经营，不待雕琢。

［23］不得已而言出：不刻意，自然而然地抒发情怀。

［24］口实：口中经常吟诵之句。

【导读】

中国古代文论家谈创作，经常“远取诸物”，比拟自然景物，采取神与物游，感物言志的方法。苏洵在《仲兄字文甫说》中也是如此。苏洵一生以散文创作成就最大，他的散文创作理论主要有两点：一是提倡文章要“有为而作”，反对“慕远而忽近，贵华而贱实”，“游谈以为高，枝词以为观美”的文风。(见苏轼的《凫绎先生诗集序》)二是强调文章的艺术技巧和独特风格，崇尚自然为文，并在其文论代表作《仲兄字文甫说》中提出了“风行水上涣，此天下之至文”的理论。

1.“风”、“水”：为文的两个条件

苏洵强调了文学创作的两个基本条件：“风”和“水”。“风”则比喻创作的冲动，激情、灵感：“蓬蓬然而发乎太空、不终日而行乎四方、荡乎其无形、飘乎其远来、既往而不知其迹之所存者，是风也。”而“水”是比喻创作的源泉和艺术修养：“油然而行、渊然而留、渟洄汪洋、满而上浮者，是水也。”这两者本身是自然之物，皆非有意经营而得之，而且“风”、“水”就是物与我，文章既非“物”的映照，也非“我”的表现。水油然而行，必来自于风的鼓动，二物合一，才构成自然界的“文”，苏洵认为这就是“天下之至文”。显然这得益于道家的一些理论。

2. “风水相遭”：为文的过程

风行于水上，或为沦漪，或起波涛，也都不是有意为之，“文”就这样产生了。这里的“文”是自然的“纹彰”，也是写作的“文章”。苏洵说：“是其为文也，非水之也，非风之文也。二物者，非能为文，而不能不为文也，物之相使，而文出于其间也。”文学创作要“神来兴会”，当作者受到外界客观事物的刺激，触动了他的生活积累，顿时产生了创作欲望，找到了写作的新角度，一篇文章便孕育而成了。文章的自然之美，取决于意念的自发性：这种写作过程便叫作“有感而发”。韩愈也曾有这样的观点：“气盛而言宜，正如水之浮物。”(《答李翊书》)

3. 自然：“至文”的标准

苏洵认为，只有在“不能不为”的情况下写出来的文章，才是天下之至文。为了说明这个问题，他还运用了两个生动的比喻说法：“今夫玉非不温然美矣，而不得以为文；刻镂组绣，非不文矣，而不可与论乎自然。”这就是说，璞玉仅有内在的美，外表太粗糙，不能成“文”；而雕刻刺绣的工艺品，由于外表过于华丽，失却了自然的美，也不能成为“文”。那什么样的东西才算“文”呢？苏洵再次强调最高的审美标准：自然而为文，即是他称道的天下之“至文”。这种理论与《诗品》的《冲淡》“饮之太和，独鹤于飞”不甚相同，说的并不是文章的风格必须要恬淡闲适，而着重于讲求创作的过程和结果都要遵从自然之道。风水相遇，随物赋形，不拘常态：“回者如轮，萦者如带。”

在唐宋古文八大家中，苏洵显得颇为特殊。一是功名最薄，不具进士出身资格，仅在暮年做过卑微的小官，故其始终以“布衣书生”自居。二是传世文章最少，不过百余篇，单从 数量而言，远远不及其他七家，然而“书虽就于百篇，爵不过于九品”，却能以鲜明的特色和卓越的成绩独自而立，与他独特的“自然主义”文章理论不无关系：“务一出己见，不肯蹑故迹。”①后世的文论也深受其影响，比如苏轼的“不能不为之为工”、楼玥的“水不动则平，彼遇风而纹，遇壑而奔”，等等。

① 曾巩：《老苏先生哀词》。

【拓展阅读】

1. (战国)庄子:《逍遥游》、《齐物论》,载《庄子》,上海古籍出版社1989年版。

2. (宋)苏轼:《江行唱和集序》,载《经进东坡文集事略》卷五十六,文学古籍刊行出版社1957年版。

3. 冯友兰:《庄子及道家中之庄学》,载《庄子二十讲》,华夏出版社2009年版。

4. 王琳、邢培顺编选:《苏洵苏辙集》,凤凰出版社2006年版。

5. 刘青海:《立象尽意,自然成文:苏洵〈仲兄字文甫说〉》,载《文史知识》2014年第11期。

《答谢民师书》

（宋）苏　轼

【题解】苏轼（1037—1101年），字子瞻，又字和仲，号东坡居士，眉州眉山（今属四川省眉山市）人。苏轼本人思维活跃，视野开阔，兼得儒道释三家之长，不拘一格，才华横溢。其诗题材广阔，清新豪健，善用夸张比喻，独具风格，与黄庭坚并称“苏黄”；词开豪放一派，与辛弃疾同是豪放派代表，并称“苏辛”；书画也自成一家，影响甚为深远。有《东坡七集》、《东坡易传》、《东坡乐府》等。宋哲宗元符三年（公元1100年），六十五岁高龄的苏轼从流放地儋州遇赦北归，北返途中，他看了谢民师的“所示书教及诗赋杂文”之后，写下了《答谢民师书》，在这篇书信体文论中，主要表达了自己对于文学创作的观点。

轼启：近奉违[1]，亟辱问讯[2]，具审起居佳胜，感慰深矣。某受性刚简[3]，学迂材下[4]，坐废[5]累年，不敢复齿缙绅。自还海北[6]，见平生亲旧，惘然如隔世人，况与左右无一日之雅[7]，而敢求交乎？数赐见临，倾盖如故[8]，幸甚过望，不可言也。

所示书教[9]及诗赋杂文，观之熟矣。大略如行云流水，初无定质，但常行于所当行，常止于所不可不止，文理自然，姿态横生。孔子曰：“言之不文，行而不远。”[10]又曰：“辞达而已矣。”[11]夫言止于达意，即疑若不文，是大不然。求物之妙，如系风捕景，能使是物了然于心者，盖千万人而不一遇也。而况能使了然于口与手者乎？是之谓辞达。辞至于能达，则文不可胜用矣。

扬雄[12]好为艰深之辞[13]，以文浅易之说，若正言之，则人人知之矣，此正所谓“雕虫篆刻”者[14]，其《太玄》、《法言》，皆是类也[15]，而独悔于赋，何哉？终身雕篆，而独变其音节[16]，便谓之经，可乎？屈原作《离骚经》，盖风雅之再变者，虽与日月争光可也。可以其似赋而谓之雕虫乎？使贾谊见孔子，升堂有余矣，而乃以赋鄙之，至与司马相如同科[17]，雄之陋如此比者甚众[18]，可与知者道，难与俗人言也。因论文偶及之耳。

欧阳文忠公[19]言：“文章如精金美玉，市有定价，非人所能以口舌定贵贱也。”纷纷多言，岂能有益于左右，愧悚不已！

所须惠力法雨堂[20]两字，轼本不善作大字，强作终不佳；又舟中局迫难写，未能如教。然轼方过临江，当往游焉。或僧有所欲记录，当为作数句留院中，慰左右念亲之意。今日至峡山寺，少留即去。愈远，惟万万以时自爱。不宣。

文学古籍刊行社版《经进东坡文集事略》卷四十六

【注释】

[1]近奉违：最近分别之后。

[2]亟辱问讯：多次承你来信问候。

[3]刚简：刚直简幔。

[4]学迂材下：学问迂周，才质驽钝。

[5]坐废：获罪罢职。

[6]自还海北：宋哲宗元符三年(1100)作者由海南遇赦北还。

[7]况与左右无一日之雅：何况与您平素没有交往。

[8]倾盖如故：倾盖，原意为车上的伞盖靠在一起，后指初次相逢或订交。

[9]书教：指文书、文件。教，古代官府或长上的告谕。谢民师名举廉，新淦人。神宗元丰八年进士，徽宗政和间知南康，有政绩。郎晔题注："(谢)后为广东帐干(按：推官之别称)，遇公还自海外，以文相往来，遂有此书。盖庚辰元符三年也。"

[10]言之不文，行而不远：说话不讲究文采，流传就不会广远。《左传·襄公二十五年》引孔子语。

[11]辞达而已矣：言辞只求能表达意思就行了。语见《论语·卫灵公》。

[12]扬雄：司马相如之后西汉最著名的辞赋家。所谓"歇马独来寻故事，文章两汉愧扬雄"，代表作品有《太玄》、《法言》、《方言》、《训纂篇》等。

[13]艰深之辞：按扬雄主"文必艰深"之说，《汉书》本传引《解难》曰："昔人之辞，乃玉乃金。彼岂好为艰难哉？势不得已也。"

[14]雕虫篆刻：虫，指虫书。刻，指刻符。虫书刻符为孩童所习。

[15]其《太玄》、《法言》，皆是类也：他的《太玄》、《法言》都属于这类。《汉书·扬雄传》称其"以为经莫大于《易》，故作《太玄》；传莫大于《论语》，故作《法言》"。

[16]扬雄写作《太玄》、《法言》时仅仅变有韵之文为无韵之文，使称之为经。

[17]科：品次，等级。

[18]雄之陋如此比者甚众：像这样浅陋的见解，在扬雄身上是很多的。

[19]欧阳文忠公：欧阳修，字永叔，号醉翁、六一居士，北宋文学家，且在政治上负有盛名。谥号文忠，世称欧阳文忠公。

[20]惠力法雨堂：清江县惠力寺法雨堂。

【导读】

孔子曰："辞，达而已矣。"(《论语·卫灵公》)给后人留下了无尽阐发的空间。虽然他也间接地对"言"、"辞"发表过一些看法，如"言之不文，行而不远"(《左传·襄公二十五年》)、"情欲信，辞欲巧"(《礼记·表记》)，但这些话的意思显然与"辞达而已矣"并不一致，甚至在某些方面还发生着矛盾。中国人向有"尊经"、"征圣"的传统，文人儒士更是如此。于是，孔子之后围绕着什么是"辞达"的问题阐发从来就没有停止过。在历时两千多年的解读过程中，苏轼的观点深刻而又通达，堪称至论。

1."辞达"的标准："了然"

"了然"，即清晰明了之意。在苏轼看来，首先要做到"了然于心"，要心中弄明白。

然后是“了然于口与手”，即很好地表达出来。如果达不到“了然”的要求，文字不仅无法很好地承担起表情达意的任务，反而会成为文意传达和接受之间的障碍。

仅仅要求做到文辞“了然”还是很空泛的。接下来要追问的是：要“了然”什么？是物，是“物之妙”，是“意”，即对审美对象的深刻洞察和充分理解。苏轼在另文《答虔倅俞括一首》中进一步说：“孔子曰：辞达而已矣。物固有是理，患不知，知之患不能达之于口与手。所谓文者，能达是而已。”很显然，苏轼认为要表达的应当是“物固有”之“理”、“神”。此“理”当不同于宋明理学家所掬捧、信奉的“天理”，而是客观事物所固有的本质、规律和特点，包括物之“理”，也包括事之“理”，如对人生的体验、感悟等。

2. “辞达”的方法：“自然而然”

苏轼认为写文章“如行云流水，初无定质，但长行于所当行，常止于所不可不止”。苏轼主张写作态度和写作风格的“自然主义”：在这样的状态下，情感得以完全自律，就像云和水，可以任其自性而流动。这里不可做预设，而应该“未尝有作文之意”，而且这种状态其实是根植于对世界的深刻体会：“山川之秀美，风俗之朴陋，贤人君子之遗迹，与凡耳目之所接者，杂然有触于中，而发于咏叹。”(《南行前集叙》)当一股饱满超迈之气贯通于神思与文辞之中之后，写作自然游刃有余了。

他认为“辞达而已”不仅仅说的是达意即可，而是审美经验与审美表达的完美统一，类似于庄子“近乎道也”的庖丁解牛的方法。在庄子的哲学中，这种统一是最高的境界，而苏轼正是在这种高度定义“辞达”境界的：是一切艺术的最高融汇点。

3. “辞达”的状态：“行云流水”

苏轼称赞谢民师的文章：“大略如行云流水，初无定质，但常行于所当行，常止于不可不止，文理自然，姿态横生。”看苏轼的作品，也是非用“行云流水”、“文理自然”、“姿态横生”等词语来形容不可的。“辞达”的状态就是行云流水之态，“辞达”之境也指的是个性与人格的自由伸张。

苏轼在此篇《答谢民师书》中标举“辞达”之说，同时又具有批评文风的意义。在苏轼看来，扬雄的《太玄》、《法言》，不过是艰深的文辞掩饰其平庸的思想，与扬雄自己所批评的辞赋，在滞于文辞而未能所“达”这点上，并没有不同。借着对扬雄的批评，致力于涤除当时以“太学体”为代表的尚奇文风，为宋代散文的健康发展指明道路。

【拓展阅读】

1. (战国)庄子：《养生主》，载《庄子》，上海古籍出版社 1989 年版。

2. (宋)苏轼：《文与可画筼筜谷偃竹记》，载《苏轼集》，凤凰出版社 2006 年版。

3. 林语堂：《苏东坡传》，陕西师范大学出版社 2006 年版。

4. 郑园、陶文鹏编选：《苏轼集》，凤凰出版社 2006 年版。

5. 蒋勋：《蒋勋说宋词》，中信出版社 2014 年版。

《答洪驹父书》

(宋)黄庭坚

【题解】黄庭坚(1045—1105 年)，字鲁直，号山谷道人，晚号涪翁，洪州分宁(今江西修水县)人，北宋著名文学家、书法家，为盛极一时的江西诗派开山之祖，与杜甫、陈师道和陈与义素有“一祖三宗”(黄庭坚为其中一宗)之称。此篇《答洪驹父书》是黄庭坚五十九岁时写给外甥洪驹父的信，信中谈到自己对文学创作问题的一些看法。针对洪驹父的创作，在肯定文学创作要“有宗有趣”的前提下，侧重从形式方面进行探讨。他强调要学习前人“陶冶万物”的功力，主张多读融古，并概括为“点铁成金”的法度。

驹父外甥教授[1]：别来三岁[2]，未尝不思念。闲居绝不与人事相接，故不能作书，虽晋[3]城亦未曾作书也。专人来，得手书。审在官不废讲学，眠食安胜，诸稚子长茂[4]，慰喜无量。

寄诗语意老重，数过读，不能去手；继以叹息，少[5]加意读书，古人不难到也。诸文亦皆好，但少古人绳墨耳，可更熟读司马子长[6]、韩退之[7]文章。凡作一文，皆须有宗有趣[8]，始终[9]关键，有开有阖。如四渎[10]虽纳百川，或汇而为广泽，汪洋千里，要自发源注海耳。老夫绍圣[11]以前，不知作文章斧斤[12]，取旧所作读之，皆可笑。绍圣以后[13]，始知作文章。但以老病惰懒，不能下笔也。外甥勉之，为我雪耻。

《骂犬文》虽雄奇，然不作可也。东坡文章妙天下，其短处在好骂[14]，慎勿袭其轨[15]也。甚恨不得相见，极论诗与文章之善病，临书不能万一。千万强学自爱，少饮酒为佳。所寄《释权》一篇，词笔纵横，极见日新[16]之效。更须治经，深其渊源，乃可到古人耳[17]。《青琐》祭文，语意甚工，但用字时有未安处。自作语最难，老杜作诗，退之作文，无一字无来处[18]。盖后人读书少，故谓韩、杜自作此语耳。古之能为文章者，真能陶冶万物，虽取古人之陈言入于翰墨，如灵丹一粒，点铁成金[19]也。

文章最为儒者末事，然索学之，又不可不知其曲折，幸熟思之。至于推之使高，如泰山之崇崛，如垂天之云[20]；作之使雄壮，如沧江八月之涛，海运吞舟之鱼[21]。又不可守绳墨[22]令俭陋[23]也。

《四部丛刊》影宋本《豫章黄先生文集》卷十九

【注释】

[1]驹父外甥教授：驹父，洪刍字。洪刍，豫章人，黄庭坚外甥。教授：古代学官名。

[2]别来三岁：按徽宗建中靖国元年黄庭坚在鄂州，王观复与洪刍来会，黄庭坚有诗。三年之后，当是崇宁二年，黄庭坚仍在鄂州，时年五十九。两年之后去世。

[3]晋：进。

[4]长茂：茁壮成长。

[5]少：稍。

[6]司马子长：司马迁，字子长。

[7]韩退之：韩愈，字退之。

[8]有宗有趣：作文当有主题。宗：宗旨；趣：趋向，即文义所归。

[9]终始：指文意脉络，或篇章结构的安排。

[10]四渎：《尔雅·释水》："江、淮、河、济为四渎。四渎者，发源注海也。"

[11]绍圣：(1094年4月—1098年5月)是宋哲宗赵煦的第二个年号。

[12]斧斤：方法。亦作"斧斫"泛指各种斧子，引申为"方法"意。

[13]绍圣以后：黄庭坚与绍圣二年贬谪黔州(今属四川)，诗风大变。

[14]好骂：苏轼"嬉笑怒骂，皆成文章"。而黄庭坚对于苏轼"好骂"之风并不赞同，他主张温柔敦厚的风格，反对偏激的人事批评。

[15]袭其轨：蹈其前辙。

[16]日新：《大学》："苟日新，日日新，又日新。"

[17]更须治经，深其渊源，乃可到古人耳：阐明诗文"要从学问中来"(《论作诗文》)的道理。

[18]无一字无来处：杜甫有"读书破万卷，下笔如有神"(《奉赠韦左丞文二十二韵》)等诗句，韩愈亦自道"沉浸浓郁，含英咀华，作为文章，其书满家"(《进学解》)均为黄庭坚所本。此说为江西诗派继承。

[19]灵丹一粒，点铁成金：典出《五灯会元》卷七灵照禅师曰："灵丹一粒，点铁成金。"黄庭坚指的是融化前任陈言而再铸伟辞，"化腐朽为神奇"。黄庭坚此说被江西诗派继承，影响甚大。

[20]垂天之云：语出《庄子·逍遥游》："其翼若垂天之云。"

[21]海运吞舟之鱼：语出《庄子·逍遥游》。运，行也。行于海上，故曰海运。

[22]绳墨：木工打直线的工具(将沾了墨水的细绳的两头固定并拉直，再用手轻轻一弹就有一条很直的墨迹了)，比喻规矩或法度。

[23]俭陋：受约束而猥琐意。

【导读】

如果说苏轼继承的是"兴观群怨"的儒家诗论的话，那么黄庭坚则主要继承了"温柔敦厚"的儒家诗教。这也与北宋的政治需要有关，正统儒学重振声威，柳开发其源，穆修助其澜，石介扬其波，欧阳修汇其成，流进文学界，形成"文统"；流进思想界，形成"道统"；流进史学界，形成"正统"。因此宋人看事物往往带着儒家之道的"有色眼镜"。另外，诗歌创作的源泉是什么？自钟嵘《诗品序》以来，诗论界就一直存在着向现实生活中"直寻"和向书本中"补假"的两种倾向的斗争，苏黄对这一问题的回答，差别与分歧较大，而这也决定了两个人的创作态度。苏轼基本属于“直寻派”，重视生活对于诗歌创作的感发作用。黄庭坚则基本上属于“补假”派，把眼光集中在书卷上。

1. “无一字无来处”

黄庭坚认为“老杜作诗，退之作文，无一字无来处。盖后人读书少，故谓韩、杜自作此语耳”。杜甫和韩愈的成功都来源于熟读前人文学。初学者有的诗文“雕琢功多”、“语生硬不谐律吕，或词气不逮初造意时”；有的“用字时有未安处”，都是因为缺乏一个诗人应有的基本功——对语法词汇音律的掌握。他指出“好作奇语，自是文章病”，所以为了引导初学者，他更多在技术层面加以指导，继承了刘勰所说的“积学以储宝”，杜甫所谓“读书破万卷，下笔如有神”，当然这与宋代印刷术进步、书籍大量印行有关。但是熟读不免给人以太过于专注字句出处的印象，对此陆游批评道：“盖后人元不知杜诗所以妙绝古今者在何处，但以一字亦有出处为工。如《西昆酬唱集》中诗，何曾有一字无出处者，便以为追配少陵，可乎？”(《老学庵笔记》)确实，杜、韩的成就，原本就不仅仅是字字有来处。无论如何，字字求出处对于天赋不足的追随者而言最终只会陷入掉书袋的习气，难以超出古人境界。

2. 出乎词意法度

黄庭坚所说的以熟读“入”是为了“出”。首先是“出”乎古人的词意，以获得以故为新、变俗为雅的效果。方法第一是“点铁成金”，也就是借用古人的“陈词”获得新意，模拟前人的用词既是学习的必经阶段，也与诗体本身的成熟有关；其次是“夺胎换骨”，用古意铸新辞。再次是出乎法度，“凡作一文，皆须有宗有趣，始终关键，有开有阖”。先通过熟读的方法加以领会，模仿，然后再出乎古人法度，使作品没有斧凿痕迹，当然学习模仿的对象也不拘一家。“夺胎换骨”喻与“点铁成金”说都讲到了诗歌语言提炼问题。“夺胎换骨”侧重论诗意，句法和“形容”的熔裁均取决于诗意；而“点铁成金”说侧重在语言提炼——化“陈”为新，推陈出新。虽有联系，亦有区别，总体而言，就是主张利用前人创造的富有表现力的词汇语言，经过自己的融会贯通，来表达自己要写的内容，或创造新的词句去表达前人已写过的内容，或从前人已写过的内容中翻出新意境。

然而“点铁”不一定能“成金”，就算才高如黄庭坚，诗作有不少地方是有意模仿或翻新古人的造字用意，这样使得他的独创中总要露出几分“得揩”古人作品的痕迹来。这样的方法为末流所用甚至有剽窃之嫌，如金人王若虚就批评说：“鲁直论诗有夺胎换骨、点铁成金之喻，世以为名言。以予观之，特剽窃之黠者耳。鲁直好胜，而耻其出于前人，故为此强辞而私立名字。”(《滹南诗话》)

【拓展阅读】

1. (宋)欧阳修、释惠洪：《六一诗话 冷斋夜话》，凤凰出版社 2009 年版。
2. (宋)杨万里：《江西宗派诗序》，载《中国历代文论选》，上海古籍出版社 2001 年版。
3. 蒋方编选：《黄庭坚集》，凤凰出版社 2006 年版。
4. 程效：《黄庭坚传》，广东人民出版社 2013 年版。
5. 张学淳编著：《千古绝句，赏析宋诗》，上海社会科学出版社 2013 年版。

《论　　词》

（宋）李清照

【题解】李清照（1084—约1151至1156年），北宋末南宋初著名女词人，号易安居士。李清照是婉约词派的代表，与豪放派词人辛弃疾并称“济南二安”。作品甚多，今大多亡佚，俞正燮《癸巳类稿》卷十五有《易安居士事辑》。词集有《漱玉词》一卷。其词作，词风清丽雅致，语言清新，早期多写闲适悠然的生活，后期词风转变，多感叹身世悲苦，感情基调颇为伤感。

李清照《论词》，今人普遍认为是中国古代词学史上第一篇系统性的、自成见解的词论。在这篇词论中，作者鲜明地提出了自己的词学主张，并主要对苏门词人提出了较为尖锐的批评。概括而言，《论词》提出了对词的六点要求，即高雅、浑成、协律、典重、铺叙、故实。针对苏轼“以诗为词”，作者提出词“别是一家”的主张，对后世词学影响甚为深广。

乐府声诗并著[1]，最盛于唐开元、天宝间[2]，有李八郎[3]者，能歌，擅天下。时新及第进士，开宴曲江[4]，榜中一名士，先召李，使易服隐姓名，衣冠故敝，精神惨沮，与同之宴所。曰：“表弟愿与坐末。”众皆不顾。既酒行乐作，歌者进，时曹元谦、念奴[5]为冠。歌罢，众皆咨嗟称赏。名士忽指李曰：“请表弟歌。”众皆哂，或有怒者。及转喉发声，歌一曲，众皆泣下。罗拜，曰：“此李八郎也。”[6]

自后郑卫之声日炽，流靡之变日烦。已有《菩萨蛮》《春光好》《莎鸡子》《更漏子》《浣溪沙》《梦江南》《渔父》[7]等词，不可遍举。

五代干戈，四海瓜分豆剖，斯文道息[8]。独江南李氏君臣尚文雅，故于“小楼吹彻玉笙寒”，“吹皱一池春水”之词，语虽奇甚，所谓亡国之音哀以思也[9]。

逮至本朝，礼乐文武大备，又涵养百余年，始有柳屯田永者，变旧声作新，出《乐章集》[10]。大得声称于世，虽协音律，而词语尘下。又有张子野、宋子京兄弟[11]，沈唐、元绛、晁次膺[12]辈继出，虽时时有妙语，而破碎何足名家！至晏元献[13]、欧阳永叔、苏子瞻，学际天人，作为小歌词，直如酌蠡水于大海[14]，然皆句读不葺之诗尔[15]，又往往不协音律[16]。何耶？盖诗文分平侧，而歌词分五音，又分五声，又分六律，又分清浊轻重[17]。且如近世所谓《声声慢》《雨中花》《喜迁莺》，既押平声韵，又押入声韵[18]。《玉楼春》本押平声韵，又押上去声，又押入声。本押仄声韵，如押上声则协，如押入声，则不可歌矣[19]。王介甫、曾子固，文章似西汉，若作一小歌词，则人必绝倒，不可读也[20]。

乃知别是一家，知之者少。后晏叔原、贺方回、秦少游、黄鲁直出[21]，始能知之。又晏苦无铺叙[22]。贺苦少重典。秦则专主情致，而少故实，譬如贫家美女，非不妍丽，而终乏富贵态。黄即尚故实，而多疵病，譬如良玉有瑕，价自减半矣。

《海山仙馆丛书》本《苕溪渔隐丛话》后集卷三十三

【注释】

[1]乐府声诗：乐府，指词。声诗，指在乐府之外唐人采作歌词以入乐歌唱的五言七言诗。

[2]开元、天宝：均为唐玄宗年号。

[3]李八郎：即李衮。

[4]开宴曲江：曲江在长安城东南，为当时京郊著名的风景区。唐时，每届新及第进士皆照例醵钱宴乐于曲江亭子，称“曲江宴”。宋人亦称“闻喜宴”。

[5]曹元谦：天宝间善歌者，生平不详。念奴：《开元天宝遗事》：“念奴有色善歌，宫伎中第一。”元稹《连昌宫词》自注：“念奴，天宝中名倡，善歌。”

[6]“乐府声诗”以下一段，此描写斗声乐以较胜负的场景，为唐时娱乐风气。

[7]《菩萨蛮》：唐教坊曲名，后用作词调。《春光好》，唐教坊曲名。《莎鸡子》，今无词流传。《更漏子》，因晚唐温庭筠词中多咏更漏而得名。《浣溪沙》，唐教坊曲名，后用为词调。《梦江南》，原名《谢秋娘》，李德裕制曲。《渔父》，张志和制曲。

[8]“五代干戈”三句，隐含了对晚唐西蜀花间词派的批评。

[9]李氏君臣：指南唐国主李璟、李煜父子与臣子冯延巳等。小楼吹彻句，李璟《摊破浣溪纱》词句。吹皱一池春水，冯延巳《谒金门》词句。亡国之音哀以思，语见《礼记·乐记》。

[10]柳屯田：柳永官至屯田员外郎，世号“柳屯田”。变旧声为新声，指柳永改制唐宋旧曲而成新调。

[11]张子野：张先字子野。宋子京兄弟，即宋祁(字子京)与其兄宋庠(字公序)。

[12]沈唐：字公序。元绛，字厚之，有词见《花草粹编》。晁次膺，晁端礼字次膺。

[13]晏元献：晏殊谥元献。

[14]酌蠡水于大海：庾信《华林园马射赋序》：“以管窥天，以蠡酌海。”蠡，瓠瓢。于海中取一瓢水，比喻容易之极。

[15]句读不葺：谓句子长短不一。李清照认为诗与词的不同不仅在句式形式上，还包括音律、风格等方面。

[16]不协音律：赵令畤《侯鲭录》卷八引黄庭坚语：“东坡居士曲，世所见者数百首，或谓音律小不协。”晁补之《词评》：“东坡词，人谓多不谐音律。”

[17]“歌词分五音”四句，大意是要求制词做到字音、乐调、音律相互和谐，其审音之精严，远甚于作诗的仅作简单的平仄之划分。

[18]《声声慢》：有平仄两体，平韵见晁补之《琴趣外篇》，仄韵见赵长卿《惜香乐府》。

[19]玉楼春以下七句，谓用平韵时，则可与仄声相协；用仄韵则上去入不可相通。

[20]“王介甫”五句，大意是说不可以文入词。

[21]晏叔原：晏几道字叔原。贺方回：贺铸字方回。

[22]晏苦无铺叙：晏几道词多为小令而少作长调，故云。

【导读】

李清照的《论词》，是宋代乃至中国古代词学史上最重要的词论之一，该文仅七百余字，却鲜明地提出了对于词的创作要求，并大胆尖锐地对作者所认为的创作弊病进行了批评。其中，词“别是一家”之说，可谓是为词正名，在“词”这一文学体裁尚未鲜明之时，“别是一家”说第一次对词体特征作出了明确界定。此文从体式、内容以及风貌上对词的体裁特征进行了探讨和分析，对“词”这一“别是一家”之体进行了较为全面的理论阐释。总括其理论，其对词的创作要求具体有以下几点：(一)文雅，(二)浑然天成，(三)协律，(四)典重，(五)铺叙与故实。在此基础上，认为词乃“小歌词”，别是一家。

《论词》开篇追溯词的发展渊源，意在发掘阐释词这一题材在产生之初所具备的特质。其曰：“乐府声诗并著，最盛于唐开元、天宝间”，乐府与声诗两种创作歌词的方式，将长短句按照乐谱依声填词谓之乐府，将五、七言律诗以及绝句配以乐曲谓之声诗。二者共同的特征是能够合于音乐、用于演唱。可见，词在起源发展之初所具备的最突出的特质便是能合乐而歌。正是基于这一特质，李清照在词论的后文叙述中强调词的协律，协律也成为支持其“别是一家”说最重要的理论支撑。

在强调词的音乐性的同时，《论词》也十分注重词内容的文雅高洁。在阐述词的起源与乐府声诗所具备的紧密联系之后，作者发出“自郑卫之声日炽，流靡之变日烦”的慨叹，此即描述中唐之后，初唐“乐府声诗并著”的局面发生改变，以五言、七言律诗以及绝句入乐的声诗渐衰，以乐府入于歌谣者日盛。乐府作为民间歌谣，在作者眼中不能归于“雅文学”之中。至五代，其曰：“独江南李氏君臣尚文雅”，提出对后主李煜以及冯延巳词风文雅的肯定，但其却是“亡国之音”，自不能当作词之“文雅”的典范。

词发展到宋代，可以说已经经历了较深入的历史积淀与发展，词坛面貌也出现了新的变化。李清照对当时一部分词坛名宿之创作进行了探讨与批评，更为值得关注的是其中“破”的一面，它们既是李清照对当时词坛创作的批评，同时也是她词学创作理论以及要求的体现。柳永为婉约派创始人，创作慢词甚多，善铺叙刻画，其词情景交融，语言通俗，音律谐婉，在当时流传极为广泛，人称“凡有井水饮处，皆能歌柳词”。而李清照对其评价为：“虽协音律，而词语下尘”，此语在将协律作为基础性要求的基础上，批评柳永之词为市井俚语，点出作词需“文雅”的创作标准。婉约派另一位代表人物张先，词与柳永齐名，擅长小令，亦作慢词，其词含蓄工巧。李清照评价其与宋祁等人之词曰：“虽时时有妙语，而破碎何足名家！”“破碎”之意，可理解为词作给人以拼凑之感，缺乏自然浑成的流畅天然之美。

李清照对于“协律”这一创作要求极为重视，可谓开宗明义，融于全篇。通过对苏轼词学观的批评，表达其对词音乐特质的崇尚。其文曰：“至晏元献、欧阳永叔、苏子瞻，学际天人，作为小歌词，直如酌蠡水于大海，然皆句读不葺之诗尔，又往往不协音律。”即作词对博学之能士虽容易之至，然李清照直指其作弊病在于不协声律，只能算是句子长短不一的诗而已。这一批评应是针对苏轼“以诗为词”的创作理论而言，晏殊与欧阳修作词当属婉约派，后学者多认为此处晏欧二人属牵连偶及。李清照之词“别是一家”，与苏轼“以诗入词”和“以诗为词”的创作理念截然相反，“别是一家”，在内容上反对以诗的内容入词，在形式上反对以诗的格式作词。此外，李清照更是强调词必须具备“协律”这一特质才能称为“词”，再一次重申了对词需“合于音律”这一特质的创作要求。文章随即阐释了“协律”的详细内容：即五音，五声，六律、清浊轻重。五音，据考证是根据发音部位的不同把声母分为唇、齿、喉、鼻、舌五类。五声为与音高有关的宫、商、角、徵、羽。六律，代指十二吕律中的阴阳声之律。对于“协律”内容的详细规定，可视为李清照对于词的创作在声律上的理论总结。

“别是一家”说，在尚文雅与协律之外，还崇尚词的铺叙、典重与故实，这些理论规范对词成为独立的文学体裁意义颇深。《论词》作为北宋唯一一篇系统的词学论著，不仅成为了当时词坛的一抹新语，且对后世词学的发展路径和词学研究产生了深远的影响。不过，在肯定李清照《论词》重要地位的同时，我们也应看到它的局限性。作为婉约派词人，其不免倡导婉约词风的传统规则和词法，有碍于创作的互相学习和借鉴。此外，对于“协律”这一创作原则的过度重视，可能会使内容的抒写受到外在形式的过多束缚，不利于词这一文学体裁的长远发展。

【拓展阅读】

1. (宋)晁补之，胡仔：《词评》，郭绍虞主编《中国历代文论选第二册》，上海古籍出版社 2001 年版。

2. (宋)陆游：《长短句叙》，郭绍虞主编《中国历代文论选第二册》，上海古籍出版社 2001 年版。

3. 徐培均笺注：《李清照集笺注》，上海古籍出版社 2013 年版。

4. 叶嘉莹：《迦陵论词丛稿》，北京大学出版社 2014 年版。

5. 张海明：《李清照〈词论〉的再评价》，载《中国文化研究》2005 年第 2 期。

《沧浪诗话·诗辨》

（宋）严　羽

【题解】严羽（约1192—约1245年），字仪卿，一字丹丘，因隐居不仕自号沧浪逋客。南宋诗学家，邵武（今福建省）人。著有《沧浪诗话》，可见于《沧浪吟卷》附，宋代魏庆之《诗人玉屑》一书完整收录其内容。严羽论诗，主妙悟说与兴趣，以禅喻诗，崇尚唐风而贬斥宋诗。《沧浪诗话》是宋代诗话中成就突出的一部诗话，在中国古代诗学发展史上占据重要地位。另有《沧浪集》。《沧浪诗话》正文共五部分：诗辨，诗体，诗法，诗评，考证。《诗辨》作为开篇之作，是《沧浪诗话》的主体部分。《诗辨》中，严羽提出了其诗歌创作的基本原则和基本方法，在"以禅喻诗"和"崇尚唐诗"的主导下，严羽提出了"妙悟"和"别材别趣"二说，详细阐述了获得妙悟的途径，解释了"别材别趣"这一诗歌审美属性的内蕴。

一

夫学诗者以识为主[1]：入门须正，立志须高；以汉、魏、晋、盛唐为师，不作开元、天宝以下人物。若自生退屈[2]，即有下劣诗魔入其肺腑之间；由立志之不高也。行有未至，可加工力；路头一差，愈骛愈远；由入门之不正也。故曰：学其上，仅得其中；学其中，斯为下矣。又曰：见过于师，仅堪传授；见与师齐，减师半德也[3]。工夫须从上做下，不可从下做上。先须熟读《楚辞》，朝夕讽咏以为之本；及读《古诗十九首》、乐府四篇[4]，李陵、苏武、汉、魏五言皆须熟读，即以李、杜二集枕藉观之，如今人之治经，然后博取盛唐名家，酝酿胸中，久之自然悟入。虽学之不至，亦不失正路。此乃从顶𩕄[5]上做来，谓之向上一路[6]，谓之直截根源[7]，谓之顿门[8]，谓之单刀直入[9]也。

二

诗之法有五：曰体制，曰格力，曰气象，曰兴趣，曰音节[10]。

三

诗之品有九：曰高，曰古，曰深，曰远，曰长，曰雄浑，曰飘逸，曰悲壮，曰凄婉。其用工有三：曰起结，曰句法，曰字眼。其大概有二：曰优游不迫，曰沉着痛快。诗之极致有一：曰入神。诗而入神，至矣，尽矣，蔑以加矣！惟李、杜得之。他人得之盖寡也[11]。

四

禅家者流，乘有小大，宗有南北，道有邪正[12]；具正法眼者(原本作"看"据《沧浪先生吟卷》校改)，是谓第一义[13]。若声闻、辟支果[14]，皆非正也。论诗如论禅：汉、魏、晋等作与盛唐之诗，则第一义也。大历以还之诗，则已落第二义矣。晚唐之诗，则声闻、辟支果也[15]。学汉、魏、晋与盛唐诗者，临济下也。学大历以还者，曹洞下也[16]。大抵禅道惟在妙悟[17]，诗道亦在妙悟，且孟襄阳学力下韩退之远甚，而其诗独出退之之上者，一味妙悟故也[18]。惟悟乃为当行，乃为本色[19]。然悟有浅深，有分限[20]之悟，有透彻之悟，有但得一知半解之悟。汉、魏尚矣，不假悟也。谢灵运至盛唐诸公，透彻之悟也。他虽有悟者，皆非第一义也。吾评之非僭也，辨之非妄也。天下有可废之人，无可废之言。诗道如是也。若以为不然，则是见诗之不广，参诗之不熟耳。试取汉、魏之诗而熟参之，次取晋、宋之诗而熟参之，次取南北朝之诗而熟参之，次取沈、宋、王、杨、卢、骆、陈拾遗之诗而熟参之，次取开元、天宝诸家之诗而熟参之，次独取李、杜二公之诗而熟参之，又取大历十才子之诗而熟参之，又取元和之诗而熟参之，又尽取晚唐诸家之诗而熟参之，又取本朝苏、黄以下诸家之诗而熟参之，其真是非亦有不能隐者[21]。傥犹于此而无见焉，则是为外道蒙蔽其真识，不可救药，终不悟也。

五

夫诗有别材，非关书也[22]；诗有别趣，非关理也。而古人未尝不读书、不穷理[23]。所谓不涉理路、不落言筌者，上也。诗者，吟咏情性也。盛唐诗人惟在兴趣，羚羊挂角，无迹可求[24]。故其妙处透彻玲珑[25]，不可凑泊[26]，如空中之音，相中之色，水中之月，镜中之象[27]，言有尽而意无穷。近代诸公作奇特解会[28]，遂以文字为诗，以议论为诗[29]，以才学为诗。以是为诗，夫岂不工，终非古人之诗也[30]。盖于一唱三叹之音[31]，有所歉焉。且其作多务使事，不问兴致；用字必有来历，押韵必有出处，读之终篇，不知着到何在[32]。其末流甚者，叫噪怒张，殊乖忠厚之风，殆以骂詈为诗[33]。诗而至此，可谓一厄也[34]，可谓不幸也。然则近代之诗无取乎？曰：有之，吾取其合于古人者而已[35]。国初之诗，尚沿袭唐人：王黄州学白乐天[36]，杨文公、刘中山学李商隐[37]，盛文肃学韦苏州[38]，欧阳公学韩退之古诗[39]，梅圣俞学唐人平淡处[40]。至东坡、山谷始自出己法以为诗，唐人之风变矣。山谷用工尤深刻[41]，其后法席盛行，海内称为江西宗派。近世赵紫芝、翁灵舒辈，独喜贾岛、姚合之语，稍稍复就清苦之风[42]；江湖诗人[43]多效其体，一时自谓之唐宗；不知止入声闻、辟支之果，岂盛唐诸公大乘正法眼者哉！嗟乎！正法眼之无传久矣。唐诗之说未唱，唐诗之道有时而明也。今既唱其体曰唐诗矣，则学者谓唐诗诚止于是耳，兹诗道之重不幸耶！故予不自量度，辄定诗之宗旨，且借禅以为喻，推原汉、魏以来，而截然谓当以盛唐为法，（后舍汉、魏而独言盛唐者，谓古律之体备也)虽获罪于世之君子，不辞也。

乾隆刻本《诗人玉屑》卷一

【注释】

[1]此句各本皆与下文“禅家流者”段合并为一段，今据《诗人玉屑》本，列为第一段。

[2]若自退屈：玉屑本“自”下有“生”字。退屈，退缩屈曲。语出《五灯会元》卷十五。

[3]“见过于师”四句：语出《五元灯会》卷三。

[4]乐府四篇，指《文选》乐府类卷首列《乐府四首古辞》，有《饮马长城窟行》、《君子行》、《伤歌行》、《长歌行》。

[5]顶𩕳：音 níng，顶巅。语出《五元灯会》卷十八，指头部。

[6]向上一路：语出《五元灯会》卷七。

[7]直截根源：语出《五元灯会》卷三十。

[8]顿门：即顿悟之门。

[9]单刀直入：语出《五元灯会》卷九。

[10]此节意为学古诗需从此五方面入手。

[11]与上节论法相对，此节论诗之品。

[12]乘有小大：佛家有小乘、大乘之分。小乘有辟支乘、声闻乘，大乘即菩萨乘。宗有南北，禅宗分南北二支。

[13]“学者须从”三句：玉屑本无“学者须从最上乘”数字，“眼”后有“看”(“者”之形讹)字，“悟”作“是谓”。正法眼，又称“正法眼藏”，禅宗指全体佛法(正法)。第一义，佛家指最上至深之妙理。

[14]“若小乘禅”二句：玉屑本无“小乘禅”三字。声闻、辟支果为小乘二果，分别指由听闻佛言教(声闻乘)或独自修行(缘觉乘)所证得之正果。辟支，梵语缘觉之义。

[15]“大历以还”五句：玉屑本无“小乘禅也”四字。大历，唐代宗年号。第二义，指小乘。

[16]临济：南禅别支，唐代义玄所创。曹洞：南禅别支，唐代良价始创。

[17]禅道唯在妙悟：《宗镜录》卷第九十二记智觉禅师语：“玄道在于妙悟，妙悟在于即真。”《五灯会元》卷第十六记宝月禅师语：“学者无事空言，须求妙悟。”

[18]“且孟襄阳”二句：《后山诗话》：“退之于诗本无甚解，以才高而好耳。”又：“子瞻谓孟浩然之诗韵高而才短。”盖此所本。

[19]“唯悟乃为当行”二句：《沧浪诗话·诗法》：“须是当行，须是本色。”当行，犹言内行。

[20]有分限：有区别。玉屑本“限”下有“之悟”二字，疑涉下文而衍。

[21]“试取汉魏之诗”数句：原本在“次独取李杜二公之诗而熟参之”下无“又取大历十才子之诗而熟参之，又取元和之诗而熟参之”二句，正德本同，今据玉屑本补。沈宋，沈佺期、宋之问。王杨卢骆，唐初四杰王勃、杨炯、卢照邻、骆宾王。陈拾遗，陈子昂。开元天宝诸家之诗，指盛唐之诗。大历十才子之诗与元和之诗，均指中唐之诗。

[22]“夫诗有别材”二句：谓诗歌有独特的题材或素材，不当专以书本为材、以故事为料。

[23]此句玉屑本作“而古人未尝不读书，不穷理”，另有作“然非多读书、多穷理，则不能极其至”。

[24]“羚羊挂角”二句：语出《景德传灯录》卷十六，相传羚羊夜眠时以角悬树，足不着地，故云。

[25]透彻玲珑：玉屑本“透彻”作“莹彻”，义同。玲珑，明彻貌。

[26]凑泊：聚合、靠拢。

[27]空中之音：《正法华经·如来神足行品》：“闻空中声音。”《大宝积经·文殊师利授记会》颂曰：“当使虚空中，音乐自然奏。”相中之色：《摩诃般若波罗蜜经·散花品》：“如来法相中，色法相不可得。”水中之月、镜中之象：《宗镜录》卷三：“缘生之法，皆是无常。如镜里之形无体，而全因外境；似水中之月不实，而虚现空轮。”

[28]奇特解会：禅语，特殊的理解。

[29]“以文字为诗”三句：玉屑本后二句颠倒。《岁寒堂诗话》卷上：“子瞻以议论作诗，鲁直又专以补缀奇字。”刘克庄《竹溪诗序》：“三百年间，……或尚理致，或负材力，或逞辨博。”论旨略同。

[30]“夫岂不工”二句：玉屑本句上有“以是为诗”四字。

[31]一唱三叹之音：《礼记·乐记》：“清庙之瑟，朱弦而疏越，一唱而三叹，有遗音者也。”

[32]“且其作多务使事”数句：玉屑本无“反覆”二字。这里主要是批评黄庭坚一类的诗风。

[33]“其末流甚者”四句：侧论苏轼影响下的诗风。

[34]可谓一厄也：玉屑本句后有“可谓不幸也”五字，疑是后人注文窜入。

[35]吾取其合于古人者而已：《沧浪诗话·诗法》：“试以己诗置之古人诗中，与识者观之而不能辨，则真古人矣。”可互证。

[36]王黄州学白乐天：王黄州，王禹偁字元之，尝知黄州，故称。禹偁《前赋春居杂兴诗二首间半岁不复省亲因长男嘉祐读杜工部集……作诗聊以自贺》有“本与乐天为后进”句，自注云：“予自谪居多看白公诗。”

[37]杨文公：杨亿卒谥文。刘中山：刘筠，中山人。

[38]盛文肃：盛度，字公量，谥文肃。与李宗谔、杨亿等同编《文苑英华》。

[39]欧阳公学韩退之古诗：邵博《见闻后录》卷十九：“欧阳公于诗主韩退之，不主杜子美。”张戒《岁寒堂诗话》卷上：“欧阳公诗学退之。”刘克庄《后村诗话》前集卷二：“欧公诗如昌黎。”

[40]梅圣俞学唐人平淡处：《六一诗话》：“圣俞覃思精微，以深远闲淡为意。”

[41]山谷用工尤为深刻：《岁寒堂诗话》卷上：“苏黄用事押韵之工，至矣尽矣。”《朱子语类》卷十四：“黄费安排。”可参证。

[42]赵紫芝：赵师秀，字紫芝，号灵秀；翁灵舒：翁卷，字续古，号灵舒。二人与徐照(字道晖，号灵晖)、徐玑(字文渊，号灵渊)并称“永嘉四灵”。

[43]江湖诗人：南宋人，钱塘书商钱起，与江湖诗人交好，遂刊《江湖集》、《江湖前集》、《江湖续集》等收戴复古等人之诗，后称所辑诗人为江湖派。

【导读】

《诗辨》作为《沧浪诗话》的第一部分，系统地提出了严羽的诗学思想，可谓是《沧浪诗话》一书的大纲部分。作为阐述严羽诗歌理论核心内容的篇章，《诗辨》提出"以盛唐为法"和"以禅喻诗"两大总纲，围绕这两条主线，对诗歌的美学特点、诗歌的审美属性以及诗歌创作中艺术思维的相关内容进行了详细论述。"以禅喻诗"着力点在诗的创作方法上，"以盛唐为法"则关注诗歌创作的体制。诗法与诗体，作诗五法(即体制，格力，气象，兴趣，音节)与诗之九品(即高，古，深，远，长，雄浑，飘逸，悲壮，凄婉)，皆是从诗禅关系和崇尚盛唐这两条脉络中衍生而出。

《诗辨》中开宗明义提出的诗学主张是关于学诗之法的："夫学诗者以识为主"，或将之称为"诗识"。诗识，即对诗歌的审美、判断和辨别的能力。"识"乃是指鉴别诗歌优劣的能力，学诗的第一步在于"识"，可见其对于诗歌创作的基础性作用。严羽强调"学诗"首先要"识诗"，再通过鉴别能力来指导创作。对于诗歌学习的选择，严羽主张所学之诗当是汉、魏、晋、盛唐的优秀作品，可见其"以盛唐为法"的端倪。对于培养审美判断力，严羽还提出按照历史和时间顺序来阅读诗歌的主张，站在文学发展的角度来观照和辨析诗歌的优劣。这种将文学置于历史环境中来考察的思想，显现出作者对于文学发展史的重视，同时也强调了社会历史环境对于文学发展的重要影响。

《诗辨》中严羽指出："大抵禅道惟在妙悟，诗道亦在妙悟"，以禅语提出诗学之"妙悟"说。"妙悟"一词源于禅宗，是指对佛教教义的顿悟。严羽借用"妙悟"一词，来描绘对于诗歌的某种审美体验，即读诗之人对诗歌中审美因素的自然领会和感悟。严羽将这一审美体会的能力置于"学力"之上，指出学力之多少并不是创作诗歌的关键，"妙悟"之能才是创作出佳作的决定性因素。严羽提出诗歌审美的"妙悟"说，有其生发的历史因素，当时诗坛，已经有部分文人对江西诗派"以文字为诗"、"以议论为诗"的诗歌创作主张提出了质疑，对诗歌的审美功能提出了新的要求。严羽正是在这样的历史背景下，提出了"救江西诗弊"的"妙悟"说。"妙悟"说要求诗歌能够蕴含着一种难以言说却又深远可感的意味，要求诗歌能将心物交融之感传递给读诗之人，达到一种直觉所感、不说自明的境界。而在严羽看来，能实现这一审美理想的诗歌，当属盛唐诗歌。盛唐之气象，既磅礴浑然又不乏清逸超脱，是雄浑之气与清朗之气的完美融合，也正合于禅道之雄劲与超然。"盛唐兴象"便成为严羽"妙悟"说的典范。《诗辨》曰："盛唐诸人唯在兴趣，羚羊挂角无迹可求。"同时在诗法中提出"气象"、"兴趣"，合而言之为"兴象"。"兴"，初为"起兴"之意，指外物触发内心所感之情思，诗歌创作中的"兴"被释义为"先言他物以引起所咏之词"，钟嵘在《诗品》中将"兴"定义为"言已尽而意有余"。在此基础上，严羽所说的"兴"，当是指诗的境界。"兴"作为心灵被外物所激荡而产生的一种情思，属于心物融合之后所获得的审美感受，因此"兴"之气象能使诗歌获得表达言外之意的功能，具有感染力的外物之"象"在融入诗人情感之后成为能触发读者心灵摇荡的事物，因此就有"兴象"之说。严羽"妙悟"说标举"盛唐兴象"，其因在于盛唐诗歌达到了物象与心灵交融的审美要求，诗歌中充溢着清俊雄浑与古朴高雅之风，充满哲思，与禅宗之旨趣相契合。“妙语”之境又有二，其中，作者所追求的是“透彻之悟”这一更高层之“悟”，强调诗歌语言“不着一字，尽得风流”这一“化境”之境。

“别材别趣”说是《诗辨》中另一重要的审美原则，可将其归为对诗歌审美体验的要求。《诗辨》曰：“诗有别材，非关书也；诗有别趣，非关理也。”指出诗歌具有与一般理学作品不一样的审美趣味，这也是严羽诗学理论的基本原则之一。何为诗歌之“别趣”，严羽以“羚羊挂角，无迹可求”来形容盛唐之诗的“惟在兴趣”，此中“兴趣”即为“别趣”。羚羊之喻，意在说明诗歌创作浑然天成、水乳相融之境界，即诗歌在语言、形式、内容以及情思、意向等诸要素的组合上达到了整体融合的审美要求，给审美者以“透彻玲珑，不可凑泊”的审美体验，便是诗“别趣”之内涵。“别趣”追求蕴藉幽深的语言表达，追求余韵犹存、言尽意远的审美体验，这对于强调诗歌审美体验，拯救当时江西诗派诗歌弊病有积极意义。

《诗辨》阐述了严羽诗学思想的核心内容，强调诗歌的艺术美与审美体验，将诗歌的“诗性”特征凸显出来。其“妙悟”说与“别材别趣”说，不仅在当时的诗坛产生了很大的震动，也对后世的诗学理论和诗歌创作形成了影响，具有一定的理论开创性和现实指导意义。

【拓展阅读】

1. （宋）严羽：《答出继叔临安吴景仙书》，郭绍虞主编《中国历代文论选》，上海古籍出版社 2001 年版。

2. 郭绍虞：《沧浪诗话校释》，人民文学出版社 1961 年版。

3. 李庆立校释：《怀麓堂诗话》，人民文学出版社 2009 年版。

4. 许志刚：《严羽评传》，南京大学出版社 2011 年版。

5. 周裕锴：《〈沧浪诗话〉的隐喻系统和诗学旨趣新论》，载《文学遗产》2010 年第 2 期。

《论诗三十首》

(金)元好问

【**题解**】元好问(1190—1257年)字欲之，号遗山，太原秀容人。元好问少年即因诗才而被誉为“神童”，金兴定五年中进士，曾任尚书省令史等职，金亡后不仕，编金人诗《中州集》十卷，欲以诗存史，抒发国家沦丧之苦痛。致力于搜集金史资料，为后人《金史》的编纂提供了主要依据。有《遗山集》四十卷，《唐诗鼓吹》十卷，《续夷坚志》四卷。另有《东坡诗雅》，《杜诗学》，《壬辰杂编》等作今皆散佚。后人对其有“一代宗匠”、“一代宗工”之赞誉。杜甫《戏为六绝句》是论诗绝句的滥觞，宋以后作论诗绝句者颇多。南宋戴复古有《论诗十绝》，至清代，赵执信、王士祯、袁枚、赵翼等诸家都有论诗诗。元好问的《论诗三十首》在继承杜甫《戏为六绝句》诗学观基础上，提出了自己论诗之宗旨而成一家之言。

汉谣魏什久纷纭[1]，正体无人与细论[2]。谁是诗中疏凿手？暂教泾渭各清浑。
曹刘坐啸虎生风[3]，四海无人角两雄。可惜并州刘越石[4]，不教横槊建安中[5]。
邺下风流在晋多[6]，壮怀犹见缺壶歌[7]。风云若恨张华少[8]，温李新声奈尔何[9]。
一语天然万古新，豪华落尽见真淳[10]。南窗白日羲皇上[11]，未害渊明是晋人[12]。
纵横诗笔见高情[13]，何物能浇磈磊平[14]？老阮不狂谁会得[15]，出门一笑大江横[16]。
心画心声总失真[17]，文章宁复见为人[18]？高情千古《闲居赋》[19]，争信安仁拜路尘[20]。
慷慨歌谣绝不传，穹庐一曲本天然[21]。中州万古英雄气[22]，也到阴山敕勒川[23]。
沈宋横驰翰墨场[24]，风流初不废齐梁[25]。论功若准平吴例[26]，合著黄金铸子昂[27]。
斗靡夸多费览观，陆文犹恨冗于潘[28]。心声只要传心了，布谷澜翻可是难[29]。
排比铺张特一途[30]，藩篱如此亦区区。少陵自有连城璧[31]，争奈微之识碔砆[32]。
眼处心生句自神[33]，暗中摸索总非真[34]。画图临出秦川景[35]，亲到长安有几人？
望帝春心托杜鹃，佳人锦瑟怨华年[36]。诗家总爱西昆好[37]，独恨无人作郑笺[38]。
万古文章有坦途，纵横谁似玉川卢[39]！真书不入今人眼，儿辈从教鬼画符[40]。
出处殊途听所安[41]，山林何得贱衣冠[42]？华歆一掷金随重[43]，大是渠侬被眼谩[44]。
笔底银河落九天[45]，何曾憔悴饭山前[46]？世间东抹西涂手，枉著书生待鲁连[47]。
切切秋虫万古情，灯前山鬼泪纵横[48]。鉴湖春好无人赋[49]，岸夹桃花锦浪生[50]。
切响浮声发巧深[51]，研摩虽苦果何心？浪翁水乐无宫徵[52]，自是云山《韶濩》音[53]。
东野穷愁死不休[54]，高天厚地一诗囚[55]。江山万古潮阳笔[56]，合在元龙百尺楼[57]。
万古幽人在涧阿，百年孤愤竟如何[58]。无人说与天随子[59]，春草输赢较几多[60]？
谢客风容映古今[61]，发源谁似柳州深[62]？朱弦一拂遗音在[63]，却是当年寂寞心。

窘步相仍死不前，唱酬无复见前贤[64]。纵横正有凌云笔，俯仰随人亦可怜。
奇外无奇更出奇[65]，一波才动万波随。只知诗到苏黄尽[66]，沧海横流却是谁[67]？
曲学虚荒小说欺[68]，俳谐怒骂岂诗宜[69]？今人合笑古人拙，除却雅言都不知[70]。
“有情芍药含春泪，无力蔷薇卧晓枝。”[71]拈出退之《山石》句，始知渠是女郎诗[72]。
乱后玄都失故基，看花诗在只堪悲[73]。刘郎也是人间客[74]，枉向春风怨兔葵[75]。
金人洪炉不厌频，精真那计受纤尘[76]。苏门果有忠臣在，肯放坡诗百态新[77]？
百年才觉古风回[78]，元祐诸人次第来[79]。讳学金陵犹有说[80]，竟将何罪废欧、梅[81]？
古雅难将子美亲[82]，精纯全失义山真[83]。论诗宁下涪翁拜，未作江西社里人[84]。
池塘春草谢家春[85]，万古千秋五字新。传语闭门陈正字[86]，可怜无补费精神[87]。
撼树蚍蜉自觉狂[88]，书生技痒爱论量。老来留得诗千首，却被何人较短长？

《四部丛刊》影明弘治本《遗山先生文集》卷十一

【注释】

[1]什：指书篇，古以十篇编为一卷，名之曰什。“汉谣魏什”泛指汉、魏时代的诗歌。

[2]正体：典范的体制。

[3]曹刘：指曹植、刘桢。

[4]刘越石：刘琨字越石，西晋末诗人。

[5]横槊：刘琨曾为大将军，都督并州诸军事，以诗人而兼有武略，故元好问以曹操横槊赋诗喻之，认为他可与建安诗人比肩。

[6]邺下：此处“邺下风流”特指建安诗坛“慷慨以任气，磊落以使才”的诗风。

[7]缺壶歌：此典出自《世说新语·豪爽》。

[8]“风云”句：《诗品》评张华诗有“风云气少”之语。

[9]温李新声：温、李指温庭筠与李商隐。二人诗作色彩秾艳，语言绮丽，为当时所称。

[10]豪华：语言之盛大华美。真淳：质朴、自然、平淡之境。

[11]“南窗”句：陶渊明《与子俨等疏》：“五、六月中，北窗下卧，遇凉风暂至，自谓羲皇上人。”“羲皇上人”，伏羲时代以上的人，即生民之初无机心、无忧无虑之人。

[12]“未害”句：意谓晋代文人已染浮华之习，陶渊明却能独保真淳，不受其影响。

[13]“纵横”句：阮籍诗兴寄深远，“作《咏怀诗》八十余篇，为世所重”（《晋书》卷四十九本传）。

[14]“何物”句：《世说新语·任诞》：“王孝伯问王大：‘阮籍何如司马相如？’王大曰：‘阮籍胸中垒块，故须酒浇之。’”

[15]老阮：指阮籍。阮籍处魏晋易代之际，非毁礼法，放浪形骸。

[16]“出门”句：黄庭坚《王充道关水仙花五十枝欣然会心为之作咏》诗句，借以咏写阮籍的狂态。

[17]心画心声：扬雄《法言·问神》：“故言，心声也；书，心画也。声画形，君子小

人见矣。”

[18]原本作“文章仍复见为人”，郭绍虞主编《历代文论选》，据蒋刻本《元遗山诗笺注》校改。

[19]《闲居赋》：潘越作。

[20]拜路尘：此喻潘岳趋炎附势的“拜路尘”行径。

[21]穹庐：古代游牧民族居住的毡帐，其形穹隆，故曰穹庐。

[22]中州：此泛指北朝中原地区。元好问曾搜录金代诗歌，名为《中州集》。

[23]阴山敕勒川：《敕勒歌》云：“敕勒川，阴山下。”

[24]沈宋：唐初诗人沈佺期、宋之问。

[25]“风流”句：意谓沈、宋诗典丽精工，靡丽有余，而词气不振，犹是齐梁余风。

[26]平吴例：春秋时范蠡既助越王勾践平灭吴国，勾践念其功，“乃使良工铸金，象范蠡之形，置之坐侧”(《吴越春秋》)。

[27]“合著”句：意谓沈、宋在唐初诗坛虽有盛名，然犹有齐梁旧习，至陈子昂出，始尽扫南朝绮靡纤弱之弊，当以黄金为之铸像。

[28]“陆文”句：陆，陆机；潘，潘岳。

[29]布谷澜翻：布谷，鸟名；澜翻，形容滔滔不绝，如波澜翻滚。苏轼诗：“口角澜翻如布谷。”(宗廷辅注引)

[30]“排比铺张”句：元稹于《唐故工部员外郎杜君系铭序》比较李、杜诗作云：“予观其(指李白)壮浪纵恣，摆去拘束，模写物象，及乐府歌诗，诚亦差肩于子美矣。至若铺陈终始，排比声韵，大或千言，次犹数百，词气豪迈而风调清深，属对律切而脱弃凡近，则李尚不能历其藩翰，况堂奥乎!”

[31]连城璧：价值连城之美玉，喻杜诗最可贵、最妙之处。

[32]碔砆：石之似玉者。

[33]“眼处”句：谓亲眼所见之实境，激动内心，自然能写出神妙的诗句。

[34]“暗中”句：谓若无亲身经历，仅凭玄思冥想，所作诗文便难有真情实感。

[35]“画图”句：秦川，泛指陕甘秦岭以北的平原地带，古为秦国属地。

[36]“望帝”两句：语出李商隐《锦瑟》。

[37]西昆：翁方纲《石洲诗话》：“宋初杨大年(亿)、钱惟演诸人馆阁之作，曰《西昆酬唱集》。其诗效温、李体……西昆者，宋初翰苑也。”

[38]郑笺：东汉郑玄为《诗》毛传作笺。

[39]玉川卢：唐诗人卢仝自号玉川子。

[40]“真书”两句：以此两句为喻，批评学诗者效法卢仝之怪异。

[41]出处：出仕和隐退。

[42]山林：山林体。衣冠：台阁体。

[43]华歆一掷：此典出《世说新语·德行》。

[44]渠侬：方言，他。谩：蒙蔽。

[45]银河落九天：语出李白《望庐山瀑布》。

[46]“何曾”句：孟棨《本事诗·高逸》：“白(李白)才逸气高，与陈拾遗齐名……尝

言兴寄深微，五言不如四言，七言又其靡也，况使束于声调俳优哉？故戏杜曰：‘饭颗山头逢杜甫，头戴笠子日卓午。借问别来太瘦生，总为从前作诗苦。’盖讥其拘束也。”

[47]“枉著”句：“鲁连”即鲁仲连，此句以鲁仲连喻李白，谓不可仅以书生视之也。

[48]“切切”二句：描摹孟郊、李贺诗歌的意境。

[49]“鉴湖”句：“鉴湖”即镜湖，贺知章有不少诗咏写鉴湖春色。

[50]“岸夹”句：李白《鹦鹉洲》有“岸夹桃花锦浪生”，此借用李白诗句以描摹自然明畅的诗境。

[51]切响浮声：语出沈约《宋书·谢灵运传》：“若前有浮声，则后须切响。”

[52]“浪翁”句：浪翁指唐诗人元结，字次山，提倡淳古淡泊，质朴自然的诗风。

[53]“自是”句：语出元结《欸乃曲五首》之三。

[54]“东野”句：孟郊字东野，其自谓作诗“夜吟晓不休，苦吟鬼神愁。如何不自闲，心与身为仇。”

[55]“高天”句：语出《诗·小雅·正月》。“诗囚”，形容苦吟作诗，仿佛为诗所拘囚。

[56]潮阳笔：指韩愈后期诗文恣肆雄放的笔调。

[57]“合在”句：全句意谓韩愈文笔雄放，应受尊崇，譬如上客，可卧于陈元龙的百尺楼上。

[58]“万古”二句：“幽人”指唐陆龟蒙。作《甫里先生传》自谓：“性不喜与俗人交，虽诣门不得见也……或寒暑得中，体佳无事时，则乘小舟，设蓬席，赍一束书、茶灶、笔床、钓具、棹船郎而已。所诣小不会意，径还不留，虽水禽决起山鹿骇走之不若也。”“涧阿”，山林隐居之地。

[59]天随子：陆龟蒙号天随子。

[60]“春草”句：意为陆龟蒙诗多写江湖间隐逸的生活情趣，似乎只关心药草名品的高下，而“无忧国感愤之辞”(宗廷辅《古今论诗绝句》)。

[61]“谢客”：“谢客”指谢灵运(385—433年)。

[62]“发源”句：“柳州”，指柳宗元。柳宗元诗刻画工细，意境幽峭颇近于谢，故元好问将二人相提并论，然又指出柳宗元的特点在于更“深”，盖柳诗的意境孤寂凄清，更甚于谢。

[63]“朱弦”句：《礼记·乐记》：“清庙之瑟，朱弦而疏越，一唱而三叹，有遗音者矣；大飨之礼，尚玄酒而俎腥鱼，大羹不和，有遗味者矣。”此句以古乐之清散质朴比喻柳诗简约的风格。

[64]“窘步”二句：“仍”，依照，沿袭。作诗唱酬必然要被前诗的立意、布局、韵脚所束缚，不得自由，以致陷于拟袭，故以“窘步相仍死不前”形容之。

[65]“奇外”句：宋苏轼、黄庭坚作诗，立意求新，不免有好奇之病。

[66]“只知”句：苏轼、黄庭坚是元祐诗风的代表，对宋诗的发展影响甚巨。

[67]“沧海”句：宗廷辅注：“自苏、黄更出新意，一洗唐调，后遂随风而靡，生硬放佚，靡恶不臻，变本加厉，咎在作俑，先生慨之，故责之如此。”

[68]“曲学”句：曲学，邪僻之学，与正学相对。

[69]“俳谐”句：此句针对苏轼而发。苏轼“作文如行云流水”，“虽嬉笑怒骂之词，皆可书而诵之”(《宋史》本传)，这在当时便颇受讥议。

[70]雅言：雅正规范之语。《论语·述而》：“子所雅言，《诗》《书》执礼，皆雅言也。”此又指合乎风雅之义的诗句。

[71]“有情”二句：秦观《春日五首》其二：“一夕轻雷落万丝，霁光浮瓦碧参差。有情芍药含春泪，无力蔷薇卧晓枝。”

[72]“拈出”二句：韩愈《山石》诗：“山石荦确行径微，黄昏到寺蝙蝠飞。升堂坐阶新雨足，芭蕉叶大栀子肥……”渠，他，吴语第三人之称。

[73]“乱后”二句：刘禹锡有《元和十一年自朗州承召至京戏赠看花诸君子》诗：“紫陌红尘拂面来，无人不道看花回。玄都观里桃千树，尽是刘郎去后栽。”又有《再游玄都观绝句》，诗云：“百亩庭中半是苔，桃花净尽菜花开。种桃道士归何处？前度刘郎今又来。”

[74]“刘郎”句：刘义庆《幽明录》载东汉永平年间刘晨、阮肇入天台山采药误入桃源逢仙女故事，因刘姓与桃花二者与刘禹锡事相合，引起联想，故有“人间客”之称。

[75]兔葵：植物名。以兔葵为怨，语本刘禹锡诗。

[76]“金入洪炉”二句：意为真金不怕火烧，愈炼则纤尘尽去，精真愈显。

[77]“苏门”二句：诗中“苏门”当主要指黄庭坚以下江西诗派一脉。元好问对苏诗之雅淡简远有充分的肯定，然对其以“文字为诗，以议论为诗，以才学为诗”，则深致不满。

[78]“百年”句：宋太祖建隆元年(960)开国至仁宗末嘉祐八年(1063)，前后约一百年。

[79]元祐诸人：即苏轼、黄庭坚、陈师道。

[80]“讳学”句：“金陵”指王安石。“讳”，忌讳。

[81]“竟将”句：欧，欧阳修；梅，梅尧臣。宋初诗学晚唐，意格卑弱，至欧、梅出，以优游坦夷之辞矫而变之，诗风始变。

[82]“古雅”句：江西派有“一祖三宗”之说，“祖”即杜甫(子美)。黄庭坚以善学杜著称，提倡“以杜子美为标准”(《跋高子勉诗》)。

[83]“精纯”句：宋初西昆体作家杨亿评李商隐诗云：“包蕴密致，演绎平畅，味无穷而炙愈出，镇弥坚而酌不竭，使学者少窥其一斑，若涤肠而洗骨。”此即李商隐诗的“精纯”处。

[84]“论诗”二句：“涪翁”，黄庭坚因贬官涪州别驾，遂号涪翁。元好问在此将黄庭坚及其后的江西诗派中人作了区别，认为黄庭坚犹有可学之处，其他江西诗派中人便不足道了。

[85]“池塘春草”句：谢灵运《登池上楼》诗有“池塘生春草，园柳变鸣禽”之句，广为人们称颂。

[86]“传语”句：陈正字即陈师道，此事见《文献通考》卷二三七。

[87]“可怜”句：语出王安石《韩子》诗。

[88]“撼树蚍蜉”：喻不自量力。

【导读】

元好问《论诗三十首》，上承袭杜甫《戏为六绝句》，下开评论诗诗派，以三十首七言绝句对汉、魏、晋、刘宋、北魏、齐、梁、唐、宋这八个朝代的诗人及作品进行了品评。其评析的诗人数量甚为丰富，品评颇有见地，体现了其论诗的一家之旨，将其视为一部自汉魏至宋的诗史亦不为过。

《论诗三十首》第一首为开宗明义之纲领，以"正体"为其诗学之纲，也是整首组诗的核心所在。作者以诗之"疏凿手"为自我定位，意在表明希望为诗歌的创作和评判提出准则，整首组诗其后都在辨析"正体"与"伪体"的过程中对诗人和作品加以品评。"正体"无疑是元好问品评诗歌的根本标准，它既植根于前代圣贤的诗学理论，又在元好问独特的创建中发展。《诗经》为"正体"之宗，汉魏乐府之歌谣以及建安文人之诗篇，继承了《诗经》的现实主义传统，被元好问归为"正体"之典范。

从"正体"生发而出，元好问标榜"建安风骨"，于"正体"则首推建安诗人曹操及刘祯，以"坐啸虎生风"概括其风貌。次推建安余韵，保有建安余韵的诗人如刘琨与阮籍，是建安风力的后继者；而至唐宋，受到元好问褒赞的诗人如陈子昂、李白、杜甫、韩愈、苏轼、黄庭坚诸人，其诗风大多有慷慨豪迈之气象，尤可窥见建安文学之风貌。在"正体"的基础上，元好问对于诗歌的具体判定标准之一可以概括为"尚刚健雄浑，反对纤柔细弱"。

在诗歌风格上，元好问主张承袭古诗之风貌，即保持古诗自然浑成之真美。组诗对陶潜诗"真淳"颇为赞赏，并对谢灵运、李白、柳宗元等人诗作的"自然真美"进行了肯定。同时，"真"与"自然"也表现在创作体验的真切之上，其赞杜甫亲历长安而为诗，对其随物赋形、穷形尽相的传神描写颇为推崇。此外，"真"与"自然"也是用韵方面的要求，元好问倡导声韵之自然，反对为合于声韵而反复推敲研磨。元好问尚"真切"与"自然"，亦即反对矫饰与夸靡。对于杜诗之排比夸张，作者认为其不过一体，而元、白、皮、陆以及苏黄，皆陷于夸多斗靡之中，失去了诗歌应有的天然之气与淳真之风。

从倡古诗古风生发，元好问又倡导诗之格调与内容的高雅。这一品评标准，主要体现在其对阮籍、陈子昂的肯定中，其赞阮籍诗笔"高情"，大力褒奖陈子昂力复汉魏风骨。阮籍为"正始之音"的代表人物，其与陈子昂受到褒扬的原因在于元好问认为他们的诗作风貌高雅。尚高雅，则自然要反对怒骂俳谐之诗与险怪诗风，其在慨叹今人喜好"鬼画符"的险怪诗作的同时，对江西诗派怒骂俳谐的诗风进行了尖锐批评。

除上述几点标准之外，元好问在组诗中还提出了对独创的崇尚，对伪饰模拟、不切事理、冷切幽昧的创作风气的批评。

《论诗三十首》充分反映了元好问对于诗歌创作的独到见解，无论是在论诗诗的发展史上，还是在中国文学批评发展史上，都有重要的历史地位和贡献。元好问创造性地继承了杜甫的诗学理论，使得论诗诗成为独立的文学样式，更引导了后世论诗诗流派的创作。

【拓展阅读】

1.（金）元好问：《杜诗学引》，郭绍虞主编《中国历代文论选》，上海古籍出版社2001年版。

2.（金）元好问：《中州集》，华东师范大学编《历代总集选刊：中州集》，华东师范大学出版社 2014 年版。

3.（清）：王士禛：《带经堂诗话》，上海人民文学出版社 1963 年版。

4. 钱锺书：《七缀集》，生活·读书·新知三联书店 2002 年版。

5. 胡传志：《元好问与戴复古论诗绝句比较论》，载《文学遗产》2012 年第 4 期。

《词　源　序》

（宋）张　炎

【题解】张炎（1248—?），字叔夏，号玉田，又号乐笑翁。西秦人，生长于杭州。张炎生于宋理宗淳祐八年，曾经设卜肆谋生，卒于元代元祐、至治间（1320年前后），享年约七十岁。张炎的词章家学深厚，他的高祖张镃有《南湖集》，父张枢有《寄闲集》，都是词人。张炎著有《山中白云》八卷，《词源》二卷。从词学发展趋势来看，张炎所处的宋末元初是宋词日渐式微的时代。他结合自己的作词经验，感叹“嗟古音之寥寥，虑雅词之落落”，为总结一代词章而著《词源》。该书共分两卷，上卷为音律论，共14目，考证律吕词乐；下卷15目，涉及词的起源论、创作论、鉴赏论、风格论、流派论、技法论等。张炎力倡雅正，标举清空。

古之乐章、乐府、乐歌、乐曲[1]，皆出于雅正[2]。粤[3]自隋、唐以来，声诗间为长短句[4]，至唐人则有尊前、花间集[5]。迄于崇宁[6]，立大晟府[7]，命周美成诸人[8]讨论古音，审定古调，沦落之后，少得存者。由此八十四调[9]之声稍传；而美成诸人又复增演慢曲、引、近[10]，或移宫换羽为三犯、四犯之曲[11]，按月律为之[12]，其曲逐繁。美成负一代词名，所作之词，浑厚和雅，善于融化诗句[13]，而于音谱且间有未谐，可见其难矣。作词者多效其体制，失之软媚而无所取。此惟美成为然，不能学也。所可仿效之词，岂一美成而已！旧有刊本《六十家词》[14]，可歌可颂者，指不多屈。中间如秦少游、高竹屋、姜白石、史邦卿、吴梦窗[15]，此数家格调不侔[16]，句法挺异，俱能特立清新之意，删削靡曼[17]之词，自成一家，各名于世。作词者能取诸人之所长，去诸人之所短，象而为之[18]，岂不能与美成辈争雄长哉！余疏陋谫才[19]，昔在先人[20]侍侧，闻杨守斋、毛敏仲、徐南溪诸公商榷音律，尝知绪余[21]，故生平好为词章，用功四十年，未见其进。今老矣，嗟古音之寥寥，虑雅词之落落[22]，僭[23]述管见[24]，类列于后，与同志商略之。

《榆园丛书》本《词源》

【注释】

[1]乐章、乐府、乐歌、乐曲：四者异名同义，都是指配合音乐可以歌唱的诗。

[2]雅正：典雅纯正。

[3]粤：句首助词，无义。

[4]声诗间为长短句：唐代初以五言、七言诗入乐，但五言、七言诗字句工整，与参差多变的乐谱未能谐合，采用长短句就可适应乐曲的繁复变化。

[5]尊前、花间集：《尊前》，词总集名，凡二卷。《花间》，词集总名，凡十卷。

[6]崇宁：宋徽宗年号，自1102年至1106年。

[7]大晟府：宋徽宗崇宁四年(1105年)设立的宫廷音乐机构，它的任务是整理古乐，创制新调。

[8]周美成诸人：周邦彦(1057—1121年)，字美成，钱塘人。于徽宗政和六年提举大晟府，跟他同时或稍前后为大晟府制撰者还有徐坤、田为、晁冲之等人。

[9]八十四调：中国古代乐律分十二律吕，又分七音。十二律吕各有七音，相乘即为八十四调。

[10]慢曲引近：词调的类别名。"慢曲"即慢曲子，与急曲子相对而言，又称为长调。"引词"如《千秋岁引》、《江城梅花引》之类。"近词"如《祝英台近》、《诉衷情近》之类。

[11]或移宫换羽句：谓制作犯调之曲。宋词中之犯调犹元曲中之集曲，是集取同一宫调中两个以上不同词调的乐句而成一新调。

[12]按月律为之：古代乐律分十二律以应十二个月。宋徽宗曾令大晟府，"依月用律，月进一曲"(见璧鸡漫志》卷二)。

[13]善于融化诗句：沈义父《乐府指迷》云："凡作词当以清真为主。盖清真最为知音，且无一点市井气。下字运意，皆有法度，往往自唐、宋诸贤诗句中来。"

[14]《六十家词》：此书失佚，内容不详。

[15]高竹屋、姜白石、史邦卿、吴梦窗：在宋词发展史上具有代表性的四位词人。

[16]不侔：不相等，不同。

[17]靡曼：柔弱。

[18]象而为之：作为样子仿照制作。

[19]谫才：才能浅薄。

[20]先人：即张枢，字斗南，号寄闲，有词见《绝妙好词》及《浩然斋雅谈》。他作词严守音律。

[21]绪余：抽丝后留在茧子上的残丝，后泛指剩余的、次要的部分。

[22]落落：稀疏貌。

[23]僭：超越本分。

[24]管见：比喻见识狭小，如同在管中窥物一样。

【导读】

《词源》是张炎晚年的词论著作，此书著成时，上距宋亡四十多年，张炎已约七十岁。本书所选《词源序》集中反映了张炎创作《词源》的目的、论词标准和词学理想等。

第一，论述词的发展过程。张炎从历史的角度考察词的起源，历述隋唐以来词的诞生以及词调(音乐)的演变，迄于崇宁年间成立大晟府，审定古调八十四调。他确立了词诞生和发展的具体时间表，并以周美成为枢轴勾画出词体演变和发展的轨迹。在历史的勾勒中，张炎认为词的根本在于协音，《词源》云："词以协音为先，音者何，谱是也。古人按律制谱，以词定声，此正'声依永，律和声'之遗思。"

第二，作词必须合律。张炎在《词源》第一条说："词之作必须合律，然律非易学"，以他自己的经历来说明谐音之难。合律必须经过长期的学习和揣摩才能体会，即使是一代词家的周邦彦，在作词时也难以做到合律。张炎从美学的理论高度标明了词的审美特性在于音律的特点，由此形成词之创作必须符合轻重清浊等音韵方面的规则，这构成了词的形式美要素。但是，张炎也说："音律所当参究，词章先宜精思。"他反对因协音而害意，追求音律和词章的完美结合。

第三，提出了衡量词章的基本标准——雅正。文章说："古之乐章、乐府、乐歌、乐曲，皆出于雅正。"雅正并不是张炎的首创，但将词作归之于雅正，显然是提高了词的地位。雅正首先是对词的内容的要求，要看它的内容是否典雅纯正，然后再看内容表达是否完美。从"雅正"这个最基本的标准出发，他还提出词要意趣高远和清空。他认为"意趣不高远"，不免"失雅正之音"。为了符合雅正的标准，张炎一方面反对柳永、周邦彦的软媚，另一方面也反对苏轼、辛弃疾的豪放，甚至说辛弃疾"作豪放词，非雅词也"。

第四，作词要有创新精神，追求清空。周邦彦是张炎论词的标杆人物。在文中，张炎赞扬了周词的"浑厚和雅，善于融化诗句"，也指出其音律上"间有未谐"的缺点，更批评周词模仿者"多效其体制，失之软媚而无所取"。因此，他提出"取诸人之所长，去诸人之所短"，方可"特立清新之意，删削靡曼之词"。张炎词学的审美理想是清空。他说："词要清空，不要质实。清空则古雅峭拔，质实则凝涩晦昧。"清代沈祥龙将张炎的"清空"阐释为："清者，不染尘埃之谓；空者，不著色相之谓。清则丽，空则灵，如月之曙，如气之秋。"①可见，"'清空'，既是创作目的，又是欣赏标准，既是他艺术创造的理想境界，又是他最高的美学批评尺度，上升为张炎终极性的审美理想"。②

第五，叙述写作《词源》的目的。由于"嗟古音之寥寥，虑雅词之落落"，张炎根据自己四十余年的填词经验，对词学进行总结，并与志同道合者"商榷音律"。而且，他在词乐未失坠的时候，记录下许多歌词的文献，这也是他在词学上的一大贡献。

《词源》讲究协律的思想承袭了李清照、杨缵等人的观点，是词发展到一定阶段的理论总结。张炎主张作词要"雅正"，虽受儒家温柔敦厚诗教传统的影响，但与李清照认为词只宜描写艳科的见解和沈义父等"发意不可太高"的观点相比，无疑提高了词的地位，给尊崇词体的清代词论家以重大启示，尤其是对乾嘉时期的常州词派影响深远。他的"清空"说被清代的浙西词派奉为圭臬，也为当代词论家认可。词在宋代达于鼎盛之后，至元、明渐趋衰微。张炎对词的创作经验和艺术主张的总结，对后世的词学有着重要的意义。

【拓展阅读】

1. 蔡桢：《词源疏证》，北京中国书店 1985 年版。
2. 朱崇才：《词话学》，台北文津出版社 1994 年版。
3. 孙虹：《拒绝俗艳：张炎词的美学风格》，载《文学遗产》1998 年第 3 期。

---

① 唐圭璋：《词话丛编》，中华书局 1986 年版，第 4054 页。

② 颜祥林：《张炎〈词源〉词学思想三论》，载《西南师范大学学报》（人文社会科学版）2002 年第 1 期。

4. 丘斯迈：《试论张炎〈词源〉对后世词论的影响》，载《华中师范大学学报》(人文社会科学版)2004 年第 2 期。

5. 尚慧萍：《论〈词源〉词学思想形成与宋代文化的关系》，载《湘潭师范学院学报》(社会科学版)2008 年第 6 期。

《南词叙录》(选录)

(明)徐　渭

【题解】徐渭(1521—1593年)，初字文清，后改字文长，山阴(今浙江绍兴)人。嘉靖十九年(1540年)考中秀才，后屡试不第。曾应浙江总督胡宗宪召入幕府，任书记。因恃才纵诞，不治产业，穷困以终。徐渭自谓“书第一，诗二，文三，画四”，实以书画、戏曲成就最高。他主张文学创作以“本色”为贵，所作诗歌鲜明地表现出狂放不羁的个性，不满虚假涂抹的“相色”，主张“出于己之所自得，而不窃于人之所尝言”。著有戏曲《四声猿》、《歌代啸》，曲论《南词叙录》，诗文集《徐文长三集》等，今人合编为《徐渭集》。在当时尊北鄙南的曲坛上，《南词叙录》是中国第一部、也是唯一一部专论南戏的著作，涉及南戏的源流、发展、声律、风格、作家作品评论以及术语、方言考释多方面的问题。

今南九宫[1]不知出于何人，意亦国初教坊[2]人所为，最为无稽可笑。夫古之乐府，皆叶宫调[3]；唐之律诗、绝句，悉可弦咏，如“渭城朝雨”演为三叠[4]是也。至唐末，患其间有虚声难寻，遂实之以字，号长短句[5]，如李太白《忆秦娥》、《清平乐》，白乐天《长相思》，已开其端矣；五代转繁，考之《尊前》、《花间》[6]诸集可见；逮宋，则又引而伸之，至一腔数十百字，而古意颇微。徽宗[7]朝，周、柳[8]诸子，以此贯彼，号曰“侧犯”、“二犯”、“三犯”、“四犯”[9]，转辗波荡，非复唐人之旧。晚宋，而时文、叫吼，尽入宫调，益为可厌。“永嘉杂剧”[10]兴，则又即村坊小曲而为之，本无宫调，亦罕节奏，徒取其畸农、市女顺口可歌而已，谚所谓“随心令”者，即其技欤？间有一二叶音律，终不可以例其余，乌有所谓九宫？必欲穷其宫调，则当自唐、宋词中别出十二律、二十一调[11]，方合古意。是九宫者，亦乌足以尽之？多见其无知妄作也。

以时文为南曲，元末、国初未有也；其弊起于《香囊记》[12]。《香囊》乃宜兴老生员邵文明作，习《诗经》，专学杜诗，遂以二书语句匀入曲中，宾白亦是文语，又好用故事作对子，最为害事。夫曲本取于感发人心，歌之使奴、童、妇、女皆喻，乃为得体；经、子之谈，以之为诗且不可，况此等耶？直以才情欠少，未免辏补成篇。吾意：与其文而晦，曷若俗而鄙之易晓也？

填词如作唐诗，文既不可俗，又不可自有一种妙处，要在人领解妙悟，未可言传。名士中有作者，为予诵之，予曰：“齐、梁长短句诗，非曲子何也？”其词丽而晦。

或言：“《琵琶记》高处在《庆寿》《成婚》《弹琴》《赏月》诸大套。”此犹有规模可寻。惟《食糠》《尝药》《筑坟》《写真》诸作，从人心流出，严沧浪言：水中之月，空中之音[13]，最不可到。如十八答[14]，句句是常言俗语，扭作曲子，点铁成金，信是妙手。

听北曲使人神气鹰扬，毛发洒淅，足以作人勇往之志，信胡人之善于鼓怒也，所谓

"其声噍杀以立怨"[15]是已。南曲则纡徐绵眇，流丽婉转，使人飘飘然丧其所守而不自觉，信南方之柔媚也，所谓"亡国之音哀以思"[16]是已。夫二音鄙俚之极，尚足感人如此，不知正音之感何如也。

中国戏剧出版社《中国古典戏曲论著集成》《南词叙录》

【注释】

[1]南九宫："九宫"是戏曲、音乐名词，南北曲所用"宫调"。北曲据《中原音韵》等书所载，有十七宫调；南曲据蒋孝、沈璟诸家曲谱所载，有十三宫调。实际戏曲里所常用的南北曲曲牌，大多属于仙侣宫、中吕宫、黄钟宫、正宫、大石调、双调、商调和越调等九歌宫调，通称为九宫或南北九宫。

[2]教坊：古代管理宫廷音乐的官署。唐代开始设置，专管雅乐以外的音乐、歌唱、舞蹈、杂技、百戏的教习、排练、演出等事务，至清代雍正朝始废。

[3]宫调：我国历代称宫、商、角、变徵、徵、羽、变羽为七声，其中以任何一声为主均可构成一种"调式"。凡以"宫"为主的调式称"宫"，以其他各声为主的则称"调"，统称"宫调"。

[4]"渭城朝雨"：演为三叠：唐诗人王维《送元二使安西》绝句："渭城朝雨浥轻尘，客舍青青柳色新。劝君更尽一杯酒，西出阳关无故人。"演唱时第一句不叠唱，后面三句叠唱，是谓三叠。

[5]长短句：唐代初以五言七言诗入乐，但五言七言诗字句工整，与参差多变的乐谱未能谐合，采用长短句就可适应乐曲的繁复变化。

[6]《尊前》《花间》："尊前"，词总集名，凡二卷，大概是五代或宋初人所编辑，选录李白、温庭筠、李煜等唐五代三十余人词作二百余首。"花间"，词集总名，凡十卷，五代后蜀赵崇祚编，是我国最早的一部词集。

[7]徽宗：宋徽宗赵佶，北宋皇帝，在位25年(1101—1125年)。

[8]周、柳：即周邦彦、柳永。

[9]侧犯、二犯、三犯、四犯：词曲中都有所谓犯调。词中犯调，是取各种不同宫调之声合成一曲，使宫商相犯以增加乐曲的变化。曲中犯调，是在各宫调管色相同的曲中，取一二语合成一曲，另创新调。

[10]永嘉杂剧：即温州杂剧。明祝允明《猥谈》："南戏出于宣和之后，南渡之际，谓之'温州杂剧'。"温州即永嘉，故又称永嘉杂剧。

[11]十二律、二十一调：十二律，中国古代乐律分十二律吕，阳六为律，阴六为吕。七律乘三声，恰为二十一调。

[12]《香囊记》：传奇剧本，明邵璨所作。内容以宋、金战争为背景，写张九成兄弟、夫妻在乱离中仍守封建道德的忠孝节义，终于团圆的故事。

[13]"水中之月"两句：严羽《沧浪诗话·诗辨》："盛唐诗人惟在兴趣，羚羊挂角，无迹可求。故其妙处透彻玲珑，不可凑泊，如空中之音，相中之色，水中之月，镜中之象，言有尽而意无穷。"

[14]十八答：指《琵琶记》第二十九出《牛小姐盘夫》中牛小姐与蔡伯喈互相问答之词。

[15]其声噍杀以立怨：《礼记·乐记》："其哀心感者，其声噍以杀。"又曰："乱世之音怨以怒，其政乖。"噍杀，声音急促。

[16]亡国之音哀以思：引自《礼记·乐记》，意为灭亡或濒于灭亡的国家的音乐充满哀怨和愁思。

【导读】

徐渭是明代杰出的戏曲家，有丰富的创作经验。他深爱南戏，其《南词叙录》全面体现了徐渭的戏曲理论。本文所选五则，涉及南戏的发展、成就与特色，并创造性地提出了本色论，对促进中国戏曲发展具有重要作用。

第一，"曲无定制"的发展观。受传统的"以曲为本位"思想的影响，不少人在创作南戏时，有偏重寻宫数调的倾向。重视"曲律"本是戏曲的应有内容，因为与诗词创作不同，戏曲须通过一定曲牌的词形、平仄、韵脚、套数的配合，形成一定的韵律和节奏从而表现一定的情致。但戏曲的发展是因时因地而有所不同的。南戏是在民间歌舞"村坊小曲"的基础上发展起来的，吸收了唐宋大曲、古曲、词调、诸宫调音乐，有了自己的音乐体系，但在曲调运用上仍较灵动自由，没有北杂剧那样更多地承续传统艺术的结构形式。徐渭说："'永嘉杂剧'兴，则又即村坊小曲而为之，本无宫调，亦罕节奏，徒取其畸农、市女顺口可歌而已，谚所谓'随心令'者，即其技欤?"在徐渭看来，"顺口可歌"是戏曲的本来特色，也是南戏得以保持旺盛生命力之所在，正因为它的曲牌范围之广、体例之杂，在艺术实践中逐渐积累，广泛吸收，它的流传才超过了北杂剧。

第二，肯定南戏的成就和特色。南戏自宋代以来，流行于南方的乡镇村坊。这种"里巷歌谣"、俗调土剧深受下层民众的喜爱，但难登大雅之堂，常被雅趣之士予以贬责。徐渭对之予以辩驳：一是他充分尊重民间戏曲艺术的创造精神，认为非圣人所作，来路不明而最终为历史所接受和承认的作品其实很多，给南戏扣上"妄作"帽子的做法是不恰当的。二是纠正人们长期以来形成的重北曲、鄙南戏的艺术偏见。他指出"北曲使人神气鹰扬"，"善于鼓怒"，而"南曲则纡徐绵眇，流丽婉转"，虽然风格和效果不同，但各自的艺术价值却不可替代。显然，以上看似声腔、剧种之争，其实反映了徐渭的平民意识和艺术民主精神。

第三，戏曲本色论。受正统戏曲思想的影响，某些文人过于讲究宫调，对南戏作整容加工，使它失却本来的特征。徐渭认为，南戏的价值就在于它原创时代所形成的朴素、自然、本色的风貌。他说南戏原本"市里之谈"，所以创作不妨"安于浅近"，不必拘于"寻宫数调"。这是对声律至上论的否定，维护南戏天然、自由的声腔。他提出戏曲创作中运用语言的原则是："与其文而晦，曷若俗而鄙之易晓"。肯定声腔的天然和语言的浅显，这不仅是对南戏本色的维护，也是对戏曲创作发展的积极思考。

"本色"，是指戏曲及其他文学样式对世间事物和人们的内心世界按其本然作出的描绘和反映。"相色"则相反，虚假涂抹，掩饰本素。徐渭多次谈到"本色"，一方面着眼于文学作品如何表现的问题，如他提出戏曲语言要达到"家常自然"的程度，另一方面他要求作者在表现什么的问题上，写其“正身”，述其“素”之所有。“素”，就是事物和人们精神面貌之本然。所以，“贱相色，贵本色”的实质是崇尚文学的真实性，反对虚假性。

第四，重视宾白。“曲词抒情，宾白叙事”，曲词和宾白密切配合交互使用，会带来“曲白相生”的戏剧效果。但在“以曲为本”的思想影响下，“宾白”往往为人所忽视。古代戏曲理论家多认为“曲”出于名公巨手而“白”则是优伶戏人所为，故在论及戏曲形态结构时，重点多在“曲”上，对宾白仅稍加提及，或避而不谈。徐渭认为，“唱为主，白为宾，故曰宾白，言其明白易晓也”。与曲相比，宾白是通俗的口语体台词，贯穿全剧，用于交代剧情、叙述事件、描摹人物。它不像诗词曲那样受韵律、格式的种种限制，多直接来自日常口语。对于文人学士填词作曲时不独曲词用典，宾白也用典故的倾向，徐渭予以坚决反对："宾白亦是文语，又好用故事作对子，最为害事。"徐渭的做法开创了古代戏曲重视宾白的先河，对王骥德、李渔的戏曲创作论有启示作用。

徐渭的《南词叙录》是一部兼具理论性和资料性的南戏论著，不仅首次对南戏作了较全面的叙录和论述，为南戏争得了地位，也为后世的南戏研究提供了珍贵资料和理论借鉴。

【拓展阅读】

1. (明)徐渭：《徐渭集》，中华书局1983年版。

2. 徐朔方：《〈南词叙录〉的作者问题》，载《徐朔方集》(第一卷)，浙江古籍出版社1993年版。

3. 郑小雅：《论徐渭的戏剧形态观》，载《福建师范大学学报》(哲学社会科学版)2004年第5期。

4. 俞为民：《徐渭的〈南词叙录〉和南戏研究》，载《中国戏曲学院学报》2011年第2期。

5. 吴冠文：《徐渭的戏曲评点与明代文学思想的新变》，载《学术月刊》2012年第10期。

《童　心　说》

（明）李　贽

【题解】李贽（1527—1602 年），初姓林，名载贽，后改姓李，名贽，字宏甫，号卓吾，别号温陵居士、龙湖叟等。嘉靖三十一年（1552 年）中举，官宦生涯前后二十多年，历任教谕、国子监博士、南京刑部员外郎、云南姚安知府等职，弃官后寄寓和讲学于黄安、麻城等地。他的思想构成复杂，信儒却又责孔贬经，崇佛却不禁吃荤，被人称为"异端"、"狂禅"，后因"敢倡乱道，惑世诬民"之罪入狱，自刎身亡。《童心说》集中体现了李贽的文艺观，认为"天下之至文，未有不出于童心焉者也"，主张从"闻见道理"中解脱出来，恢复人的天然本性。李贽著有《焚书》六卷、《续焚书》五卷、《藏书》六十八卷、《续藏书》二十七卷、《李氏文集》十八卷等约三十种。

龙洞山农[1]叙[2]《西厢》[3]，末语云："知[4]者勿谓我尚有童心可也。"夫童心者，真心也，若以童心为不可，是以真心为不可也。夫童心者，绝假纯真，最初一念之本心也。若失却童心，便失却真心；失却真心，便失却真人[5]。人而非真，全不复有初矣。

童子者，人之初也；童心者，心之初也。夫心之初，曷[6]可失也，然童心胡然而遽失[7]也？盖方其始也，有闻见从耳目而入，而以为主于其内[8]而童心失。其长也，有道理[9]从闻见而入，而以为主于其内而童心失。其久也，道理闻见日以益多，则所知所觉日以益广，于是焉又知美名之可好也，而务欲[10]以扬之而童心失；知不美之名之可丑也，而务欲以掩之而童心失。夫道理闻见，皆自多读书识义理而来也。古之圣人，曷尝不读书哉！然纵不读书，童心固自在也，纵多读书，亦以护此童心而使之勿失焉耳，非若学者反以多读书识义理而反障[11]之也。夫学者既以多读书识义理障其童心矣，圣人又何用多著书立言以障学人为耶？童心既障，于是发而为言语，则言语不由衷；见[12]而为政事，则政事无根柢[13]；著而为文辞，则文辞不能达。非内含以章美也，非笃实[14]生辉光也，欲求一句有德之言，卒不可得。所以者何？夫童心既障，而以从外入者闻见道理而为之心也。

夫既以闻见道理为心矣，则所言者皆闻见道理之言，非童心自出之言也。言虽工，于我何与？岂非以假人言假言，而事假事、文假文乎[15]？盖其人既假，则无所不假矣。由是而以假言与假人言，则假人喜；以假事与假人道，则假人喜；以假文与假人谈，则假人喜。无所不假，则无所不喜。满场是假，矮人[16]何辩[17]也？然则虽有天下之至文，其湮灭于假人而不尽见于后世者，又岂少哉！何也！天下之至文，未有不出于童心焉者也。苟童心长存，则道理不行，闻见不立，无时不文，无人不文，无一样创制体格文字而非文者。诗何必古《选》，文何必先秦！降而为六朝，变而为近体，又变而为传奇[18]，变而为院本[19]，为杂剧[20]，为《西厢》曲，为《水浒传》，为今之举子业[21]，大贤言圣人之道皆古今至文，不可得而时势先后论也。故吾因是而有感于童心者之自文也，更说甚么六经，更说甚么《语》《孟》乎！

夫六经[22]、《语》《孟》[23]，非其史官过为褒崇之词，则其臣子极为赞美之语。又不然，则其迂阔[24]门徒，懵懂[25]弟子，记忆师说，有头无尾，得后遗前，随其所见，笔之于书，后学不察，便谓出自圣人之口也，决定目之为经矣，孰知其大半非圣人之言乎？纵出自圣人，要亦有为而发，不过因病发药，随时处方，以救此一等懵懂弟子、迂阔门徒云耳。药医假病[26]，方难定执[27]，是岂可遽以为[28]万世之至论乎？然则六经、《语》《孟》，乃道学之口实，假人之渊薮[29]也，断断乎[30]其不可以语于童心之言明矣。呜呼！吾又安得真正大圣人童心未曾失者而与之一言文[31]哉！

明万历本《李氏焚书》卷三

【注释】

[1]龙洞山农：李贽的别号很多，此应是其别号。也可能是泰州学派颜山农，名均。

[2]叙：同“序”。

[3]《西厢》：王实甫所著《西厢记》。

[4]知：同“智”。

[5]真人：这里指还没有失去童心具有绝假纯真的本真之人。

[6]曷：岂，怎么。

[7]胡然而遽失：胡，为什么；遽，突然。

[8]主于其内：主宰他的内心世界。

[9]道理：这里主要指程朱理学。

[10]务欲：一定要。

[11]障：蒙蔽。

[12]见：同“现”。

[13]根柢：树木之根，这里引申为事业或学问的根基。

[14]笃实：诚实，真诚。

[15]“岂非”二句：前一个“言”、“事”、“文”都是动词，即“说话”、“做事”、“写文章”，后一个“言”、“事”、“文”是名词。这二句的意思是，如果人假了，一切都假。

[16]矮人：这里是指盲目崇拜、不了解真相的人。

[17]辩：同“辨”。

[18]传奇：指唐人的传奇文。

[19]院本：金代“行院”演剧所用的脚本名称。

[20]杂剧：戏曲名称。始见于晚唐李德裕《李文饶文集》卷十二，其后有“宋杂剧”、“温州杂剧”、“元杂剧”、“南杂剧”等，特点不尽同。一般专指“元杂剧”。

[21]举子业：举子即科举时被举应试之士子，举子业指从事于科举之文字。

[22]六经：指《诗》、《书》、《礼》、《乐》、《易》、《春秋》。

[23]《语》《孟》：指《论语》、《孟子》。
[24]迂阔：迂腐不切实际。
[25]懵懂：糊涂。
[26]假病：假，凭据。意指用药治病要根据病情。
[27]方难定执：方，药方；定执，固定不变。意为一副药方不能为万灵药方。
[28]遽以为：奉以为。
[29]渊薮：水草丛生的地方，这里指假人聚集之地。
[30]断断乎：绝对。
[31]一言文：一谈起文章。

【导读】

李贽的《童心说》无异于一颗流星，划破了晚明时期的黑幕。它反对假道学，挑战了传统的文学观，推动了晚明文学思潮的解放。

第一，童心的界定。《童心说》云："夫童心者，绝假纯真，最初一念之本心也。""童心者，心之初也。"在李贽的其他文章里还有与之相近的概念，如"真心"、"本心"、"初心"，也就是由人的自然本性所产生的真实情感。李贽的思想比较繁杂，他的"童心"说既有道家崇尚自然和佛家尊崇本心的思想成分，也有阳明心学"致良知"和"心外无物"的思想因素。简单说，就是心里怎么想，就怎么说，怎么做，率性而为，它是人的最初生命的表征。

第二，童心说的批判性。李贽所处的晚明时期，程朱理学的"存天理，灭人欲"将整个社会笼罩得令人窒息，泯灭了人的真实情感和自由个性。读书识理本应保护童心，但不少文人学士愈是读书识理，反而愈加失去了童心，结果是"假人言假言，而事假事、文假文"。在《童心说》中，李贽把批评的矛头直指程朱理学，将其斥为假道学、伪道学。在李贽看来，这些所谓的经典"大半非圣人之言"，并不是"万世之至论"，只是"道学之口实，假人之渊薮"而已。因此，他主张从封建教条的桎梏下解放出来，在创作中抒发自己的真挚情感。

第三，以童心作为衡量文学优劣的准绳。在他看来，"天下之至文，未有不出于童心焉者也"，否则就是假文学。评价文学也就应当以童心为准绳，不以言词工否，"时势先后"为准。在李贽看来，离"童心"而言格调、时势，便已落入第二义。这不仅否定了明代的复古主义和剽窃模拟的风气，而且破解了文体发展的桎梏。文学是随着历史发展的，"至文"无分古今，"文体"也自然无分贵贱。李贽认为，小说、戏曲等通俗文学是应时而生的，均是"天下之至文"。

"童心说"是李贽最著名的文艺观点，批判了封建传统的文学观，在中国文论史上具有划时代的意义。他重视戏曲、小说等通俗文学的地位，对后来的公安派、汤显祖、冯梦龙等人有着直接的影响，推动了中国16世纪后期至18世纪前期文学的发展。

【拓展阅读】

1. (明)李贽：《焚书》，中华书局1975年版。

2. (明)李贽:《李氏文集》,台北文史哲出版社1971年版。

3. [韩]崔炳学:《试论李贽"童心说"的理论基础》,载《南京师范大学学报》(社会科学版)2001年第4期。

4. 戴峰:《论禅、庄对李贽"童心说"的影响》,载《云南社会科学》2005年第4期。

5. 张中全:《李贽:晚明文化的裂变——评"童心说"与"适己论"》,载《船山学刊》2005年第4期。

《曲律自序》

（明）王骥德

【**题解**】王骥德（？—1623年），字伯良，号方诸生、玉阳生，别署秦楼外史、方诸仙史、玉阳仙史，会稽（今浙江绍兴）人。据载，他生于一个“家藏元人杂剧可数百种”的书香之家，早年师从徐渭，深得真昧。又与同时代其他剧作家如汤显祖、沈璟、孙如法、吕天成等人保持着密切的交往和联系。《曲律》全书十卷四十章，成书于戏曲理论全面辉煌的万历年间，是他一生书剑飘零、丝竹之好的理论总结，也是我国第一部较全面、系统的戏曲理论专著。《曲律自序》交代了其创作《曲律》的背景与意图，也是对《曲律》全书内容的一个总括。王骥德还著有散曲集《方诸馆乐府》，书虽散佚，后人对此进行了辑佚，亦有部分诗文辑佚见于世。

曲何以言律也？以律谱音，六乐之成文不乱[1]；以律绳曲，七均之从调不奸[2]。方伶伦吹竹之初[3]，追后夔拊石之始[4]，为声仅五[5]，为律仅十有二[6]，何约也？至《房中》肇于唐山[7]，水尺奏于宝常[8]，于是布法益密，演数愈繁，调至八十有四，律至百四十有四，声至一千有八[9]，其变不胜穷焉。变极必反之元，数穷必趋于约[10]，于是唐之孝孙、宋之刘几[11]，以暨完颜之金、蒙古之元渐省之[12]，以止于六宫十一调[13]。是六宫十一调者，第语被弦应索之词[14]，非概宫悬庙假之奏也[15]。然《康衢》之歌，兴自野老[16]；《关雎》之咏，采之《国风》：不曰“今之曲即古之乐”哉[17]？粤自北词变为南曲[18]，易忼慨为风流，更雄劲为柔曼，所谓地气自北而南，亦云人声繇健而顺[19]。吹万之衡，握之造化[20]；狎主之執，成之贤豪[21]。惟是元周高安氏有《中原音韵》之创[22]，明涵虚子有《太和词谱》之编[23]，北士恃为指南[24]，北词禀为令甲[25]，厥功伟矣。至于南曲，鹅鹳之陈久废[26]，刁斗之设不闲[27]。彩笔如林，尽是呜呜之调[28]；红牙迭响[29]，只为靡靡之音。俾太古之典刑[30]，斩于一旦；旧法之澌灭[31]，怅在千秋。猥当龆龀之年[32]，辄有丝肉之嗜[33]。萧斋读罢[34]，或辨吹缇[35]；芸馆文闲[36]，时供击节[37]；浸淫岁月[38]，稍窃涓埃[39]，讵敢谓荀勖之多谐[40]，庶几徼周郎之一顾[41]。友人孙比部，夙传家学，同舍郁蓝生[42]，蚤擅慧肠，并工《风》、《雅》之修，兼妙声律之度。埙篪谬合[43]，臭味略同。日于坐间，举白谭词[44]，明星错于尊俎[45]；抽黄指疚[46]，清吹发于榻榼[47]。曰：“与其秘为帐中，毋宁公之海内。曷其制律[48]，用作悬书[49]”余且抱疴[50]，遂疏握椠[51]。既屡折简[52]，亟趋报成[53]，余乃左持药碗，右驱管城[54]，日疏数行[55]，积盈卷帙。布之小史[56]，辄自为嘲：“今之为词曲者，上无犴狴之悬[57]，下鲜棘木之听[58]，解弢而往[59]，脱衔以快[60]，游于葛天之涂[61]，适于华胥之圃久矣[62]，奈何一旦闲之科条[63]，束之钳钛[64]，俾高者驾言为小乘之缚[65]，卑者贯辞为拘士之谭[66]，夫有不披卷而姗[67]，绝影而走者哉[68]？”嗟乎！创法贵严，沿流多窳[69]。画象之后[70]，不啻三千[71]；罣网于今[72]，乃至七八[73]。以是知画一非苛[74]，深文犹晚[75]。宇壤寥廓[76]，宁乏蜀钟相应之大贤[77]？兰茝熏蒸[78]，傥值高山为赏之同调[79]。人持三尺[80]，家作五申[81]，还其古初[82]，起兹流靡[83]。不将引商刻羽[84]，独雄寡和之场[85]；《渌水》、《玄云》[86]，乃作《大雅》之觏哉[87]。客曰：“子言诚辩，抑为道殊卑，如壮夫羞称，小技可唾何[88]？”余谢：“否！否！驹隙易驰[89]，河清难俟[90]，世路莽荡[91]，英雄逗遛，吾藉以消吾壮心。酒后击缶[92]，镫下缺壶，若不自知其为过也！”

万历庚戌冬长至后四日，琅邪方诸生书于朱鹭斋。

中国戏剧出版社本《中国古典戏曲论著集成》《曲律》

【注释】

[1]六乐：指相传的上古六种乐舞。古人一般把它们尊崇为乐舞中尽善尽美的经典作品。

[2]七均：七种音阶。不姦(jiān)，不互相干扰、侵犯。

[3]伶伦吹竹：相传黄帝时乐师伶伦截竹为筒来吹奏，据此定出十二律中的第一律(黄钟)。

[4]夔(kuí)拊(fǔ)石：夔，人名，相传是尧舜时掌管音乐的人。拊，轻击。石，磬。

[5]为声仅五：指中国五声音阶中的宫、商、角、徵、羽五个音级。

[6]十有二：指十二律，中国古代的一种律制。

[7]肇：创建、首创。《房中》指汉代的《房中祠乐》。

[8]水尺奏于宝常：指隋代音乐家万宝常(约556—595年)曾以自制的水尺为律尺，制造诸乐器。

[9]调至八十有四，律至百四十有四，声至一千有八：指八十四调，一百四十四律，一千八百声。

[10]变极必反之元，数穷必趋于约：是中国古代哲学中的一种循环论观点。

[11]孝孙：指祖孝孙，唐代音乐家。刘几，宋代音乐家，字伯寿。

[12]“完颜”：女真诸部之一。

[13]六宫十一调：见《曲律·论宫调第四》“何以宫之为六，调之为十一？”

[14]被弦应索：这里指当时(金、元)流行的音乐。

[15]“假(gé)”：到、至。宫悬庙假，指被视为神圣庄严的天子祭祀典礼中的庙堂音乐。

[16]相传春秋齐国的宁戚牧牛时歌于康衢(四通八达的大路)，齐桓公听到后，以为他是大贤，举之为大夫。

[17]今之曲即古之乐：见《孟子·梁惠王下》中“今之乐犹古之乐也”。

[18]“粤”：语首助词，无义。

[19]繇(yóu)：通“由”。

[20]吹万：出自《庄子·齐物论》，意指天气吹拂，生养万物。

[21]狎(xiá)：交换，更替。主，主持、主盟。埶(shì)，同"势"，形势。指以某一样式为主的形势也需要有"贤豪"文士的推动。

[22]周高安氏：即周德清。

[23]涵虚子：明戏曲理论家、剧作家朱权的号，著有《太和词谱》即《太和正音谱》，是现存最早的北曲谱。

[24]恃(shì)：与下文禀同义。

[25]令甲：原指法令编次的首篇，后即用为法令的通称。

[26]鹅鹳(guàn)：军阵之名。陈，通"阵"。

[27]刁斗：古代军中用具，入夜可敲击以警众报时。闲，通"娴"，熟谙。这句比喻南曲谱律荒疏已久，世人作南曲多不明曲律。

[28]呜呜：形容声音粗俗、不优美的用语。

[29]红牙：指檀木制成的红色拍板或牙板，引申为戏曲演唱。

[30]典刑：亦作"典型"。指可以遵循的常规旧法，模范。

[31]澌灭(sī)：完全毁灭。

[32]猥(wěi)：自称的谦词。龆(tiáo)龀(chèn)，儿童换牙，指童年。

[33]丝：八音之一，指弦乐器。肉，指从口出的歌声。丝肉，泛指音乐声歌。

[34]萧斋：泛指书室。

[35]吹缇：语见《宋史·乐志》中"灰飞缇室气潜嘘"。这里泛指律学。

[36]芸馆：书馆。古人常在书室中储藏芸香，以驱蠹虫，所以称书馆为"芸馆"。

[37]节：一种用竹编成的古乐器。这里用以代指对戏曲的演唱或欣赏。

[38]浸(qīn)淫：逐渐渗入、扩及，渐进。

[39]涓：水滴，细小的流水。埃(āi)，尘土。涓埃，比喻微末。

[40]荀勖(xù)：晋代律学家，善音律。

[41]徼(yáo)：通"邀"，求取。

[42]比部：官名，孙比部指孙如法。郁蓝生，吕天成的号。

[43]埙(xūn)篪(chí)：埙和篪都是古乐器。据载埙音刚而浊，篪音柔而清。

[44]白：酒樽。谭，谈。尊俎，宴饮。

[45]明星错于尊俎：(不觉已到)明星升起、错落映照于座间的时候。

[46]抽黄：用典，指推敲文辞讲求文采。疚，毛病。

[47]清吹：清美优雅的音乐。榈，檐下，走廊；楹，厅堂的前柱。

[48]曷(hé)其：岂有，何有。

[49]悬书：公布的法令。

[50]抱疴(ē)：生病，抱病。

[51]握椠(qiàn)：执笔写作。古代人用木片书写，未经书写的素版叫做"椠"。

[52]折简：赐函，寄信。

[53]亟(qì)：屡次。趋(cù)，催促，迫促。报成，以事情已经完成见告。

[54]管城：即"管城子"，毛笔的别称。

[55]疏：刻画，书写。

[56]小史：侍僮、书僮。

[57]犴(àn)狴(bì)：牢狱。这里有戏曲“法律”、“禁令”的意思。

[58]棘木之听：指依照曲律提出批评、责难。

[59]弢：装弓的袋子。

[60]衔：放在马的口内用以勒马的马具。

[61]葛天：即“葛天氏”，传说中的上古部落，据说当时是不言而信，不化而行。

[62]华胥：传说中的国名，这个国家没有帅长，百姓无利害之争。

[63]闲：限制、约束。科条，法令。

[64]钳钛：古代刑罚，用铁圈束颈的叫钳，用铁圈束脚的叫钛。

[65]驾：原意为驾乘、驾车，此处有小视，藐视之意。

[66]贳(shì)：原谅、宽赦。

[67]批卷：翻阅书卷。姗(shàn)，通讪，讥议。

[68]走：逃跑，这里指(看到影子就)迅速躲避。

[69]窳(yǔ)：粗劣，不细致。

[70]画象：传说中尧舜时的刑罚，也叫“象刑”，是给犯法者穿上画有不同色彩、形象的衣冠，以示耻辱。

[71]三千：传说夏代《禹刑》有三千条之多。

[72]罣(guà)网：触犯法网。

[73]七八：十之七八。

[74]画一：一致、一律。

[75]深文：指制定或援用条文苛细严峻。

[76]宇壤：天地。寥廓，高大广远。

[77]蜀钟相应：如若声气相同，虽然距离遥远，也自可相互呼应。

[78]兰茝(zhǐ)熏蒸：有自诩和表示希望得到赏鉴的意思。

[79]傥(tǎng)：倘或。值，遇到。高山，常作“高山流水”。

[80]三尺：法律。

[81]五申：即“三令五申”、再三告诫。

[82]古初：本来面目。

[83]起：扶起、挽救。流靡，指前文“只为靡靡之音的流弊”。

[84]引商刻羽：这里指讲求声律。

[85]寡和：曲高和寡的省略。

[86]《渌水》、《玄云》：汉、三国时比较通俗的琴曲。

[87]觏(gòu)：相值。

[88]可唾：应被唾弃。

[89]驹隙易驰：时间像骏马驰过缝隙一样过得很快。

[90]河：黄河。河清难俟：形容盛世难遇。

[91]莽荡：迷茫空旷难辨。

[92]缶：肚大口小的瓦器，用来盛酒，也可用为乐器。

【导读】

《曲律》全书十卷四十章，成书于万历年间，是王骥德一生书剑飘零的理论总结，也是我国第一部较全面、系统的戏曲理论专著。毛以燧在《曲律·跋》中曾提及作者的创作动机为“吾姑从世界缺陷处一修补之”，就其逻辑严密、体系完备、征引丰富、义理透辟等特征看来，确实做到了前人之所未及，在结构体系上，与张炎的《词源》有很大的相似之处。在内容上，有对戏曲源头、结构、声韵、文辞、科白及作家作品等方面的论说。

《曲律自序》是作者自述创作《曲律》一书的原由。从《曲律自序》中博古通今的广泛征引来看，作者深谙戏曲这一“小技”之道，对当下曲坛的现状也有全面而独到的认识，加之家学渊源和个人爱好、朋友的勉励与敦促，创作这一“悬书”，实属必然。《曲律自序》的内容可概括为如下三个主要方面：

1. 追源溯流，返元趋约

王骥德开篇便开宗明义地提出戏曲需要“律”来规约，“以律谱音，六乐之成文不乱；以律绳曲，七均之从调不奸”。“律”能寓多变的曲调于统一之中，从而体现美感。

王骥德秉承自戏曲产生发展以来注重声律的主张，从声律角度谈及戏曲的音乐性本质。举例说明了音乐的声律从上古至隋唐由简到繁、从唐代至元朝由繁而简的曲线型发展变化，认为“今之曲即古之乐”。当今晚明曲坛已然有南北曲之派别，由此二者的差异及创作者个人的才情禀赋不同而出现众多流派，这种多元繁盛的局面亦亟需一个相对统一的标准观念来统筹，也符合事物“变极必反之元，数穷必趋于约”的运动变化规律。

2. 曷其制律，用作悬书

王骥德分析当下曲坛现状，自陈家学渊源和生活中与曲坛名士切磋交往的艺术积淀，针对当今南曲“呜呜之调”、“靡靡之音”的现状，意欲“曷其制律，用作悬书”。

王骥德之前的周德清著有《中原音韵》，开创了近代北方音韵的研究，朱权著有《太和正音谱》，是现存最早的北曲谱。王骥德认为北曲的繁盛得益于这二人及其著述的助推之功。受此启发，王骥德针对当今南曲“呜呜之调”、“靡靡之音”的现状，想要有所建树，力挽南曲之流弊。“与其秘为帐中，毋宁公之海内；曷其制律，用作悬书。”

3. 创法贵严，消吾壮心

王骥德创作《曲律》有较为明显的复古倾向，从《自序》中他的创作态度和创作意图上看，并非将戏曲视作“壮夫羞称、小技可唾”，而是以一种严肃认真的态度和强烈的使命感来写作，“人持三尺，家作五申”，希望他的主张能够提升戏曲的审美品位，趋于雅致。并认为，真正的知音必定会懂得他的良苦用心。

考虑到《曲律》受众的心理和可能出现的分歧，他认为“创法贵严，沿流多窳”，法律尚且会在应用和执行中打折扣，更何况戏曲创作的“律”呢？因此，他的《曲律》中虽有相对苛刻的理论主张，于戏曲创作实践而言，却是必要的。

综合而言，王骥德为晚明主流剧作家汤显祖和沈璟等人尊崇，其《曲律》具有博采众长、自成体系之特点，影响了后世的戏曲理论和创作，具有承前启后的作用，是戏曲理论发展史上的里程碑。

【拓展阅读】

1. (明)徐渭:《南词叙录》,中国戏曲研究院编,《中国古典戏曲论著集成》,中国戏剧出版社 1959 年版。

2. (明)冯梦龙:《曲律叙》,中国戏曲研究院编,《中国古典戏曲论著集成》,中国戏剧出版社 1959 年版。

3. 陈多、叶长海注释:《王骥德曲律》,湖南人民出版社 1983 年版。

4. 叶长海:《王骥德〈曲律〉研究》,中国戏剧出版社 1983 年版。

5. 叶长海:《画语〈曲律〉》,上海百家出版社 2009 年版。

《读第五才子书法》

(清)金圣叹

【题解】金圣叹(1608—1661年)，本姓张，名采，江苏吴县人。后改金姓，名喟，字圣叹，明亡后更名人瑞。明亡，绝意仕进。少有才名，性情激进狂放。深受佛家禅宗和老庄的影响，崇尚魏晋名士风度，倡导“性即自然”，讲求真性情。他曾以《离骚》、《庄子》、《史记》、杜诗、《水浒传》、《西厢记》合称六才子书，流传甚广。《水浒传》为第五才子书。清顺治十八年，因哭庙案被杀于南京。继李贽的“童心说”之后，金人瑞更进一步倡导真心至性。他对《水浒传》的批评将小说文本的价值提高到一个前所未有的高度。在文学批评史上第一次将“性格”引入文学批评，开创了“性格中心论”的批评先河，为后世叙事性作品的研究提供了宝贵的参照。

大凡读书，先要晓得作书之人是何心胸。如《史记》须是太史公一肚皮宿怨发挥出来，所以他于《游侠》、《货殖传》特地着精神[1]。乃至其余诸记传中，凡遇挥金杀人之事，他便啧啧赏叹不置。一部《史记》，只是“缓急人所时有”六个字，是他一生著书旨意。《水浒传》却不然。施耐庵本无一肚皮宿怨要发挥出来，只是饱暖无事，又值心闲，不免伸纸弄笔，寻个题目，写出自家许多锦心绣口[2]，故其是非皆不谬于圣人。后来人不知，却于《水浒》上加“忠义”字，遂并比于史公发愤著书一例，正是使不得。

《水浒传》有大段正经处，只是把宋江深恶痛绝，使人见之，真有犬彘不食之恨。从来人却是不晓得。

《水浒传》独恶宋江，亦是歼厥渠魁之意[3]，其余便饶恕了。

或问：施耐庵寻题目写出自家锦心绣口，题目尽有，何苦定要写此一事？

答曰：只是贪他三十六个人，便有三十六样出身，三十六样面孔，三十六样性格，中间便结撰得来。

题目是作书第一件事。只要题目好，便书也作得好。

或问：题目如《西游》、《三国》，如何？答曰：这个都不好。《三国》人物事体说话太多了，笔下拖不动，趕不转，分明如官府传话奴才，只是把小人声口替得这句出来，其实何曾自敢添减一字。《西游》又太无脚地了，只是逐段捏捏撮撮，譬如大年夜放烟火，一阵一阵过，中间全没贯串，便使人读之，处处可住。

《水浒传》方法，都从《史记》出来，却有许多胜似《史记》处。若《史记》妙处，《水浒》已是件件有。

凡人读一部书，须要把眼光放得长。如《水浒传》七十回，只用一目俱下，便知其二千余纸，只是一篇文字。中间许多事体，便是文字起承转合之法，若是拖长看去，却都不见。

《水浒传》不是轻易下笔，只看宋江出名，直在第十七回，便知他胸中已算过百十来遍。若使轻易下笔，必要第一回就写宋江，文字便一直帐，无擒放[4]。

某尝道《水浒》胜似《史记》，人都不肯信，殊不知某却不是乱说。其实《史记》是以文运事，《水浒》是因文生事。以文运事，是先有事生成如此如此，却要算计出一篇文字来，虽是史公高才，也毕竟是吃苦事。因文生事即不然，只是顺着笔性去，削高补低都由我。

作《水浒传》者，真是识力过人。某看他一部书，要写一百单八个强盗，却为头推出一个孝子来做门面，一也；三十六员天罡，七十二座地煞，却倒是三座地煞先做强盗，显见逆天而行，二也；盗魁是宋江了，却偏不许他便出头，另又幻一晁盖盖住在上，三也；天罡地煞，都置第二，不使出现，四也；临了收到"天下太平"四字作结，五也。

三个"石碣"字，是一部《水浒传》大段落。

《水浒传》不说鬼神怪异之事，是他气力过人处。《西游记》每到弄不来时，便是南海观音救了。

《水浒传》并无"之乎者也"等字，一样人，便还他一样说话，真是绝奇本事。

《水浒传》一个人出来，分明便是一篇列传。至于中间事迹，又逐段逐段自成文字，亦有两三卷成一篇者，亦有五六句成一篇者。

别一部书，看过一遍即休。独有《水浒传》，只是看不厌，无非为他把一百八个人性格，都写出来。

《水浒传》写一百八个人性格，真是一百八样。若别一部书，任他写一千个人，也只是一样；便只写得两个人，也只是一样。

《水浒传》章有章法，句有句法，字有字法。人家子弟稍识字，便当教令反复细看，看得《水浒传》出时，他书便如破竹。

江州城劫法场一篇，奇绝了；后面却又有大名府劫法场一篇，一发奇绝。

潘金莲偷汉一篇，奇绝了；后面却又有潘巧云偷汉一篇，一发奇绝。景阳冈打虎一篇，奇绝了；后面却又有沂水县杀虎一篇，一发奇绝。真正其才如海。

劫法场，偷汉，打虎，都是极难题目，直是没有下笔处，他偏不怕，定要写出两篇。

《宣和遗事》具载三十六人姓名[5]，可见三十六人是实有。只是七十回中许多事迹，须知都是作书人凭空造谎出来。如今却因读此七十回，反把三十六个人物都认得了，任凭提起一个，都似旧时熟识，文字有气力如此。

一百八人中，定考武松上上。时迁、宋江是一流人，定考下下。

鲁达自然是上上人物，写得心地厚实，体格阔大。论粗卤处，他也有些粗卤；论精细处，他亦甚是精细。然不知何故，看来便有不及武松处。想鲁达已是人中绝顶，若武松直是天神，有大段及不得处。

《水浒传》只是写人粗卤处，便有许多写法。如鲁达粗卤是性急，史进粗卤是少年任气，李逵粗卤是蛮，武松粗卤是豪杰不受羁靮[6]，阮小七粗卤是悲愤无说处，焦挺粗卤是气质不好。

李逵是上上人物，写得真是一片天真烂漫到底。看他意思，便是山泊中一百七人，无一个入得他眼。《孟子》"富贵不能淫，贫贱不能移，威武不能屈"，正是他好批语。

看来作文，全要胸中先有缘故。若有缘故时，便随手所触，都成妙笔；若无缘故时，直是无动手处，便作得来，也是嚼蜡[7]。

只如写李逵，岂不段段都是妙绝文字，却不知正为段段都在宋江事后，故便妙不可言。盖作者只是痛恨宋江奸诈，故处处紧接出一段李逵朴诚来，做个形击[8]。其意思自在显宋江之恶，却不料反成李逵之妙也。此譬如刺枪，本要杀人，反使出一身家数。

近世不知何人，不晓此意，却节出李逵事来，另作一册，题曰“寿张文集”，可谓咬人屎撅，不是好狗。

写李逵色色绝倒，真是化工肖物之笔。他都不必具论；只如逵还有兄李达，便定然排行第二也，他却偏要一生自叫李大，直等急切中移名换姓时，反称作李二，谓之乖觉。试想他肚里，是何等没分晓。

任是真正大豪杰好汉子，也还有时将银子买得他心肯。独有李逵，便银子也买他不得，须要等他自肯，真又是一样人。

林冲自然是上上人物，写得只是太狠。看他算得到，熬得住，把得牢，做得彻，都使人怕。这般人在世上，定做得事业来，然琢削元气也不少。

吴用定然是上上人物，他奸猾便与宋江一般，只是比宋江，却心地端正。

宋江是纯用术数去笼络人，吴用便明明白白驱策群力，有军师之体。

吴用与宋江差处，只是吴用却肯明白说自家是智多星，宋江定要说自家志诚质朴。

宋江只道自家笼罩吴用，吴用却又实实笼罩宋江。两个人心里各各自知，外面又各各只做不知，写得真是好看煞人。

花荣自然是上上人物，写得恁地文秀。

阮小七是上上人物，写得另是一样气色。一百八人中，真要算做第一个快人，心快口快，使人对之，龌龊都销尽。

杨志、关胜是上上人物。杨志写来是旧家子弟，关胜写来全是云长变相。

秦明、索超是上中人物。

史进只算上中人物，为他后半写得不好。

呼延灼却是出力写得来的，然只是上中人物。

卢俊义、柴进只是上中人物。卢俊义传，也算极力将英雄员外写出来了，然终不免带些呆气。譬如画骆驼，虽是庞然大物，却到底看来觉道不俊。柴进无他长，只有好客一节。

朱仝与雷横，是朱仝写得好。然两人都是上中人物。

杨雄与石秀，是石秀写得好。然石秀便是中上人物，杨雄竟是中下人物。

公孙胜便是中上人物，备员而已。

李应只是中上人物，然也是体面上定得来，写处全不见得。

阮小二、阮小五、张横、张顺，都是中上人物。燕青是中上人物，刘唐是中上人物，徐宁、董平是中上人物。

戴宗是中下人物，除却神行，一件不足取。

吾最恨人家子弟，凡遇读书，都不理会文字，只记得若干事迹，便算读过一部书了。虽《国策》、《史记》都作事迹搬过去，何况《水浒传》。

《水浒传》有许多文法，非他书所曾有，略点几则于后：

有倒插法。谓将后边要紧字，蓦地先插放前边。如五台山下铁匠间壁父子客店，又大相国寺岳庙间壁菜园，又武大娘子要同王干娘去看虎，又李逵去买枣糕，收得汤隆等是也。

有夹叙法。谓急切里两个人一齐说话，须不是一个说完了，又一个说，必要一笔夹写出来。如瓦官寺崔道成说“师兄息怒，听小僧说”，鲁智深说“你说你说”等是也。

有草蛇灰线法。如景阳冈勤叙许多“哨棒”字，紫石街连写若干“帘子”字等是也。骤看之，有如无物，及至细寻，其中便有一条线索，拽之通体俱动。

有大落墨法。如吴用说三阮，杨志北京斗武，王婆说风情，武松打虎，还道村捉宋江，二打祝家庄等是也。

有绵针泥刺法[9]。如花荣要宋江开枷，宋江不肯；又晁盖番番要下山，宋江番番劝住，至最后一次便不劝是也。笔墨外，便有利刃直戳进来。

有背面铺粉法。如要衬宋江奸诈，不觉写作李逵真率；要衬石秀尖利，不觉写作杨雄糊涂是也。

有弄引法。谓有一段大文字，不好突然便起，且先作一段小文字在前引之。如索超前，先写周谨；十分光前，先说五事等是也。《庄子》云：“始终青萍之末，盛于土囊之口。”《礼》云：“鲁人有事于泰山，必先有事于配林。”

有獭尾法[10]。谓一段大文字后，不好寂然便住，更作余波演漾之。如梁中书东郭演武归去后，如县时文彬升堂；武松打虎下冈来，遇着两个猎户；血溅鸳鸯楼后，写城壕边月色等是也。

有正犯法[11]。如武松打虎后，又写李逵杀虎，又写二解争虎；潘金莲偷汉后，又写潘巧云偷汉；江州城劫法场后，又写大名府劫法场；何涛捕盗后，又写黄安捕盗；林冲起解后，又写卢俊义起解；朱仝、雷横放晁盖后，又写朱仝、雷横放宋江等。正是要故意把题目犯了，却有本事出落得无一点一尽相借，以为快乐是也。真是浑身都是方法。

有略犯法。如林冲买刀与杨志卖刀，唐牛儿与郓哥，郑屠肉铺与蒋门神快活林，瓦官寺试禅杖与蜈蚣岭试戒刀等是也。

有极不省法。如要写宋江犯罪，却先写招文袋金子，却又先写阎婆惜和张三有事，却又先写宋江讨阎婆借，却又先写宋江舍棺材等。凡有若干文字，都非正文是也。

有极省法。如武松迎入阳谷县，恰遇武大也搬来，正好撞着；又如宋江琵琶亭吃鱼汤后，连日破腹等是也。

有欲合故纵法。如白龙庙前，李俊、二张、二童、二穆等救船已到，却写李逵重要杀入城去；还道村玄女庙中，赵能、赵得都已出去，却有树根绊跌，士兵叫喊等，令人到临了又加倍吃吓是也。

有横云断山法。如两打祝家庄后，忽插出解珍、解宝争虎越狱事；又正打大名城时，忽插出截江鬼、油里鳅谋财倾命事等是也。只为文字太长了，便恐累坠，故从半腰间暂时闪出，以间隔之。

有莺胶续弦法[12]。如燕青往梁山泊报信，路遇杨雄、石秀，彼此须互不相识。且由梁山泊到大名府，彼此既同取小径，又岂有止一小径之理？看他便顺手借如意子打鹊求卦，先斗出巧来，然后用一拳打倒石秀，逗出姓名来等是也。都是刻苦算得出来。

旧时《水浒传》，子弟读了，便晓得许多闲事。此本虽是点阅得粗略，子弟读了，便晓得许多文法；不惟晓得《水浒传》中有许多文法，他便将《国策》、《史记》等书，中间但有若干文法，也都看得出来。旧时子弟读《国策》、《史记》等书，都只看了闲事，煞是好笑。

《水浒传》到底只是小说，子弟极要看，及至看了时，却凭空使他胸中添了若干文法。

人家子弟只是胸中有了这些文法，他便《国策》、《史记》等书都肯不释手看，《水浒传》有功于子弟不少。

旧时《水浒传》，贩夫皂隶都看；此本虽不曾增减一字，却是与小人没分之书，必要真正有锦绣心肠者，方解说道好。

中华书局影印金圣叹批改贯华堂原本《水浒传》卷一

【注释】

[1]《史记》有《游侠列传》、《货殖列传》。

[2]锦心绣口：指写文章巧于构思而措词华丽。

[3]渠魁：首恶。

[4]意思为直接铺叙文字，无收放。

[5]宣和遗事：即《大宋宣和遗事》，书出宋、元，作者不详。

[6]羁靮(dí)：马络头和缰绳。

[7]嚼蜡：枯燥无趣味。

[8]形击：反衬。

[9]绵针泥刺：绵里藏针，泥中带刺。绵，丝绵。

[10]獭：水獭，栖息水边，善游泳。其尾有力，游水时以尾为舵。此用獭尾比喻一大段文字后的结尾处要余波荡漾，自然生采。

[11]犯：触犯，冒犯。此指类似的内容重复写到，从一般角度看是犯忌讳而须避免的。

[12]鸾胶续弦：这里比喻将两部分似不相连的文章巧妙地续接在一起。

【导读】

金圣叹的文学思想主要体现在他对六大才子书的点评，其中《水浒传》、《西厢记》的评点最为著名。他将《水浒传》视为小说创作最高典范，认为"《水浒》之文精严，读之即得一切书之法也"。就以上读第五才子书法的内容来看，可主要概括为以下三个方面：

1. 创作论

他首先从创作主体的角度为《水浒传》正名，认为施耐庵本无宿怨，《水浒传》并非怨愤之作，只是饱暖无事又值心闲，便写出自家许多锦心绣口。心理情感上的正常使得其创作有着相对稳定的情感倾向和相对公允的立场。

从创作方法上比较了《史记》的"以文运事"和《水浒》的"因文生事"。充分认识到史学作品和小说在共同的文学性特点之外，也存在差异，历史是实录而小说具有虚构性，具有更大的审美想象空间。“因文生事”的虚构性文学作品较之“因文运事”的史学著作易于创作，也更能彰显个人才情。

从创作题材上比较《西游记》与《水浒传》，后者“不说鬼神怪异之事”来弥补叙事上的捉襟见肘处，叙述手法更为练达，也更令人信服。

2. 人物论

与同时代主张“结构第一”的李渔相比，金圣叹注重小说作品中人物形象的塑造和分析，是“性格中心论”的代表。

他认为《水浒传》中的人物形象生动丰满、个个不同，摆脱了传统小说中人物形象扁平单一的倾向，具有典型性。他非常赞赏《水浒传》中个性化的人物描写，在语言、动作、神态等细节之处对人物的身份、地位、性格进行传神刻画。意识到施耐庵对人物形象共性中体现出来的细微差别处的准确把握。

3. 结构论

金圣叹注重作品人物性格的塑造并不代表他对情节结构的忽视，他亦注重情节，只是更看重情节对人物形象塑造方面的作用。

“看来作文，全要胸中先有缘故。若有缘故时，便随手所触，都成妙笔；若无缘故时，直是无动手处，便作得来，也是嚼蜡。”这一段文字中，明显流露出创作之前需要打腹稿、统筹好篇章结构的意思。

他对结构的看重还体现在《第五才子书法》末以接近三分之一的篇幅分析了《水浒传》的文法，如倒插法、有夹叙法、有草蛇灰线法等十余种。这种发现和归纳极大地丰富了叙述学理论，也启发了后世的小说创作。

综合而言，金圣叹以他鲜明独到的叙事理念发现并再创造了《水浒传》，在经典文学的基础之上，为我们提供了另外一种经典的批评范式。

【拓展阅读】

1. (清)金圣叹著，曹方人、周锡山标点，《金圣叹全集一·贯华堂第六才子书水浒传　上》卷首，江苏古籍出版社 1985 年版。

2. (明)李贽，《焚书卷三·杂述·忠义水浒传序》，中华书局 1975 年版。

3. [美]王靖宇，《金圣叹的生平及其文学批评》，上海古籍出版社 2004 年版。

4. 郭瑞，《金圣叹小说理论与戏剧理论》，中国文联出版公司 1993 年版。

5. 丁利荣，《金圣叹美学》，武汉大学出版社 2009 年版。

《闲情偶寄·词曲部》(选录)

(清)李　渔

【**题解**】李渔(1611—1680年)，字笠鸿，一字谪凡、号笠翁、湖上笠翁，又署笠道人、随庵主人、新亭客樵、觉世稗官等，祖籍兰溪(今属浙江)，生于江苏如皋。他出生于富裕的药商家庭，早年多次乡试不第，后家道中落，他一度避入深山，1651年移居杭州，大量创作戏剧小说并与当时名流交往，后组织戏班，多方演出，产生了一定的社会影响。《闲情偶寄》写于康熙十年(1671年)，是其一生生活经验与艺术事业的总结，也是他自己较为满意的著作之一。在明清易代之际众多繁盛的小品文作品中获得了独特的地位。《闲情偶寄》中的曲论兼及编剧、导演和教习，具有较强的系统性，是一部完整意义上的戏剧学著作。他还著有小说《十二楼》、诗文杂著《笠翁一家言全集》。

结构第一

填词一道，文人之末技也。然能抑而为此，犹觉愈于驰马试剑，纵酒呼卢[1]。孔子有言："不有博弈者乎？为之犹贤乎已。"博弈虽戏具，犹贤于"饱食终日，无所用心"；填词虽小道，不又贤于博弈乎？吾谓技无大小，贵在能精；才乏纤洪，利于善用。能精善用，虽寸长尺短，亦可成名。否则才夸八斗，胸号五车，为文仅称点鬼之谈[2]，著书惟供覆瓿之用[3]，虽多亦奚以为？填词一道，非特文人工此者足以成名，即前代帝王，亦有以本朝词曲擅长，遂能不泯其国事者。请历言之。高则诚、王实甫诸人，元之名士也，舍填词一无表见。使两人不撰《琵琶》、《西厢》，则沿至今日，谁复知其姓字？是则诚、实甫之传，《琵琶》、《西厢》传之也。汤若士[4]，明之才人也，诗文尺牍，尽有可观，而其脍炙人口者，不在尺牍诗文，而在《还魂》一剧。使若士不草《还魂》，则当日之若士，已虽有而若无，况后代乎？是若士之传，《还魂》传之也。此人以填词而得名者也。历朝文字之盛，其名各有所归，"汉史"、"唐诗"、"宋文"、"元曲"，此世人口头语也。《汉书》、《史记》，千古不磨，尚矣[5]。唐则诗人济济，宋有文士跄跄[6]，宜其鼎足文坛，为三代后之三代也[7]。元有天下，非特政刑礼乐一无可宗，即语言文学之末，图书翰墨之微，亦少概见。使非崇尚词曲，得《琵琶》、《西厢》以及《元人百种》诸书传于后代[8]，则当日之元，亦与五代、金、辽同其泯灭，焉能附三朝骥尾[9]，而挂学士文人之齿颊哉？此帝王国事，以填词而得名者也。由是观之，填词非末技，乃与史传诗文同源而异派者也。近日雅慕此道，刻欲追踪元人、配飨若士者尽多[10]，而究意作者寥寥，未闻绝唱。其故维何？止因词曲一道，但有前书堪读，并无成法可宗。暗室无灯，有眼皆同瞽目[11]，无怪乎觅途不得，问津无人，半途而废者居多，差毫厘而谬千里者，亦复不少也。尝怪天地之间有一种文字，即有一种文字之法脉准绳，载之于书者，不异耳提面命，独于填词制曲之事，非但略而未详，亦且置之不道。揣摩其故，殆有三焉：一则为此理甚难，非可言传，止堪意会。想入云霄之际，作者神魂飞越，如在梦中，不至终篇，不能返魂收魄。谈真则易，说梦为难，非不欲传，不能传也。若是，则诚异诚难，诚为不可道矣。吾谓此等至理，皆言最上一乘，非填词之学节节皆如是也，岂可为精者难言，而粗者亦置弗道乎？一则为填词之理变幻不常，言当如是，又有不当如是者。如填生旦之词，贵于庄雅，制净丑之曲，务带诙谐，此理之常也。乃忽遇风流放佚之生旦，反觉庄雅为非，作迂腐不情之净丑，转以诙谐为忌。诸如此类者，悉难胶柱[12]。恐以一定之陈言，误泥古拘方之作者，是以宁为阙疑，不生蛇足[13]。若是，则此种变幻之理，不独词曲为然，帖括诗文皆若是也[14]。岂有执死法为文，而能见赏于人，相传于后者乎？一则为从来名士以诗赋见重者十之九，以词曲相传者犹不及什一，盖千百人一见者也。凡有能此者，悉皆剖腹藏珠，务求自秘，谓此法无人授我，我岂独肯传人。使家家制曲，户户填词，则无论《白雪》盈车，《阳春》遍世[15]，淘金选玉者未必不使后来居上，而觉糠秕在前。且使周郎渐出，顾曲者多[16]，攻出瑕疵，令前人无可藏拙，是自为后羿而教出无数逢蒙[17]，环执干戈而害我也，不如仍仿前人，缄口不提之为是。吾揣摩不传之故，虽三者并列，窃恐此意居多。以我论之：文章者，天下之公器，非我之所能私；是非者，千古之定评，岂人之所能倒？不若出我所有，公之于人，收天下后世之名贤，悉为同调。胜我者我师之，仍不失为起予之高足；类我者我友之，亦不愧为攻玉之他山。持此为心，遂不觉以生平底里，和盘托出，并前人已传之书，亦为取长弃短，别出瑕瑜，使人知所从违，而不为诵读所误。知我，罪我，怜我，杀我，悉听世人，不复能顾其后矣。但恐我所言者，自以为是而未必果是；人所趋者，我以为非而未必尽非。但矢一字之公，可谢千秋之罚。噫，元人可作，当必贳予[18]。

填词首重音律，而予独先结构者，以音律有书可考，其理彰明较著。自《中原音韵》一出，则阴阳平仄画有塍区[19]，如舟行水中，车推岸上，稍知率由者[20]，虽欲故犯而不能矣。《啸余》、《九宫》二谱一出，则葫芦有样，粉本昭然。前人呼制曲为填词，填者，布也，犹棋枰之中画有定格，见一格，布一子，止有黑白之分，从无出入之弊，彼用韵而我叶之[21]，彼不用韵而我纵横流荡之。至于引商刻羽，戛玉敲金[22]，虽曰神而明之，匪可言喻，亦由勉强而臻自然，盖遵守成法之化境也。至于结构二字，则在引商刻羽之先，拈韵抽毫之始。如造物之赋形，当其精血初凝，胞胎未就，先为制定全形，使点血而具五官百骸之势。倘先无成局，而由顶及踵，逐段滋生，则人之一身，当有无数断续之痕，而血气为之中阻矣。工师之建宅亦然。基址初平，间架未立，先筹何处建厅，何方开户，栋需何木，梁用何材，必俟成局了然，始可挥斤运斧。倘造成一架而后再筹一架，则便于前者不便于后，势必改而就之，未成先毁，犹之筑舍道旁[23]，兼数宅之匠资，不足供一厅一堂之用矣。故作传奇者[24]，不宜卒急拈毫，袖手于前，始能疾书于后。有奇事，方有奇文，未有命题不佳，而能出其锦心，扬为绣口者也。尝读时髦所撰，惜其惨淡经营，用心良苦，而不得被管弦、副优孟者[25]，非审音协律之难，而结构全部规模之未善也。

词采似属可缓，而亦置音律之前者，以有才技之分也。文词稍胜者，即号才人，音律极精者，终为艺士。师旷止能审乐[26]，不能作乐；龟年但能度词[27]，不能制词。使与作乐制词者同堂，吾知必居末席矣。事有极细而亦不可不严者，此类是也。

戒讽刺

武人之刀，文士之笔，皆杀人之具也。刀能杀人，人尽知之；笔能杀人，人则未尽知也。然笔能杀人，犹有或知之者；至笔之杀人较刀之杀人，其快其凶更加百倍，则未有能知之而明言以戒世者。予请深言其故。何以知之？知之于刑人之际。杀之与剐[28]，同是一死，而轻重别焉者。以杀止一刀，为时不久，头落而事毕矣；剐必数十百刀，为时必经数刻，死而不死，痛而复痛，求为头落事毕而不可得者，只在久与暂之分耳。然则笔之杀人，其为痛也，岂止数刻而已哉！窃怪传奇一书，昔人以代木铎[29]，因愚夫愚妇识字知书者少，劝使为善，诫使勿恶，其道无由，故设此种文词，借优人说法与大众齐听。谓善者如此收场，不善者如此结果，使人知所趋避，是药人寿世之方，救苦弭灾之具也[30]。后世刻薄之流，以此意倒行逆施，借此文报仇泄怨。心之所喜者，处以生旦之流，意之所怒者，变以净丑之形，且举千百年未闻之丑行，幻设而加于一人之身，使梨园习而传之[31]，几为定案，虽有孝子慈孙，不能改也。噫！岂千古文章，止为杀人而设；一生诵读，徒备行凶造孽之需乎？苍颉造字而鬼夜哭[32]，造物之心，未必非逆料至此也。凡作传奇者，先要涤去此种肺肠，务存忠厚之心，勿为残毒之事。以之报恩则可，以之报怨则不可；以之劝善惩恶则可，以之欺善作恶则不可。人谓《琵琶》一书，为讥王四而设。因其不孝于亲，故加以入赘豪门，致亲饿死之事。何以知之？因“琵琶”二字，有四“王”字冒于其上，则其寓意可知也。噫！此非君子之言，齐东野人之语也[33]。凡作伟世之文者，必先有可以传世之心，而后鬼神效灵，予以生花之笔，撰为倒峡之词[34]，使人人赞美，百世流芬。传非文字之传，一念之正气使传也。《五经》、《四书》、《左》、《国》、《史》、《汉》诸书，与大地山河同其不朽，试问当年作者有一不肖之人、轻薄之子厕于其间乎？但观《琵琶》得传至今，则高则诚之为人，必有善行可予，是以天寿其名，使不与身俱没，岂残忍刻薄之徒哉！即使当日与王四有隙，故以不孝加之，然则彼与蔡邕未必有隙[35]，何以有隙之人，止暗寓其姓，不明叱其名，而以未必有隙之人，反蒙李代桃僵之实乎[36]？此显而易见之事，从无一人辩之。创为是说者，其不学无术可知矣。予向梓传奇，尝埒誓词于首，其略云：加生旦以美名，原非市恩于有托；抹净丑以花面，亦属调笑于无心；凡以点缀词场，使不岑寂而已。但虑七情以内，无境不生，六合之中，何所不有。幻设一事，即有一事之偶同；乔命一名，即有一名之巧合。焉知不以无基之楼阁，认为有样之葫芦？是用沥血鸣神，剖心告世，倘有一毫所指，甘为三世之暗，即漏显诛，难逋阴罚。此种血忱，业已沁入梨枣，印政寰中久矣。而好事之家，犹有不尽相谅者，每观一剧，必问所指何人。噫，如其尽有所指，则誓词之设，已经二十余年，上帝有赫[37]，实式临之，胡不降之以罚？兹以身后之事，且置勿论，论其现在者：年将六十，即旦夕就木，不为夭矣。向忧伯道之忧[38]，今且五其男，二其女，孕而未诞、诞而待孕者，尚不一其人，虽尽属景升豚犬[39]，然得此以慰桑榆，不忧穷民之无告矣。年虽迈而筋力未衰，涉水登山，少年场往往追予弗及；貌虽癯而精血未耗，寻花觅柳，儿女事犹然自觉情长。所患在贫，贫也，非病也；所少在贵，贵岂人人可幸致乎？是造物之悯予，亦云至矣。非悯其才，非悯其德，悯其方寸之无他也。生平所著之书，虽无裨于人心世道，若止论等身，几与曹交食粟之躯等其高下[40]。使其间稍伏机心，略藏匕首，造物且诛之夺之不暇，肯容自作孽者老而不死，犹得徉狂自肆于笔墨之林哉！吾于发端之始，即以讽刺戒人，且若嚣嚣自鸣得意者，非敢故作夜郎，窃恐词人不究立言初意，谬信"琵琶王四"之说，因谬成真。谁无恩怨，谁乏牢骚，悉以填词泄愤，是此一书者，非阐明词学之书，乃教人行险播恶之书也。上帝讨无礼，予其首诛乎？现身说法，盖为此耳。

立主脑

古人作文一篇，定有一篇之主脑。主脑非他，即作者立言之本意也。传奇亦然。一本戏中，有无数人名，究竟俱属陪宾，原其初心，止为一人而设。即此一人之身，自始至终，离合悲欢，中具无限情由，无穷关目，究竟俱属衍文[41]，原其初心，又止为一事而设：此一人一事，即作传奇之主脑也。然必此一人一事果然奇特，实在可传而后传之，则不愧传奇之目，而其人其事与作者姓名皆千古矣。如一部《琵琶》，止为蔡伯喈一人，而蔡伯喈一人，又止为"重婚牛府"一事，其余技节皆从此一事而生。二亲之遭凶，五娘之尽孝，拐儿之骗财匿书，张大公之疏财仗义，皆由于此。是"重婚牛府"四字，即作《琵琶记》之主脑也。一部《西厢》，止为张君瑞一人，而张君瑞一人，又止为"白马解围"一事，其余枝节皆从此一事而生。夫人之许婚，张生之望配，红娘之勇于作合，莺莺之敢于失身，与郑恒之力争原配而不得，皆由于此。是"白马解围"四字，即作《西厢记》之主脑也。余剧皆然，不能悉指。后人作传奇，但知为一人而作，不知为一事而作。尽此一人所行之事，逐节铺陈，有如散金碎玉，以作零出则可，谓之全本，则为断线之珠，无梁之屋。作者茫然无绪，观者寂然无声，无怪乎有识梨园，望之而却走也。此语未经提破，故犯者孔多，而今而后，吾知鲜矣。

脱窠臼

"人惟求旧，物惟求新[42]。"新也者，天下事物之美称也。而文章一道，较之他物，尤加倍焉。戛戛乎陈言务去，求新之谓也。至于填词一道，较之诗赋古文，又加倍焉。非特前人所作，于今为旧，即出我一人之手，今之视昨，亦有间焉。昨已见而今未见也，知未见之为新，即知已见之为旧矣。古人呼剧本为"传奇"者，因其事甚奇特，未经人见而传之，是以得名，可见非奇不传。"新"即"奇"之别名也。若此等情节业已见之戏场，则千人共见，万人共见，绝无奇矣，焉用传之？是以填词之家，务解"传奇"二字。欲为此剧，先问古今院本中[43]，曾有此等情节与否，如其未有，则急急传之，否则枉费辛勤，徒作效颦之妇。东施之貌未必丑于西施，止为效颦于人，遂蒙千古之诮。使当日逆料至此，即劝之捧心，知不屑矣。吾谓填词之难，莫难于洗涤窠臼，而填词之陋，亦莫陋于盗袭窠臼。吾观近日之新剧，非新剧也，皆老僧碎补之衲衣[44]，医士合成之汤药。取众剧之所有，彼割一段，此割一段，合而成之，即是一种"传奇"。但有耳所未闻之姓名，从无目不经见之事实。语云“千金之裘，非一狐之腋”，以此赞时人新剧，可谓定评。但不知前人所作，又从何处集来？岂《西厢》以前，别有跳墙之张珙？《琵琶》以上，另有剪发之赵五娘乎？若是，则何以原本不传，而传其抄本也？窠臼不脱，难语填词，凡我同心，急宜参酌。

密针线

编戏有如缝衣，其初则以完全者剪碎，其后又以剪碎者凑成。剪碎易，凑成难，凑成之工，全在针线紧密。一节偶疏，全篇之破绽出矣。每编一折，必须前顾数折，后顾数折。顾前者，欲其照映，顾后者，便于埋伏。照映埋伏，不止照映一人、埋伏一事，凡是此剧中有名之人、关涉之事，与前此后此所说之话，节节俱要想到，宁使想到而不用，勿使有用而忽之。吾观今日之传奇，事事皆逊元人，独于埋伏照映处，胜彼一筹。非今人之太工，以元人所长全不在此也。若以针线论，元曲之最疏者，莫过于《琵琶》。无论大关节目背谬甚多，如子中状元三载，而家人不知；身赘相府，享尽荣华，不能自遣一仆，而附家报于路人；赵五娘千里寻夫，只身无伴，未审果能全节与否，其谁证之？诸如此类，皆背理妨伦之甚者。再取小节论之，如五娘之剪发，乃作者自为之，当日必无其事。以有疏财仗义之张大公在，受人之托，必能终人之事，未有坐视不顾，而致其剪发者也。然不剪发，不足以见五娘之孝。以我作《琵琶》，《剪发》一折亦必不能少，但须回护张大公，使之自留地步。吾读《剪发》之曲，并无一字照管大公，且若有心讥刺者。据五娘云：“前日婆婆没了，亏大公周济。如今公公又死，无钱资送，不好再去求他，只得剪发”云云。若是，则剪发一事乃自愿为之，非时势迫之使然也，奈何曲中云：“非奴苦要孝名传，只为上山擒虎易，开口告人难。”此二语虽属恒言，人人可道，独不宜出五娘之口。彼自不肯告人，何以言其难也？观此二语，不似怼怨大公之词乎[45]？然此犹属背后私言，或可免于照顾。迨其哭倒在地[46]，大公见之，许送钱米相资，以备衣衾棺椁，则感之颂之，当有不啻口出者矣[47]，奈何曲中又云：“只恐奴身死也，兀自没人埋，谁还你恩债？”试问公死而埋者何人？姑死而埋者何人？对埋殓公姑之人而自言暴露，将置大公于何地乎？且大公之相资，尚义也，非图利也，“谁还恩债”一语，不几抹倒大公，将一片热肠付之冷水乎？此等词曲，幸而出自元人，若出我辈，则群口讪之，不识置身何地矣。予非敢于仇古，既为词曲立言，必使人知取法，若扭于世俗之见，谓事事当法元人，吾恐未得其瑜，先有其瑕。人或非之，即举元人借口，乌知圣人千虑，必有一失；圣人之事，犹有不可尽法者，况其他乎？《琵琶》之可法者原多，请举所长以盖短。如《中秋赏月》一折[48]，同一月也，出于牛氏之口者，言言欢悦；出于伯喈之口者，字字凄凉。一座两情，两情一事，此其针线之最密者。瑕不掩瑜，何妨并举其略。然传奇一事也，其中义理分为三项：曲也，白也，穿插联络之关目也[49]。元人所长者止居其一，曲是也[50]，白与关目皆其所短[51]。吾于元人，但守其词中绳墨而已矣。

减头绪

头绪繁多，传奇之大病也。《荆》、《刘》、《拜》、《杀》(《荆钗记》、《刘知远》、《拜月亭》、《杀狗记》)之得传于后，止为一线到底，并无旁见侧出之情。三尺童子观演此剧，皆能了了于心，便便于口，以其始终无二事，贯串只一人也。后来作者不讲根源，单筹枝节，谓多一人可增一人之事。事多则关目亦多，令观场者如入山阴道中[52]，人人应接不暇。殊不知戏场脚色，止此数人，便换千百个姓名，也只此数人装扮，止在上场之勤不勤，不在姓名之换不换。与其忽张忽李，令人莫识从来，何如只扮数人，使之频上频下，易其事而不易其人，使观者各畅怀来[53]，如逢故物之为愈乎？作传奇者，能以“头绪忌繁”四字刻刻关心，则思路不分，文情专一，其为词也，如孤桐劲竹，直上无枝，虽难保其必传，然已有《荆》、《刘》、《拜》、《杀》之势矣。

戒荒唐

昔人云：“画鬼魅易，画狗马难。”以鬼魅无形，画之不似，难于稽考。狗马为人所习见，一笔稍乖，是人得以指摘。可见事涉荒唐，即文人藏拙之具也。而近日传奇，独工于为此。噫，活人见鬼，其兆不祥，矧有吉事之家，动出魑魅魍魉为寿乎？移风易俗，当自此始。吾谓剧本非他，即三代以后之《韶》、《濩》也[54]。殷俗尚鬼，犹不闻以怪诞不经之事被诸声乐，奏于庙堂，矧辟谬崇真之盛世乎？王道本乎人情，凡作传奇，只当求于耳目之前，不当索诸闻见之外。无论词曲，古今文字皆然。凡说人情物理者，千古相传；凡涉荒唐怪异者，当日即朽。《五经》、《四书》、《左》、《国》、《史》、《汉》，以及唐宋诸大家，何一不说人情？何一不关物理？及今家传户颂，有怪其平易而废之者乎？《齐谐》，志怪之书也，当日仅存其名，后世未见其实。此非平易可久、怪诞不传之明验欤？人谓家常日用之事，已被前人做尽，穷微极稳，纤芥无遗，非好奇也，求为平而不可得也。予曰：不然。世间奇事无多，常事为多，物理易尽，人情难尽。有一日之君臣父子，即有一日之忠孝节义。性之所发，愈出愈奇，尽有前人未作之事，留之以待后人，后人猛发之心，较之胜于先辈者。即就妇人女子言之，女德莫过于贞，妇愆无甚于妒。古来贞女守节之事，自剪发、断臂、刺面、毁身，以至刎颈而止矣。近日失贞之妇，竟有刲肠剖腹，自涂肝脑于贵人之庭以鸣不屈者；又有不持利器，谈笑而终其身，若老衲高僧之坐化者。岂非五伦以内，自有变化不穷之事乎？古来妒妇制夫之条，自罚跪、戒眠、捧灯、戴水，以至扑臀而止矣。近日妒悍之流，竟有锁门绝食，迁怒于人，使族党避祸难前，坐视其死而莫之救者；又有鞭扑不加，囹圄不设，宽仁大度，若有刑措之风，而其夫摄于不怒之威，自遣其妾而归化者。岂非闺阃以内，便有日异月新之事乎？此类繁多，不能枚举。此言前人未见之事，后人见之，可备填词制曲之用者也。即前人已见之事，尽有摹写未尽之情，描画不全之态。若能设身处地，伐隐攻微，彼泉下之人，自能效灵于我，授以生花之笔，假以蕴绣之肠，制为杂剧，使人但赏极新极艳之词，而意忘其为极腐极陈之事者。此为最上一乘，予有志焉，而未之逮也。

审虚实

传奇所用之事，或古或今，有虚有实，随人拈取。古者，书籍所载，古人现成之事也；今者，耳目传闻，当时仅见之事也；实者，就事敷陈，不假造作，有根有据之谓也；虚者，空中楼阁，随意构成，无影无形之谓也。人谓古事实多，近事多虚。予曰：不然。传奇无实，大半皆寓言耳。欲劝人为孝，则举一孝子出名，但有一行可纪，则不必尽有其事。凡属孝亲所应有者，悉取而加之，亦犹纣之不善，不如是之甚也，一居下流，天下之恶皆归焉。其余表忠表节，与种种劝人为善之剧，率同于此。若谓古事皆实，则《西厢》、《琵琶》推为曲中之祖，莺莺果嫁君瑞乎？蔡邕之饿莩其亲，五娘之干蛊其夫，见于何书？果有实据乎？孟子云："尽信书，不如无书。"盖指《武成》而言也。经史且然，矧杂剧乎？凡阅传奇而必考其事从何来、人居何地者，皆说梦之痴人，可以不答者也。然作者秉笔，又不宜尽作是观。若纪目前之事，无所考究，则非特事迹可以幻生，并其人之姓名亦可以凭空捏造，是谓虚则虚到底也。若用往事为题，以一古人出名，则满场脚色皆用古人，捏一姓名不得；其人所行之事，又必本于载籍，班班可考，创一事实不得。非用古人姓字为难，使与满场脚色同时共事之为难也；非查古人事实为难，使与本等情由贯串合一之为难也。予即谓传奇无实，大半寓言，何以又云姓名事实必须有本？要知古人填古事易，今人填古事难。古人填古事，犹之今人填今事，非其不虑人考，无可考也。传至于今，则其人其事，观者烂熟于胸中，欺之不得，罔之不能，所以必求可据，是谓实则实到底也。若用一二古人作主，因无陪客，幻设姓名以代之，则虚不似虚，实不成实，词家之丑态也，切忌犯之。

中国戏剧出版社本《中国古典戏曲论著集成》《闲情偶寄》

【注释】

[1]呼卢：赌博。

[2]唐初杨炯作文喜好堆砌古人姓名，人戏称之"点鬼簿"。

[3]瓿(bù)：器皿。酱瓿即酱坛子。

[4]即汤显祖。

[5]尚：久远。

[6]济济、跄跄：形容人才众多。

[7]"三代"句：儒家称赞夏商周三代为文化"盛世"。李渔认为"汉史、唐诗、宋文"亦文坛"盛世"，故说"三代后之三代也"。

[8]《元人百种》即《元曲选》，共收一百个剧本。

[9]骥尾：千里马的尾巴。

[10]飨：祭献。

[11]瞽(gǔ)：盲者。

[12]悉难胶柱：谓拘泥不知变通。

[13]蛇足：画蛇添足的省略说法。

[14]帖括：科举考试文体之名。

[15]《白雪》、《阳春》：古代曲名，后泛指高雅文艺作品。

[16]周郎：三国时的周瑜。

[17]传说夏代的后羿精于射术，其学生逄蒙学成后，以为天下只有后羿胜过自己，就把老师杀了。

[18]贳(shì)：宽恕、原谅。

[19]塍(chéng)：田间的土埂子。

[20]率由：意思是照成规行事。语出《诗经·假乐》："不愆不忘，率由旧章。"

[21]叶(xié)：即协韵，押韵。

[22]"商"和"羽"，我国古代五声音阶中的两个音阶名；"玉"和"金"，指磬和钟等石属和金属乐器。

[23]筑舍道旁：语出《诗经·小雅·小旻》，意谓在路边盖房，因己无主见、路人意见不一而盖不成。

[24]传奇：唐裴铏作短篇小说《传奇》，后人即用以称唐宋文人所作的文言短篇小说。以后宋元戏文、诸宫调、元人杂剧等也有称"传奇"的。明代又专称以唱南曲为主的戏曲。

[25]优孟：指演员。优孟本是春秋时楚国的乐人。优孟衣冠，指登场表演。

[26]师旷：春秋时晋国乐师。

[27]龟年：即李龟年。

[28]剐：古代酷刑，即凌迟。

[29]木铎：古代一种木舌铃铛。后作宣传教化的代称。

[30]弭灾：消灾。

[31]梨园：唐玄宗时教练宫廷歌舞艺人的机构。后人用来代称戏班。

[32]仓颉：传说中黄帝时造字的人。

[33]齐东：齐国东部。野人，乡野之人。语出《孟子·万章上》，喻指道听途说，荒唐无稽之语。

[34]倒峡之词：比喻文思丰赡。

[35]蔡邕：东汉文学家、书法家。《琵琶记》以其为主要人物，但剧中情节全为虚构。

[36]李代桃僵：语出《宋书·乐志》后转指以此代彼或代人受过。

[37]赫，威严貌。

[38]伯道之忧：《晋书·邓攸传》载，晋代邓攸(字伯道)在逃难时为保全侄子，舍弃儿子，后终无子。后常以此代称无子。

[39]景升：东汉末刘表的字。豚犬，喻指不成器的后辈。

[40]"几与"一句是"著作等身"的形象说法。

[41]衍文：多余的文字。

[42]语出《尚书·盘庚上》。

[43]院本：金元时行院演剧的脚本。

[44]衲衣：多有补缀的僧衣。

[45]怼(duì)：怨恨。

[46]迨：等到。

[47]啻(chì)：只，仅。

[48]《中秋赏月》，《琵琶记》中的一出戏。

[49]关目：为元明戏曲、曲艺术语，指剧本的结构、关键情节的安排和构思。

[50]曲：戏曲的演唱部分。

[51]白：宾白。

[52]山阴道：指今浙江省绍兴市城西南郊外一带，古时以风景优美著称，见《世说新语·言语》。

[53]各畅怀来，此谓能满足各自所怀的来意。

[54]《韶》、《大濩》，相传为虞舜，商汤时的乐舞。

【导读】

《闲情偶寄》是一部杂著，分为词曲部、演习部、声容部、居室部、器玩部、饮撰、种植部、颐养部。《词曲部》和《演习部》为戏曲专论。按照在戏曲创作中的重要程度，词曲部先后论述了结构、词采、音律、宾白、科诨、格局这六个方面的内容。

结构第一中他提出了自己独到的戏曲见解，即重视结构。李渔之前的众多戏曲论著中强调音律者居多，唯有他大胆提出戏曲创作的首要因素在结构而非音律。认为戏曲的创作成败及创作者个人声名之得失全仗戏曲结构。有感于前人对填词制曲之事的撰述之寥落，他决意知难而进、毫无保留地叙说如何“能精善用”地把握戏曲结构，颇有无畏之勇气，无私之壮怀。

具体而言，结构的把握可从戒讽刺、立主脑、脱窠臼、密针线、减头绪、戒荒唐、审虚实这七个方面来进行。

戒讽刺强调文德，主张传奇创作者务必存忠厚之心，反对文人借戏曲文词互相攻伐或发泄私愤。良好的文德铸就优美的文字，正是创作者的“一念之正气”使其作品得以传之后世。读者也需提高自身学养与水平，不可望文生义、对号入座来理解戏剧的人物和情节。从某种意义上说，戒讽刺还涉及了戏曲作品的虚构性这一特征。

立主脑中“主脑”二字为李渔独创，“主脑非他，即作者立言之本意也”。强调戏剧创作需严格把握“一人一事”的黄金法则，用最主要的人物和最主要的事件将作品主旨表达出来。并以较受欢迎的《琵琶记》和《西厢记》为例，分析了其出彩之处。这是因“一人一事”大获成功的典型案例。

脱窠臼提出了“人惟求旧，物惟求新”的创新观念，强调艺术创作。批驳了戏剧创作中那些缺乏新意，不断重复、拼凑他人作品的情形。认为这样的作品如“老僧碎补之衲衣，医士合成之汤药”，并强调脱窠臼需从前人作品的渊源处着手进行辨识和学习，不可简单置换和抄袭。

密针线将戏剧的语言、情节、结构之统筹布局比喻为缝衣，“剪碎易，凑成难，凑成之工，全在针线紧密”。同时也强调了细节在戏曲中的重要性。

减头绪可视作对“立主脑”的呼应，传奇创作应力求“一人一事”，增加的人或事需要紧凑地服务于主要人物和主要事件，不可喧宾夺主，分散观众的注意力，而要做到“减头绪”，可行的方法之一是“只扮数人，使之频上频下，易其事而不易其人”。

戒荒唐认为传奇创作应该尽量避免可能出现的荒唐与怪诞，强调“物理易尽，人情难尽”，主张从情的角度去深化前人笔力未曾企及之处，有所创造和发展。

审虚实充分认识到了传奇的艺术虚构之本质，认为创作者需要把握好生活真实和艺术虚构之间的微妙关系。避免陷入“虚不似虚，实不似实”的窘迫境地。

重视结构胜于词采是李渔的独特创新之处，他以一个熟谙戏曲的创作者兼欣赏者的身分，从叙述的角度观照传奇创作的方方面面，顺应了传奇创作的需要，也启发了后世的戏曲创作。

【拓展阅读】

1. (明)徐渭:《南词叙录》，中国戏曲研究院编，《中国古典戏曲论著集成》，中国戏曲出版社 1959 年版。

2. (明)王骥德:《曲律》，中国戏曲研究院编，《中国古典戏曲论著集成》，中国戏曲出版社 1959 年版。

3. 颜天佑:《艺术生活的结晶——闲情偶寄》，中国三环出版社 1992 年版。

4. 江巨荣、卢寿荣校注:《闲情偶寄》，上海古籍出版社 2000 年版。

5. 杜书瀛评注:《闲情偶寄》，中华书局 2007 年版。

《姜斋诗话》(选录)

(清)王夫之

【题解】王夫之(1619—1692年)，字而农，号姜斋，别号一壶道人，衡州府城南王衙坪(今衡阳市雁峰区)人。与黑格尔并称为东西方哲学双子星座，是中国朴素唯物主义思想的集大成者、启蒙主义思想的先导者，与黄宗羲、顾炎武并称为明末清初的三大思想家。晚年居南岳衡山下的石船山，著书立说，故世称其为“船山先生”。《姜斋诗话》是王夫之重要的诗歌理论著作。王夫之强调文学的社会作用及现实性，以继承《诗经》的“兴、观、群、怨”为旨归。还强调诗歌必须重情重意，情景交融，“无论诗歌与长行文字，俱以意为主。意犹帅也”。他认为文学创作，人各有特色，不能强立“门庭”，强立“死法”，党同伐异，趋于模拟。这些对于清代文学理论的发展都起了积极作用。

情景名为二，而实不可离。神于诗者，妙合无垠。巧者则有情中景，景中情。景中情者，如“长安一片月”，自然是孤栖忆远之情；“影静千官里”，自然是喜达行在之情。情中景尤难曲写，如“诗成珠玉在挥毫”，写出才人翰墨淋漓、自心欣赏之景。凡此类，知者遇之；非然，亦鹘突看过[1]，作等闲语耳。

“更喜年芳入睿才”与“诗成珠玉在挥毫”，可称双绝。不知者以“入”字“在”字为用字之七，不知渠自顺手凑着[2]。

“欲投人处宿，隔水问樵夫。”则山之辽廓荒远可知，与上六句初无异致，且得宾主分明，非独头意识[3]悬相描摹也。“亲朋无一字，老病有孤舟。”自然是登岳阳楼诗。尝试设身作杜陵，凭轩远望观，则心目中二语，居然出现，此亦情中景也。孟浩然以“舟楫”、“垂钓”钩锁合题[4]，却自全无干涉。

近体中二联，一情一景，一法也。“云霞出海曙，梅柳渡江春。淑气催黄鸟，晴光转绿苹。”“云飞北阙轻阴散，雨歇南山积翠来。御柳已争梅信发，林花不待晓风开。”皆景也，何者为情？若四句俱情而无景语者，尤不可胜数，其得谓之非法乎？夫景以情合，情以景生，初不相离，唯意所适。截分两橛，则情不足与，而景非其景。且如“九月寒砧催木叶”，二句之中，情景作对；“片石孤云窥色相”四句，情景双收：更从何处分析？陋人标陋格，乃谓“吴楚东南坼”四句，上景下情，为律诗宪典，不顾杜陵九原大笑。愚不可瘳，亦孰与疗之？

起承转收[5]，一法也。试取初盛唐律验之，谁必株守此法者？法莫要于成章；立此四法，则不成章矣。且道“卢家少妇”一诗作何解？是何章法？又如“火树银花合”，浑然一气；“亦知戍不返”，曲折无端。其他或平铺六句，以二语括之；或六七句意已无余，末句用飞白[6]法飏开，义趣超远：起不必起，收不必收，乃使生气灵通，成章而达。至若“故国平居有所思”，“有所”二字，虚笼喝起，以下曲江蓬莱、昆明、紫阁，皆所思者，此自《大雅》来；谢客五言长篇用为章法；杜更藏锋不露，抟合无垠：何起何收，何承何转？陋人之法，乌足展骐骥之足哉？近世唯杨用修辨之甚悉。用修工于用法，唯其能破陋人之法也。

起承转收以论诗，用教幕客作应酬或可；其或可者，八句自为一首尾也。塾师乃以此作经义法，一篇之中，四起四收，非蠚虫[7]相衔成青竹蛇而何？两间万物之生，无有尻[8]下出头，枝末生根之理。不谓之不通，其可得乎？

《乐记》云：“凡音之起，从人心生也。”固当以穆耳协心为音律之准。“一三五不论，二四六分明”之说，不可恃为典要。“昔闻洞庭水”[9]，“闻”、“庭”二字俱平，正尔振起。若“今上岳阳楼”易第三字为平声，云“今上巴陵楼”，则语蹇而戾于听矣。“八月湖水平”，“月”、“水”二字皆仄，自可；若“涵虚混太清”易作“混虚涵太清”，为泥声土鼓而已。又如“太清上初日”[10]，音律自可；若云“太清初上日”，以求合于粘，则情文索然，不复能成佳句。又如杨用修警句云：“谁起东山谢安石，为君谈笑净烽烟？”[11]若谓“安”字失粘，更云“谁起东山谢太傅”，拖沓便不成响。足见凡言法者，皆非法也。释氏有言：“法尚应舍，何况非法？”[12]艺文家知此，思过半矣。

作诗亦须识字。如思、应、教、令、吹、烧[13]之类，有平仄二声，音别则义亦异。若粘与押韵，于此鹘突，则荒谬止堪嗤笑。唐人不寻出处，不夸字学，而犯此者百无一二。宋人以博核见长，偏于此多误。杜陵以鄭侯“鄭”字作“才何切”[14]，平声粘，缘《史》、《汉》注自有两说，非不识字也。至廉颇音“婆”[15]，相如音“湘”[16]，则考据精切矣。苏子瞻不知《轩辕弥明诗序》“长头高结”[17]，“结”字作“洁”音，稚子之所耻为，而孟浪若此[18]！近见有和人韵者，以“葑菲”字音押[19]，虽不足道，亦可为不学人永鉴。

唯孟浩然“气蒸云梦泽”，不知“云土梦作乂”[20]，“梦”本音蒙。“青阳逼岁除”[21]，不知“日月其除”[22]，“除”本音住。浩然山人之雄长，时有秀句；而轻飘短味，不得与高、岑、王、储齿。近世文征仲轻秀与相颉颃，而思致密赡，骎骎欲度其前。

王子敬作一笔草书，遂欲跨右军而上[23]。字各有形埒，不相因仍，尚以一笔为妙境，何况诗文本相承递耶？一时一事一意，约之止一两句；长言永叹，以写缠绵悱恻之情，诗本教也。《十九首》及《上山采蘼芜》等篇，止以一笔入圣证。自潘岳以凌杂之心作芜乱之调，而后元声几熄。唐以后间有能此者，多得之绝句耳。一意中但取一句，“松下问童子”是已。如“怪来妆阁闭”，又止半句，愈入化境。近世郭奎“多病文园渴未消”一绝，仿佛得之。刘伯温、杨用修、汤義仍、徐文长有纯净者，亦无歇笔。至若晚唐饾凑，宋人支离，俱令生气顿绝。“承恩不在貌，教妾若为容？风暖鸟声碎，日高花影重。”医家名为关格，死不治。

不能作景语，又何能作情语耶？古人绝唱句多景语，如“高台多悲风”、“蝴蝶飞南园”、“池塘生春草”、“亭皋木叶下”、“芙蓉露下落”，皆是也，而情寓其中矣。以写景之心理言情，则身心中独喻之微，轻安拈出。谢太傅于《毛诗》取“讦谟定命，远猷辰告”，以此八句如一串珠，将大臣经营国事之心曲，写出次第，故与“昔我往矣，杨柳依依；今我来思，雨雪霏霏”同一达情之妙。

有大景，有小景，有大景中小景。“柳叶开时任好风”、“花覆千官淑景移”及“风正一帆悬”、“青霭入看无”，皆以小景传大景之神。若“江流天地外，山色有无中”、“江山如有待，花柳更无私”，张皇使大，反令落拓不亲。宋人所喜，偏在此而不在彼。近唯文征仲《斋宿》[24]等诗，能解此妙。

情语能以转折为含蓄者，唯杜陵居胜，“清渭无情极，愁时独向东”、“柔橹轻鸥外，含凄觉汝贤”之类是也。此又与“忽闻歌古调，归思欲沾巾”更进一格，益使风力遒上。

含情而能达，会景而生心，体物而得神，则自有灵通之句，参化工之妙。若但于句求巧，则性情先为外荡，生意索然矣。“松陵体”[25]永堕小乘者，以无句不巧也。然皮、陆二子，差有兴会，犹堪讽咏。若韩退之以险韵、奇字、古句、方言矜其饾辏之巧；巧诚巧矣，而于心情兴会一无所涉，适可为酒令而已。黄鲁直、米元章益堕此障中。近则王谑庵承其下游，不恤才情，别寻蹊径，良可惜也。

太平洋书店重校刊本《船山遗书·夕堂永日绪论内编》

【注释】

[1]鹘突：亦作“鹘鸰”。模糊、混沌之意。

[2]“更喜年芳入睿才”：见李憕《奉和圣制从蓬莱向兴庆阁道中留春雨中春望之作应制》。着一“入”字，言外便有诗才足以包举时景，且全不着力之意味。王夫之极其欣赏这种表现手法，却又认为不是用字之巧，而是适然有会于心，“顺手凑著”。

[3]独头意识：佛家语，这里比喻没有真实的感觉，强行揣度的意思。

[4]孟浩然句：见孟浩然《望洞庭湖赠张丞相》案：诗题虽为《临洞庭》，诗所言却为求仕之心甚迫，苦于无有力者推荐；“舟楫”、“垂钓”均用意双关，而扭合之迹甚显，故云：“钩锁合题，却自全无干涉。”

[5]起承转收：旧时诗文惯用的行文方法，后泛指文章作法。

[6]飞白法：飞白为书体之一种，王夫之以飞白书法喻诗，取义亦在笔势遒劲而飞动，笔意空灵不实。

[7]蠚虫：蠚，音 hē。指蜇，蜂、蝎子等用毒刺刺(人或动物)：“(昆仑之山)有鸟焉，其状如蜂……蠚鸟兽则死。”

[8]尻：音 kāo，指屁股。

[9]昔闻洞庭水句：见杜甫《登岳阳楼》。案：此诗为五律仄起式，首句当为“仄仄平平仄”，而“昔闻洞庭水”句为“仄平仄平仄”，如必以“二四六分明”为准则，则“闻”字为平声不合，然而却无害于音律之“穆耳协心”；次句当为“平平仄仄平”，而“今上岳阳楼”为“平仄仄平平”，如偏信“一三五不论”之说，则仄声之“岳”字该可易为平声之“巴”字(“阳”“陵”同为平声，为免失词，故改“岳阳”为“巴陵”)，然而却“语蹇而戾于听”。王夫之在这里以具体的诗例，证明不可拘泥于“一三五不论，二四六分明”之说，以下诗例用意也是如此。

[10]太清上初日句：见马周《凌朝浮江旅思》。案：律诗平仄失调之现象统称为失粘。此诗起二句为“仄平仄平仄，平仄仄平平”，三四字同为“仄平”，虽不合平仄相对的规则，

王夫之却认为“音律自可”，如“上初”易为“初上”，则格律工切，意亦可通，然而却“情文索然”。

[11]谁起东山谢安石句：见杨慎《塞垣鹧鸪词》。案：“安”字与下句“烽”字同为平声，故云“失粘”，“太”字为仄声(“石”、“傅”同为仄声，为免失词，故改“安石”为“太傅”)。王夫之据此认为，强合“规则”，反而“掩沓”，“不成响”。

[12]法尚应舍，何况非法句：佛家语，王夫之借以比喻对待诗法的态度，也取“无执著”之意，与“丢弃不顾”之“舍”稍有别。

[13]思、应、教、令、吹、烧：“思念”、“相思”之“思”，为平声支韵；“意思”、“乡思”之思为去声寘韵。“应当”、“只应”之“应”为平声蒸韵；“应对”、“感应”之“应”为去声径韵。“悔教”、“尽教”之“教”为平声肴韵；“教训”、“教育”之“教”为去声效韵。“法令”、“令名”之“令”为去声敬韵；“使令”(仆役)“脊令”(鸟名)之“令”为平声更韵。“风吹”、“吹嘘”之“吹”为平声支韵；“鼓吹”、“歌吹”之“吹”为去声寘韵。“焚烧”、“火烧”之“烧”为平声萧韵；“野烧”、“山烧”之“烧”为去声啸韵。

[14]杜陵以酇侯“酇”字作“才何切”：酇，音 zàn。《广韵》平声支韵：“嵯，在河切。又去声翰韵：“酇，则旰切。”案：“杜甫五、七言律诗，未见‘酇’字作平声例。”此处疑是王夫之记忆之误。

[15]至廉颇音“婆”：“颇”字二读，平声歌韵读滂何切(婆)，上声哿(音 gě)韵读普火切(叵)。

[16]相如音“湘”：“相”字二读，平声阳韵读湘，去声漾韵读息亮切。

[17]《苕溪鱼隐丛话·前集》卷九引《唐子西语录》云：“东坡隔句对：着意寻弥明，长颈高结喉。”(见《苏东坡集·后集》卷五《再和诗》)或云“结”字古“髻”字也。

[18]孟浪：鲁莽、轻率。

[19]以“葑菲”字音押：“芳菲”、“菲菲”之“菲”为平声微韵；“葑菲”、“菲薄”之“菲”为上声尾韵。

[20]不知“云土梦作乂”：见《尚书·禹贡》：“梦”字二读，“睡梦”之“梦”为去声送韵，“云梦”之“梦”为平声东韵。“气蒸云梦泽”句“梦”字须读仄声，方与下句“波撼岳阳城”之“阳”字粘。

[21]青阳逼岁除句：见孟浩然《岁暮归南山》。“除”字二读，“庭除”之“除”为平声鱼韵，“除去”之“除”为去声御韵。“岁除”之“除”为除去义，诗却以之押平声鱼韵。

[22]日月其除：见《诗·唐风·蟋蟀》。“岁除”之“除”与“日月其除”之“除”义同，故音亦应同。

[23]王子敬作一笔草书句：王羲之，字逸少，官至右军将军。其第七子献之，字子敬，官至中书令。父子二人均为晋代大书法家，合称“二王”。

[24]文征仲《斋宿》：即《翰林斋舍》。

[25]松陵体：因《松陵集》得名。唐诗人皮日休为苏州从事，与陆龟蒙等以诗相酬唱。陆龟蒙编次成集，皮日休作序，全书共七十卷，共收诗六百九十八首，为唐人流传至今的唯一唱和集。

【导读】

《姜斋诗话》包括《诗绎》和《夕堂永日绪论》内篇，为明末清初学者王夫之所撰。王夫之是中国古典情景论的集大成者，他在吸收前人理论的基础上，结合宋明以来的诗歌创作风气及其自身创作的实践经验，加以理论创新，最终形成了其丰富的情景论思想，在《姜斋诗话》中有一系列的论述。

在论述情景关系时，王夫之始终坚持着自己的美学原则，即情景之间必须意象相合，不可勉强凑合，写景要力求真切，抒情须追求真实，始终把情景共生当作最高的维度。这方面的直接论述是："情景名为二，而实不可离。神于诗者，妙合无垠。巧者则由情中景，景中情。"王夫之还分别把"长安一片月"和"诗成珠玉在挥毫"当作表现景中情和情中景的典范。可见，王夫之最为推崇的乃是情中含景或景中含情之作，且这两者在作品中必须融为一体，达到水乳交融的地步，方为上乘作品。由于王夫之认为情、景共生于当下的审美关系中，因此，他对前人"分疆情景"的行为进行了严厉的批判。

他还在此基础上对盛唐以后的诗人作诗死守"起承转收"这一章法的情形进行了严厉的批评，他指出，"法"的重要性在于成章，如果拘泥于这四种方法，那么诗就难以成章了。因此，大凡成功的诗人，都是能破此法的人。并引用《乐记》中"凡音之起，从人心生也"一句说明音乐的标准在于穆耳协心。然而"一三五不论，二四六分明"之说无益于作诗，所以不可以当作规则来限制诗人的发挥。这里，王夫之以孟浩然《登岳阳楼》一诗之用字为例进行了详细分析，说明"足见凡言法者，皆非法也"的道理。

最后，他以"不能作景语，又何能作情语耶"再次照应在前面已经提及的"情景名为二，而实不可离"，并以谢安取《毛诗》中"讦谟定命，远猷辰告"八字以展现自己作为国之重臣经营国事的心曲与"昔我往矣，杨柳依依"四句相比拟。其中，王夫之又强调了要于景中取景。他认为审美主体在审美需要的巨大空间中，充分调动审美情感、审美想象等一系列心理机制，审美体验深入到情与景的内核，达到情景交融，不可分割的境界。景中取景的审美想象更是让审美主体在想象中想象，拓展出"景"无限的魅力。

关于景的具体描写，王夫之有自己的看法。他认为"身之所历，目之所见，是铁门限。即极写大景，如'阴晴众壑殊''乾坤日夜浮'，亦必不逾此限"。这就是说，在王夫之的眼里，写景必目之所见，寓意必心之所感，唯如此才是真情加实景，符合真正意义上的完整，也才能写出好诗。在这一点上，王夫之很显然是贯穿了艺术必须忠实地反映作者的真实感受的原则。正因如此，王夫之极力反对那种为了形式辞藻的华美而作的"强括狂搜"，并认为这种做法完全破坏了诗歌的意境创设，是舍本求末的表现。在此基础上，王夫之还对诗歌所描写之景进行了十分细致的分类，并从艺术创作和艺术欣赏等不同角度对诗中之景进行了深入研究。

王夫之还强调了情语要转折含蓄。他认为杜甫的"清渭无情极，愁时独向东"、"柔橹轻鸥外，含凄觉汝贤"皆是此中典范。他指出作诗要"含情而能达，会景而生心，体物而得神，则自有灵通之句，参化工之妙。若但于句求巧，则性情先为外荡，生意索然矣"。由此批评了"松陵体"之求于句巧，黄鲁直和米元章之耽于险韵、奇字、古句等。

王夫之的情景论，从某种意义上来说，是一个具有生成性的系统。情、景这两种元素在创作过程中相互阐发，由此激发出审美主体潜藏在内心深处的审美需要，审美主体之

“情”与“景”在审美的空间中迸发出“即景会心”的火花。审美主体经过了一系列心理机制的辗转反侧后，逐渐绘制出了审美理想的蓝图，情与景已不局限于二者本身，而是汇合成为一个全新的生命个体。对这种艺术创作中的情与景的关系，王夫之曾有过精辟的论述。他认为情与景“虽有在心、在物之分”，但在任何艺术的创造当中，两者又是相辅相成，不可分割的：有景中情，有情中景；景可以生情，情可以生景。真正精于诗艺的人，能够在创作中达到“含情而能达，会景而生心，体物而得神”的状态，使情与景两者浑然一体、妙合无垠。

中国古典诗词多以抒情为主，它主要通过诗人对景物的选择及描绘来抒情写意，这一基本的写作模式决定了情景论在中国古典诗学体系中的重要地位。情与景是中国古典美学和诗学的重要命题，情景交融的观点由来已久。王夫之在批判继承传统情景理论的基础上，将诗论家的犀利笔法与思想家的哲学慎思有机结合，对情与景的关系进行了深度阐释。并在客观上对情景理论后来的研究者产生了启迪，成为中国古典诗学中集大成的审美意境理论，是研究中国诗学理论不可或缺的一环。

【拓展阅读】

1. (清)王闿运：《论诗示黄缪》，民国二十三年排印本《湘绮楼说诗》(卷六)。

2. (清)归庄：《眉照上人诗序》，中华书局本《归庄集》(卷三)。

3. [美]黄秀洁撰，陈荃礼摘译：《王夫之诗论中的情与景》，载钱仲联主编《明清诗文研究丛刊》第二辑，中华书局 1982 年版。

4. 张节末：《王夫之诗歌情景论新议》，载《南京社会科学》1991 年第 3 期。

5. 何国平、尹美林：《船山诗学中的情景范畴论》，载《中国韵文学刊》2002 年第 2 期。

《原诗》(选录)

(清)叶　燮

【题解】叶燮(1627—1703年)，字星期，号已畦，晚年寓居吴县横山，人称横山先生，吴江(今属江苏)人。康熙九年(1670年)进士。官宝应知县，以忤长官被参落职。论诗以杜甫、韩愈、苏轼为宗，王士禛谓其熔铸古昔，自成一家。他所著的《原诗》是一部有比较完整体系的诗论著作，他详辨诗歌源流、本末、正变、盛衰，从史的角度阐明“递变迁以相禅”的发展规律。他将诗歌创作的条件概括为“在物者”理、事、情，“在我者”才、胆、识、力，诗歌产生于这些主、客观要素相浃相融，尤其强调“识”。《原诗》关于诗歌本原，风格和批评原则也有较好的意见。著有《已畦集》二十卷、《诗集》十卷、《原诗》内外篇一卷。《清史稿》卷四百八十四《文苑传》有传，附赵执信传后。

内　篇　上

……或曰：今之称诗者，高言法矣[1]。作诗者果有法乎哉？且无法乎哉？余曰：法者，虚名也，非所论于有也。又法者，定位也[2]，非所论于无也。子无以余言为惝恍河汉[3]，当细为子晰之。自开辟以来，天地之大，古今之变，万汇之赜[4]，日星河岳，赋物象形，兵刑礼乐，饮食男女，于以发为文章，形为诗赋，其道万千。余得以三语蔽之：曰理，曰事，曰情，不出乎此而已。然则，诗文一道，岂有定法哉？先揆乎其理，揆之于理而不谬，则理得；次征诸事，征之于事而不悖，则事得；终絜诸情，絜之于情而可通，则情得。三者得而不可易，则自然之法立。故法者，当乎理，确乎事，酌乎情，为三者之平准，而无所自为法也。故谓之曰虚名。又法者，国家之所谓律也。自古之五刑宅就[5]，以至于今，法亦密矣。然岂无所凭而为法哉？不过揆度于事理情三者之轻重大小上下，以为五服五章[6]刑赏生杀之等威差别，于是事理情当于法之中。人见法而适惬其事理情之用，故又谓之曰定位。乃称诗者不能言法所以然之故，而哓哓曰：法。吾不知其离一切以为法乎？将有所缘以为法乎？离一切以为法，则法不能凭虚而立；有所缘以为法，则法仍托他物以见矣。吾不知统提法者之于何属也？

彼曰：凡事凡物皆有法，何独于诗而不然？是也。然法有死法，有活法[7]。若以死法论，今誉一人之美，当问之曰：若固眉在眼上乎？鼻口居中乎？若固手操作而足循履乎？夫妍媸万态，而此数者必不渝，此死法也。彼美之绝世独立，不在是也。又朝庙享燕，以及士庶宴会，揖让升降，叙坐献酬，无不然者，此亦死法也。而格鬼神[8]，通爱敬，不在是也。然则彼美之绝世独立，果有法乎？不过即耳目口鼻之常，而神明之。而神明之法，果可言乎？彼享宴之格鬼神，合爱敬，果有法乎？不过即揖让献酬而感通之。而感通之法，又可言乎？死法则执涂之人能言之，若曰活法，法既活而不可执矣，又焉得泥于法？而所谓诗之法，得毋平平仄仄之拈乎？村塾中曾读《千家诗》者，亦不屑言之。若更有进，必将曰：律诗必首句如何起，三四如何承，五六如何接，末句如何结。古诗要照应，要起伏，析之为句法，总之为章法。此三家村词伯相传久矣[9]，不可谓称诗者独得之秘也。若舍此两端，而谓作诗另有法，法在神明之中，巧力之外，是谓变化生心。变化生心之法，又何若乎？则死法为定位，活法为虚名。虚名不可以为有，定位不可以为无。不可为无者，初学能言之；不可为有者，作者之匠心变化，不可言也。

夫识辨不精，挥霍无具[10]，徒倚法之一语，以牢笼一切，譬之国家有法，所以儆愚夫愚妇之不肖而使之不犯；未闻与道德仁义之人讲论习肄，而时以五刑五罚[11]之法恐惧之而迫胁之者也。惟理事情三语，无处不然。三者得，则胸中通达无阻，出而敷为辞，则夫子所云辞达[12]。达者通也，通乎理，通乎事，通乎情之谓。而必泥乎法，则反有所不通矣。辞且不通，法更于何有乎？

曰理，曰事，曰情。三语大而乾坤以之定位[13]，日月以之运行，以至一草一木一飞一走，三者缺一则不成物。文章者，所以表天地万物之情状也。然具是三者，又有总而持之，条而贯之者[14]曰气。事理情之所为用，气为之用也。譬之一木一草，其能发生者，理也；其既发生，则事也；既发生之后，夭矫滋植，情状万千，咸有自得之趣，则情也。苟无气以行之，能若是乎？又如合抱之木，百尺干霄，纤叶微柯以万计，同时而发，无有丝毫异同，是气之为也。苟断其根，则气尽而立萎，此时理事情俱无从施矣。吾故曰：三者藉气而行者也。得是三者，而气鼓行于其间，絪缊磅礴[15]，随其自然所至即为法。此天地万象之至文也。岂先有法以驭是气者哉？不然，天地之生万物，舍其自然流行之气，一切以法绳之，夭矫飞走[16]，纷纷于形体之万殊，不敢过于法，不敢不及于法，将不胜其劳，乾坤亦几乎息矣。

草木气断则立萎，理事情俱随之而尽，固也。虽然，气断则气无矣，而理事情依然在也。何也？草木气断则立萎，是理也；萎则成枯木，其事也；枯木岂无形状？向背高低上下，则其情也。由是言之，气有时而或离，理事情无之而不在。向枯木而言法，法于何施？必将曰，法将析之以为薪，法将斲之以为器。若果将以为薪为器，吾恐仍属之事理情矣，而法又将遁而之他矣。

天地之大文，风云雨雷是也。风云雨雷，变化不测，不可端倪[17]，天地之至神也，即至交也。试以一端论：泰山之云，起于肤寸，不崇朝而遍天下[18]。吾尝居泰山之下者半载，熟悉云之情状：或起于肤寸，弥沦六合[19]；或诸峰竞出，升顶即灭；或连阴数月，或食时即散；或黑如漆，或白如雪；或大如鹏翼，或乱如散鬈[20]；或块然垂天[21]，后无继者；或联绵纤微，相续不绝；又忽而黑云兴，土人以法占之，曰：将雨，竟不雨；又晴云出，法占者曰：将晴，乃竟雨。云之态以万计，无一同也；以至云之色相[22]，云之性情，无一同也。云或有时归，或有时竟一去不归；或有时全归，或有时半归，无一同也。此天地自然之文，至工也。若以法绳天地之文[23]，则泰山之将出云也，必先聚云族[24]而谋之曰：吾将出云而为天地之文矣，先之以某云，继之以某云，以某云为起，以某云为伏；以某云为照应为波澜，以某云为逆人，以某云为空翻，以某云为开，以某云为阖，以某云为掉尾。如是以出之，如是以归之，一一使无爽[25]，而天地之文成焉。无乃天地之劳于有泰山，泰山且劳于有是云，而出云且无日矣。苏轼有言：“我文如万斛源泉，随地而出。”亦可与此相发明[26]也。

或曰：先生言作诗，法非所先，言固辩矣。然古帝王治天下，必曰大经大法[27]。然则法且后乎哉？余曰：帝王之法，即政也。夫子言：“文武之政，布在方策。”[28]此一定章程，后人守之。苟有毫发出入，则失之矣。修德贵日新[29]，而法者旧章，断不可使有毫发之新。法一新，此王安石之所以亡宋也。若夫诗，古人作之，我亦作之，自我作诗，而非述诗也[30]。故凡有诗，谓之新诗。若有法，如教条政令而遵之，必如李攀龙之拟古乐府[31]然后可。诗，末技耳，必言前人所未言，发前人所未发，而后为我之诗。若徒以效颦效步为能事[32]，曰此法也。不但诗亡而法亦且亡矣。余之后法，非废法也，正所以存法也。夫古今时会不同，即政令尚有因时而变通之，若胶固不变，则新莽之行周礼[33]矣。奈何风雅一道，而踵其谬戾哉？

内　篇　下

曰理，曰事，曰情，此三言者，足以穷尽万有之变态。凡形形色色，音声状貌，举不能越乎此。此举在物者而为言，而无一物之或能去此者也。曰才，曰胆，曰识，曰力，此四言者，所以穷尽此心之神明。凡形形色色，音声状貌，无不待于此而为之发宣昭著。此举在我者而为言，而无一不如此心以出之者也。以在我之四，衡在物之三，合而为作者之文章，大之经纬天地[33]，细而一动一植，咏叹讴吟，俱不能离是而为言者矣。

在物者前已论悉之，在我者虽有天分之不齐，要无不可以人力充之。其优于天者[34]，四者具足，而才独外见，则群称其才，而不知其才之不能无所凭而独见也。其歉乎天者，才见不足，人皆曰才之歉也，不可勉强也；不知有识以居乎才之先。识为体而才为用，若不足于才，当先研精推求乎其识[35]。人惟中藏[36]无识，则理事情错陈于前，而浑然茫然，是非可否，妍媸黑白，悉眩惑而不能辨，安望其敷而出之为才乎？文章之能事[37]，实始乎此。今夫诗，彼无识者，既不能知古来作者之意，并不自知其何所兴感、触发而为诗。或亦闻古今诗家之诗，所谓体裁、格力、声调、兴会等语，不过影响于耳，含糊于心，附会于口。而眼光从无着处，腕力从无措处。即历代之诗陈于前，何所抉择？何所适从？人言是则是之，人言非则非之。夫非必谓人言之不可凭也，而彼先不能得我心之是非而是非之，又安能知人言之是非而是非之也？有人曰：诗必学汉、魏，学盛唐。彼亦曰：学汉、魏，学盛唐，从而然之。而学汉魏与盛唐所以然之故，彼不能知，不能言也。即能效而言之，而终不能知也。又有人曰：诗当学晚唐，学宋、学元。彼亦曰：学晚唐，学宋、学元，又从而然之。而学晚唐与宋、元所以然之故，彼又终不能知也。或闻诗家有宗刘长卿者矣，于是群然而称刘随州矣；又或闻有崇尚陆游者矣，于是人人案头无不有《剑南集》以为秘本，而遂不敢他及矣。如此等类，不可枚举，一概人云亦云，人否亦否，何为者邪？

夫人以著作自命，将进退古人[38]，次第前哲，必具有只眼[39]，而后泰然有自居之地。倘议论是非，聋瞽[40]于中心，而随世人之影响而附会之，终日以其言语笔墨为人使令驱役，不亦愚乎！且有不自以为愚，旋愚成妄[41]，妄以生骄，而愚益甚焉。原其患，始于无识，不能取舍之故也。是即吟咏不辍，累牍连章，任其涂抹，全无生气。其为才耶？为不才耶？惟有识则是非明，是非明则取舍定。不但不随世人脚跟，并亦不随古人脚跟。非薄古人为不足学也，盖天地有自然之文章，随我之所触而发宣之，必有克肖其自然者，为至文以立极。我之命意发言，自当求其至极者。昔人有言："不恨我不见古人，恨古人不见我。"[42]又云："不恨臣无二王法，但恨二王无臣法。"[43]斯言特论书法耳，而其人自命如此。等而上之，可以推矣。譬之学射者，尽其目力臂力，审而后发；苟能百发百中，即不必学古人，而古有后羿、养由基[44]其人者，自然来合我矣。我能是，古人先我而能是，未知我合古人欤？古人合我欤？高适有云："乃知古时人，亦有如我者。"岂不然哉？故我之著作与古人同，所谓其揆之一[45]；即有与古人异，乃补古人之所未足，亦可言古人补我之所未足。而后我与古人交为知己也。惟如是，我之命意发言，一一皆从识见中流布。识明则胆张，任其发宣而无所于怯，横说竖说[46]，左宜而右有[47]，直造化在手，无有一之不肖乎物也。

且夫胸中无识之人，即终日勤于学，而亦无益。俗谚谓为"两脚书橱"[48]，记诵日多，多益为累，及伸纸落笔时，胸如乱丝，头绪既纷，无从割择，中且馁而胆愈怯，欲言而不能言，或能言而不敢言，矜持于铢两尺镬之中[49]，既恐不合于古人，又恐贻讥于今人。如三日新妇，动恐失体。又如跛者登临，举恐失足。文章一道，本摅写挥洒乐事，反若有物焉，以桎梏之，无处非碍矣。于是强者必曰[50]：古人某某之作如是，非我则不能得其法也；弱者亦曰[51]：古人某某之作如是，今之闻人某某传其法如是，而我亦如是也；其黠者心则然而秘而不言[52]，愚者心不能知其然，徒夸而张于人，以为我自有所本也。更或谋篇时，有言已尽，本无可赘矣，恐方幅不足[53]，而不合于格，于是多方拖沓以扩之，是蛇添足也。又有言尚未尽，正堪抒写，恐逾于格而失矩度，亟阖而已焉[54]，是生割活剥也。之数者，因无识，故无胆，使笔墨不能自由。是为操觚家之苦趣[55]，不可不察也。

昔贤有言："成事在胆。"[56]文章千古事[57]，苟无胆，何以能千古乎？吾故曰：无胆则笔墨畏缩。胆既诎矣，才何由而得伸乎？惟胆能生才，但知才受于天，而抑知必待扩充于胆邪？吾见世有称人之才，而归美之曰：能敛才就法[58]。斯言也，非能知才之所由然者也。夫才者，诸法之蕴隆发现处也[59]。若有所敛而为就，则未敛未就以前之才，尚未有法也。其所为才，皆不从理事情而得，为拂道悖德之言，与才之义相背而驰者，尚得谓之才乎？夫于人之所不能知，而惟我有才能知之；于人之所不能言，而惟我有才能言之，纵其心思之氤氲磅礴，上下纵横，凡六合以内外[60]，皆不得而囿之，以是措而为文辞，而至理存焉，万事准焉，深情托焉，是之谓有才。若欲其敛以就法，彼固掉臂游行于法中久矣。不知其所就者，又何物也？必将曰：所就者，乃一定不迁之规矩。此千万庸众人皆可共趋之而由之，又何待于才之敛耶？故文章家止有以才御法而驱使之，决无就法而为法之所役，而犹欲诩其才者也。吾故曰：无才则心思不出。亦可曰：无心思则才不出。而所谓规矩者，即心思之肆应各当之所为也。盖言心思，则主乎内以言才；言法，则主乎外以言才。主乎内，心思无处不可通，吐而为辞，无物不可通也。夫孰得而范围其心，又孰得而范围其言乎？主乎外，则囿于物而反有所不得于我心，心思不灵，而才销铄矣[61]。

吾尝观古之才人，合诗与文而论之(原无之字，根据《清诗话》本校增)，如左丘明、司马迁、贾谊、李白、杜甫、韩愈、苏轼之徒，天地万物皆递开辟于其笔端，无有不可举，无有不能胜，前不必有所承，后不必有所继，而各有其愉快。如是之才，必有其力以载之。惟力大而才能坚，故至坚而不可摧也。历千百代而不朽者以此。昔人有云：掷地须作金石声。[62]六朝人非能知此义者，而言金石，喻其坚也。此可以见文家之力。力之分量，即一句一言，如植之则不可仆[63]，横之则不可断，行则不可遏，住则不可迁。易曰：独立不惧[64]。此言其人，而其人之文当亦如是也。譬之两人焉，共适于途，而值羊肠蚕丛峻栈危梁之险[65]。其一弱者，精疲于中，形战于外，将裹足而不前，又必不可已而进焉，于是步步有所凭借，以为依傍，或藉人之推之挽之，或手有所持而扪，或足有所缘而践，即能前达，皆非其人自有之力，仅愈于木偶为人舁之而行耳[66]。其一为有力者，神旺而气足，径往直前，不待有所攀援假借，奋然投足，反趋弱者扶掖之前，此直以神行而形随之，岂待外求而能者。故有境必能造，有造必能成。吾故曰：立言者，无力则不能自成一家。夫家者，吾固有之家也。人各自有家，在己力而成之耳，岂有依傍想象他人之家以为我之家乎？是犹不能自求家珍，穿窬邻人之物以为己有[67]，即使尽窃其连城之璧[68]，终是邻人之宝，不可为我家珍，而识者窥见其里，适供其哑然一笑而已。故本其所自有者而益充而广大之以成家，非其力之所自致乎？

然力有大小，家有巨细。吾又观古之才人，力足以盖一乡，则为一乡之才；力足以盖一国，则为一国之才；力足以盖天下，则为天下之才。更进乎此，其力足以十世，足以百世，足以终古，则其立言不朽之业[69]，亦垂十世，垂百世，垂终古，悉如其力以报之。试合古今之才，一一较其所就，视其力之大小远近，如分寸铢两之悉称焉[70]。又观近代著作之家，其诗文初出，一时非不纸贵[71]，后生小子，以耳为目，互相传诵，取为模楷；及身没之后，声问即泯[72]，渐有起而议之者；或间能及其身后，而一世再世，渐远而无闻焉；甚且诋毁丛生，是非竞起，昔日所称其人之长，即为今日所指之短，可胜叹哉！即如明三百年间，王世贞、李攀龙辈盛鸣于嘉、隆时，终不如明初之高、杨、张、徐，犹得无毁于今日人之口也。钟惺、谭元春之矫异于末季，又不如王、李之犹可及于再世之余也。是皆其力所至远近之分量也。统百代而论诗，自《三百篇》而后，惟杜甫之诗，其力能与天地相终始，与《三百篇》等。自此以外，后世不能无入者主之，出者奴之[73]，诸说之异同，操戈之不一矣[74]。其间又有力可以百世，而百世之内，互有兴衰者，或中湮而复兴，或昔非而今是，又似世会使之然。生前或未有推重之，而后世忽崇尚之，如韩愈之文。当愈之时，举世未有深知而尚之者，二百余年后，欧阳修方大表章之，天下遂翕然宗韩愈之文，以至于今不衰。信乎文章之力有大小远近，而又盛衰乘时之不同如是。欲成一家言，断宜奋其力矣。夫内得之于识而出之而为才，惟胆以张其才，惟力以克荷之[75]，得全者其才见全，得半者其才见半，而又非可矫揉蹴至之者也[76]，盖有自然之候焉。千古才力之大者，莫有及于神禹，神禹平成天地之功，此何等事，而孟子以为行所无事[77]，不过顺水流行坎止自然之理[78]，而行疏瀹排决之事[79]，岂别有治水之法，有所矫揉以行之者乎[80]？不然者，是行其所有事矣。大禹之神力，远及万万世；以文辞立言者，虽不敢几此，然异道同归，勿以篇章为细务自逊，处于没世无闻已也。

大约才、识、胆、力，四者交相为济[81]，苟一有所歉，则不可登作者之坛。四者无缓急，而要在先之以识：使无识，则三者俱无所托：无识而有胆，则为妄，为卤莽，为无知，其言背理、叛道，蔑如也[82]；无识而有才，虽议论纵横，思致挥霍[83]，而是非淆乱，黑白颠倒，才反为累矣；无识而有力，则坚僻[84]妄诞之辞，足以误人而惑世，为害甚烈。若在骚坛，均为风雅之罪人。惟有识则能知所从，知所奋，知所决，而后才与胆力，皆确然有以自信，举世非之，举世誉之，而不为其所摇，[85]安有随人之是非以为是非者哉？其胸中之愉快自足，宁独在诗文一道已也。然人安能尽生而具绝人之姿，何得易言有识。其道宜如大学之始于格物[86]，诵读古人诗书，一一以理事情格之，则前后中边，左右向背，形形色色，殊类万态，无不可得，不使有毫发之罅而物得以乘我焉[87]。如以文为战，而进无坚城、退无横阵矣。若舍其在我者，而徒日劳于章句诵读，不过剿袭依傍、摹拟窥伺之术，以自跻于作者之林，则吾不得而知之矣。……

二弃草堂本《原诗》内篇

【注释】

[1]论诗言文法自古而然，到了明代格调派乃变本加厉。

[2]定位：定位的概念可能是本自《文心雕龙·明诗篇》："诗有恒裁，思无定位。"

[3]河汉：荒谬不着边际的言论。

[4]万汇之赜：万汇，万类；赜，奥妙，幽深。

[5]五刑宅就：唐以笞、杖、徒、流、死为五刑，明清皆沿唐律。

[6]五服五章：古代以五种不同服色区分天子、诸侯、卿、大夫、士的尊卑等级，各种服色饰以不同的纹彩。

[7]法有死法，有活法：吕本中《夏均父集序》："学诗当学活法。所谓活法者，规矩备具而能出于规矩之外，变化不测而亦不背于规矩也。"

[8]格：感通。

[9]三家村词伯：穷乡老儒。三家村：偏僻乡村；词伯：擅长文章的人。

[10]挥霍：疾貌，多指物。物象千变万化，故云挥霍。

[11]五罚：《尚书·吕刑》："墨罚之属千，劓罚之属千，膑罚之属五百，宫罚之属三百，大辟之罚其属二百：五刑之属三千。"

[12]辞达：《论语·卫灵公》："子曰：'辞达而已矣。'"孔子很重视言辞表达及其技巧，但孔子并不主张过分的文饰。

[13]乾坤定位：天地定位。

[14]又有总而持之，条而贯之者：总而持之，即总持，统摄之意；条而贯之，即贯穿其中。

[15]细缊：即氤氲，气蒸腾弥漫貌。

[16]夭矫飞走：夭矫，伸展屈曲而有气势貌；飞走，飞禽走兽。

[17]不可端倪：端倪，边际、限量。

[18]泰山之云三句：取赵翼所撰联"云行雨施，不崇朝而遍天下；理大物博，祖阳气之发东方"之意。

[19]弥沦：布满。

[20]鬊：音 shùn，指散乱的头发。

[21]块然：孤独的样子。

[22]色相：指事物的外在表象。

[23]天地之文：《易·系辞上》："参伍以变，错综其数，通其变，遂成天下之文。"

[24]云族：族，聚也。

[25]爽：失。

[26]发明：生发，说明。

[27]大经大法：《左传·昭公十五年》："礼，王之大经也。"《荀子·儒效》："其言行已由大法矣。"

[28]夫子言句：语出《礼记·中庸》："哀公问政，子曰：'文武之政，布在方策。'"方策指上古书写用的方板和竹简，代指典籍。

[29]修德贵日薪：《易·大畜》："修德贵日薪。"

[30]述诗：传授或阐释前人的诗作。

[31]李攀龙之拟古乐府：后七子首领，其持论谓文自西京诗自天宝以下，具无足观。为诗摹拟汉、魏、盛唐，所拟乐府，或更改古乐府数字，以为己作。万历间，公安袁宏道兄弟始出而进行批判。

[32]新莽：王莽代汉，国号新。

[33]经天纬地：《左传·昭公二十八年》："经天纬地曰文。"杜预注："经纬相错，故织为文。"

[34]优于天者：生秉异才，得天独厚。

[35]研精：即研核精审之义。《书》孔安国序："于是遂研精覃思，博考经籍。"

[36]中藏：藏音葬。原指内脏，此处就胸中才学而言。

[37]能事：《易·系辞上》："引而申之，触类而长之，天下之能事毕矣。"

[38]进退：褒贬。

[39]具有只眼：指具有独到的眼光。

[40]聋瞀：瞀，音 mào。本意指耳聋眼花，这里比喻毫无见识。

[41]旋：转也。

[42]不恨我不见古人，恨古人不见我：《南史·张融传》："(融)常叹云：'不恨我不见古人，所恨古人又不见我。'"叶燮引用这句话是主于独创，自我作古。

[43]不恨臣无二王法，但恨二王无臣法：《南史·张融传》："融善草书，常自美其能。帝曰：'卿书殊有骨力，但恨无二王法。'答曰：'非恨臣无二王法，亦恨二王无臣法。'"

[44]养由基：春秋时楚国大夫，以善射著称。

[45]揆：尺度，标准。

[46]横说竖说：黄庭坚云："此老人于《般若》横说竖说，了无剩语。非其笔端有口，安能吐此不传之妙哉!"

[47]左宜而右有：这里是说有识者充满自信，言词头头是道，左右逢源。

[48]两脚书橱：《南史·陆澄传》："澄当世称为硕学，读《易》三年，不解文义；欲撰《宋书》竟不成。王俭戏之曰：'陆公，书橱也。'"

[49]尺镬：尺度、规矩。镬，音 huò。

[50]强者：性格强悍、勇于自信者。

[51]弱者：性格懦弱，自信心不足者。

[52]黠者：狡猾有心计者。

[53]方幅：作品的篇幅或格局。

[54]阖：这里是说结束文章。

[55]操觚家：从事写作者。觚，音 gū，古代用以书写的木简。

[56]成事在胆：语出宋代名臣韩琦。韩琦任陕西经略安抚招讨史，与范仲淹齐名。强至《韩忠献公遗事》："公平日谓成大事在胆。未尝以胆许人，往往自许也。"

[57]文章千古事：见杜甫《偶题》。

[58]敛才就法：明代格调派创作的核心观念所在。

[59]蕴隆：《诗·大雅·云汉》："蕴隆虫虫。"《毛传》："蕴蕴而暑，隆隆而雷。"

[60]六合：指天地四方。

[61]销铄：金属熔化，此处指消耗。

[62]掷地须作金石声：刘义庆《世说新语》："孙兴公(绰)作《天台赋》成，以示范荣期云：卿试掷地，要作金石声。"

[63]如植之则不可仆：植，树立；仆，倒伏。

[64]独立不惧：《易·大过》："君子以独立不惧，遁世无闷。"

[65]蚕丛：上古蜀王之名，此处借以指蜀道之艰险。

[66]舁：音 yú，抬的意思。

[67]穿窬：入室盗窃。窬，音 yú。

[68]连城之璧：比喻珍贵宝物。

[69]立言不朽：中国古代对立言的根本理解。

[70]分寸铢两：言成就之大小轻重。

[71]纸贵：左思成《三都赋》，豪贵之家，竞相传写，洛阳为之纸贵。

[72]声问：即声闻。问，通"闻"。

[73]入者主之，出者奴之：这是古代学术史上一个著名的譬喻，意思是信奉一种学说，必然会排斥其他学说。

[74]操戈：范晔《后汉书·郑玄传》：何休叹曰："康成入吾室，操吾戈以伐吾乎！"

[75]克荷：能够承受。克，能；荷，负担。

[76]蹴至：一蹴而至，指得之轻易。

[77]孟子以为行所无事：《孟子·离娄下》："禹之行水也，行其所无事也。"

[78]流行坎止：水的流动与停滞。坎，八卦之一，象征水，为陷下之处。

[79]疏瀹排决：疏浚河床与挖掘堤岸。

[80]矫揉：人为做作。矫，使曲的变直；揉，使直的变曲。

[81]交相为济：相互支持，互相补充。

[82]蔑如：不足道。

[83]挥霍：即挥洒。

[84]坚僻：语出《孟子·非十二子》：“行辟而坚。”杨倞注：“辟读为僻。”

[85]举世非之三句：语出：《庄子·逍遥游》：“且举世誉之而不加劝，举世非之而不加沮。”

[86]始于格物：格，推究；格物，推究事物的原理。

[87]罅：缝隙；乘：利用。

【导读】

叶燮的《原诗》是继刘勰的《文心雕龙》之后又一部有完整体系的是诗学著作，以“原诗”作为篇名，反映出作者高于热衷唐宋之争的批评家眼光和胸襟。叶燮不满当时简单地优劣唐宋、是非彼此的诗坛风气，其论著命名之意是希望能根据诗歌自身的发展规律，从本质上去探寻诗歌的原理，以打破当时笼罩在文坛上的复古主义论调。由于叶燮能够站在更高的基础上对诗歌原理进行探讨和研究，因此《原诗》在理论的深刻性和系统性方面都达到了相当的水平。

叶燮首先提出决定诗歌创作的主客观条件，分别是“在物”的理、事、情和“在我”的才、胆、识、力。他指出，描写任何事物，都应该综合理、事、情三点来进行艺术构思；而才、胆、识、力，又是衡量作者“心之神明”的要素，一切理、事、情“无不待于此而为之发宣昭著”。同时，两者是相互依存和相互促进而存在于整个创作过程当中的。

叶燮说：“文章者，所以表天地万物之情状也。”这样一来，理、事、情就成为了“天地万物之情状”的具体内容，也就是诗歌和文章所要表现的客观对象。由于理、事、情是“天地万物之情状”的具体内容，那么天地间的任何事物也都有其理、事、情可言。叶燮由此认为，好的诗作就在于诗人能够对世间万物的理、事、情进行准确捕捉。这样，他就非常明确地肯定了美所具有的客观性，以及文学是对客观世界的反映这一文艺的根本问题。

他还在文中对理、事、情三者进行了具体阐述：“譬之一草一木，其能发生者，理也；其既发生者，事也；既发生之后，妖乔沃植，情状万千，咸有自得之趣，则情也。”这表明叶燮已然认识到世间万物都具有不同的内在生存原理，而且其表现形式也不一而同，因此文学艺术应该着力去表现客观事物的不同情状，而不是成天打着复古的旗帜去盲目地模仿古人。他特别指出，理有可言与不可名言之分，事有可征实与不可施见之别。可言之理，可征实之事与可达之情，人人皆能，而诗人的功力和诗歌的作用就在于能够将“不可名言之理，不可施见之事，不可径达之情”曲尽其妙，也就是说，作者要能够真实地反映出世间万物的不同之处——不仅要反映普遍的规律性，更要表现出感性情状千差万别的复杂性。

然而，创作中客观的理、事、情又必须通过创作主体的“心之神明”而“发宣昭著”，因此，创作必然会对创作者的才、胆、识、力产生依赖，“以在我者之四，衡在物者之三，合而为作者之文章”。就创作主体的才、胆、识、力来说，叶燮指出才和力出于先天的禀赋，且存在高下和大小的分别；识和胆则出自于后天的训练，这就与主体自身的积累密切相关。四者当中，叶燮以为“识”是最重要的。他说：“识为体而才为用。”才表现为作品的外在结构和章法，而识则表现为内在的气势和深度。“识明则胆张”，胆张则思如泉涌，滔滔不绝，下笔而能成章。“力”则是自成一家的表现，每个人因其力之不同，而自立门户。

就作为创作客体的理、事、情而言，叶燮又提出了“法”的问题，并给出了自己的见解。叶燮以为诗文之“法”是要“先揆乎其理，揆之于理而不谬，则理得；次征诸事，征之于事而不悖，则事得；终絜诸情，絜之于情而可通，则情得。三者得而不可易，则自然之法立”。这里的“自然之法”是立足于理、事、情之上的；而理、事、情三者本身又是千变万化的，因此，不可能预先设立出一定的模式来作为表现的范例。要穷尽理、事、情三者之妙，全凭创作者的匠心安排。从这个意义上来说，“法”是活的法。

不过，从另一个方面来说，“法”又是源于理、事、情的，因此，法“不能凭虚而立”，这样就给了“法”一个固定的点，而且理、事、情三者的客观性也决定了“法”的定位不可以无。然而，这定位之法却只是一种死的法，比如诗歌的章句和声律等。这些对每个初学者来说是必不可少的，但是真正的大家却绝不会囿于此限。所以他极力反对创作被法所束缚，指出泥于死法的人是由于“不能言法所以然”，亦即不知诗之本的缘故才这样的。其结果必然会产生照本临摹，墨守成规的现象，不能很好地表现理、事、情，也就很难见出个人和时代的真面目。

叶燮还强调了作诗最根本的问题在于诗人的胸襟，胸襟在这里有双重含义：从主观上来说，它是主体才、胆、识、力的基础；从客观上来说，它是主体才、胆、识、力发达之所由在。他由此把胸襟比作构建大厦的基础，而对古人的学习和加强艺术修养，则是材料的积累。胸襟使诗人可以匠心自出，对材料的运用也就更加得心应手。也由于叶燮看重诗人的胸襟，所以他十分反对模拟和因袭，主张在继承传统的同时不断走向创新。这里的创新并非指刻意为之，而是以一种新颖的手法去表现客观世界的理、事、情，也只有创新，才算得上是真正践行了上文所说的“活法”。

以上便是叶燮《原诗》的简单轮廓。他以“原诗”名书，为的是“诗有源必有流，有本必达末”；“因流而溯源，循末以返本”，全书贯穿了这一思想。相比其他提倡诗歌创作中“物我交融”的说法，叶燮对诗歌创作中主客观条件的阐述，更具有系统性和理论性，标志着我国古典诗论的进一步成熟。

【拓展阅读】

1. (清)叶燮：《原诗·外篇》(选录)，二弃草堂本《原诗》外篇。
2. (清)王士祯：《鬲津草堂诗集序》，载康熙刻本《带经堂集》卷六十五。
3. 蒋凡：《论叶燮及〈原诗〉》，载《复旦学报(社会科学版)》1984年第2期。
4. 敏泽：《叶燮及其〈原诗〉》，载《文学评论》1978年第4期。
5. 吕智敏：《〈原诗〉的诗论、美论与方法论》，载《北京社会科学》1987年第3期。

《文学总略》

章太炎

【题解】章太炎(1869—1936年)，初名学乘，后改名炳麟，字枚叔，因仰慕清初学者顾炎武(名绛)之人格而更名为绛，号太炎。浙江余杭人，是近代著名的学者、思想家、民主革命家。早年受学于俞樾、黄以周、孙诒让、宋衡等朴学、佛学大师研习经史；后参加革命，组织光复会、参加同盟会，曾主编《民报》、《大共和日报》等。辛亥革命后，他逐渐趋向保守，晚年在苏州设立章氏国学讲习会，以讲学为业。作为中国近代史上的学术泰斗，他涉猎甚广，经学、哲学、文学、语言学，文字学、音韵学、逻辑学等方面均有所建树，其一生著述颇丰，约400余万字，自1982年始由上海人民出版社陆续出版的《章太炎全集》，有"中国文化百科全书"之称。

文学者，以有文字著于竹帛，故谓之文；论其法式，谓之文学。凡文理、文字、文辞皆称文；言其采色发扬，谓之彣[1]。以作乐有阕，施之笔札，谓之章。《说文》云："文，错画也，象交文。章，乐竟为一章。彣，彧也。彰，文彰也。"或谓文章当作彣彰[2]，则异议自此起。《传》曰："博学于文。"[3]不可作彣。《雅》曰："出言有章。"不可作彰。古之言文章者，不专在竹帛讽诵之间。孔子称尧舜"焕乎其有文章"。盖君臣、朝廷、尊卑、贵贱之序，车舆、衣服、宫室、饮食、嫁娶、丧祭之分，谓之文。八风从律，百度得数，谓之章[4]。文章者，礼乐之殊称矣。其后转移，施于篇什[5]。太史公记博士平等议曰："谨案：诏书律令下者，文章尔雅[6]，训辞深厚。"(原注：《儒林列传》)。此宁可书作彣彰耶[7]？独以五采彰施五色，有言黻言黼言文言章者[8]，宜作彣彰。然古者或无其字，本以文章引伸。今欲改文章为彣彰者，恶夫冲淡之辞，而好华叶之语，违书契记事之本矣[9]。孔子曰："言之无文，行而不远。"盖谓不能举典礼，非苟欲润色也[10]。《易》所以有《文言》者，梁武帝以为文王作《易》，孔子遵而修之，故曰《文言》[11]，非矜其采饰也[12]。夫命其形质曰文，状其华美曰彣，指其起止曰章，道其素绚曰彰，凡彣者必皆成文，凡成文者不皆彣[13]。是故搉论文学，以文字为准，不以彣彰为准。今举诸家之法，商订如左方。

《论衡·超奇》云："能说一经者为儒生，博览古今者为通人，采掇传书以上书奏记者为文人，能精思著文连结篇章者为鸿儒。"又曰："州郡有忧，有如唐子高、谷子云之吏，出身尽思，竭笔牍之力，烦忧适有不解[14]者哉？"又曰："长生死后，州郡遭忧，无举奏之吏；以故事结不解，征诣[15]相属。文轨[16]不尊，笔疏不续也。岂无忧上之吏哉？乃其中文笔不足类也。"又曰："若司马子长、刘子政之徒，累积篇第，文以万数，其过子云、子高远矣，然而因成前纪，无胸中之造[17]。若夫陆贾、董仲舒，论说世事，由意而出，不假取于外，然而浅露易见，观读之者犹曰传记[18]。阳成子长作《乐经》，杨子云作《大玄经》，造于助思[19]，极窅冥[20]之深，非庶几之才[21]，不能成也。桓君山作《新论》，论世间事，辩照然否，虚妄之言，伪饰之辞，莫不证定。彼子长、子云论说之徒，君山为甲。自君山以来，皆为鸿眇之才，故有嘉令[22]之文。”准此，文与笔非异涂。所谓文者，皆以善作奏记为主。自是以上，乃有鸿儒。鸿儒之文，有经、传、解故[23]诸子。彼方目以上第[24]，非若后人摈此于文学外，沾沾焉惟华辞之守[25]，或以论说、记序、碑志、传状为文也[26]。独能说一经者，不在此列。谅由学官弟子，曹偶讲习，须以发策决科[27]，其所撰著，犹今经义[28]而已，是故遮列[29]使不得与也。

自晋以降，初有文笔之分。范晔自述其《后汉书》曰：“文患其事尽于形，情急于藻，义牵其旨[30]，韵移其意，政可类工巧图缋，竟无得也[31]。手笔差易，文不拘韵故也。”[32]《文心雕龙》云：“今之常言，有文有笔。有韵者，文也；无韵者，笔也。”然《雕龙》所论列者，艺文之部，一切并包[33]。是则科分文笔，以存时论，故非以此为经界[34]也。昭明太子序《文选》也，其于史籍，则云不同篇翰；其于诸子，则云不以能文为贵。此为裒次总集，自成一家，体例适然，非不易之定论也。《抱朴子·百家篇》曰：“陕[35]见之徒，区区执一，惑诗赋琐碎之文，而忽子论深美之言。真伪颠倒，玉石混淆，同广乐于桑间[36]，均龙章[37]于素质。”斯可以箴也。且沉思孰若庄周、荀卿，翰藻孰若吕氏、淮南[38]？总集不摭九流[39]之篇，格于科律，固不应为之辞[40]。称以文笔区分，《文选》所集，无韵者猥众[41]，宁独诸子？若云文贵其彣邪，未知贾生《过秦》，魏文《典论》，同在诸子，何以独堪入录？有韵文中，既录汉祖《大风》之曲，即《古诗十九首》，亦皆入选，而汉、晋乐府，反有慭遗[42]。是其于韵文也，亦不以节奏低卬为主，独取文采斐然，足耀观览，又失韵文之本矣[43]。是故昭明之说，本无以自立者也。（原案：《晋书·乐广传》“请潘岳为表便成名笔”，《成公绥传》“所著诗赋杂笔十余卷”，《张翰传》“文笔数十篇行于世”《曹毗传》“所著文笔十五卷”，《王珣传》“珣梦人以大笔如椽与之，既觉语人曰，‘此当有大手笔事’，俄而帝崩，哀册谥议，皆珣所草”，《南史·任昉传》“既以文才见知，时人云任笔沈诗”，《徐陵传》“国家有大手笔，必命陵草之”。详此诸证，则文即诗赋，笔即公文，乃当时恒语。阮元之徒猥谓俪语为文，单语为笔，任昉、徐陵所作，可云非俪语邪？）

近世阮元，以为孔子赞《易》，始著“文言”，故文以耦俪为主；又牵引文笔之说以成之[44]。夫有韵为文，无韵为笔，是则骈散诸体，一切是笔非文。藉此证成，适足自陷。既以《文言》为文，《序卦》《说卦》又何说焉[45]？且文辞之用，各有体要[46]。《彖》《象》为占繇，占繇故为韵语[47]。《文言》《系辞》为述赞，述赞故为俪辞[48]。《序卦》《说卦》为目录笺疏，目录笺疏故为散录[49]。必以俪辞为文，何缘十翼不能一致？岂波澜既尽，有所谢短乎[50]？盖人有陪二[51]，物有匹耦。爱恶相攻，刚柔相易，人情不能无然，故辞语应以为俪。诸事有综会，待条牒然后明者，《周官》所陈，其数一二三四也[52]。反是或引端竟末，若《礼经》《春秋经》《九章算术》者，虽欲为俪无由[53]。犹耳目不可以只，而胸腹不可以双，各任其事。舍是二者，单复固恣意矣。未有一用单者，亦未有一用复者。（原注：案宋代以来，言文章者皆谓俪语为俳，阮氏之论亦发愤而作也。不悟宋人俪语，亦自不少。苏轼《上皇帝书》，其箸者也，曾巩《战国策序》《移沧州疏》，其间俪语与齐、梁人不殊，下者直如当时四六矣，其他类此者众，盖非简策之书而为单语者，世所鲜有。）顾张弛有殊耳[54]。文之名实未在是也[55]。或举《论语》言辞达者，以为文之与辞，较然异职[55]。然则《文言》称文，《系辞》称辞，体格未殊，而题号有异，此（原作“比”，据右文社本校改）又何也[57]？董仲舒云：“《春秋》文成数万。”兼彼经传，总称为文，犹曰今文家曲说云尔[58]。太史公《自序》亦云：“论次其文。”此固以史为文矣。又曰：“汉兴，萧何次律令，韩信申军法，张苍为章程，叔孙通定礼仪，则文学彬彬稍进。”《艺文志》言：“秦燔灭文章，以愚黔首。”文章者，谓经、传、诸子[59]。迁、固所称，半非耦俪之文也。屈、宋、唐、景所作，既是韵文，亦多俪语。而《汉书·王褒传》已有《楚辞》之目，王逸仍其旧题，不曰楚文。斯则韵语耦语，亦既谓之辞矣。《汉书·贾谊传》云：“以属文称于郡中。”其文云何？意味赋邪，《惜誓》载于《楚辞》，文辞不别；以为奏记条议，适彼之所谓辞也。《司马相如传》云：“景帝不好辞赋。”《法言·吾子》云：“诗人之赋丽以则，辞人之赋丽以淫。”或问：“君子尚辞乎？曰：君子事之为尚。事胜辞则伉；辞胜事则赋；事辞称则经。”以是见韵文耦语，并得称辞，无文辞之别也。且文辞之称，若从其本以为部署，则辞为口说[60]，文为文字。古者简帛重烦，多取记臆。故或用韵文，或用耦语。为其音节谐适，易于口记，不烦纪载也。战国纵横之士，抵掌摇唇，亦多积句。是则耦丽之体，适可称职[61]。乃如史官方策[62]，有《春秋》《史记》《汉书》之属，适当称为文耳[63]。由是言之，文辞之分，反覆自陷[64]，可谓大惑不解[65]者矣。

或言学说、文辞所由异者，学说以启人思，文辞以增人感[66]。此亦一往之见也。何以定之？凡云文者，包络一切著于竹帛者而为言，故有成句读文，有不成句读文[67]。兼此二事，通谓之文。局就[68]有句读者，谓之文辞。诸不成句读者，表谱之体，旁行邪上[69]，条件相分。会计则有簿录，算术则有演草，地图则有名字。不足以启人思，亦又无以增感。此不得言文辞，非不得言文也[70]。诸成句读者，有韵无韵则分。诸在无韵，史志之伦，记大傀异事则有感，记经常典宪则无感，既不可齐一矣。持论本乎名家，辨章然否，言称其志，未足以动人[71]。《过秦》之伦，辞有枝叶，其感人顾深挚，则本诸纵横家。然其为论一也。不可以感人者为文辞，不感者为学说。且文曲变化，其度无穷。陆云论文，先辞后情，尚洁而不取悦泽。（原注：《与兄平原书》。）此宁可以一概齐哉？就言有韵，其不感人者亦多矣。风、雅、颂者，盖未有离于性情；独赋有异。夫宛转偯隐[72]，赋之职也。儒家之赋，意存谏诫。若荀卿《成相》一篇，其足以感人安在？乃若原本山川，极命草木[73]，或写都会、城郭、游射、郊祀之状，若相如有《子虚》，扬雄有《甘泉》《羽猎》《长杨》《河东》，左思有《三都》，郭璞、木华有《江》《海》，奥博翔实，极赋家之能事矣，其亦动人哀乐未也？其专赋一物者，若孙卿有《蚕赋》《箴赋》，王延寿有《王孙赋》，祢衡有《鹦鹉赋》，侔色揣称[74]，曲成形相，嫠妇孽子读之不为泣，介胄戎士咏之不为奋。当其始造，非自感则无以为也；比文成而感亦替[75]。斯不可以一端论。又学说者，非一往不可以感人。凡感于文言者，在其得我心。是故饮食移味，居处缊愉者[76]，闻劳人之歌，心犹怕然[77]。大愚不灵[78]，无所愤悱[79]者，睹眇论[80]则以为恒言也。身有疾痛，闻幼眇之音[81]，则感慨随之矣。心有疑滞，睹辨析之论，则悦怿随之矣。故曰：“发愤忘食，乐以忘忧。”凡好学者皆然，非独仲尼也。以文辞学说为分者，得其大齐[82]，审察之则不当。

如上诸说，前之昭明，后之阮氏，持论偏颇，诚不足辩。最后一说，以学说、文辞对立，其规摹虽少广，然其失也，只以彣彰为文，遂忘文字。故学说不文者，乃悍然摈诸文辞之外。惟《论衡》所说，略成条贯。《文心雕龙》张之，其容至博，顾犹不知无句读文。此亦未明文学之本柢也。余以书籍得名，实冯傅竹木而起[83]。以此见言语文字，功能不齐。世人以经为常，以传为转，以论为伦[84]，此皆后儒训说，非必睹其本真。案经者，编丝缀属之称[85]，异于百名以下用版者[86]。亦犹浮屠书称修多罗[87]，修多罗者，直译为线，译义为经。盖彼以贝叶成书[88]，故用线联贯也；此以竹简成书，亦编丝缀属也。传者，专之假借[89]。《论语》："传不习乎"，鲁作"专不习乎"。《说文》训专为六寸簿，簿即手版，古谓之忽（原注：今作笏）。"书思对命"，以备忽忘，故引伸为书籍记事之称。书籍名簿，亦名为专。专之得名，以其体短，有异于经。郑康成《论语序》云："《春秋》二尺四寸，《孝经》一尺二寸，《论语》八寸。"[90]此则专之简策，当复短于《论语》，所谓六寸者也。（原注：汉《艺文志》言"刘向校中古文《尚书》，有一简二十五字者"，而服虔注《左氏传》则云"古文篆书一简八字"，盖二十五字者，二尺四寸之经也，八字者，六寸之传也。古官书皆长二尺四寸，故云二尺四寸之律。举成数言，则曰三尺法。经亦官书，故长如之。其非经律，则称短书，皆见《论衡》。〕论者，古但作仑[91]。比竹成册，各就次第，是之谓仑。箫亦比竹为之[92]，故龠字从仑[93]。引伸则乐音有秩亦曰仑，"於论鼓钟"是也；言说有序亦曰仑，"坐而论道"是也。《论语》为师弟问答，乃亦略记旧闻，散为各条，编次成帙[94]，斯曰仑语。是故绳线联贯谓之经，簿书记事谓之专，比竹成册谓之仑，各从其质以为之名，亦犹古言方策，汉言尺牍，今言札记矣。论书不见题署者，亦往往从质名。大公之书而称《六弢》[95]，黄帝之书而称《九卷》。（原注：今《灵枢经》，晋时称《针经》，汉末《伤寒论序》直称《九卷》。）直谓书囊有六[96]，抟帛有就[97]也。虽古之言肄业[98]者，〔原注：《左氏传》："臣以为肄业及之也。"〕亦谓肄版而已。《释器》云："大版谓之业。"书有篇第[99]，而习者移书其文于版，〔原注：学童习字用觚，觚亦版。）故云肄业。《管子·宙合》云："退身不舍端，修业不息版。"以是征之，则肄业为肄版明矣。凡此皆从其质为名，所以别文字于语言也。其必为之别，何也？文字初兴，本以代声气[100]，乃其功用有胜于言者。言语仅成线耳[101]，喻若空中鸟迹，甫见而形已逝[102]。故一事一义得相联贯者，言语司之。及夫万类坌集[103]，棼[104]不可理，言语之用，有所不周，于是委之文字。文字之用，足以成面，故表谱图画之术兴焉[105]。凡排比铺张，不可口说者，文字司之。及夫立体建形，向背同见，文字之用，又有不周，于是委之仪象。仪象之用，足以成体，故铸铜雕木之术兴焉[106]。凡望高测深，不可图表者，仪象司之。然则文字本以代言，其用则有独至。凡无句读文，皆文字所专属者也。以是为主，故论文学者，不得以兴会神旨为上[107]。昔者，文气之论，发诸魏文帝《典论》，而韩愈、苏辙窃焉[108]。文德之论，发诸王充《论衡》[109]，（原注：《论衡·佚文篇》："文德之操为文"，又云"上书陈便宜，奏记荐吏士，一则为身，二则为人。繁文丽辞，无文德之操，治身完行，徇利为私，无为主者。"）杨遵彦依用之，[110]（原注：《魏书·文苑传》："杨遵彦作《文德论》，以为古今辞人，皆负才遗行，浇薄险忌，唯邢子才、王元景、温子升彬彬有德素。"）而章学诚窃焉[111]。气非窜突如鹿豕，德非委蛇如羔羊[112]，知文辞始于表谱、簿录，则修辞立诚[113]其首也。气乎，德乎，亦末务而已矣！（原注：案《文选序》云，"谋夫之话，辩士之端，虽传之简牍，而事异篇章。”此即语言文字之分也。然选例亦未一致，依史所载，荆卿《易水》，汉祖《大风》，皆临时触兴而作，岂尝先属草稾，亦与出话何异，而《文选》固录之矣。至于辞命，则有草创润色之功，苏、张陈说，度亦先有篇章，《文选》录《易水》《大风》二歌，而独汰去辩说，亦自相钽吾[114]矣。士衡《文赋》云："说炜烨而谲诳"，是亦列为文之一种，要于修辞立诚，有不至尔。）

文选之兴，盖依乎挚虞《文章流别》，谓之总集。《隋书·经籍志》曰："总集者，以建安之后，辞赋转繁，众家之籍，日以孳广，晋代挚虞，苦览者之劳倦，于是芟剪繁芜，自诗赋下，各为条贯，合而编之，谓之《流别》。"然则李充之《翰林论》，刘义庆之《集林》，沈约、丘迟之《集钞》，放[115]于此乎？《七略》惟有诗赋，及东汉，铭诔论辩始繁。荀勖以四部变古，李充、谢灵运继之[116]，则集部自此著[117]。总集者，本括囊别集为书，故不取六艺、史传、诸子；非曰别集为文，其他非文也。《文选》上承其流，而稍入《诗序》[118]、史赞《新书》《典论》诸篇，故名不曰《集林》《集钞》，然已痟矣[119]。其序简别三部[120]，盖总集之成法；顾已迷误其本，以文辞之封域相格，虑非挚虞、李充意也[121]。《经籍志》别有《文章英华》三十卷、《古今诗苑英华》十九卷，皆昭明太子撰，又以诗与杂文[122]为异。即明昭明义例不纯，《文选序》率尔之言，不为恒则。且总别集与他书经略[123]不定，更相阑入[124]者有之矣。今以《隋志》所录总集相稽，自《魏朝杂诏》而下，讫《皇朝陈事诏》，凡十八家，百四十六卷。自《上法书表》而下，讫《后周与齐军国书》，凡七家，四十一卷。而《汉高祖手诏》，匡衡、王凤、刘隗、孔群诸家奏事，书既亡佚，复傅其录。然《七略》高祖、孝文诏策，悉在诸子儒家；《奏事》二十卷隶《春秋》。此则总集有六艺、诸子之流矣。陈寿定诸葛亮故事，命曰《诸葛氏集》[125]。然其目录有《权制》《计算》《训厉》《综核》《杂言》《贵和》《兵要》《传运》《法检》《科令》《军令》诸篇。《魏氏春秋》言："亮作《八务》《七戒》《六恐》《五惧》，皆有条章，以训厉臣子。"若在往古，则《商君书》之流，而《隋志》亦在别集。故知集品不纯[126]，选者亦无以自理[127]。阮元之伦，不悟《文选》所序，随情涉笔，视为经常，而例复前后错迕。曾国藩又杂钞经史百家。经典成文，布在方策[128]，不虞溃散，钞将何为[129]？若知文辞之体，钞选之业，广狭异涂，庶几张之弛之，并明而不相害[130]。凡无句读文，既各以专门为业，今不亟论。有句读者，略道其原流利病，分为五篇[131]。非曰能尽，盖以备常文之品而已。其赠序、寿颂诸品，既不应法[132]，故弃捐弗道尔。

浙江图书馆刊本《章氏丛书·国故论衡》中

【注释】

[1]采色发扬之谓彣：彣，音 wén，从彡（音 shān）。

[2]或谓文章当作彣彰：段玉裁《说文解字注》："有部'戫（音 yù），有彣彰也'。是则有彣彰谓之彣，彣与文义别。"

[3]传曰博学于文：传，指《论语》。博学于文，指博习《时》《书》《礼》《乐》古传的遗书。

[4]八风从律三句：见《礼记·乐记》。八风，八方之风也；律，谓十二月之律也；百

度谓昼夜百刻。从律、得数，即所谓乐。

[5]篇什：《诗经》中雅、颂两部分以十篇为一组，称为什。

[6]文章尔雅：《汉书》颜师古注："尔雅，近正也。"

[7]此宁可书作彣彰邪：文章指诏书律令，即从礼乐转施于篇什的。它并不需要采饰，但也称文章，那就不应书作"彣彰"。

[8]有言黻言黼言文言章者：黻，音 fú；黼，音 fǔ。《考工记》："青与赤谓之文，赤与白谓之章，白与黑谓之黼，黑与青谓之黻。"

[9]违书契记事之本矣：书契始于记事，本来不需要采饰。

[10]盖谓不能举典礼非苟欲润色：古代外交对问之辞，都根据故实旧章，即是本文所谓举典礼。润，饰也。

[11]梁武帝以为文王作易三句：见陆德明《经典释文》："《文言》，梁武帝云：是文王所制。"

[12]非矜其采饰：案《周易正义》引庄氏云："文谓文饰，以乾坤德大，故特文饰以为《文言》。"章太炎驳正此说，认为孔子只是阐明《易道》，释乾、坤二卦经文，申说义理，并非文饰华采。

[13]凡彣者必皆成文二句：文与彣的义训不同，文是大名，彣是小名。文可以包括彣，而彣却不可以代表文。

[14]适：是。

[15]征诣：召至。

[16]文轨：文的法度。

[17]匈："胸"古今字。

[18]传记：传，"专"的假借字，专训六寸簿。这里的传记，说的是短书。

[19]助思：孙诒让认为"助当为眇，形近而误"。眇，古通妙。

[20]窅冥：深邃的样子。

[21]庶几之才：《易・系辞下》："颜氏之子，其殆庶几乎！"本意为圣人能知几，颜回尚未能知几，而近于知几。

[22]嘉令：美善。

[23]解故：能疏通经典文义的故训和征引事实的传说。

[24]上第：上等。

[25]沾沾焉惟华辞之守：沾沾，自得的样子。华辞，翰藻之文。

[26]或以论说记序碑志传状为文也：指姚鼐的《古文辞类纂》有论辩、书说、序跋、赠序、碑志、传状诸类。

[27]发策决科：拆阅策问题目，以决定录取。

[28]经义：八股文

[29]遮列：列，同迾(音 liè)，遮也。

[30]义牵其旨：义，事义。义牵其旨指用事不当，反牵累其本质，使晦而不明。

[31]韵移其意三句：与下面"常谓情志所托，故当以意为主，以文传意"三句相互释。

[32]手笔差易二句：黄侃认为此二句当作"手笔差易于文，文不拘韵故也"。

[33]雕龙所论列者三句：《文心雕龙》论文体，有《宗经》《正纬》《史传》《诸子》篇，是艺文之部，一切包括在内。

[34]经界：经，即是界。

[35]陕：今作狭。

[36]广乐：指盛大之乐。桑间，泛指淫靡之音。

[37]龙章：衮龙之服。

[38]沉思孰若庄周荀卿二句：诸子书理论精深的有《庄子》《荀子》。

[39]九流：儒家、道家、阴阳家、法家、名家、墨家、纵横家、杂家、农家。

[40]格于科律二句：格，限；科律，体例。

[41]猥众：猥，亦众也。

[42]汉晋乐府反有憖遗：憖，音 yìn，且。

[43]失韵文之本矣：有韵之文，重在节奏，故以乐府为主，其次徒歌，其次吟诵之作。《文选》所录，大多是只能吟诵的古诗，而乐府被采用的很少，故章氏讥之为"失本"。

[44]牵引文笔之说以成之：文笔的区分，不专以骈散为标准。阮元要为骈偶之文争正统，故引《文言》为证据，又于《文韵说》诸篇推及于文笔之辨，使人简单认为偶辞即文，散体即笔，故章氏说它是"牵引"。

[45]既以文言为文序卦说卦又何说焉：《文言》《序卦》《说卦》都在十翼之中，阮元独指《文言》为文，而不称《序卦》为序，《说卦》为说，所以章太炎在此处加以诘难。

[46]体要：此处指文各有体。

[47]彖象为占繇二句：彖，统论一卦之义；象，总释一卦之象；繇，卦兆的占辞。

[48]述赞：述其德业以形容之，重比喻而多俪辞。

[49]序卦说卦二句：目录所以示纲领，笺疏所以详义旨，都不是韵语所能担负的，所以《序卦》《说卦》都用散体写成。

[50]必以俪辞为文四句：这是驳阮元《文言说》："千古之文，莫大于孔子之言《易》，孔子以用韵比偶之法，错综其言而自名曰文"之论。章太炎以十翼同出一人之手，却骈散有别，韵不一定来说明并非是作者才力已尽，而是体例有别使然。

[51]陪二：副二。

[52]周官所陈二句：《周官》一书条理密察，所陈多以名数排比。这里指排比之辞，出于不得不然。

[53]反是或引端竟末三句：这里是说单行之辞也出于不得不然。

[54]张弛有殊：此句上承文言不能一于单，亦不能一于复。大抵因人因时而异。

[55]文之名实三句：阮元争文之名实，谓古文不得名文；又争文之古今，谓尤不当曰古。

[56]或举论语言辞达者三句：或说指刘师培《文章原始》论。这里论文举文词，可见二者当初并无大的差别，因此章太炎对刘师培之说法加以驳斥。

[57]然则文言称文五句：刘师培文辞有别之论，出于阮元、阮福父子。阮氏之说本以文言为依据，刘氏进一步阐发，所以章太炎仍旧以十翼体格驳之。

[58]独曰今文家曲说云尔：清代所传经书，有今古文的区别。董仲舒治公羊学，公

羊为今文家说；章太炎治古文，于《春秋》主《左传》，所以称公羊家言为曲说。

[59]文章者经传诸子：《诗》《书》是经，《史记》是传，百家语是诸子，都是《汉书·艺文志》所谓文章。

[60]辞为口说：《说文》："词，颂也。"这是辞的本义。

[61]战国纵横之士五句：今《战国策》所载苏秦、张仪游说之辞，已有偶俪之语。

[62]方策：方，板；策，简。

[63]春秋史记汉书之属二句：此三部著作以散行为多，一开始，即布在方策，可见古人笔述之文，反多单行。

[64]反覆自陷：自陷于矛盾。

[65]大惑不解：指迷惑大的人一辈子都不会解悟。

[66]学说以启人思二句：学说之目标在启发人们思考，而文辞的目的则是使人感悟。

[67]有成句读文二句：文字著于竹帛，而有文法组织的，章氏称为句读文；只具单词只义的，章氏称为不成句读文。

[68]局就：局，分。

[69]表谱之体旁行邪上：桓谭《新论》云："三代世表，旁行邪上。"

[70]不得言文辞二句：文者大名，文辞者小名。簿录以下，虽无句读，大抵都是文。

[71]持论本乎名家四句：论以辨析为务，故必本名家。

[72]偯隐：偯，音 yǐ，痛声；隐，忧。

[73]原本山川二句：考订山川本源和草木名称。极，尽；命，名。

[74]侔色揣称：侔，音 móu，等；揣，量；称，相称、恰当。指描绘物色，用语恰当。

[75]当其始造三句：指作者当时的感受已经抒发，时过境迁，心情亦变，更不能引起不同处境者的共鸣。替，消失。

[76]饮食移味居处缊愉：缊，音 yùn，原作温。移味，指随其所欲。缊愉，绕乐。

[77]闻劳人之歌心犹怕然：这里是说不同境遇的人，情感不能相通。

[78]大愚不灵：是说大愚昧的人，终生不自知。

[79]愤悱：积思求解。

[80]眇论：精妙的言辞。

[81]幼眇：精微。

[82]大齐：齐，限。

[83]书籍得名实冯傅竹木而起：冯，凭本字。傅，通"附"，附着。以有文字著于竹帛，故谓之文；以有竹帛附着此文字，则为书籍。

[84]世人以经为常三句：训经为常，见《孔丛子·执节篇》。训传为转，见《释名·释书契》及《文心雕龙·史传》。训论为伦，见《释名·释典籍》。

[85]经者编丝缀属之称：他认为经是一切书籍的通称。

[86]百名以下用板：不及百名，可以书于方板。百名以外，非一板可书，所以需要书于简策。

[87]浮屠书称修多罗：附图，即佛之释名。修多罗，译意为经，为论，为法本，为

线，为善语。

［88］贝叶成书：古代印度佛教徒用贝多树叶以写经。

［89］假借：许慎《说文解字序》："假借者，本无其字，依声托事。"

［90］郑康成论语序云四句：《仪礼·聘礼》疏引郑玄《论语序》，作《春秋》一尺二寸，阮元《校勘记》据《春秋序疏》云；郑玄注《论语》，以《钩命决》云《春秋》二尺四寸书之云云，谓一尺二寸乃传写之误，当作二尺四寸。

［91］论者古但作仑：《说文》："仑，思也。从人册。"

［92］比竹为之：古之箫，所谓排箫，编次小竹管为之。

［93］龠字从仑：《说文》："龠（音 yuè），乐之竹管，三孔以和众声也。从品仑。仑，理也。"

［94］帙：书衣、书皮。

［95］弢：同"韬"。

［96］直谓书囊有六：《说文》："弢，弓衣也。"章太炎说《六弢》之所以称弢，是借弓衣之名指书衣。

［97］拕帛有九：古籍有卷轴之制，章太炎以为黄帝之书称《九卷》，是由此得名。

［98］肄业：《广韵》："肄，习也。"

［99］书有篇第：古人编书，都定篇第，一边检查，防散佚，免错乱。

［100］声气：指语言。

［101］言语仅成线耳：与下文"文字之用，足以成面"，"仪象之用，足以成体"，线、面、体，都是借用几何学术语来说文学。

［102］喻若空中鸟迹二句：指言语才闻而声已逝，与空中鸟迹同。

［103］坌集：坌，音 bèn，聚集。

［104］棼：音 fén，通作"纷"。

［105］文字之用三句：我国的文字，始于象形，与图画同源异流，要之皆所以表象。言语以声音为用，故仅限于时间；文字以符号为用，故可及于空间，此其所以为胜。

［106］仪象之用三句：仪象，科学所用仪器。其功用不仅如文字之记述，图画之描绘而已，尤能以实体示人。文字虽及空间，然犹限于平面的抽象概念；至于仪象所司，则扩至立体的具象事物，此其所以为尤胜。

［107］凡无句读文五句：指文有无句读有句读之分，然后文学的归趣才可得而言。因此，不可以文学之归趣为论文学之第一标准。

［108］韩愈苏轼窃焉：韩愈论气，见《答李翊书》。苏轼论气，见《上枢密韩太尉书》。

［109］文德之论发诸王充论衡：文学理论上的文德说，最早发于王充。《论衡·佚文篇》："文德之操为文。"

［110］杨遵彦依用之：这一句强调作者的道德文章应该并重。

［111］而章学诚窃焉：章学诚著有《文史通义》八卷，《文德》是《文史通义》内编二的第十二篇，所论文德，是临文的态度问题，其意义并不同于王充、杨遵彦之论。章太炎说他是"窃"，其实不过是同样用了"文德"这一词语而已。

［112］气非窜突如鹿豚二句：因文人言气，往往局限于波涛汹涌之观；言德，往往局

限于虚与委蛇之致；故这样说。

[113]修辞立诚：这里指写文章应表现出作者的真实意图。

[114]钼吾：钽，音 jǔ，同龃龉，不相配合。

[115]放：同昉，始也。

[116]四部：《隋书·经籍志》载荀勖著《新簿》，分为四部，一曰甲部，纪六艺及小学等书；二曰乙部，有古诸子家及近世子家、兵书、兵家、术数；三曰景部，有史记旧事皇览簿杂事；四曰丁部，有诗赋图赞汲冢书等。

[117]则集部自此著：按四部之制，唐以前但云甲、乙、丙、丁，唐以来乃各经、史、子、集。集部之实，源于建安，成于《流别》，而类例定于《七录》。

[118]稍入诗序：《文选》有《毛诗序》一篇，是说经之作。史赞——《文选》有史赞、史述赞二类，收班固、干宝、范晔、沈约诸家之文，是史的论赞。新书——指贾谊《新书》的《过秦论》，属于子书。典论——指《典论·论文》，属于子书。

[119]然已痟矣：痟，音 xiāo，衰微。这里是说《文选》所录，于集部以外，还有经、史、子，比之《集林》《集钞》，体例已不纯。

[120]其序简别三部：指经、史、子。

[121]顾已迷误其本三句：格，量度；虑，大抵。总集源于别集，经、史、子都是别集所无，故总集不得有。萧统不明此意，《文选序》以文辞为界限为言，故章太炎认为“已迷误其本”。

[122]杂文：《文心雕龙》有《杂文篇》。杂文有广狭二义，狭义的杂文仅指论对问、七、连珠三体，广义的杂文则包括诗赋以外的一切文章。这里用的是广义。

[123]经略：分界。

[124]阑入：妄入。

[125]陈寿定诸葛亮故事二句：《蜀志·诸葛亮传》附载《诸葛亮集》目录，章太炎由此认为集名出自陈寿确定。

[126]集品不纯：古人著作，如子、史诸书，各有流派，故品纯而不杂。后代集部兴起，是就一人所写的各类文章，汇编成书，除诗赋等文学作品外，说经论政之文也阑入，如《诸葛亮集》有论政各篇，《王粲集》有郑玄《尚书》事。可见，集部不纯，由来已久。

[127]选者亦无以自理：理，分理。总集根据别集，别集内容既然不纯，那么选总集的，就无法整理好。

[128]布在方策：记载在木板和竹简上。方，书写用的木板；策，竹简。

[129]不虞溃散钞将何为：这是说总集的编选，出于防止别集散佚，故删其繁芜而存其精要。至于经典，本来就不怕散佚，钞它何益。

[130]并明而不相害：文体和选集的标准各有差异，不尽相同，但是并不妨碍它们共同流传。

[131]分为五篇：五篇为《原经》《明解故》《论式》《辨诗》《正斋颂》。

[132]其赠序寿颂诸品既不应法：六朝人饯别之诗，有为之序的。韩愈集中，赠别之序较多，往往是无诗而徒有序的。后人则更有并非饯送，亦作赠序。

【导读】

在中国古代的文学批评中，杂文学观念一直占据着主导地位。在中国古代典籍里，“文学”一般指的是包括经、史、子、集在内的整个学术文化，这比现代意义上的“文学”范围要宽泛得多。近代以来，由于受到西方文学观念的影响，文学的审美性特征得到突出，纯文学的观念开始取代杂文学观。

章太炎以朴学家的治学方法来对“文学”一词的定义进行源流考辨，通过坚实的考据，对古今人们关于“文学”一词的观点加以总结。《文学总略》里，章太炎主要通过对阮元的《文言说》和西欧文学理论的“动人情感”说加以批驳，追溯到文学较早时候的定义，以文字学的观点来确定“文学”的含义。其论点虽不尽合于以艺术形象为特征的现代文学通则，但也有其独到之处。

在《文学总略》中，他首先通过梳理的方式对“文学”和“非文学”进行了界定，从而批评了自萧统一直到近代阮元、刘师培等人欲“改文章为彣彰，恶夫冲淡之辞，而好花叶之语”的做法。不同于刘勰的“文”、“笔”之分，章太炎从文字学的角度出发，指出“文学者，以有文字著于竹帛，故谓之文；论其法式，谓之文学”。认为凡是写出来的文字都是“文章”；而研究文章法式之文是“文学”。这是一个十分广泛的定义，按照这一定义，信奉“文以载道”的先秦古文可以称之为文，提倡“以翰藻为归”的骈文也可称之为文，但是文学又不仅仅局限在这二者，更不局限于其中一种。他还认为，衡量文章好坏的标准不在于文字的朴与华，反对以藻饰、华丽的文字作为衡量文章的标准。

紧接着，章太炎便对“文”在历史上的发展阶段进行论证。他指出，魏晋以前，文笔不分，“所谓文者，皆以善作奏记为主”，并非是阮元标举的萧统所谓“沾沾焉惟华辞之守”。然后以刘勰的“艺文之部，一切并包”为例，说明他虽分文笔，却两者并重，不曾以笔非文而将其排除在文之外。萧统选文以“翰藻”为归，然而他所谓的“翰藻”却主要局限在辞赋以下的作品，并不能代表晋宋时人对“翰藻”的看法。《抱朴子》、《世说新语》都曾赞《论语》为“深美之言”、“精丽”、“才藻”之作。即便以有韵为翰藻的标准来衡量《文选》，也往往自相矛盾。因此，阮元之“文以偶俪为主，又牵引文笔之说以成之”的《文言说》存在诸多问题。由此，章太炎认为，骈偶或散行“各任其事”，就像世界上的事物一样，“未有一用单者，亦未有一用复者”，骈偶声韵藻彩并非是构成文学的必要条件。

章太炎还对西方理论进行了批驳。当时，西方文艺审美和文学观念强烈冲击着中国学术界，受到西欧严格划分学术与文学界限的影响，流行着一种“学说以启人思，文辞以增人感”的说法，对此，章太炎提出了不同的看法，他依据校雠学的传统，根据《七略》、《汉书·艺文志》对典籍的分类，质疑了经、史、子、集四部的类别意义，指出魏晋以来的集部，虽是收集经、史、子以外的作品，但并非认为诗集部为文，而其他三部不是文。何况别集如《诸葛氏集》，总集如《文选》，便是归入经史一类或子家之言的。阮元等人的观点，仅根据《文选序》以立论，难免自陷于泥沼。

章太炎还在文章里追溯了“文”的最初定义，文最初有有句读文和无句读文之别；而有句读文又可以分为散文和韵文。就散文而言，史传文这种记述名物制度的不能感人，而叙写兴亡成败的文章就能感人；诸子百家辨析明理的文章不能感人，而辞有枝叶的纵横家之言就能感人。而韵文当中，《风》《雅》这种长于抒情的文章可以感人，而《荀子·成相》

这种专门用来说教的文章就不能感人。即便都是以抒情为主的韵文，也会由于读者与作者的处境不同，作者的情感未必都能引起读者的共鸣。同样属于启人智慧的文章，尽管各有所长，而文章的写法和章式是变化无穷的，因此，不能以感人与否作为标准来衡量其是否为文学。

《文学总略》还十分强调汉字对汉语文学的重要意义，突出了文字在文学中的基础性地位和作用。章太炎所主张的"文学"观念，是从"文学"的广义的概念来说的。他从"文学"最初的定义着手，有自己独特的立场。但无论是从广义还是狭义的概念来讲，这两者皆有其合理性所在，这一点他也在文章后面作了说明："共知文辞之体，钞选之业，广狭异途，庶几张之驰之，并明而不相害。"这是我们所在谈论其"文学"观时所不能忽略的。广义可以包括狭义，而并不一定要排斥狭义，所以萧统、阮元等人所标举的宗旨，也是不悖于文学的原则的。

而且，无论是重文学的形式美还是重文学的情感特征，均注意到了文学的审美特性，力图在主观上把文学从学术和文化中分离出来，置于近代文学观念日趋自觉，人们对文学审美特性的认识逐步提高的背景下来看，无疑有其合理之处。同时，若仅将这两种观点作为文学的定义也确有其片面性，不够完美，因此章太炎对其所进行的批评也值得我们思考。文学应该是真、善、美的统一，是合目的性与超功利性的统一。如果过于强调文学审美超功利的一面，难免会落入新的泥淖中，因此，章太炎重视其实际功用和社会意义的文学思想也有其警示意义所在。

【拓展阅读】

1. (清)梁启超：《论中国学术思想变迁之大势》，载《饮冰室合集·文集》，中华书局第三册。

2. 章太炎：《国故论衡·辨诗》，浙江图书馆校刊章氏丛书《国故论衡》卷中。

3. 李振声：《作为新文学思想资源的章太炎》，载《书屋》2001 年第 1 期。

4. 任珊：《章太炎的文学复古与鲁迅文学的发生》，载《学术月刊》2007 年第 7 期。

5. 陈雪虎：《章太炎文论："以复古为革新"》，载《文艺研究》2004 年第 4 期。

《论小说与群治之关系》

梁启超

【**题解**】梁启超(1873—1929年)，字卓如，号任公，广东新会人。清朝光绪十五年举人，中国近代思想家、政治家、教育家、史学家、文学家，戊戌变法领袖之一，中国近代维新派代表人物。他倡导文体改良的“诗界革命”和“小说界革命”，其著作合编为《饮冰室合集》。《论小说与群治之关系》写于1902年。彼时正是所谓“三千年未有之大变局”，在这个中国思想文化由传统过渡到现代、承前启后的关键时代，小说的作用开始为人们所认识。当时因“辛丑条约”的签订，救亡图存的呼声异常强大，梁启超带着他“文学救国”的决心，发表了该文。在其影响下，小说杂志、通俗小说大量出现，形成波澜壮阔的小说通俗化的潮流，对晚清文学革新产生了积极的推动作用，在中国小说理论发展史上占有不容否定的地位。

欲新一国之民，不可不先新一国之小说。故欲新道德，必新小说；欲新宗教，必新小说；欲新政治，必新小说；欲新风俗，必新小说；欲新学艺，必新小说；乃至欲新人心、欲新人格，必新小说。何以故？小说有不可思议之力支配人道故。

吾今且发一问：人类之普通性，何以嗜他书不如其嗜小说？答者必曰：以其浅而易解故，以其乐而多趣故。是固然；虽然，未足以尽其情也。文之浅而易解者，不必小说；寻常妇孺之函札，官样之文牍，亦非有艰深难读者存也，顾谁则嗜之？不宁唯是，彼高才赡学之士，能读《坟》《典》《索》《邱》[1]，能注虫鱼草木[2]，彼其视渊古之文，与平易之文，应无所择，而何以独嗜小说？是第一说有所未尽也。小说之以赏心乐事为目的者固多，然此等顾不甚为世所重；其最受欢迎者，则必其可惊可愕可悲可感，读之而生出无量噩梦、抹出无量眼泪者也。夫使以欲乐故而嗜此也，而何为偏取此反比例之物而自苦也？是第二说有所未尽也。吾冥思之，穷鞫之[3]，殆有两因：凡人之性，常非能以现境界而自满足者也。此蠢蠢躯壳，其所能触能受之境界[4]，又顽狭短局而至有限也。故常欲于其直接以触以受之外，而间接有所触有所受，所谓身外之身，世界外之世界也。此等识想，不独利根众生有之[5]，即钝根众生亦有焉[6]。而导其根器使日趋于钝[7]，日趋于利者，其力量无大于小说。小说者，常导人游于他境界，而变换其常触常受之空气者也。此其一。人之恒情，于其所怀抱之想象，所经阅之境界，往往有行之不知、习矣不察者；无论为哀为乐，为怨为怒，为恋为骇，为忧为惭，常若知其然而不知其所以然。欲摹写其情状，而心不能自喻，口不能自宣，笔不能自传。有人焉和盘托出，彻底而发露之，则拍案叫绝曰：“善哉善哉，如是如是。”所谓“夫子言之，于我心有戚戚焉”。感人之深，莫此为甚。此其二。此二者实文章之真谛[8]，笔舌之能事。苟能批此窾，导此窍[9]，则无论为何等之文，皆足以移人；而诸文之中能极其妙而神其技者，莫小说若。故曰小说为文学之最上乘也。由前之说，则理想派小说尚焉；由后之说，则写实派小说尚焉。小说种目虽多，未有能出此两派范围外者也。

抑小说之支配人道也，复有四种力：一曰熏[10]。熏也者，如入云烟中而为其所烘，如近墨朱处而为其所染。《楞伽经》所谓"迷智为识，转识成智"者[11]，皆恃此力。人之读一小说也，不知不觉之间，而眼识为之迷漾[12]，而脑筋为之摇飏，而神经为之营注；今日变一二焉，明日变一二焉；刹那刹那，相断相续，久之而此小说之境界，遂入其灵台而据之[13]，成为一特别之原质之种子[14]。有此种子故，他日又更有所触所受者，旦旦而熏之，种子愈盛，而又以之熏他人，故此种子遂可以遍世界。一切器世间有情世间之所以成所以住[15]，皆此为因缘也[16]。而小说则巍巍焉具此威德以操纵众生者也。二曰浸。熏以空间言，故其力之大小，存其界之广狭；浸以时间言，故其力之大小，存其界之长短。浸也者，入而与之俱化者也。人之读一小说也，往往既终卷后数日或数旬而终不能释然。读《红楼》竟者必有余恋有余悲，读《水浒》竟者必有余快有余怒。何也？浸之力使然也。等是佳作也，而其卷帙愈繁、事实愈多者，则其浸人也亦愈甚；如酒焉，作十日饮，则作百日醉。我佛从菩提树下起[17]，便说偌大一部《华严》[18]，正以此也。三曰刺。刺也者，刺激之义也。熏浸之力利用渐[19]，刺之力利用顿[20]；熏浸之力在使感受者不觉，刺之力在使感受者骤觉。刺也者，能使人于一刹那顷，忽起异感而不能自制者也。我本蔼然和也，乃读林冲雪天三限，武松飞云浦一厄，何以忽然发指？我本愉然乐也，乃读晴雯出大观园，黛玉死潇湘馆，何以忽然泪流？我本肃然庄也，乃读实甫之《琴心》《酬简》[21]，东塘之《眠香》《访翠》[22]，何以忽然情动？若是者，皆所谓刺激也。大抵脑筋愈敏之人，则其受刺激力也愈速且剧。而要之必以其书所含刺激力之大小为比例。禅宗之一棒一喝[23]，皆利用此刺激力以度人者也。此力之为用也，文字不如语言。然语言力所被不能广不能久也，于是不得不乞灵于文字。在文字中，则文言不如其俗语，庄论不如其寓言。故具此力最大者，非小说末由。四曰提。前三者之力，自外而灌之使入；提之力，自内而脱之使出，实佛法之最上乘也。凡读小说者，必常若自化其身焉，入于书中，而为其书之主人翁。读《野叟曝言》者必自拟文素臣[24]，读《石头记》者必自拟贾宝玉，读《花月痕》者必自拟韩荷生若韦痴珠[25]，读《梁山泊》者必自拟黑旋风若花和尚，虽读者自辩其无是心焉，吾不信也。夫既化其身以入书中矣，则当其读此书时，此身已非我有，截然去此界以入于彼界，所谓华严楼阁[26]，帝网重重[27]，一毛孔中[28]，万亿莲花[29]，一弹指顷[30]，百千浩劫[31]，文字移人，至此而极。然则吾书中主人翁而华盛顿，则读者将化身为华盛顿；主人翁而拿破仑，则读者将化身为拿破仑；主人翁而释迦、孔子，则读者将化身为释迦、孔子，有断然也。度世之不二法门[32]，岂有过此？此四力者，可以卢牟一世[33]，亭毒群伦[34]，教主之所以能立教门，政治家所以能组织政党，莫不赖是。文家能得其一，则为文豪；能兼其四，则为文圣。有此四力而用之于善，则可以福亿兆人；有此四力而用之于恶，则可以毒万千载。而此四力所最易寄者惟小说。可爱哉小说！可畏哉小说！

小说之为体，其易入人也既如彼，其为用之易感人也又如此，故人类之普通性，嗜他文终不如其嗜小说，此殆心理学自然之作用，非人力之所得而易也。此天下万国凡有血气者莫不皆然，非直吾赤县神州之民也[35]。夫既已嗜之矣，且遍嗜之矣，则小说之在一群也，既已如空气如菽粟，欲避不得避，欲屏不得屏，而日日相与呼吸之餐嚼之矣。于此其空气而苟含有秽质也，其菽粟而苟含有毒性也，则其人之食息于此间者，必憔悴，必萎病，必惨死，必堕落，此不待蓍龟而决也[36]。于此而不洁净其空气，不别择其菽粟，则虽日饵以参苓，日施以刀圭，而此群中人之老病死苦[37]，终不可得救。知此义，则吾中国群治腐败之总根原，可以识矣。吾中国人状元宰相之思想何自来乎？小说也。吾中国人佳人才子之思想何自来乎？小说也。吾中国人江湖盗贼之思想何自来乎？小说也。吾中国人妖巫狐鬼之思想何自来乎？小说也。若是者，岂尝有人焉提其耳而诲之，传诸钵而授之也？而下自屠爨贩卒、妪娃童稚[38]，上至大人先生、高才硕学，凡此诸思想必居一于是，莫或使之。若或使之，盖百数十种小说之力，直接间接以毒人，如此其甚也。(即有不好读小说者，而此等小说，既已渐渍社会，成为风气。其未出胎也，固已承此遗传焉；其既入世也，又复受此感染焉。虽有贤智，亦不能自拔。故谓之间接)今我国民惑堪舆，惑相命，惑卜筮，惑祈禳，因风水而阻止铁路、阻止开矿，争坟墓而合族械斗杀人如草，因迎神赛会而岁耗百万金钱、废时生事、消耗国力者，曰惟小说之故。今我国民慕科第若膻，趋爵禄若骛，奴颜婢膝，寡廉鲜耻，惟思以十年萤雪[39]、暮夜苞苴[40]，易其归骄妻妾、武断乡曲一日之快，遂至名节大防，扫地以尽者，曰惟小说之故。今我国民轻弃信义，权谋诡诈，云翻雨覆，苛刻凉薄，驯至尽人皆机心，举国皆荆棘者，曰惟小说之故。今我国民轻薄无行，沉溺声色，绻恋床第，缠绵歌泣于春花秋月，销磨其少壮活泼之气，青年子弟，自十五岁至三十岁，惟以多情多感多愁多病为一大事业，儿女情多，风云气少，甚者为伤风败俗之行，毒遍社会，曰惟小说之故。今我国民绿林豪杰，遍地皆是，日日有桃园之拜，处处为梁山之盟，所谓"大碗酒，大块肉，分秤称金银，论套穿衣服"等思想[41]，充塞于下等社会之脑中，遂成为哥老、大刀等会[42]，卒至有如义和拳者起，沦陷京国，启召外戎，曰惟小说之故。呜呼！小说之陷溺人群，乃至如是，乃至如是！大圣鸿哲数万言谆诲之而不足者，华士坊贾一二书败坏之而有余。斯事既愈为大雅君子所不屑道，则愈不得不专归于华士坊贾之手[43]。而其性质其位置，又如空气然，如菽粟然，为一社会中不可得避不可得屏之物，于是华士坊贾，遂至握一国之主权而操纵之矣。呜呼！使长此而终古也，则吾国前途，尚可问耶，尚可问耶！故今日欲改良群治，必自小说界革命始；欲新民，必自新小说始。

中华书局排印本《饮冰室全集》论说文类

【注释】

[1]《坟》《典》《索》《丘》：泛指先秦古籍。

[2]注虫鱼草木：泛指训诂之学。

[3]穷鞫：穷究事理之意。

[4]境界：佛教名词，一指"十八界"中的"六境"，又指学佛、修行等所达到的境地。

[5]利根：佛家语，谓根性明利。

[6]钝根：佛家语，谓根机愚钝。

[7]根器：佛家语，指修道者的能力。

[8]真谛：佛家语，佛家所认为的最真实的道理。

[9]批此窾，导此窍：窾，空。即谓道中要害，打动人的心灵。

[10]熏：即“熏习”，佛家语，引申为长期接触某类人或事物会对其品行习惯造成影响。

[11]《楞伽经》：佛经名。

[12]眼识：即眼根对色尘时所产生之识。

[13]灵台：即本心。

[14]原质：基本元素。种子：佛家语，引申为事物的根本或根源。

[15]器世间：佛家语，亦云器世界，谓一切众生居住之国土世界。有情世间：佛家语，亦云众生世间。成、住：佛家语，四劫之二。四劫谓成、住、坏、空四劫。

[16]因缘：佛家语，指产生结果的直接原因和辅助促成其结果的条件。

[17]菩提树：植物名。传闻佛坐此树下，证菩提果，故亦名菩提树。

[18]《华严》：佛经名，全称《大方广佛华严经》。

[19]渐：逐渐，原为佛家语，佛教有顿悟、渐悟之别。

[20]顿：立刻，原为佛家语。

[21]《琴心》《酬简》：见王实甫《西厢记》。

[22]《眠香》《访翠》：见孔尚任《桃花扇》。

[23]禅宗：佛教宗派名，又名佛心宗或心宗，是中国特色的本土佛教。

[24]《野叟曝言》：清夏敬渠所作长篇小说。

[25]《花月痕》：晚清魏秀仁所作长篇小说。

[26]华严楼阁：《大方广佛华严经》：“尔时善财童子恭敬右绕菩萨摩诃萨已，而白之言：‘唯愿大圣，开楼阁门，令我得入。’时弥勒菩萨前诣楼阁，弹指出声，其门即开，令善财入。善财心喜，入已还闭。见其楼阁，广博无量，同于虚空。”

[27]帝网重重：《大方广佛华严经》：“普现如来所有境界，如天帝网，于中布列。”

[28]一毛孔中：《维摩诘所说经》：“以四大海水入一毛孔。”

[29]万亿莲花：《梵网经卢舍那佛说菩萨心地戒品第十》：“是时释迦即擎接此世界大众，还至莲花台藏世界百万亿紫金刚光明宫中，见卢舍那佛坐百万莲华赫赫光明座上。”

[30]一弹指顷：形容极短暂的时间。

[31]百千浩劫：佛教以天地一成一毁为一劫，经八十种劫为一大劫。

[32]度世：出世，脱离现世。

[33]卢牟：指规模。

[34]亭毒：化育，养育。

[35]赤县神州：《史记·孟子荀卿列传》：“中国名曰赤县神州。”

[36]蓍龟：古人用来卜筮的蓍草和龟甲。

[37]老病死苦：佛教有四苦之说，即生、老、病、死之苦。

[38]爨：这里指烧火做饭的人。

[39]萤雪：指家贫苦读。

[40]暮夜苞苴：私下送贿。

[41]“大碗酒”四句：语出《水浒传》。

[42]哥老：会党名，起于太平天国以前，初以“反清复明”为宗旨。大刀：会党名，为白莲教支派，多次组织反教御侮的对外斗争。

[43]华士：徒尚藻饰之士。坊贾：旧称书商。

【导读】

《论小说与群治的关系》是梁启超倡导“小说界革命”的纲领性文章，在整个文坛产生了巨大影响，迅速形成了一场声势浩荡的小说革新运动。梁启超在这里论述小说的作用，与以往封建文人的认知有很大不同。这种不同，不仅表现在将小说的地位提升到了一个空前的高度，更为重要的是，它是与资产阶级维新运动紧密结合而带有新时代特征和阶级特色的，是为当时民族独立和发展资本主义这两个根本目的服务的。他从为政治维新制造舆论、动员民众的立场出发，全面地论述了小说的社会作用、艺术特点和文学地位，鲜明地提出革新小说以适应于政治变革的主张。

梁启超首先较为深入地探讨小说巨大的艺术感染力之所在。他强调，大众之所以嗜好小说，并非因为小说文字浅显、内容有趣，而是基于以下两个原因：第一，满足欲求，影响读者，小说呈现给读者现实中未曾接触到的情境，人们可以通过阅读小说得到现实中得不到的满足。“小说者，常导人游于他境界，而变换其常触常受之空者也”。第二，人们可以通过阅读小说产生精神上的共鸣，所谓“夫子言之，于我心有戚戚焉”，这两点正符合人类希望广阔地了解世界和深切地认识自己的本性。因此，“小说为文学之最上乘也”。梁启超指出前者是“理想派小说”，后者是“写实派小说”，这是受西方小说理论的启迪，第一次在我国将小说分成理想派和写实派两种。

在文章中梁启超将主体的审美心理与小说的艺术作用相联系，第一个较为深入地阐释了小说之“力”作用于人的具体方式和特点。他将小说之“力”从横向上分解为“熏”、“浸”、“刺”、“提”四种；从纵向上分解为“自外而灌之”与“自内而脱之”两类。认为小说通过“力”来“移人”，潜移默化地“支配人道”。这四种“力”在各自的情境下发挥着不同的特点和功能。大体而言，熏，取熏陶之意，指小说具有陶冶情操的作用，使读者在“不知不觉之间”受到感染。浸，取浸染之意，指小说使读者身入其境，其思想感情受到渗透而不断地变化。刺，取刺激之意，是小说通过触目惊心的艺术形象强烈地震撼读者的心灵，使读者情不自禁地受到感动。提，取提升之意，指小说中艺术形象切合读者的心理，产生一种“移人”的力量，使读者感情完全融入小说之中，由内而外，把人物与读者自身融为一体。

他结合具体作品，细致分析小说的艺术感染力，并得出结论：“中国群治腐败之总根源”就是小说，就是如今操纵在“华士坊贾”手中的旧小说。由此，“欲改良群治，必自小说界革命始！欲新民，必自新小说始”！显然，他过高地估计了小说的社会作用和影响力，并没有为小说找到准确的社会定位。

作为“小说界革命”的纲领性文件，这篇文章对于20世纪中国文学文体格局、文学理论视野的开拓起到了不容小视的影响。首先，它把小说抬到了“文学之上乘”的地位，在小说理论上实现了从迎合读者向引导读者的转变，小说题材范围由此得到了极大的拓展，促进了小说创作的繁荣。其次，它提升了中国文学理论现代性与世界性品质，以新颖的开放性的世界视野来诠释小说，为中国小说在观念、创作和审美方法、话语体系上带来了很多新的理论。再次，他强调小说的社会作用，号召小说通过自身的革新而改良国民、制造舆论，为当前的政治服务，这些观点，为维新派的小说理论定下了基调，对当时社会变革起到了巨大的推动作用。但是，他颠倒文学和现实的关系，过高地估计小说的价值和地位，对传统小说一概否定，显然是错误的。

【拓展阅读】

1. 梁启超：《中国近三百年学术史》，商务印书馆 2011 年版。
2. 梁启超：《清代学术概论》，上海古籍出版社 2011 年版。
3. 罗志田：《天下与世界：清末士人关于人类社会认知的转变——侧重梁启超的观念》，载《中国社会科学》2007 年第 5 期。

《人间词话》(选录)

王国维

【题解】王国维(1877—1927年)，初名国桢，字静安，亦作静庵，又字伯隅，初号礼堂，晚号观堂，又号永观，谥忠悫，浙江海宁人。中国近代著名学者，在哲学、美学、文学、戏曲、史学、古文字学、考古学等领域均有深厚造诣与开创性成就，享誉中外。著述六十余种，有《观堂集林》二十四卷、《观堂别集》四卷、《静安文集》一卷、《静安文集续编》一卷、《苕华词》一卷等。身后遗著收为全集者有《王忠悫公遗书》《王静安先生遗书》《王观堂先生全集》等数种。《人间词话》是王国维最重要、影响最为深远的一部文艺批评著作，写于1907年至1910年间，手稿凡125则；最初刊于1908年《国粹学报》，共选录64则；1915年又选录31则刊于《盛京时报》；今通行本增入其未刊遗稿、删稿和其他论词资料附录等。《人间词话》的理论核心是“境界说”，又区分“有我之境”与“无我之境”、“造境”与“写境”等，为“境界”这一古典文论范畴注入了新的内容；它以传统的“词话”形式写成，又融合了西方现代哲学、美学思想，从而建立起了融贯东西的文学理论，标志着中国古代文论的终结与现代文论的开端。

一

词以境界为最上。有境界则自成高格，自有名句。五代、北宋之词所以独绝者在此。

二

有造境，有写境，此“理想”与“写实”二派之所由分。然二者颇难分别。因大诗人所造之境，必合乎自然，所写之境，亦必邻于理想故也。

三

有有我之境，有无我之境。“泪眼问花花不语，乱红飞过秋千去。”[1]“可堪孤馆闭春寒，杜鹃声里斜阳暮。”[2]有我之境也。“采菊东篱下，悠然见南山。”[3]“寒波澹澹起，白鸟悠悠下。”[4]无我之境也。有我之境，以我观物，故物皆著我之色彩。无我之境，以物观物，故不知何者为我，何者为物。古人为词，写有我之境者为多，然未始不能写无我之境，此在豪杰之士能自树立耳。

四

无我之境，人惟于静中得之。有我之境，于由动之静时得之。故一优美，一宏壮也。

五

自然中之物，互相关系，互相限制。然其写之于文学及美术中也，必遗其关系限制之处。故虽写实家，亦理想家也。又虽如何虚构之境，其材料必求之于自然，而其构造，亦必从自然之法律。故虽理想家，亦写实家也。

六

境非独谓景物也。喜怒哀乐，亦人心中之一境界。故能写真景物、真感情者，谓之有境界。否则谓之无境界。

七

“红杏枝头春意闹”[5]，着一“闹”字，而境界全出。“云破月来花弄影”[6]，着一“弄”字，而境界全出矣。

十七

客观之诗人，不可不多阅世，阅世愈深，则材料愈丰富、愈变化，《水浒传》、《红楼梦》之作者是也。主观之诗人，不必多阅世，阅世愈浅，则性情愈真，李后主是也。

十八

尼采谓：“一切文学，余爱以血书者。”[7]后主[8]之词，真所谓以血书者也。宋道君皇帝[9]《燕山亭》词亦略似之。然道君不过自道身世之戚，后主则俨有释迦、基督担荷人类罪恶之意，其大小固不同矣。

二六

古今之成大事业、大学问者，必经过三种之境界。“昨夜西风凋碧树，独上高楼，望尽天涯路”[10]，此第一境也。“衣带渐宽终不悔，为伊消得人憔悴”[11]，此第二境也。“众里寻他千百度，回头蓦见，那人正在灯火阑珊处”[12]，此第三境也。此等语皆非大词人不能道。然遽以此意解释诸词，恐为晏、欧诸公[13]所不许也。

四十

问"隔"与"不隔"之别，曰：陶、谢[14]之诗不隔，延年[15]则稍隔矣。东坡[16]之诗不隔，山谷[17]则稍隔矣。"池塘生春草"[18]、"空梁落燕泥"[19]等二句，妙处唯在不隔。词亦如是。即以一人一词论，如欧阳公[20]《少年游·咏春草》上半阙云："阑干十二独凭春，晴碧远连云。千里万里，二月三月，行色苦愁人。"语语都在目前，便是不隔。至云"谢家池上，江淹浦畔"[21]，则隔矣。白石[22]《翠楼吟》："此地，宜有词仙，拥素云黄鹤，与君游戏。玉梯凝望久，叹芳草萋萋千里。"便是不隔。至"酒祓清愁，花消英气"[23]，则隔矣。然南宋词虽不隔处，比之前人，自有浅深厚薄之别。

四一

"生年不满百，常怀千岁忧。昼短苦夜长，何不秉烛游？"[24]"服食求神仙，多为药所误。不如饮美酒，被服纨与素。"[25]写情如此，方为不隔。"采菊东篱下，悠然见南山。山气日夕佳，飞鸟相与还。"[26]"天似穹庐，笼盖四野。天苍苍，野茫茫。风吹草低见牛羊。"[27]写景如此，方为不隔。

人民文学出版社《人间词话》

【注释】

[1]"泪眼问花花不语"二句：语见冯延巳《鹊踏枝·庭院深深深几许》。

[2]"可堪孤馆闭春寒"二句：语见秦观《踏莎行·雾失楼台》。

[3]"采菊东篱下"二句：语见陶渊明《饮酒》其五。

[4]"寒波澹澹起"二句：语见元好问《颍亭留别》。

[5]"红杏枝头春意闹"：语见宋祁《玉楼春·东城渐觉风光好》。

[6]"云破月来花弄影"：语见张先《天仙子·水调数声持酒听》。

[7]尼采《苏鲁支语录》卷之一"读与写"有："凡一切已经写下的，我只爱其人用其血写下的。用血写：然后你将体会到，血便是精义。"

[8]后主：指李煜。

[9]宋道君皇帝：指宋徽宗赵佶。

[10]"昨夜西风凋碧树"三句：语见晏殊《蝶恋花·槛菊愁烟兰泣露》。

[11]"衣带渐宽终不悔"二句：语见柳永《凤栖梧·伫倚危楼风细细》。

[12]"众里寻他千百度"三句：语见辛弃疾《青玉案·元夕》，略有异文。

[13]晏、欧诸公：指晏殊、欧阳修等人。

[14]陶、谢：指陶渊明、谢灵运。

[15]延年：颜延之字。

[16]东坡：苏轼号。

[17]山谷：黄庭坚号。

[18]“池塘生春草”：语见谢灵运《登池上楼》。

[19]“空梁落燕泥”：语见薛道衡《昔昔盐》。

[20]欧阳公：指欧阳修。

[21]“谢家池上”二句：语见欧阳修《少年游·栏干十二独凭春》。

[22]白石：姜夔号。

[23]“酒祓清愁”二句：语见姜夔《翠楼吟·淳熙丙午冬》。

[24]“生年不满百”四句：语见《古诗十九首》第十五首。

[25]“服食求神仙”四句：语见《古诗十九首》第十三首。

[26]“采菊东篱下”四句：语见陶渊明《饮酒》其五。

[27]“天似穹庐”五句：语见北朝民歌《敕勒歌》。

【导读】

在中国文学理论批评史上，如果说王国维的《红楼梦评论》是以西方哲学美学思想来系统解读中国古典小说的开山第一篇“论文”，那么《人间词话》则是在中西思想对话的语境中以传统“词话”的话语模式融入新内容、建构新体系的首部著作，因此《人间词话》亦古亦今，亦新亦旧，亦终亦始，似乎表达出一个时代的彷徨与坚持。

《人间词话》大致可分两个部分：前九则为第一部分，以“境界”为本，标举评词之原则，是整部《人间词话》的理论纲领；第十则之后为第二部分，按时代先后，品评从唐代李白到清代纳兰性德等几十位词作者的作品，属具体批评部分，“境界”之标准亦贯穿其中。对于中国近代文论而言，《人间词话》最大的贡献就在于独标并详论“境界”说，在“境界”这一传统文论的核心范畴中注入新的思想内容。

《人间词话》的关键词“境界”，指作家之“意”与外物之“境”在文学作品中的融合，或者说是文学作品中情景交融、心物一体、意与境谐的艺术特征。王国维在《文学小言》中说：“文学中有二原质焉：曰景，曰情。”文学最基本的两个要素就是“景”和“情”。所以在王国维看来，“境界”并不仅限于景物，情感同样是一种境界，所谓“境非独谓景物也。喜怒哀乐，亦人心中之一境界”。

《人间词话》所论之“境界”大体上有三个方面的内容。

一是以“境界”为本。王国维说“词以境界为最上”，又说“有境界，本也”，还说“沧浪所谓‘兴趣’，阮亭所谓‘神韵’，犹不过道其面目；不若鄙人拈出‘境界’二字为探其本也”。“境界”为作者所创造，是艺术美之源，也是文学作品艺术价值和魅力之本。值得注意的是，在《人间词话》的手稿本上，“词以境界为最上”尚排在第三十一则，而在首次发表于《国粹学报》的手定本《人间词话》六十四则中，“词以境界为最上”便成为了第一则。可以推见，王国维在写作《人间词话》的过程中愈来愈强烈地感受到“境界”问题的重要性，并以“境界”作为某种至高的审美标准；还看到了“境界”与西方理论的某种共通之处，做出了融合中西的尝试；更意识到“境界”是前无古人的第一次“探其本”。因此，王国维把“境界”提到了《人间词话》篇首的位置，开章明义。由这一体现于文本顺序改动的反思过程可以清晰地看出，“境界”对于王国维建构文学理论批评体系的重要性。王国维既首标

“境界”，又以“境界”论“隔”与“不隔”的艺术效果。如果写得情景俱真，意境交融，心物相招，具有强烈的感染力，便是“不隔”；如果心匪郁陶，为文而造情，繁采寡情，使人味之生厌，便是“隔”。

二是将“境界”的特征概括为“言外之味”和“情景俱真”。《人间词话》评姜白石“不于意境上用力，故觉无言外之意，弦外之响”，这与古典文论历来注重文学作品的味外之旨与言外之意是一致的。《人间词话》还强调：“能写真景物、真情感者，谓之有境界。”故《宋元戏曲史》亦称赞“元剧最佳之处”就在于“写情则沁人心脾，写景则在人耳目”。这与庄子所说的“真者，精诚之至也。不精不诚，不能动人”(《庄子·渔夫》)，刘勰所说的“为情而造文”、“要约而写真”(《文心雕龙·情采》)，以及李贽的“童心者，真心也”、“绝假纯真，最初一念之本心也”(《李氏焚书》卷三《童心说》)等，都有异曲同工之妙，都强调真情实感的自然抒发。在“真”的意义上，王国维尤其推崇李煜的词，认为“词至李后主而眼界始大，感慨遂深”，这恰恰是因为，“词人者，不失其赤子之心者也。故生于深宫之中，长于妇人之手，是后主为人君所短处，亦即为词人所长处”。作为一位词人，李后主的可贵之处就是没有失去赤子之心。基于“境界”的这一特征，王国维将诗人(泛指作者)分为两种，一种是客观之诗人，一种是主观之诗人；即一种是叙事的写小说的诗人，一种是抒情的写诗的诗人。他认为，客观的诗人，“不可不多阅世，阅世愈深，则材料愈丰富、愈变化，《水浒传》《红楼梦》之作者是也”。所谓“世事洞明皆学问，人情练达即文章”。但是另一方面，“主观之诗人，不必多阅世，阅世愈浅，则性情愈真，李后主是也”。阅世越浅，那么受尘世虚伪的污染也就越浅，童心就保存得越多。因此王国维激赏道：“后主之词，真所谓以血书者也。……俨有释迦、基督担荷人类罪恶之意。”李煜词正是以一片血诚成就了最高境界。

三是“境界”的分类。其一，受西方文论“现实主义”、“浪漫主义”以及“再现”、“表现”理论的影响，王国维将“境界”的创造分为“写境”与“造境”，他说“有造境，有写境，此‘理想’与‘写实’二派之所由分”。一如艾布拉姆斯的经典比喻，“造境”者像灯一样，用主体意识来照亮世界，表达理想；“写境”者像镜一样，客观地反映现实。然而现实主义也蕴含着理想的语调，“故虽写实家，亦理想家也”；浪漫主义也要诉诸现实的关系，“故虽理想家，亦写实家也”。其二，王国维又根据“境界”创造中的主客体关系，将境界分为“有我之境”与“无我之境”，他说：“有我之境，以我观物，故物皆著我之色彩。无我之境，以物观物，故不知何者为我，何者为物”。有我之境，就是用物与我之间紧张对立的关系，来凸显我的情感，凸显出人与景的极不协调。这实际上是一种冲突的美，也是一种壮美。在这里，客观物象与主体的生命意志产生了一种对抗。无我之境，我和物处于一种和谐的、混同的、浑然一体的状态，就像庄周梦蝶一样，分不清哪里是我，哪里是物，客体与主体已然合二为一。在这里，没有主客的对立，我已经成了物的一部分，或者说物成了我的一部分。其三，王国维还依据“境界”的美学特征，区分出“优美”与“壮美”：优美乃“无我之境，人惟于静中得之”，壮美乃“有我之境，于由动之静时得之”，“故一优美，一宏壮也”。优美是一种无冲突的美，是静态的；壮美是一种冲突的美，一种悲剧性的美，在由动到静时才能得到。因此，作者如何处理主体与客体之间的关系，可以形成不同的审美风格。

另外，《人间词话》采用传统“词话”形式亦颇有意味。《红楼梦评论》写于《人间词话》之前，它可以说是一篇现代意义上的专题学术论文。既然有成功的批评实践在先，且《人间词话》多处涉及或借用西方的理论，那么，王国维大可写作几篇诸如名为《论“境界”》《论李煜词》等的大论文。但事实并非如此，王国维选择了我们今日所见的《人间词话》的文体，用古典的、最符合传统审美习惯的“词话”来实现中西思想的碰撞与融合，用一则则充满诗意和文学性的只言片语、手札笔记来阐释文学理论问题。可见即使面对现代文论，“词话”亦从未“失语”。而且，与以往所有的诗话、词话类文学批评作品不同，王国维的《人间词话》发表于现代报刊上，并且不止一次。这也确证了传统的“词话”形式仍然能够承担现代的理论批评。“周虽旧邦，其命维新”，词话虽是旧体，却也有新的使命，可呈现新的理论。人间之词话，表达出王国维在一个新旧跌宕的时代，内心的徘徊、挣扎与回归。

王国维文论的思想资源主要来自中国传统文化，所以依然具有古代文论的旧质；同时，王国维文论之构成及其在文学批评中的具体运用，又有着鲜明的近代西方哲学、美学和心理学特征，所以同时也具有近代文论的新质。王国维文论的这种跨世纪或转型期特质，对于中国文论的现代转换有着极其重要的理论及实践价值。正是在这个意义上，可以说王国维是开启现代文论的“但丁式”的人物。

【拓展阅读】

1. 王国维：《王国维文学论著三种》，商务印书馆2007年版。

2. 鲁迅：《摩罗诗力说》，载《河南》杂志1908年2月(第2期)和3月(第3期)，后收入1926年出版的杂文集《坟》，收于《鲁迅全集》卷一，鲁迅先生纪年委员会1938年版。

3. 朱光潜：《诗的隐与显——关于王静安的〈人间词话〉的几点意见》，载1934年4月《人间世》创刊号，收于《诗论》(第三章《诗的境界——情趣与意象》)，三联书店1984年版。

4. 叶嘉莹：《王国维及其文学批评》，北京大学出版社2008年版。

5. 夏中义：《王国维：世纪苦魂》，北京大学出版社2006年版。

后　记

本书能在较短时间内顺利完成，得益于集体的力量，参加本书编写的每一位编写者都为此付出了艰辛的努力，作为主编，在此首先对所有编写者表示衷心的感谢。当然，集体编写也容易出现某些不足，如体例安排不一致、解说详略不统一、语言风格有差异等，我们在统稿过程中虽有所修订，但想要做到完全统一实属不易，武汉大学出版社的编辑们也为此付出了大量精力，在此亦表示诚挚的谢意。

本书的选文篇目及编写体例由高文强拟定，全书由高文强、李立统稿。编写的具体分工如下(以文论排列为序)：

前言　　　　高文强

先秦　　　　袁　劲

两汉　　　　张嘉薇

魏晋南北朝　陈舒楠　程婷婷

隋唐五代　　陈　硕　朱依娜　许　馨

宋金元　　　杨　琼　余慕怡

明清近代　　杨家海　毛小芬　熊　均　殷昊翔　李　立

本书中若有任何错漏，请同学们及时反馈给主编(wdgwq@163.com)，以便在下一版中及时修订，从而使本书不断趋于完善。为此预先表示感谢！

高文强

2015年8月5日凌晨于武昌珞珈山